RAMONA AUSUBEL
DER ANFANG DER WELT

RAMONA AUSUBEL

DER ANFANG DER WELT

Roman

Übersetzung aus dem amerikanischen Englisch
von Barbara Schaden

Piper München Zürich

Mehr über unsere Autoren und Bücher:
www.piper.de

Die Originalausgabe erschien 2012 unter dem Titel
»No One Is Here Except All of Us« bei Riverhead Books,
Penguin Group (USA) Inc., New York.

Die im Text zitierten Bibelverse stammen aus
»Die Schrift«, übersetzt aus dem Hebräischen von
Martin Buber und Franz Rosenzweig.

FSC
www.fsc.org
MIX
Papier aus verantwortungsvollen Quellen
FSC® C014496

ISBN 978-3-492-05519-2

Gesetzt aus der Centaur
Satz: Satz für Satz. Barbara Reischmann, Leutkirch
Druck und Bindung: GGP Media GmbH, Pößneck
Printed in Germany

Meinen Großmüttern Anne und Alice,
die mir ihre Geschichten erzählten und mir dabei so viel Raum ließen, dass meine Phantasie einen Weg hineinfand.

Liebe Chaya,
mit Dir auf dem Schoß sitze ich hier am Fenster. An der Scheibe blühen Eisblumen. Wenn ich das Ohr nahe genug an das Glas halte, kann ich ein Knacken hören. Die Blumen wachsen. Den ganzen Vormittag hat es geschneit; jetzt nicht mehr. Du bist erst seit ein paar Tagen auf der Welt, aber Deine Geschichte, unsere Geschichte, hat vor langer Zeit begonnen. Ich kenne sie, unsere Geschichte, ich weiß nicht nur das, was ich mit eigenen Augen gesehen habe, sondern auch alles andere. Dieses Wissen steckt mir in den Knochen, im Herzen. Eines Tages werden Deine Kinder Dich fragen, wie alles war, und Du wirst ihnen eine neue Version erzählen; so wird die Geschichte fortgeführt. Die Wahrheit liegt nicht in den Fakten. Die Wahrheit liegt im Erzählen.

Angefangen hat es 1939, am nördlichen Rand Rumäniens, auf einer kleinen Halbinsel in der Schleife eines lehmigen Flusses. Die Tage zogen still und friedlich dahin. Morgens wurden die Kühe gemolken, der Brotteig wurde geknetet. Wir hoben unsere Säuglinge hoch in die Luft und küssten sie. Der Bäcker nahm das Brot pünktlich am Mittag aus dem Ofen, wenn wir hungrig wurden. Die Kinder addierten, dividierten und multiplizierten Zahlen und bekamen dafür den Kopf getätschelt. Der Bankier zählte seine Münzrollen und schloss sie sorgfältig ein. Der Gemüsehändler füllte seine Regale mit Kohlköpfen, die ihm der Kohlbauer gebracht hatte, und mit Kartoffeln, die unsere halbwüchsigen Jungen auf den Äckern hinter den Häusern der alten Frauen zusammenklaubten. Und die alten Frauen sahen aus ihren Fenstern zu, wie die Armmuskeln der Jungen zum Leben erwachten.

Neun Familien nannten das Tal ihre Heimat. Jenseits der bewirtschafteten Hügel standen zu allen Himmelsrichtungen dunkel bewaldete Berge. Der Fluss war unser eigenes Wasser, wir nannten ihn einfach »Fluss«, auch wenn er auf den Landkarten Dniester hieß. Unser Dorf war vollkommen, ebenso wie unser Leben hier; unsere Geister lagen in Ruhe unter der Erde, und wir Lebenden schritten in ebensolcher Ruhe über den festen Boden dahin.

Unser Dorf gehörte hierher – wir wollten es nicht verpflanzen, nirgendwohin, obwohl wir wussten, dass in einem anderen Land, nicht weit von uns, ein Mann mit einem viereckigen Schnurrbart die Welt umgestalten wollte. Menschen wie wir wurden gezwungen, alles Vermögen und Eigentum registrieren zu lassen. In unsere Pässe wurde ein großes rotes J gestempelt. Eine abendliche Ausgangssperre wurde verhängt. Es war ein neues Kapitel in einer alten Geschichte. Irgendwo ging ein Tempel in Flammen auf. Die Tschechoslowakei wurde besetzt, Warschau ebenfalls. Menschen wie wir wurden in Gettos gesteckt. Alle Männer hießen Israel und alle Frauen Sarah.

»Ganz bestimmt hört das bald auf«, sagten wir. »Das Schlimmste ist vorbei«, nahmen wir an. »Irgendwer erzählt doch immer, dass die Welt bald untergeht.«

Wir erinnerten uns an keine Zeit ohne Krieg, ohne Hass, ohne Verfolgung. Ohne Pogrome, ohne Wehrdienst. Vielleicht war zu Beginn der Welt alles sauber und rein gewesen. Wir kannten eine Geschichte von einem Mann und einer Frau und ein paar schönen Tagen in einem Garten, aber von uns Dorfbewohnern konnte sich niemand tatsächlich an diese Zeit erinnern. Unsere Ahnen könnten einander auch angeknurrt oder sich in die Hände gespuckt haben. Wir könnten uns auf der dünnhäutigen Erde gewälzt, gegenseitig unsere geschlossenen Lider berührt oder vor den Fußabdrücken gekniet haben, die wir überall hinterlassen hatten. Egal, wie das Leben auf Erden begonnen hatte, wir machten weiter, bis wir vergaßen, dass es einen Anfang gegeben hatte. Die Zeit schlug mit ihren Tatzen nach uns und legte uns jeden neuen Tag wie ein knorpeliges Stück Fleisch vor die Tür. Für uns war es immer das erste Mal, wenn ein Kind zur Welt kam, das erste Mal, wenn es seine kleinen salzigen Fäuste in die Luft reckte. Es war immer das erste Heute …

I

VORHER

Eines Freitagabends, als die Sonne schwer über dem Horizont hing und drauf und dran war, zähflüssig in die Weizenfelder hinabzutropfen, gingen die Männer mit dem Nachweis ihres Tagwerks – Sense, ledernem Ranzen mit Spitz- und Flachzangen, zusammengerollten Quittungen, Kohlköpfen im Sack, leerer Butterbrotdose – nach Hause. In den Türen standen Kinder wie ich mit sauber geschrubbten Backen, die wie reife, saftige Früchte aussahen. »Schabbat schalom«, sagten wir Kinder zu unseren Vätern, und die Väter antworteten: »Gut Schabbes.« Auf dem Tisch eine Spitzendecke. Auf der Spitzendecke zugedeckte Schüsseln. »Schabbat schalom«, sagten die Frauen der Ehemänner und bekamen zur Begrüßung einen Kuss.

In meinem Elternhaus kochte ein Hühnerbein in Suppe, bis das Fleisch vom Knochen fiel. Mein Bruder hatte kurz vor Sonnenuntergang Holz hereingebracht, und ich wollte wissen, ob Winterwolken im Ganzen gefroren waren oder nur der Schnee, der herausfiel. Meine Schwester drückte einen Wattebausch auf ihre Fingerspitze, in die sie sich beim Nähen gestochen hatte. Das brachte uns drei auf unser Lieblingsspiel – wir verglichen unsere Wunden, die Souvenirs der

Kindheit. Moische, der dreizehn war und der Älteste, hatte nach dem Zusammenstoß mit einem Baumstamm im Fluss eine violette Blüte an der Wade. Regina, ein Jahr jünger als Moische und ein Jahr älter als ich, ließ einen Tropfen dunkelrotes Blut aus der Nadelwunde in die andere Handfläche fallen. Ich konnte mit einer langen Schramme auf der Wange aufwarten, die ich mir beim Fangenspielen im Zusammenstoß mit einem Ast geholt hatte. Die Haut unserer Körper war eine Landkarte in drei Teilen, auf der das Gelände unserer Freuden verzeichnet war.

Meine Mutter verzwirbelte die Fransen am Tischtuch zu einem Knoten, der sich sofort wieder löste. Sie las ein Buch, in dem es um die aussichtslose Liebesgeschichte eines jungen russischen Paares mitten im Winter ging; er ein rotwangiger Knabe, der in die Armee des Zaren eintritt, und sie ein schönes, aber dummes Mädchen. Meine Mutter runzelte die Stirn über die Liebenden, denen kein Glück beschieden war, die aber trotzdem eisern an ihrer hoffnungslosen Illusion festhielten. Meine Mutter empfand das als persönliche Kränkung. Mit jeder neuen Seite, die sie aufschlug, zwirbelte sie noch hektischer an den Fransen herum.

»Hoffentlich überlebt er bis zum Frühling«, sagte sie. »Sie ist einfach zu dumm, um diese Kälte allein zu überstehen, wenn obendrein ihr Herz gebrochen ist.«

Mein Vater war noch nicht zu Hause, und das Zimmer war wie ein Bild, das wir für ihn gemalt hatten. Kaum war die Tür aufgegangen, und er hatte Gelegenheit gehabt, den Anblick in sich aufzunehmen, verfielen wir wieder in Betriebsamkeit – Mutter stand auf und rührte die Suppe, während wir drei auf unseren Vater zustürmten und ihm bewiesen, dass auch wir den ganzen Tag gelebt hatten – Blut auf Stoff, sauber gestapeltes Feuerholz, eine Frage nach der Herkunft des Schnees.

»Die schönste Frau auf der Welt«, sagte mein Vater und berührte mit den Lippen die Hand meiner Mutter. Der Raum war erfüllt von Essensgeruch, und ich legte neben jedes Gedeck eine weiche alte Serviette.

Alle im Dorf, Mütter und Väter, Großeltern und Kinder, Onkel und Großtanten, Metzger, Bäcker, Sattler, Flickschuster, Weizenmäher, Kohlbauer, wir alle standen um unsere Esstische und zündeten Kerzen an, wir alle hüllten den Raum in Gebete. Wir zogen gleichzeitig an den Brotzöpfen, und der weiche Teig gab nach.

In strömendem Regen ging ich an der Hand meines Vaters zum wöchentlichen Gebet. Die Dorfbewohner nickten einander lächelnd zu und versuchten den Platz zu würdigen, den wir auf der sich drehenden Erde einnahmen. Wir beschäftigten uns nicht mit den vielfältigen Schrecken der Welt, sondern kümmerten uns um die banalsten Kleinigkeiten. Meine Mutter sagte zu meiner verrückten Tante Kayla: »Das ist vielleicht ein Regen!« und: »Gut, dass ich die Wäsche gestern Abend reingeholt habe.« Sie dachte nicht: *Ob dieses Unwetter wohl den Rest unseres Lebens dauern wird?*

Kayla sagte: »Noch ein Tag im Paradies« und nahm meinem Onkel Hersch den schwarzen Zylinder vom Kopf, um das Regenwasser aus der Krempe zu gießen.

Eine alte Geschichte besagte, dass der Prophet Elias für Regen und Donnerwetter verantwortlich sei – sein einziger Zeitvertreib, während er auf den großen, schrecklichen Tag des Herrn wartete. »Ja, ja, wir hören dich«, rief der Bäcker zum Himmel hinauf.

Für einen richtigen Tempel war unser Dorf zu klein – wir waren kaum mehr als hundert Menschen –, das Haus des Heilers genügte uns. In seiner Küche: die Frauen und Kinder, die still zusahen, wie der Regen vor dem Fenster seine Kräfte sammelte. Ich beobachtete, wie sich Pfützen bildeten, und ich wünschte, ich wäre draußen und könnte hineinspringen und alles schmutzig machen, was meine Mutter mühsam sauber geschrubbt hatte. Die Mütter hatten die Sabbatregeln im Lauf der Jahre nach und nach gelockert und erledigten jetzt kleine, leichte Arbeiten, während sie dem Gottesdienst zuhörten; die einen stopften Socken, andere strickten. Tanta Kayla hatte ein halb fertiges Stickbild vor sich, das einen Korb voller Babys in Bonbonrosa auf einer hellblauen Decke darstellte. Die Babys waren im Moment noch blinde kleine Ungeheuer ohne Augen und Hände. Neben Kayla, die Neid absonderte wie einen zähen Schleim, stopfte sich die runde, schwangere Frau des Bankiers einen Pullover zwischen Kopf und Nacken und schloss die Augen. Igor, ihr ältester Sohn, versammelte seine kleineren Geschwister zu den Füßen seiner Mutter, verteilte Spielzeugtassen und tat, als schenkte er ihnen Tee ein.

Im Wohnzimmer waren unterdessen die Männer damit beschäftigt, die Glut des Glaubens neu zu entfachen. Nur der Heiler war unruhig. Er zog eine raschelnde Zeitung aus der Tasche. »Wir haben was zu besprechen«, sagte er nervös. »Bevor wir anfangen.« Er breitete das Blatt auf dem Boden aus. KRIEG. 3. SEPTEMBER 1939, 11 UHR, stand in riesigen Buchstaben auf der Titelseite. Der Metzger, der seine Fingernägel von getrocknetem Blut säuberte, hielt inne. Der zaundürre, bebrillte Goldschmied befingerte seine Taschenuhr. Der Gemüsehändler strich sich über seine glänzende Glatze. Der Barbier las die Schlagzeile laut vor, seine Stimme brach.

»Es ist unser Ruhetag«, sagte die Witwe entrüstet.

»Das ist schon Wochen her«, sagte der Heiler leise. Er

zog ein zusammengefaltetes Zeitungsblatt aus seiner Westentasche und breitete es so auseinander, dass es wie eine Blume erblühte. Er las laut vor: »Das jüdische Volk müsste mit Stumpf und Stiel ausgerottet werden. Dann wäre Polen mit einem Schlag von dieser Seuche befreit.«

Natürlich begriff ich nicht, was das hieß, aber meine Mutter zupfte ich lieber nicht am Rock; ihr schreckensbleiches Gesicht machte mir Angst. Die Mütter hatten ihre Socken und Nadeln in den Schoß sinken lassen, das Klappern der Stricknadeln war verstummt. Die Frau des Bankiers schlief immer noch friedlich, ihre Kinder aber rückten näher an sie heran. Igor bemühte sich unermüdlich, seine Geschwister aufzuheitern, indem er ihnen unsichtbare Kekse anbot, die sie in ihren Tee tunken könnten.

Meinen Onkel Hersch sah ich nicht, aber ich erkannte seine Stimme. »Das kann nicht so weitergehen. Bestimmt wird sich dem jemand in den Weg stellen.«

»Ich habe einen Bruder in Amerika, der sagt, sie werden Deutschland den Krieg nicht gewinnen lassen«, sagte der Goldschmied.

»Wir sind vierzig Tage Fußmarsch von Jassy entfernt, und es sind zwei Wochen bis Lemberg. Hier sind wir sicher«, sagte der Bäcker.

»Tschernowitz ist nur siebenundvierzig Kilometer weg«, sagte der Heiler.

Die nun einsetzende Stille war verzweifelt, müde, wütend. Niemand rührte sich. Wir waren ein Haus voller Statuen, die als fehlerhaft aussortiert worden waren. Statuen, die darauf warteten, dass sie zertrümmert und in den Fluss geworfen wurden. *Und wenn ich jetzt sterbe?*, dachte ich. *Wenn ich gar nicht mehr erwachsen werde?* Aber noch während mir der Gedanke durch den Kopf ging, kam er mir völlig abwegig vor. Meine rosaroten Hände, meine zerschrammte Wange, mein braunes Kleid, das an drei Stellen geflickt war – nichts davon schien unmittelbar von der Auflösung bedroht zu sein.

Meine Mutter griff geistesabwesend nach meinen Zöpfen und hielt sie wie Zügel. Ich wäre gern mit ihr davongaloppiert, schneller als der Wind, ich hätte sie in Sicherheit gebracht. Aber wir blieben in der Küche des Heilers sitzen, und die Gefahr kroch zwischen uns herum wie ein Salamander. Die Frau des Bankiers erwachte und wedelte über ihre zusammengedrängten elf Kindern hin, als verscheuchte sie Fliegen vom Kuchen. »Mutter«, sagte Igor. »Es gibt Ärger.« Sie legte die Hände auf ihren mächtigen Leib und starrte ihn mit hitzefunkelnden Augen an. Lass mich, sagten die Augen. Weck mich nicht aus meinen Träumen.

Wir waren wie vor den Kopf geschlagen. Unser Herz raste, aber wir wussten nicht, was zu tun war.

Der Heiler fuhr mit dem Zeigefinger über den abgestoßenen Ledereinband des großen Buchs auf seinem Schoß. Er hatte diesen Buchrücken wohl schon zehntausendmal auseinandergebogen. Reglos saß er da; nur sein Mund öffnete sich, und er begann zu lesen. Er fing am Anfang an, und die Wörter rannen über uns hin wie ein altvertrauter Fluss.

Im Anfang schuf Gott den Himmel und die Erde.
Die Erde aber war Irrsal und Wirrsal. Finsternis über Urwirbels Antlitz. Braus Gottes schwingend über dem Antlitz der Wasser.
Gott sprach: Licht werde! Licht ward.
Gott sah das Licht: dass es gut ist.
Gott schied zwischen dem Licht und der Finsternis.
Gott rief dem Licht: Tag! und der Finsternis rief er: Nacht!
Abend ward und Morgen ward: ein Tag.

Seine Stimme ersetzte das Blut in meinen Adern. Draußen goss es aus Kübeln; über die kopfsteingepflasterten Straßen flossen Bäche.

Dem Trocknen rief Gott: Erde! und der Stauung der Wasser rief er: Meere!
Gott sah, dass es gut ist.
Gott sprach: Sprießen lasse die Erde Gespross,
Kraut, das Samen samt, Fruchtbaum, der nach seiner Art Frucht macht, darin sein Same ist, auf der Erde.
Es ward so.

Auf einmal, als hätte es uns als sein Publikum zusammengerufen, flog ein silbernes Flugzeug über uns hinweg, sein mächtiger Propeller zermahlte den Himmel. Meine Mutter ließ meine Zöpfe los, die mir handgewärmt in den Nacken fielen. Wir pressten die Gesichter an die Scheiben und erstarrten in Schweigen. Die Jungen prägten sich das Aussehen des Flugzeugs ein, um es später zeichnen zu können. Die Mädchen waren für den Zauber weniger empfänglich, sie sahen eine glänzende Drohung. Moische warf mir einen erschrockenen Blick zu. Regina hielt ihre Hände mit weißen Knöcheln zusammengepresst. Das Flugzeug flog niedrig, der Lärm war ohrenbetäubend. Igor hatte nicht genug Hände, um allen zehn Geschwistern die Augen zuzuhalten. Er beschirmte die Jüngsten und beschwichtigte den Rest.

Ich stellte mir vor, wie die Welt von dort oben wohl aussah. Der Pilot, dachte ich, sah wahrscheinlich drei konzentrische Ringe. Der äußere war das aufgewühlte braune Wasser, die Flussschleife rund um unser Dorf; dann die aneinandergelegten Vierecke unserer Felder, die frisch gepflügten Äcker, keimende Saat, hellgrüner Teppich aus Sprösslingen, dazwischen reparierte oder ins weiche Gras gefallene Zäune, windschiefe Heuschober, unsere Rinderherde, unsere Schafherde, unsere Ziegen, kahle Birken, die kerzengerade in den Himmel ragten; und zuletzt in der Mitte, im Herzen, unsere Dächer aus roten Ziegeln oder grauem Schiefer und unsere Straßen und Wege, gepflasterte und ungepflasterte, die sternförmig auf den Dorfplatz zuliefen, wo das Denkmal eines Kriegshelden aus ferner Vergangenheit stand. Jedes Ladenfenster barg Verheißungen – im Fenster des Metzgers hing ein frisch geschlachtetes Lamm am Haken, beim Gemüsehändler standen ein Korb roter Rüben und ein Bottich Zwiebeln, beim Barbier der jetzt leere Stuhl im Kreis der blinkenden Scheren, in der Apotheke des Heilers lauter braune, etikettierte Glasfläschchen und beim Goldschmied ein von Ketten umwundener schwarzsamtener Hals.

Wir sahen dem Flugzeug nach, das in den grauen Himmel davonflog, aber es kam wieder, und der herannahende Lärm ratterte in unseren Adern. Ich folgte ihm mit dem Blick, als es über den Bergen jenseits des Flusses wendete. Dann wurden meine Ohren von einem Donnerknall betäubt, der die Zeit stillstehen ließ und an den sich eine knisternde Stille anschloss. Die Erinnerung an dieses Geräusch umkreiste uns, während das Flugzeug in den Wolken verschwand.

Unruhig erwarteten wir, dass alles ringsum in Flammen aufgehen würde. Dass die Oberfläche der Erde aufbräche. Dass das Flugzeug zurückkäme und das Ende über unsere Halbinsel brächte. Der Himmel riss nicht auf, um uns erkennen zu lassen, ob jenseits der Berge Rauch aufstieg. Mögliche Feuer wurden vom Regen gelöscht. Die Stille wischte mit ihrer dicken Pranke, wischte alle meine Fragen beiseite.

Aber die Leute fingen zu schreien an. Die elf Kinder des

Bankiers kreischten Fragen, aneinander gerichtet und an ihre Mutter, die wach war, sich aber nicht aus ihrem Sessel erhob. Wie eine Schaumblase quoll das Wort *Krieg* aus meines Vaters Mund. Das Wort *Tod* folgte unmittelbar darauf. Es wurde um Vergebung gefleht. Entschuldigungen prasselten zum Himmel hinauf wie der Regen umgekehrt auf den Boden. Ich stellte mir vor, was ein Mensch aus der Höhe alles hinabwerfen konnte: Schweine, Holzscheite, Ziegelsteine. Ein Blatt Papier mit der Mitteilung DU BIST TOT. Das Wort *Bombe* kannte ich, aber ich hatte noch nicht erlebt, wie es war, wenn eine explodierte. Meine Mutter sagte kein Wort, umklammerte nur meine Hand, die vollständig in die ihre hineinpasste, wie ein Samenkorn. Es war zweifellos derselbe Himmel wie zuvor, aber er war wie ausgeleert, lichtlos.

Die Schranke zwischen Küche und Wohnzimmer fiel. Männer und Frauen mischten sich durcheinander, Eheleute umarmten einander, Kinder versuchten sich in die Umarmungen hineinzuzwängen.

Der Fluss schwoll an, Regen donnerte herab, und das Rauschen von so viel Wasser verwirrte unsere Worte. Wir hörten *Diebe*, wenn jemand *Liebe* sagte. Hörten *Zeit* statt *Leid* und *Brot* statt *Gott*. Wir waren wie ein Sturm, peitschten uns, bis uns schwindelte, und kamen doch nicht vom Fleck.

Es hatte keinen Sinn zu raten, in wie vielen Minuten oder Tagen wieder ein Propeller unseren Himmel in wogende blaue Fetzen zerschneiden würde. Allmählich dämmerte uns – erst in den Füßen, dann in den Beinen, diesen wurzellosen Stümpfen, in unseren verkrampften Eingeweiden und lärmenden Herzen –, dass wir auf dieser Insel festsaßen. Dieser sinkenden Insel. Warum ließen wir uns nicht mit all dem Regenwasser flussabwärts treiben? Warum standen wir hier, stumm wie die Fahnenstangen, wenn alles, was fliehen konnte, floh?

Der Heiler setzte sich auf den Boden. Er schlug das Buch auf und fing wieder zu lesen an, seine Stimme war laut und sicher.

Gott sprach: Gewölb werde inmitten der Wasser und sei Scheide von Wasser und Wasser!
Gott sprach: Leuchten seien am Gewölb des Himmels, zwischen dem Tag und der Nacht zu scheiden; dass sie werden zu Zeichen, so für Gezeiten, so für Tage und Jahre.

Nach kurzer Zeit aber wurde seine Stimme heiser, und er begann zu husten. Was die Tränen bedeuteten, die ihm übers Gesicht rannen, wusste ich nicht. Mein Vater reichte ihm ein zerschlissenes Taschentuch, und der Heiler wischte sich das Gesicht ab.

Ich schloss die Tür und ging zur Schwelle zwischen Küche und Wohnzimmer. »Bitte lies weiter«, sagte ich. Er tat es; er presste die Worte hervor.

Gott schuf die großen Ungetüme und alle lebenden regen Wesen, von denen das Wasser wimmelte, nach ihren Arten, und allen befittichten Vogel nach seiner Art. Gott sah, dass es gut ist.
Er, Gott, bildete aus dem Acker alles Lebendige des Feldes und allen Vogel des Himmels und brachte sie zum Menschen, zu sehen, wie er ihnen rufe, und wie alles der Mensch einem rufe, als einem lebenden Wesen, das sei sein Name.

Mein Vater musterte mich. Bei diesem Licht waren seine braunen Augen grau. Sein Bart wirkte stachlig und struppig, seine Hände kurz und dick. Wir standen alle reglos. Wir beobachteten die Berge, von denen dort, wo der silberne Flieger verschwunden war, noch immer kein Rauch aufstieg. Die

Explosion kam uns schon vor wie geträumt, bedeutungslos, sie konnte unmöglich stattgefunden haben.

Weizenhalme legten sich kapitulierend auf den Boden. Der Himmel sank herab, die Pappeln schlugen Blatt gegen Blatt. Es regnete unentwegt, und wir blickten unentwegt in den Regen. Der gischtweiße Fluss ließ die Steine in seinem Bett durcheinanderpurzeln.

Aus der Erde stieg da ein Dunst und netzte all das Antlitz des Ackers.

Nachdem wir stundenlang auf die Rückkehr des Flugzeugs gewartet hatten, nachdem der Regen unter der gewölbten Hand eines kühlen, rosaroten Himmels zu einem weichen Geniesel verebbt war und unser Fluss wieder klang wie unser Fluss, schlichen wir hinaus, um zu sehen, wie die Welt jetzt aussah, da sie auseinanderfiel. Die Luft war schwer vom Geruch nasser Schafe. Unsere Füße versanken im Schlamm, windzerzaustes Geäst hielt uns fest. Wir standen im vom Sturm verknickten Gras und blickten über den Fluss. Die Berge, in denen die Explosion stattgefunden hatte, sahen nicht anders aus als sonst. Der Himmel war der Himmel, unermesslich und schimmernd im Licht.

Am Flussufer wimmelte es von klatschenden, gestrandeten Fischen, die sich in Todesangst krümmten wie Fragezeichen. »Hier wird Hilfe gebraucht«, sagte ich froh und sammelte die Fische in meinen Rock. Ich bewegte mich vorsichtig im glitschigen, tiefen Schlamm, meine dünnen weißen Beine färbten sich braun, meine Socken rutschten, bis ich endlich meine Beute in einem silbern glänzenden Schwall in den Fluss zurückwerfen konnte. Wieder im Wasser, schnippten die Fische einmal mit dem Schwanz und waren fort. Auch die anderen Dorfbewohner halfen mit und füllten Kleider und Hosentaschen und Arme mit zuckenden, schnellenden Fischen, und wir mussten lachen, denn die Fische waren stärker, als sie aussahen, und entwischten unserem Zugriff. Während wir Jagd auf sie machten, versicherten wir ihnen: »Wir tun euch nicht weh! Wir bringen euch nach Hause.«

Je länger wir arbeiteten, desto weniger Fischjuwelen schimmerten im Schlamm, aber der Fluss wich immer noch weiter zurück und gab weitere Schätze frei. Ich zog eine schlickgefüllte Teekanne an ihrer Tülle heraus. Die vordere Hälfte eines Klaviers lächelte uns mit teils ausgeschlagenen Zähnen an. Der Metzger fand einen Herrenhut aus Filz mit Hutband. Außerdem zogen wir zwei Schüsseln aus dem Fluss, eine Schmuckschatulle voller Schlamm, eine beinlose Puppe, einen verfilzten Pullover, etliche Holzscheite, eine handgezeichnete Sternkarte des Sommerhimmels, verschmiert, aber lesbar, und eine Frau. Eine Frau – Haare, Zähne, Füße, Finger, alles war noch dran. Und sie lebte.

DER ANFANG DER WELT

Im Wohnzimmer des Heilers waren die Wände hellgelb gestrichen und die Fenster blau umrahmt. Er hatte ein riesiges Bücherregal, das bis zur Decke reichte. Ich las die Titel auf den Buchrücken: *Gewebeproben diverser Weichteile, in Kupfer gestochen. Die medizinische und chirurgische Geschichte des Kriegs. Eine Belehrung junger Männer über Keuschheit, zur ernsten Betrachtung von Eltern und Vormündern gedacht. Die Wissenschaft des Lebens oder: Selbsterhalt.*

Mit dem Ruhetag war es jetzt vorbei. Gott würde uns die ungewohnte Betriebsamkeit verzeihen müssen, denn es war nicht unsere Schuld. Der Heiler schürte den Holzofen ein und setzte mehrere Töpfe Teewasser auf. Das feuchte Holz wimmerte. Der Heiler suchte alle Vorräte aus seinen Küchenschränken zusammen – einen alterstrockenen Kuchen, einen halben Laib Brot, eine Honigwabe, ein Einmachglas mit Apfelkompott vom vorletzten Sommer. Wir trockneten die Frau aus dem Fluss, diese nasse, übel zugerichtete Fremde, die lediglich ein paar fadenscheinige Lumpen am Leib trug. »Was ist passiert?«, fragten wir sie immer wieder, aber sie schüttelte nur den Kopf.

»Wer bist du?«, fragte meine Mutter die Frau, während sie ihr die Zehenzwischenräume vom Schlamm säuberte und sie anschließend in Decken wickelte. Igor brachte ihr echten Tee in einer Spielzeugtasse, den sie in puppenhaften Schlucken trank. Niemand sprach das Wort *Prophetin* aus, aber jeder dachte es.

Dann redete sie. Sie sagte: »Die Pflaumen sind hinter mir gefallen und blutig aufgeplatzt.«

Der Wind pfiff in den Bäumen. Es war etwas Lebendiges, etwas Hungriges. Wir rückten noch enger zusammen, spürten die warme Haut der anderen, als die Fremde flüsterte: »Die Lebenden wurden am Nacken gepackt wie Welpen, und sie haben auch so gejault.«

»Vom Wasser?«, fragten wir. »Von dem schrecklichen Fluss?«

»Der Fluss hat mich gerettet. Ich konnte nicht mehr laufen. Meine Füße waren blutig. Der Fluss hat mich fortgetragen. Der Fluss hat mich zur Fremden gemacht.«

»Jetzt bist du in Sicherheit. Jetzt bist du *unsere* Fremde«, sagte ich. Sie begann zu weinen.

»Die Soldaten durften vierundzwanzig Stunden lang mit uns tun, was sie wollten«, sagte sie. »Zur Belohnung für sie, zur Strafe für uns. Meiner Mutter haben sie die Brüste abgeschnitten und meiner Schwester die Ohren. Meinem Mann haben sie den Bart angezündet.«

Wir rückten noch enger aneinander. Die gierigen Arme der Nacht rissen alles Lebende, alles Tote an sich. Draußen die glotzenden Häuser und die Krallen der Bäume. Jede Wand konnte im Handumdrehen ein Fenster werden, jedes Dach ein offener Weg zu Gott.

Die Fremde verstummte wieder. Ihr Atem veränderte sich, und sie begann zu heulen wie ein einsamer Hund. Ihre Stimme wurde voll und gewaltig und ließ die Wände erzittern. Wir waren ebenfalls erschüttert, nicht nur von diesem Geheul, sondern von dem Meer der Verzweiflung, das in ihren Augen zu sehen war, von der Landkarte der Schnitte an ihren Armen, auf ihrer Brust. Die Flut ihrer Stimme war wie das Hochwasser des Flusses, jäh und unaufhaltsam riss sie alles mit sich fort.

»Musst du versteckt werden?«, fragte ich.

»Wovor sollte ich mich noch verstecken?«, fragte die Fremde zurück.

In der Stille des Augenblicks hielten unsere Herzen uns am Leben, ohne zu fragen, ob das denn auch recht sei.

»Sind alle fort?«, fragte ich.

»Alle«, sagte die Fremde.

»Auch alle Kinder?«, wollte Igor wissen, den Blick auf seine Geschwisterschar gerichtet.

Eine alte Frau sagte: »Ich muss mich hinlegen«, und eine andere Alte bot ihren Schoß an; dann fuhr sie der Liegenden mit den Fingern durch die warmen, zerzausten Haarsträhnen.

Wir zündeten ein paar Laternen an, weil der Tag kein Licht mehr hergab.

Jemand schob der Fremden eine Tasse Suppe hin und klopfte mit dem Löffel auf den Rand, wie um zu sagen: *Ist das etwas, das wir dir anbieten können?*

Die Fremde nahm einen winzigen Schluck und reichte die Schale weiter. Jeder von uns legte lediglich die Oberlippe an die Tasse, um gerade einen Tropfen von der heißen Flüssigkeit zu nehmen, und gab sie dann gleich an den Nächsten weiter, damit sie noch voll zu der Fremden zurückkäme. »Danke«, sagten wir, »köstlich.« Und wir waren froh, als die Schale wirklich noch voll war, als sie wieder bei ihr ankam, und sie diesmal wirklich zulangte, volle Löffel zum Mund führte und sauber wieder hervorbrachte.

Der Augenblick, den wir erlebten, war ein Scharnier – die Vergangenheit schwang zur einen Seite, die Zukunft zur anderen. Alles, was jemals geschehen war, vom allerersten Tag an, hatte uns hierhergeführt, zu diesem Augenblick.

Schon ganz zu Anfang waren wir ein Wandervolk gewesen. Der erste Mann und die erste Frau, in die unbekannte Welt gesetzt. Felder wurden bestellt, Lämmer geboren. Kinder wurden gezeugt und zeugten ihrerseits Kinder. Ein Stamm Lautenbauer, ein Stamm Schmiede. Kellermeister, Pflüger, Söhne und Töchter.

Das Volk zog aus, fruchtbar und sich mehrend, wie es geheißen worden war. Die Erde spürte das Tapsen von Menschenfüßen. Die Stämme teilten sich, Gott besuchte sie im Traum, in Wüsten, verhieß denen, die er lieb gewonnen, neues Land. Männer errichteten Steine als Wegzeichen, opferten Kälber. Und währenddessen erzählten sie die Geschichte weiter: Am Anfang gab es einen wunderschönen

Garten, wir sind daraus vertrieben worden, wir begannen von vorn.

Zweimal haben wir einen mächtigen, schönen Tempel gebaut, um Gott und alles, was er uns gegeben hatte, anzuerkennen. Zweimal ist unser Tempel zerstört worden.

Der zweite Tempel enthielt, wie der erste, eine Kammer der Messer, eine Kammer der Öle und Weine, eine Kammer voller Aussätziger, eine Kammer voller Holz. Der Bau war errichtet aus weißem Marmor mit goldenen Kanten und stand Jahrhunderte, und unser Volk lebte im Tal unterhalb dieses Tempels. Jene Zeit eine friedliche zu nennen wäre falsch, doch aus dem Abstand, aus unserer großen zeitlichen Entfernung träumen wir nun von diesen Tagen, denn was als Nächstes geschah, war, dass am Horizont ein Heer auftauchte, ein Schwarm Männer, auf deren Helmen das Sonnenlicht blitzte, und wir gewannen die Schlacht nicht. Wir zerstreuten uns in eine Million unterschiedlicher Richtungen: Manche gingen in die olivgrünen Hügel, andere überquerten das Gebirge, wieder andere setzten übers Meer. Dünen brachen unter unseren Füßen zusammen. Wir schliefen im Bauch knarzender Schiffe, gingen an unbekannten Ufern an Land. Und währenddessen erzählten wir die Geschichten weiter, und sie hielten uns als Volk am Leben. Unsere Körper hätten ohne sie vielleicht überlebt, unsere Herzen sicher nicht.

Wieder und wieder, überall auf der Welt, begannen wir von vorn.

Auf einer abgelegenen Insel lebte ein mächtiger König mit hundertfünfzigtausend Untertanen, die mit spitzen Speeren bewaffnet waren. Der König ritt einen Leoparden, seine Männer saßen auf furchterregenden Rössern, die gekochtes Lamm fraßen und nur Wein tranken. Diese Männer waren unserer Ururururgroßeltern. Während sie die schwarzen, ölglatten Mähnen ihrer Rösser striegelten, erzählte der König eine Geschichte: Einmal stellte Gott den Glauben unseres Stammvaters Abraham auf die Probe, indem er ihm befahl, seinen Erstgeborenen zu opfern, und weil Abraham gehorsam war und mit seinem Sohn auf den Berg stieg und sein Messer schwang, weiß Gott, dass wir treu sind.

In der Stadt Mekka ließen sich unsere Urururgroßeltern nieder. Sie wollten kein Fleisch essen und füllten ihre Teller mit Erbsen, Butter, Zucker und Früchten. Sie wohnten in dachlosen Häusern und trugen Seidengewänder, die mit langen Perlenschnüren bestickt waren. Während sie würzige Speisen rührten, erzählten die Mütter eine Geschichte: Einmal sprach Gott zu einem, der vor ihm Gnade gefunden hatte: »Unter den Menschen bist du allein meiner Schöpfung wert. Geh hin und bau dir ein gutes Schiff. Bau es aus Zypressenholz und Pech, und nimm von jedem Geschöpf ein Paar mit dir.« Nach Tagen und Tagen und Tagen, in denen der Regen nicht ablassen wollte, nach wochenlangem Dahintreiben kam: eine Taube mit einem Olivenzweig im Schnabel. Und der Mann ging an Land, und jedes zahn-, schnabel-, rüssel-, schnurrbarttragende Geschöpf ging mit ihm, und die Welt, die ganze Welt war wieder neu.

In Äthiopien nahmen die Juden ein sonderbares Geschenk entgegen. Woher es kam, wissen wir nicht – die alten Männer sagten, es sei ein Schiff mit vielen Segeln gewesen; die alten Frauen meinten, es sei im Bauch eines Wals gereist; die jungen Männer glaubten, ein Greif habe es übers Meer getragen; die Huren schworen, es sei die mächtige Hand Gottes selbst gewesen. Jedenfalls: In die Wüste kam ein Wilder, der keinen Kopf hatte; seine Augen und sein Mund saßen in seiner Brust. Er trug vierzig klare Saphire. Mit ihm kam eine Nachricht von einem Ort namens Kalikut.

Liebe Brüder, wir sind auf der anderen Seite des Ozeans, haben Euch aber nicht vergessen. Wir werden immer Eure Familie sein. Das Papier trug zwei Prägungen, einen Elefanten und einen Tiger.

Die Juden von Äthiopien schickten ein Ruderboot mit sechs Botschaftern, zwei gefleckten Ziegen, einer Thorarolle, der Pranke eines Löwen und einem Brief: *Liebe Brüder, danke für den kopflosen Wilden. Er ist das Schönste, was wir je erblickt haben. Wir kennen Euch nicht, und trotzdem lieben wir Euch.* Die Zurückgebliebenen legten den Wilden in Ketten und erzählten sich folgende Geschichte: Einst waren wir Sklaven im Land des Pharaos, aber wir entkamen. Das Meer teilte sich, die Gebote wurden uns gegeben, und wir begannen jenseits der Wüste von vorn.

Wochenlang tanzte das Ruderboot dahin, bis ein Sturm, schon in Sichtweite einer fremden Küste, das Gefährt zerschellen ließ und unsere Ururgroßeltern von den Wellen an den Strand gespült wurden. Die Thorarolle war verloren. Mit der Zeit vergaßen sie alle Gebete bis auf eines, das sie bei jeder Gelegenheit wiederholten. Bei Hochzeiten sprachen sie: »Es gibt nur einen Gott.« Bei Beschneidungen: »Es gibt nur einen Gott.« Sie zerteilten eine Orange, brachen eine Kokosnuss entzwei, töteten einen Hahn und sprachen: »Es gibt nur einen Gott.«

Im Kaukasusgebirge, hoch über dem Kaspischen Meer, kleideten sich unsere Urgroßmütter, wenn sie zum Brunnen gingen, in Kopftücher und Umhänge, die bunt waren wie Blumen. Sie trugen Wasserkrüge auf dem Kopf und rauchten lange Pfeifen. Die Älteren bildeten einen besonderen Berufsstand, sie wurden Klageweiber. Von den Angehörigen der frisch Verstorbenen wurden sie dafür bezahlt, dass sie sich gramerfüllt zu Boden warfen, mit den Fäusten auf die gefrorene Erde trommelten und wehklagten, bis allen, auch Gott, von der Trauer um den Verlorenen die Ohren klangen. Nachts, wenn von ihren Tränen alles salzig war, erzählten sie: »Einst, nach einem ganzen Leben der Kinderlosigkeit, wurde Sarah mit neunzig Jahren schwanger, und was tat sie? Sie lachte.«

In Spanien sagte die Königin zu unseren Urgroßeltern: »Bitte, eröffnet Geschäfte und verleiht Geld.« Und eine kurze Weile später sagte sie: »Seht euch an mit euren Rechnungen und Münzen. Schmutzig seid ihr, und ich will euch nicht mehr sehen.« Also veränderten unsere Urgroßeltern ihre Haartracht, verbargen ihre Kerzenleuchter im Schrank und hängten in ihren Zimmern Kreuze an die Wand, ihr Glaube aber blieb derselbe. Sie wurden zu Señor Henríquez, zu Señora Estrada. Sie zeichneten Landkarten, schlossen sich Expeditionen durch die Welt an, handelten um Inkagold und um Frauen vom Amazonas. Manchmal kamen sie durch, und manchmal wurden sie zusammengetrieben und umgebracht. Manchmal standen sie in der Obhut des Königs, und manchmal richtete sich sein Dolch gegen sie. Sie beteten, sie arbeiteten, sie entkamen.

Jemand sagte: »Ihr seid schmutzig und fremd, ich will euch los sein«, und unser Volk überquerte den Fluss. Dort hörten sie: »Euresgleichen ist hier nicht willkommen«, und sie stiegen ins Gebirge hinauf. Auf dem höchsten Gipfel verschränkten die Einheimischen die Arme und schüttelten den Kopf, und unsere Ururgroßeltern zogen weiter.

Jahrhundertelang: ein bisschen Frieden, die Wochen bestimmt von Ritualen, von Arbeit. Kinder wurden geboren, männliche Säuglinge beschnitten, Festmahle gefeiert, der zusätzliche Platz am Tisch für den Propheten gedeckt, Ehen geschlossen, die Kerzen im Tempel angezündet. Aus Urur- wurden Ur- wurden Großeltern. Sie sagten: »Dies ist der Tag des Herrn. Lasst ihn uns feiern und froh sein.«

Und dann eine Beschuldigung in Bukarest, eine andere in Sofia – »Juden opfern christliches Kind zu rituellen Zwecken« –, und der Pöbel trat Türen ein, raffte sämtliche Wertsachen im Haus an sich, ermordete die Familienoberhäupter und steckte die Synagogen in Brand, in die sich die Menschen geflüchtet hatten. Die Überlebenden packten abermals zusammen, wichen tiefer ins Gebirge zurück, ließen sich nieder, folgten dem Wochenrhythmus. Das Leben war die Pause zwischen den Katastrophen. Jedes Mal mussten sie entscheiden, was sie zuerst wieder aufbauen sollten, den Tempel oder den Friedhof. Aus allen Himmelsrichtungen kamen Schreckensmeldungen. Im Norden Kosaken, im Süden Aberkennung der Staatsbürgerschaft. Die großen Städte waren nicht sicher, in den Kleinstädten und Dörfern war es noch schlimmer. Ein Herrscher trieb sämtliche Juden über die Donau, und als sie von den Osmanen auf der anderen Seite wieder zurückgeschickt wurden, sagte der Herrscher: »Ach, ertränkt sie doch einfach«, und so geschah es.

Die kleine Gruppe unserer sturköpfigen und müden Großeltern, die wenigen, die das letzte Pogrom überlebt hatten, zogen mit ihren Ziegen-, Schaf-, Hunde- und Pferdepaaren einundvierzig Tage lang von der Stadt Iaşi durch die Bukowina. Die Großeltern brachten Sprachen und Münzen von allen Orten mit, an denen sie gelebt hatten – spanische Peseten, italienische Lire, österreichisch-ungarische Kronen, polnische Złotys, osmanisches Silber, jugoslawisches Kupfer, altes syrisches Gold und neues russisches Papiergeld. Sie hatten deutsche Flüche auf den Lippen, polnische Liebeslieder, englische Gedichte, hebräische Gebete und jiddische

Schimpfwörter. Sie waren gewandert und hatten gehandelt, und das viele Wandern und Handeln hatte sie mit Wörtern angefüllt.

Sie kamen an Weilern und Hütten vorbei, an Zigeunerlagern und vielen Straßen, die sie in die Stadt zurückgebracht hätten. Die Hügellandschaft war hellgrün und gelb gesprenkelt mit Wiesenblumen, dazwischen dunkle Tannen, Bäche und Wiesen. Trotz Kummer und Schmerz wussten die Großeltern die Schönheit zu schätzen. Während der letzten sechs Tage, als sie die Karpaten auf der anderen Seite wieder hinabstiegen, trafen sie keine Seele. Sie durchquerten die Narbe eines Waldbrands. Vor ihnen schlängelte sich der lehmige Fluss Dniester, und in der Biegung des Flusses erblickten sie das erste Dorf in fast einer Woche. Wäre nicht am anderen Ende die Straße gewesen, gerade breit genug für ein Fuhrwerk, hätte man von einer Insel sprechen müssen.

Paarweise überquerten die Großeltern eine alte Brücke. In dem Moment, als der Letzte von ihnen, der Ziegenhirt mit zwei Ziegen, drüben war, sackte die Brücke in der Mitte ein und brach entzwei. Sie mussten bleiben. Ein kleines hölzernes Schild stand da und darauf, mit weißen Buchstaben, der Name des Dorfes: Zalischik. Und auf dieser Beinahe-Insel standen unbewohnte Steinhäuser, die dem Zerfall nahe waren. Es war ein verlassener Ort, ein vergessenes Dorf, und die Großeltern sahen sich alles an und sagten sich: Vergessen, ja, lasst uns vergessen sein. Lasst uns für uns sein. Sie sahen brachliegende Felder und Wasser in rauen Mengen, einen alten Getreidespeicher und einen tiefen Brunnen. Die Säuberer hatten ihr Werk hier bereits getan – die Juden und Zigeuner waren vertrieben, das Problem erledigt. Das Dorf auf der Landkarte abgehakt. Das kreisförmige Land in der Flussbiegung stand ihnen zur Besiedlung zur Verfügung, eine neue Welt. Sie krempelten die Ärmel auf, gruben die Erde um und begannen mit der Aussaat.

Zwanzig Jahre lang lebten sie als vergessene Menschen. Sie waren weit weg von anderen Dörfern und noch weiter von allen Städten. Dass sie lebten, wussten auch sie selbst nur, weil sie sich ihre Geschichten immer wieder erzählten: der erste Mann und die erste Frau, die große Flut, die vielen Plagen, Blut, Frösche, Heuschrecken, Finsternis. Alle Geschichten waren Geschichten vom Wandern, vom Verlorensein, vom Neubeginn. Unterdessen reparierten die Großeltern die eingestürzten Mauern, flickten die Löcher in den Dächern, ersetzten fehlende Pflastersteine, und die Matratzen bekamen neue Füllungen aus Heu und Rosshaar.

Meine Mutter und mein Vater wurden geboren. Mein Onkel und meine Tante. Der Bankier, der Metzger, die Witwe, der Gemüsehändler, alle künftigen Ehefrauen und Ehemänner. Sie wuchsen heran, lernten ihre Schuhe zu binden, einen Vorhang auszubessern, Kartoffeln zu ernten, das monatliche Haushaltsbuch zu führen. Sie lernten sämtliche Sprachen, die in ihrer Gemeinschaft bekannt waren. Sie heirateten und bekamen wiederum Kinder. Ihre Eltern wurden schwach und vergesslich. Eines sonnigen Nachmittags im Frühling entschlossen sich die Eltern meiner Mutter zu einem Bad im Fluss, ihre weichen alten Körper waren nicht stark genug für die Strömung, und sie wurden mitgerissen. Auf dem Kohlacker fand eine Trauerfeier statt, Gebete wurden gesprochen. Der Heiler erzählte eine Geschichte: Einmal wurde der Prophet Ezechiel im Abgrund der Verzweiflung zu einer Stätte dürrer alter Knochen gebracht, und Ezechiel sprach den Namen des Herrn, und die Knochen erhoben sich, Haut überwuchs sie, und sie erwachten zum Leben. Immer wieder ein Neubeginn.

Alle paar Wochen kam ein Mann und brachte Post von einem Bruder, einer Schwester, einem Vetter in der Ferne. Die Briefe enthielten Nachrichten von Geburten und Todesfällen, Pogromopfern und Davongekommenen, von Fluchten und Neuanfängen. In jedem Frühjahr und jedem Herbst beluden Männer das Fuhrwerk mit Handelsware – mit Lämmern, Rüben, Kohlköpfen, Wollpullovern und Socken, die von den Müttern und Großmüttern gestrickt worden waren, mit Pferdesätteln – und machten sich auf in die Welt. Zwei Wochen später kam das Fuhrwerk mit anderen Waren wieder zurück – mit Säcken aus grober Leinwand, Baumwollhosen für die Männer und Baumwollkleidern für die Frauen, Holzspielsachen für die Kinder, Glasflaschen, in denen die Milch, Holzeimern, in denen die Butter aufbewahrt werden konnte, sowie einem jungen Apfelbaum, der gleich gepflanzt werden musste, und einer Zeitung.

Auf diese Weise erfuhren die Großeltern, dass ein Krieg begonnen, gewütet, geendet hatte. Sie sahen Bilder von den ausgebombten Gebäuden in Deutschland und den erschöpften österreichisch-ungarischen Soldaten in Sarajewo. Die Großeltern erkannten manche Orte, weil sie schon dort gewesen waren. Unterdessen änderte sich auf ihrer Beinahe-Insel nichts. Sie sagten sich immer wieder ein Wort: *vergessen*. Wir erinnern uns an die Geschichte, sagten sie sich, aber möge sich die Geschichte bitte nicht an uns erinnern. Lasst uns hier versteckt bleiben, wo wir in Sicherheit sind. Und so war es gewesen, bis jetzt.

Der Heiler knackte mit den Fingerknöcheln und ließ den Kopf schwer auf die Brust sinken. »Hat denn niemand hier gelernt, Häuser in Brand zu stecken?«, fragte Regina.

Wir schüttelten einmütig den Kopf.

Der alte Mann, unser Dorffrisör, fand, wir sollten vielleicht zum Anfang zurückkehren und zu ergründen versuchen, wo etwas schiefgegangen war: mit derselben streng logischen Vorgehensweise, mit der man einen verlorenen Schlüssel sucht. »Als ich heute Morgen aufgewacht bin«, probierte es ein schon größerer Junge, »war alles wie immer. Ich habe gefrühstückt und zugesehen, wie eine Krähe durchs Gras hüpft.«

»Gestern Morgen«, sagte die Mutter des Webers, »habe ich alle Tassen im Haus tadellos nach der Größe geordnet und in den Küchenschrank gestellt.«

»Vor drei Wochen bin ich einundvierzig geworden und habe mir zur Feier des Tages ein Paar goldene Ohrringe geleistet«, sagte die Witwe, die am Dorfrand wohnte.

»Stimmt«, sagte der Goldschmied. »Sie stehen dir sehr gut.«

»Heute Nacht habe ich, wie jede Nacht, geträumt, ich hätte ein Baby«, sagte Tante Kayla.

»Heute Nacht habe ich geträumt, du verzeihst mir. Wie jede Nacht«, flüsterte Hersch.

Die Fremde wiegte sich sacht vor und zurück wie ein Zweig im Wind. Ich sah sie unentwegt an und wartete, dass sie etwas sagte oder tat. Aber sie hörte nur zu.

Wir erinnerten uns an vieles in diesem Jahr, an vieles im letzten Jahr, aber was vor langer Zeit, was am Anfang gewesen war, das wusste niemand.

»Ob wir wohl von Anfang an gern geschwommen sind?«, fragte ich. »Oder haben wir das erst lernen müssen?«

Wir fanden es schade, dass niemand eine Zeichnung von dem ersten menschlichen Schwimmer gemacht hatte. Wir hätten uns gewünscht, dass jemand die Ängstlichen gezeichnet hätte, die zusammengedrängt am Strand zurückblieben.

Sicher waren wir ein komischer Anblick, wie wir unbeholfen durch die Dunkelheit stolperten und den Weg zurück in unsere Schlaflöcher suchten. Und dass wir in Löchern schliefen, war auch nur eine Vermutung – durchaus möglich, dass wir viel geschickter darin waren, auf Bäume zu klettern, vielleicht hatten wir in den Astgabeln hübsche Nester aus verfilzten menschlichen Haaren gebaut.

»Nein«, beharrte der Bankier, »Gott hat den Menschen nach seinem Bild geschaffen, und der Garten war vollkommen, und wir waren nackt, aber wir schämten uns nicht. Dann kamen der Baum der Erkenntnis und die Schlange und der Apfel.«

»Das ist nur ein Teil der Geschichte«, sagte die Witwe, die sich die Lippen leckte.

»Vielleicht hatten wir ursprünglich Flügel«, sagte ich.

»Vielleicht haben wir uns von Nektar ernährt«, sagte die Bankiersfrau lächelnd.

»Vielleicht haben wir mit Hirschen und Adlern gesprochen. Vielleicht waren wir in der Liebe besser«, sagte Onkel Hersch.

»Wir könnten aber auch genau so gewesen sein, wie wir jetzt sind. Vielleicht waren wir immer ängstlich und gemein und schön, genau wie heute?«, fragte ich. »Gut und Böse, Vertreibung.« Die düsteren Augen der Fremden ruhten auf mir. Das Leid darin war so tief und tränennass, dass mich fröstelte.

»Was wohl sonst noch alles in diesem Fluss treibt?«, fragte meine Mutter. Die Welt faltete sich vor uns auseinander wie eine riesige Landkarte – ein Anderswo: alle Dörfer am Flussufer, alle Berge, alle Meere, alle Städte. Was war bombardiert worden? Was war verschont geblieben?

»Ich habe einen Bruder in Amerika«, sagte der Goldschmied noch einmal. »Vielleicht sollten wir dorthin. Fliehen.«

»Die Engländer und Amerikaner lassen keine Schiffe mehr in ihre Häfen. Wir sind zu spät dran«, antwortete der Heiler. Auf unserer Landkarte wurden die Lichter dieser fernen Länder ausgelöscht, zurück blieben zwei große schwarze Löcher.

»Wir könnten nach Warschau gehen«, sagte der Metzger. Der Heiler zeichnete sich mit dem Zeigefinger ein X über jedes Auge. Polen wurde dunkel.

»Frankreich ist uns manchmal freundlich gesinnt gewesen. Oder die Türkei?«

Die Augen des Heilers schienen in ihren Höhlen zu versinken. Als seien sie zu müde, um sich noch länger an der Oberfläche zu halten. »Da müssten wir über alle möglichen Grenzen.« Rumänien versank im Schatten, dann Bulgarien, Ungarn. Offenbar gab es kein Anderswo, nirgends.

Die Witwe verdrehte die Augen. »Versteht ihr's nicht?«, fragte sie. »Wir sind Tote. Wir sind erledigt.«

»Und wir sind die Pest«, sagte der Heiler mit geschlossenen Augen. Unsere winzige Halbinsel, ein Stecknadelkopf auf der Weltkarte, war der einzige noch erleuchtete Punkt. Alles andere, alle anderen, überall – ausgelöscht.

»Sollen wir eine Mauer bauen? Eine Barrikade?«, fragte der Gemüsehändler.

»Aus was? Aus Lehm und Kohlköpfen?«, höhnte seine Frau.

Ich war in einem Raum voller Erwachsener, die keine Ahnung hatten, wie es weitergehen sollte. Keiner von ihnen. Wir waren rat- und hilflos. Mein Herz begann unregelmäßig zu schlagen, ich musste die Augen schließen und mich aufs Atmen konzentrieren.

In dem Moment ertönte, klar und laut, die Stimme der Fremden: »Wir fangen neu an.«

»Haben wir doch schon versucht. Wir wissen gar nicht mehr, wie wir hierhergekommen sind«, rief Igor ihr in Erinnerung.

»Das meint sie nicht«, sagte ich, selbst überrascht, dass ich die Fremde so genau verstand. »Sie meint: In einer Zeit, als das Wünschen noch geholfen hat, war morgen der erste Tag der Welt. Der allerallererste. Die Erde war Irrsal und Wirrsal.« Mein Herz flatterte wie ein Vogel, der sich in einem Kamin verirrt hatte.

Und die Fremde sah mich an, und ihr Blick war so scharf, dass alles im Raum jäh erstarrte. Sie nahm meine Hand und hielt sie lange fest. Ihre Handfläche fühlte sich an wie abgetragenes Leder, dick und derb. »Land ist begrenzt – der Raum ringsum besetzt –, aber den Glauben kann niemand begrenzen«, sagte sie. Dann sah sie sich im Zimmer um. »Wir brauchen eine Geschichte«, fuhr sie fort, an die ganze Dorfgemeinschaft gewandt. »Wenn man nichts mehr tun und nirgendwohin kann, beginnt die Welt von vorn.«

»Niemand existiert außer uns und Gott?«, fügte ich zögernd hinzu. »Alles muss neu entstehen?«

Sie schloss die Lider und nickte. Ich sah ihre Wimpern dunkel glänzen, als sie zu weinen begann.

In dieser Nacht war der Mond eine Schnittwunde im Himmel und spiegelte sich in unseren Augen. Konnten wir wirklich die Hände ausstrecken und die davoneilende Zeit stoppen? Alles, was wir erfunden hatten – das Rad, den Hebel, den Flaschenzug –, war auf einmal bedeutungslos? Die anderen starrten die Fremde und ihren zerschlagenen Körper an. Sie horchten auf einen tobenden Fluss und hörten nicht das leiseste Rauschen.

Stattdessen taten sie etwas sehr Einfaches: Sie nickten. Die Fremde und ich nickten zurück.

Wir nickten, ehe die Trümmer von hundert zerstörten Städten an unserem Ufer landeten, ehe wir mitgerissen und zu einem fernen Meer abgetrieben würden, ehe der Himmel sich mit silbernen Flügeln füllte und unten auf der Erde alles in Flammen aufginge, ehe die winzige Kerzenflamme unseres Zuhauses, das letzte flackernde Licht auf der Landkarte, verlöschte. Zu dem Schrecken, der noch in unserer Brust hämmerte, trat die verzweifelte Sehnsucht; wir wollten glauben. Wenn wir diese Geschichte überleben wollten, mussten wir sie entsprechend hoffnungsvoll erzählen. Wir schluckten schwer und warteten auf eine Reaktion des Himmels. In diesem Moment, als der Regen alle Blätter draußen in kleine Trommeln verwandelte, auf das Land prasselte und sich in schmalen Bächen zum Fluss schlängelte, als die Tiere sich im Stall zusammendrängten, als die dünne Mondsichel als Erinnerung an das Licht inmitten der Finsternis stand, in genau diesem Augenblick geschah nichts. Die Erde warf uns nicht ab.

Wir waren allein und trieben auf einem Meer schwarzer Dunkelheit dahin – all die ungeschriebenen Kapitel.

»Der Beginn einer vollkommenen Welt«, sagte ich.

»Der Beginn«, wiederholte die Fremde. »Der Welt, die schön ist. Lasst Hühner darin sein. Lasst Bäume darin sein. Lasst uns darin sein. Lasst sichere Orte sein, an denen man übernachten kann.«

»Lasst Ruhe für ältere Brüder sein«, sagte Igor.

»Lasst Liebe sein«, sagte der Goldschmied.

»Seid fruchtbar und mehret euch«, fügte Kayla lächelnd hinzu.

»Und was ist mit meinen Erinnerungen?«, fragte meine Mutter.

»Du hast keine«, sagte die Fremde mit geschlossenen Lidern, unter denen Tränen quollen. »Tote Kinder gibt es nicht. Brandwunden gibt es nicht.« Die Mädchen mit den Taschen voller Eier waren nicht tot, sie hatten nicht gelebt, waren nie geboren worden, nie im Bauch der Fremden herangewachsen. Sie war nie eine Mutter gewesen.

»Es ist die Nacht vor dem Anfang der Welt«, sagte ich. »Alles macht sich bereit. Alles wartet darauf, lebendig zu werden.«

Wir legten uns hin, auf die Seite gedreht. Wir lauschten dem, was noch nicht begonnen hatte.

Wir sahen nicht, wie der Regen unseren Friedhof überschwemmte und die Knochen unserer Vorfahren hervorspülte. Wir sahen nicht, wie ihre Geister in unsere Bäume kletterten, auf unsere Dächer, in unsere Betten. Wir hörten auch nicht, wie die Kinder der Fremden als Geister aus ihren Körpern schlüpften und in die würzige Gebirgsluft aufstiegen, in den Geruch von nassen Kiefernnadeln. Wir hörten nicht das Quäken aus dem Funkgerät des Piloten, der sein Flugzeug zum Stützpunkt zurückflog. Wir sahen nicht die Person am anderen Ende der Funkverbindung, die Informationen über den Flug, die getestete Bombe niederschrieb. Wir hörten nicht, wie unser Fluss Tausende Kilometer zurücklegte – durch Städte, die im Fieber verlorener Kriege lagen, und Dörfer, die stillhielten, um nicht gesehen zu werden; durch Sonnenblumenfelder, Getreidefelder, Apfel- und Zwetschgenplantagen, vorbei an Gemüsegärten, Viehweiden, Bahngleisen und Haustüren, vor denen Mütter die Füße ihrer Neugeborenen in den Fluss hielten, beide lachend, weil das Wasser so kalt war, während das Feuer im Herd Hitze abstrahlte. Bis der Fluss endlich mit einer ebenso verzweifelten wie vergnügten Hast sich ins Meer stürzte.

In der Dunkelheit eines Raumes, der noch nicht existierte, eines gelben Zimmers mit einer Gaslaterne, die wie ein Pendel von der Decke schwang, mit den dunkelroten Kohlen eines langsam verglühenden Feuers und dem Prasseln des Regens an den Fensterscheiben, eines Zimmers, das vollkommen still war, abgeschirmt gegen das Gewisper des Lebens dort draußen – suchendes, jagendes Leben, sämtliche Armeen der Welt, die in der Ferne verblassten –, rollten mein Dorf und ich uns auf dem Boden zusammen. Wir weigerten uns, die Hoffnung aufzugeben, und obwohl wir uns alle im Klaren waren, dass wir in keiner Welt je sicher wären, auch wenn Gott sie noch so schön geplant hatte, erlaubten wir uns, an diese eine neue Welt zu glauben. Vielleicht, hoffentlich, hatten wir im allerletzten Moment etwas Vollkommenes geschaffen.

Ich begann zu reden. *Gott sprach: Leuchten seien am Gewölb des Himmels, zwischen dem Tag und der Nacht zu scheiden; dass sie werden zu Zeichen, so für Gezeiten, so für Tage und Jahre.* Wir hielten einander an den Händen, wir summten, wir lauschten, wir beteten. Manche Lippen fanden zueinander. Wir ließen Speichel aus unserem Mund in fremden Schultergruben trocknen. Es war gleichgültig, wessen Schulter, wessen Mund es war. Wir waren eine Schar Ungeborener, die ihre Gliedmaßen ineinanderschlangen, die geküsst und ergriffen und gefunden wurden. *Und seien Leuchten am Gewölb des Himmels, über die Erde zu leuchten.*

Und wir hofften, es würde gut.

DER ERSTE TAG

Die Sonne brach durch die Wolken und ging über uns auf, als wüsste sie von unserem Plan. Es regnete immer noch, und ein Farbbogen spannte sich über den Himmel. Wir stimmten dafür, weiter in den Häusern zu wohnen, die bereits standen, und mit den Menschen verheiratet zu bleiben, mit denen wir verheiratet waren. Es gab einige, die dagegen protestierten und meinten, wir sollten uns auf dem Dorfplatz versammeln und neu zusammentun, die Größten mit den Kleinsten. Es gab andere, die fanden, es sei besser, die Dummen mit den Klugen zu verpaaren, um ein Gleichgewicht herzustellen, und wieder andere, die dachten, wir sollten lieber die Klugen mit den Klugen vereinigen und auf wahre Genies hoffen.

»Aber ich liebe meine Frau«, sagte mein Vater.

»Woher willst du das wissen? Heute ist der erste Tag – hast du sie je zuvor gesehen? Wer sagt, dass du sie nicht heute Abend hassen wirst?«, fragte der Bankier.

Mein Vater blickte meiner Mutter in ihre moosbraunen Augen. »Ein Gefühl«, sagte er. »Ein sehr starkes Gefühl.«

Der Geflügelzüchter wandte ein, wir seien heute Morgen in genau diese Situation hineinerwacht – wir seien eben paarweise in die Welt geboren. Sein Argument überzeugte uns. Nur zwei Personen entschieden anders: Mit einvernehmlichem Nicken tauschten die Frau des Frisörs und die Frau des Schafscherers ihre Ehemänner. Dem, mit dem sie gekommen waren, klopften sie auf den Rücken und sagten: »Nimm's nicht persönlich, mein Schatz, es ist einfach besser so.« Die beiden Ehefrauen besiegelten den Tausch mit einem Händedruck und stellten sich zu den Männern, die sie mehr und länger zu lieben hofften. Die Männer staunten nicht schlecht, waren leicht verletzt, dass sie auf diese Weise abserviert wurden, und im selben Maß von der Aussicht begeistert, an einen neuen, unerforschten Busen gedrückt zu werden. Die Lider der Fremden schlossen sich. Ich hätte gern gewusst, ob sie einem Partner zugewiesen werden oder lieber allein bleiben wollte. Ich sah, dass der Goldschmied sie beobachtete, doch sie blickte nicht auf.

»Was ist mit Gott?«, fragte mein Bruder Moische. »Ist er derselbe?«

Ich stellte mir Gottes Sicht auf das Dorf der Fremden vor, als die rumänischen Soldaten ihre Messer gezückt und die Gewehre nachgeladen hatten. Hatte er das alles gesehen? Hatte er von vornherein gewusst, dass er nicht eingreifen würde?

Wir sahen uns um und lauschten in die Stille.

»Wir sind eben erst angekommen, oder? Die Welt hat eben erst begonnen«, sagte Igor. »Vielleicht hat er uns genau gesagt, was wir tun sollen.«

»Ich hab nichts gehört«, sagte mein Bruder, und mein Vater gab ihm einen Klaps auf den Kopf. Mich beschlich die Sorge, ob Gott wohl zornig auf uns würde, weil wir seine Schöpfung abgeschafft und neu begonnen hatten, und ich schlug vor, ihm einen Brief zu schreiben, um alles zu erklären und um seinen Segen zu bitten.

Lieber Gott,
wir haben nicht deshalb neu angefangen, weil es vorher nicht schön gewesen wäre. Die Welt, die wir uns machen, wird viel kleiner und weniger prächtig sein als Deine. In unserer neuen Welt werden keine fremdartigen, wilden Tiere vorkommen, keine Elefanten und Tiger, keine Papageien und blauen Frösche. Es

wird keine exotischen Gewürze geben, kein Meer, keine Seen. Wir begnügen uns mit diesem kleinen Fleckchen Land: Das soll unser ganzes Universum sein, solange wir hier sicher sind.

Ich war überzeugt, dass wir ihm im Gegenzug etwas anbieten müssten. »Was wird Gott als Beweis unserer Liebe von uns wollen?«, fragte ich. Der Metzger meinte, wir könnten eine Ziege opfern, der Bankier schlug ein mildtätiges Werk vor. Und mir fiel ein, dass Gott vielleicht einfach einsam war, so mutterseelenallein, wie er bis in alle Ewigkeit da auf dem höchsten Punkt des Himmels saß. »Vielleicht möchte er einfach eine gute Geschichte hören«, sagte ich. Und eine gute Geschichte versprachen wir ihm dann.

Wenn wir Gott auf unserer Seite haben wollten, würden wir ihm einen Tempel bauen müssen. Den größten Tempel, der je errichtet worden war. Seine Anlage und seine Pracht gaben uns Gesprächsstoff für Stunden. Damit er vom allerersten Tageslicht erfüllt würde, brauchte er riesige Ostfenster. Und nicht minder große Fenster nach Westen, denn das Ende eines Tages ist zuweilen noch spektakulärer als sein Beginn. Meine Schwester wollte eine Öffnung im Dach, damit auch die Toten einen Zugang hätten. Die beiden ältesten Männer schlugen vor, den Boden mit weichen Federn zu bedecken, damit wir liegend beten könnten. Igor meinte, wir bräuchten dringend Kinderbetreuung.

Das Zweite, was Gott schuf, nachdem er die Erde erfunden hatte, war das Himmelreich. Die Erde hatten wir gemacht, also ging es jetzt an den Himmel. Wir wollten Sternbilder an die Decke des Tempels malen, weiße Punkte auf dunkelstem Blau. Der Tempel ragte hoch über uns empor, eine nebelumwehte Vision, so prächtig und schön, dass wir davon wie berauscht waren. Wie sollte unser Gott uns nicht lieben?

»Klingt nett«, sagte meine Mutter. »Gold und alles. Aber die Welt hat von vorn angefangen, weil wir einen Ort wollten, an dem wir sicherer leben können. Einen vernünftigeren Ort. Wie sorgen wir dafür, dass wir das nicht vergessen? Wie behalten wir den Überblick über unsere Geschichte? Sollte sie nicht unsere große Opfergabe sein?«

Etliche verzogen missmutig das Gesicht – nachdem sie eben noch hingebungsvoll damit beschäftigt gewesen waren, prunkvolle Balustraden aus Elfenbein zu schnitzen, sollten sie sich nun auf einmal mit dem mikroskopischen Räderwerk von Bedeutungen beschäftigen. Der Tempeldunst lichtete sich, und im Raum wurde es still.

Der Geflügelzüchter meinte, wir sollten aufschreiben, womit wir unsere Tage verbrachten, aber der Goldschmied wandte ein, am Ende erhielten wir so nur ein lückenloses Protokoll unseres Alltags und hätten noch immer keine Ahnung vom tieferen Sinn. Dann stünde zum Beispiel gewaschene Wäsche auf der Liste, aber nicht unser Glaube. Die Fremde flocht Zöpfe in die Fransen der Decke, die um ihre Schultern lag. Sie blickte von ihrer Tätigkeit auf und nickte dem Goldschmied leise zu. Der wurde rot.

Igor meinte, wir sollten uns gegenseitig befragen.

Ich schlug vor, jede Woche für sich zu betrachten und aufzuschreiben, was in dem Zeitraum geschehen war.

»Wir schreiben die Gebete aller nieder«, sagte die Fremde. »Jemand hört zu.«

Und so sollte es sein. Wir entschieden gemeinsam, einen bequemen Stuhl und ein Pult zu zimmern; daran sollte der Protokollant sitzen, einer von uns, der schweigend zuhörte und jedes Gebet aufschreiben würde, das einer von uns sprach. Es gäbe keine Unterbrechungen, keine Fragen und keine Antworten.

»Und was ist, wenn wir zum Beispiel in der Küche beten oder bei einem Gang durch den Schnee?«, fragten wir.

»Auch dann sollen wir einander zuhören. Wenn ihr ein Gebet hört, schreibt es auf und bringt es in den Tempel. Wir können eine eigene Kiste dafür aufstellen.«

»Ich glaube, wir brauchen die ganzen Sprachen«, sagte ich und dachte an das Russisch, das mein Vater manchmal sprach, das Deutsch des Metzgers, das Spanische, Jiddische, Italienische, Rumänische, Hebräische. »Wenn wir mit den Gebeten unsere Geschichte festhalten wollen, dann sollten wir eine Menge Wörter zum Wünschen haben.«

»Solange wir vergessen, woher sie ursprünglich kommen«, sagte die Fremde, und ich versicherte ihr, bei mir sei das längst der Fall.

»Brauchen wir Schutzmaßnahmen?«, fragte mein Bruder. »Eine Mauer oder einen Graben?«

»Nein«, sagte ich. »Wir sind das Einzige, was existiert. Wir und Gott.«

Als es dämmerte, waren wir erschöpft. Es war unser erster Tag, und wir hatten viel getan. Aber diesen Augenblick, als der Himmel sich purpurn färbte und wir Hunger hatten und schlafen wollten, hatten wir nicht bedacht. Sollten wir im Haus des Heilers zusammenbleiben? Sollten wir in die Häuser zurückkehren, die von Geburt an in unserem Besitz waren? Einige beschlossen, sich in der hellen Kälte zusammenzurollen und draußen im Nieselregen zu schlafen. Andere wollten etwas bequemer schlafen, wollten ein Federkissen und Mauern um sich, die vor den Käfern und Spinnen schützten. Wer mit Liebe geboren war, wollte lieben. Wollte die Finger des anderen auf seiner Haut spüren. Wollte das

Glück würdigen, das es bedeutete, diesen historischen Moment zu erleben, die Ersten unserer Art zu sein, lebenswarm und langbeinig und voller guter Ideen.

Der Goldschmied lud die Fremde ein, bei ihm zu übernachten. Als wir das Haus des Heilers verließen, nahm ich sie bei der Hand und stellte mich auf die Zehenspitzen, um ihr ins Ohr zu flüstern: »Kannst du mir bitte helfen, alles richtig zu machen?« Mit ihr zu reden kam mir vor, als riefe ich über eine weite Schlucht hinweg einer winzigen Gestalt auf der anderen Seite etwas zu. Sie drückte zweimal meine Finger, dann ließ sie mich los.

In seinem Haus befreite der Goldschmied seinen weichsten Teppich von Silberspänen und Zangen. Er nahm einen Stapel mottenzernagter Decken, die seit Jahren nicht mehr über einem schlafenden Körper gelegen hatten; sie hatten einmal, in einer anderen Welt, seiner Mutter gehört. Sie und sein Vater waren beide unter diesen Decken gestorben, und er hatte sie in den Schrank gelegt und seither nicht mehr herausgenommen. In dieser Nacht aber gehörten sie in eine Welt ohne Tod und würden die Fremde nicht in Trauer hüllen, sondern sie wärmen. Der Goldschmied spürte eine weich schäumende Welle über sein Herz schwappen und fühlte sich getröstet. Die Fremde legte sich nieder und schob sich ein Kissen unter den Kopf. Dem Goldschmied kam sie im Dunkeln vor wie eine Höhle, in die er gern gekrochen wäre. Finster, ja, aber friedlich und nah.

Meine Eltern schafften uns drei Kinder rasch nach Hause und ins Bett. In der kratzenden, wolligen Dunkelheit roch ich meinen Atem. Ich fühlte mich vollkommen allein – aber glücklich allein. Ich war stolz. Nichts konnte dieses Gefühl erschüttern – nicht einmal das Bild der Fremden, wie sie auf dem Stuhl saß und Zöpfchen aus den Fransen der Decke flocht und ihr Blick auf der Oberfläche eines unbekannten Meeres dahintrieb. Ich presste die Lider fest zusammen und lächelte: weil sie alle mitspielten. Wir erlebten nun also die erste Nacht auf Erden. In meiner Höhle konnte ich das als Tatsache feststellen – die erste Nacht auf Erden –, und darüber musste ich so breit grinsen, dass ich es fast hören konnte.

DER ZWEITE TAG

Unser Haus war aus Holz, das Dach schindelgedeckt. Es gab einen großen Raum mit zwei Betten – eines für unsere Eltern, eines für uns. Auf dem Boden lagen abgetretene Flickenteppiche, und im Herd hatte sich eine dicke Schicht Holzasche gesammelt. Wir hatten einen Tisch und einen Stapel Töpfe, Pfannen, Schüsseln. Wir hatten eine schöne alte Kiste mit Tafelsilber, das wir schonten und darum nie benutzten. Ich selbst besaß nichts – alles, was ich hatte, gehörte uns gemeinsam, zum Beispiel die weiche blaue Babydecke, die wir nacheinander als Kinder gehabt hatten, die Bleistifte, das Papier, die Murmeln, die Schere.

Am zweiten Morgen der Welt füllte meine Mutter für jeden von uns eine Schale mit Kohl. Mein Vater küsste sie auf die Stirn, und Moische stichelte: »Die schönste Frau auf der Welt.«

»Woher weißt du, was ich sagen will?«, fragte unser Vater lächelnd. »Es ist nicht mehr dieselbe Welt wie vorher.«

»Es gibt kein *Vorher*«, sagte Regina.

»Die schönste Frau in der *neuen* Welt«, sagte ich und tätschelte das Knie meiner Mutter.

»Genau«, sagte mein Vater.

»Die glücklichste Frau. Die schönste Familie«, berichtigte meine Mutter, und in dem sekundenlangen Schweigen, das darauf folgte, spürten wir unser Glück auf der Zunge prickeln und in den Ohren sirren.

Meine Mutter ging mit den anderen Frauen, die wie sie ihre Körbe und Einkaufslisten trugen, zum Markt. Sie drückten Tomaten, rochen an den Melonen, schälten Hüllblätter von Maiskolben, um nach Schädlingen zu suchen. Sie beäugten nackte, ausgenommene Hühner, und an den Schokoladentafeln und Pfefferminzstangen gingen sie gedankenlos vorbei. Wenn eine Einkäuferin einen Laden wieder verließ, setzte sie das Glockengeläut über der Tür in Gang. Zu Hause lösten sie ihre aufgesteckten Frisuren und ließen sich von ihren Kinder das Haar bürsten und wirre Zöpfe flechten.

Mein Vater war als Kohlbauer geboren worden. Bei der Feldarbeit waren die Muskeln an seinen gewaltigen Armen wie gerupfte Hühner, die Haut dunkel und rissig, als könnte sie jeden Moment aufplatzen und das rosafarbene Zucken und Pulsieren darunter offenlegen. Als er an diesem Tag zur Arbeit ging und der Regen ihm in die Augen fiel, erzählte er sich Geschichten darüber, wie gut er seine Arbeit machte. »Herr Vladimir«, sagte er sich, »du hast keine Ahnung, was für ein hervorragender Kohlbauer du bist. Wahrhaftig, keiner kennt den Kohl wie du.«

Er stellte sich vor, wie das Geld zu fließen begann, und in seiner Phantasie sah er, wie er sich einen schönen Hut und einen pechschwarzen Mantel kaufte und für seine drei Kinder dasselbe noch einmal. Seine Felder würden riesig sein und dicht bevölkert mit Kohlköpfen, und mitten hinein stellte er sich ein Haus, von dem die bepflanzten Reihen wie

Sonnenstrahlen abgingen. Die Kohlköpfe lächelten wissend, wühlten sich mit ihren Wurzeln in die Erde, sahen sich um und priesen sich glücklich, dass sie in einem so hübschen Feld wachsen durften und von so starken Händen geerntet wurden. Mein Vater nickte ihnen zu und bedankte sich für das Kompliment. »Aber nein«, würde er antworten, »der Glückspilz bin doch ich. Was täte ich ohne euch.«

Als die Männer, mein Vater mit ihnen, am Abend dieses Tages nach Hause gingen, dachten sie an die Frauen, mit denen sie in die Welt gekommen waren, an langes braun gewelltes Haar, an blonde Locken, an Seidenglanz, und malten sich aus, wie das Haar sie vollständig bedecken würde. Unvorstellbare Mengen Haar fielen von den Köpfen der Frauen und bildeten Meere, Nester und Betten.

Aber meine Eltern hatten ein Geheimnis. Meine Mutter hatte keine Haare. Sie war kahl, glänzend, leuchtend kahl. Schon seit sie ein junges Mädchen war: Binnen weniger Wochen war ihr Haar ausgefallen, und sie hatte seither jeden Tag eine Perücke getragen. Der Grund, weshalb sie meinem Vater bedingungslos vertraute, war nicht, dass er sich in sie verliebt hatte, sondern dass er sich nicht wieder entliebt hatte, als er ihren Kopf unbedeckt sah.

Weil die Welt neu war, schätzte jeder seinen Besitz ein, machte Inventur, bilanzierte, was man hatte und was fehlte. Die meisten Familien in Zalischik hatten gerade genug zum Leben, aber jeder nahm stillschweigend an, dass die anderen mehr hätten, und in mancher Hinsicht war die Einschätzung richtig. Manche hatten mehr Geld, manche hatten mehr Liebe, manche mehr Kinder. Meine Mutter hatte mehr Kohl. Im ganzen Haus lagerten Kohlköpfe. Auf dem Tisch standen Schüsseln mit Kohl. Unter dem Bett meiner Eltern lagerte Kohl. In den Regalen lagerte Kohl, neben unserem Korb mit übrig gebliebenen Garnknäueln und der Schachtel mit Stiften. Im Waschzuber lagen Kohlköpfe und mussten herausgenommen werden, damit man das Geschirr spülen oder sich waschen konnte. Sie lagen sogar im Kinderwagen, der ja jetzt nicht mehr gebraucht wurde. Und natürlich stand immer ein Topf auf dem Herd, in dem der Kohl vor sich hinkochte.

Am Ende des zweiten Tages stand meine Mutter am Herd und rührte Kohlsuppe, während ihr Mann und ihre Kinder auf dem Boden saßen und sich lachend gegenseitig zeichneten. »Ich bin nicht annähernd so hässlich!«, protestierte mein Vater über Moisches Bild. »Schau dir mal meine Nase an und dann die Nase dieses Kerls da!« Regina und ich kringelten uns vor Lachen, japsten nach Luft. Ich zeichnete unseren Vater mit einer doppelt so großen Nase, wie unser Bruder ihn gezeichnet hatte, und zeigte das Bild meiner Schwester, die sich auf den Rücken schmiss und sich den Bauch hielt. Unsere Mutter sah unserer Veranstaltung zu, während sie rührte, die Suppe in eine Schüssel goss, den Tisch deckte.

»Abendessen«, sagte sie und klopfte mit einem Löffel an den Schüsselrand, dass es klirrte.

»Jemand muss ein Gebet sprechen«, wies unser Vater uns an, während er mir die Serviette über den Schoß breitete. Er legte einen Zettel vor sich hin, auf den er das Gebet schreiben würde und der danach zweimal gefaltet und in die Kiste geworfen werden sollte.

»Gesegnet sei Papas Nase, gesegnet sei die Suppe, gesegnet sei die Familie, gesegnet sei die Welt«, sagte ich.

»Amen«, antworteten die anderen und griffen zum Löffel.

Im ersten Morgenlicht fragte der Goldschmied: »Tee?«, und die Fremde antwortete: »Ich weiß nicht.« Die Fremde wollte sich bedanken, brachte aber die Kraft nicht auf. »Danke, dass du bei mir wohnst«, sagte der Goldschmied. »Ich bin lange allein gewesen.« Der Fremden gelang es, eine Sekunde lang seinen Blick zu erwidern, dann begann es zu schmerzen, wie wenn man in zu helles Licht schaut. Der Goldschmied suchte krampfhaft nach einem Gesprächsthema. Wenn man geschichtslos ist, kommen Unterhaltungen schwerer in Gang. »Es regnet«, sagte er schließlich, als sei ihr das bis jetzt entgangen.

»Es tut mir leid«, sagte sie.

»Was denn?«, fragte er, aber sie starrte nur in die Ferne. »Es gibt doch nichts, das dir leidtun müsste.« Bitte sei glücklich, dachte er, konnte aber nicht einmal sich selbst erklären, woher diese Zuneigung zu ihr kam, weshalb ihm ihre eigenartige Gegenwart so lieb war. Die Fremde war ihm ein Buch mit sieben Siegeln, aber auf seine Gefühle hatte dies offenbar keinen Einfluss. »Du bist wie eine Muschel«, sagte er. »Eine Meeresmuschel. Hohl, aber schön.«

»Hohl.« Sie nickte. Er ließ den Tee ziehen, nahm das Körbchen mit den tropfenden Teeblättern aus dem Becher und trug es zum Waschbecken. Er rührte Zucker und Sahne hinein und reichte der Fremden den dampfenden Becher. Zu seiner Überraschung streckte sie die Hand aus, nahm ihn entgegen und legte die Hände darum. Stille Dankbarkeit erfüllte beide.

Während des weiteren Tages saßen sie nicht weit voneinander entfernt und blickten aus dem Fenster in das sich langsam verändernde Licht. Der Goldschmied legte Holz im Herd nach und richtete allerlei Essbares her: mit Butter bestrichene Brotscheiben, Apfelkompott, Käse. Er setzte

Wasser auf und spülte die Becher, als sie leer getrunken waren. »Rote Rüben mag ich«, sagte der Goldschmied, der gern reden wollte. Die Fremde sah ihn nicht an, und doch hatte er das Gefühl, dass sie die Mitteilung zur Kenntnis nahm. »Rote Rüben sind vollkommen, finde ich«, fuhr er fort, denn er wollte, dass sie ihn kennenlernte, auch wenn er nichts Bedeutendes zu sagen hatte. »Dieses Kissen«, sagte er und hielt ein fleckiges gelbes Ding hoch, »ist mir völlig gleichgültig. Ich weiß nicht, wo es herkommt, und ich würde es nicht vermissen, wenn es weg wäre.« Die Fremde hörte zu, das wusste er, auch wenn sie es sich nicht anmerken ließ. Während der Goldschmied redete, saßen sie beide da und hatten nichts dagegen, dass sie wie Gegenstände waren, auf denen der Staub sich niederließ.

In dieser Nacht schlief die Fremde nicht. Sie spürte, wie das Blut sinnlos weiter durch ihre Adern gepumpt wurde. Das Klopfen in ihrer Brust war eine einzige Mühsal. In welchen dunklen Raum hatte es sie verschlagen? Was für ein gottverlassenes Nest war dies, wo die Leute bei ihrem Erscheinen die Uhren neu stellten und einfach von vorn anfingen? Am ersten Tag hatte sie sich wie ein Gespenst gefühlt, der Geist einer Toten. Als die Nacht dem Morgen wich und das erste Licht ins Zimmer drang, sah sie eine endlose Reihe von Tagen vor sich, die darauf warteten, gelebt zu werden. An keinem einzigen Tag würde es ihr erlaubt sein, dass sie unter Verweis auf Krankheit oder allgemeine Schwäche einfach im Bett liegen blieb. Sie hatte gesehen, wie das Gesicht ihres Mannes Feuer fing und ihre Kinder in einen Wald geführt wurden, aus dem Tausende Schüsse klangen. Warum habe ich das überlebt, fragte sie sich. Es war erschreckend einfach – sie hatte sich hinter einem Holzschuppen versteckt. Sie hatte vorsichtig hervorgespäht und nicht glauben können, was sie sah.

An diesem Tag hatte es viele Gelegenheiten zum Sterben gegeben, aber sie allein sollte nun erleben, was die Zukunft barg. Lebendig fühlte sie sich deshalb noch lange nicht. Eher ausgehöhlt. Wie ein Mensch, dessen Eingeweide herausgenommen, entwirrt und vor ihr ausgebreitet worden waren. Als der Goldschmied, der nicht wusste, dass sie wach war, schlaftrunken im rosigen Morgenlicht des dritten Tages draußen vorbeischlich, dachte sie daran, seinen Umriss in die Leere ihres Körpers einzufügen und ihm dort ein warmes Nest zu geben, damit das, was ihr fehlte, wenigstens für jemand anderen ein Ruheplatz würde. *Ich bete darum, dass …*, sagte sie, konnte aber einem Gott, den sie nicht kannte, das Fehlende nicht benennen. *Ich bete,* sagte sie, und das stimmte.

Als der Goldschmied zurückkam und die Decken auf seinem Bett anhob, um hineinzusteigen, sagte sie: »Danke, dass du in der Nähe bist.« Der Goldschmied erschrak über ihre Stimme, kam herüber, kauerte sich neben ihr nieder, legte ihr eine Hand auf die Schulter und war erst einmal sprachlos. Es war gleichgültig; sie verstand auch so, was in ihm vorging: Leere kann so kompakt sein, dass sie eine eigene Schwerkraft entwickelt. Ein Planet, der sich aus dem herabsinkenden Staub einer Leere bildet. Zwei Planeten, einander umkreisend.

DER DRITTE TAG

Am dritten Morgen der Welt klopfte Onkel Hersch, der Sattler, an unsere große blaue Tür. Wir Kinder lagen vor dem Fenster auf dem Boden und lasen ein Buch, das ich von einer Welt in die andere herübergerettet hatte. Unser Vater war auf dem Feld und sammelte Kohlköpfe ein, und unsere Mutter legte ihr Messer neben den geäderten grünen Blättern ab.

Onkel Hersch schüttelte seinen nassen Mantel aus und legte ihn über die Rückenlehne eines Stuhls. »Ich muss etwas loswerden, bevor ich noch durchdrehe. Ihr habt etliche Kinder, und wir haben keine.«

»Möchtest du Tee?«, fragte meine Mutter. »Kohl?«

Sie ließ ihn sich am Tisch niedersetzen und stellte einen dampfenden Becher vor ihn hin.

»Tut mir leid. Es tut mir fürchterlich, schrecklich leid, und dabei habe ich noch gar nichts gesagt.« Er schloss die Augen. Die nächsten Worte spie er aus wie bittere Traubenkerne. »Jetzt, wo die Welt neu anfängt, will Kayla ein Kind.«

»Sie wollte doch immer eines«, sagte meine Mutter.

»Aber jetzt ist der Neubeginn«, sagte Hersch. »Genau jetzt. Glaubt sie. Alles liegt vor uns – wen werden Kayla und ich in die neue Welt hinausschicken? Wer wird unsere Erinnerungen weitertragen, wenn wir gestorben sind? Wie soll ich es ertragen, noch eine weitere Lebensspanne lang meine Frau zu enttäuschen?« Er sprach rasch, hatte die Sätze zuvor eingeübt.

Jahre, die jetzt nicht mehr zählten, ja nicht einmal existierten, waren mit fruchtlosen Versuchen dahingegangen. Hersch war stark, er roch nach Leder und Öl und hatte in sämtlichen Ritzen seines Hauses Geld versteckt. Er hatte große Füße und große Hände und mächtige Augenbrauen, als wäre er dreimal so alt, wie er war. Doch nachts unter den Decken war er unnütz.

Anfangs waren meine Tante und mein Onkel voller Zuversicht gewesen, wenn sie ihre Kleider auszogen und sich niederlegten. Kayla hatte ihr Haar mit einem Stück Schildkrötenpanzer zu einem Knoten aufgesteckt, sie blickte ihm fest in die Augen und betete und fand es schön. Er fand es ebenfalls schön, sehr schön sogar, und war gespannt, überaus gespannt, was er zustande brächte. Er war sich sicher, es würden auf Anhieb Vierlinge oder Sechslinge werden und danach noch mehr. Tausende Babys müssten aus dem Körper seiner Frau hervorstürmen, es konnte gar nicht anders sein. »Es tut mir leid, meine Liebste«, legte er sich vorsorglich zurecht, »dass du diese vielen Geburten aushalten musst, ich kann nichts dafür.«

Nach den ersten Monaten ohne Babys empfand Hersch eine gewisse Verwirrung. Wo blieben sie denn? Kayla zeigte keine vielsagende Schwellung. Er dachte daran, sie an ihre Eltern zurückzugeben. »Diese Frau taugt nichts«, wollte er sagen.

Kaylas Hunger nach Babys war eine innere Hitze, die immer stärker in ihr zu kochen begann. Nach den vielen unerfüllten Jahren war Kaylas Geist von unerfülltem Verlangen zerrüttet. Mein Onkel stand morgens auf, küsste sie, versicherte ihr, sie sei sein größter Schatz, und machte sich an sein Tagwerk. Er hämmerte und nagelte und schnitt zu. Er gerbte Leder, zerlegte Leder, vernähte das Leder mit schmaleren Lederstreifen. Sonst hatte er nichts zu tun. Meine Tante verbrachte ihre Tage liegend auf dem ausgesprochen ungemütlichen Holzfußboden ihrer großen Küche. Der schwarze Herd grinste sie an, die Tischbeine und Stühle wandten sich ab. Ihr nadelgespicktes Nähkästchen war ein aufgerissener lachender Mund. Sie sah keinen Grund aufzustehen. Sie lag sternförmig ausgebreitet da, ihr Kopf ruhte auf einem Stapel abgenutzter Kochbücher.

Sie starrte zum Himmel hinauf, den sie sich vorstellen musste, weil ihr die niedrige Decke im Weg war. Sie kannte die Nester sämtlicher Spinnen und sah ihnen zu, wie sie schimmernde Fäden von Balken zu Balken spannten. Sie schnalzte mit der Zunge. Auf allen freien Flächen sah sie Babys sitzen. Babys auf Wolken, Babys, die sich auf der Sonnenoberfläche lümmelten, singend, versengt. Kayla sah Babys auf ihrem Küchentisch, Babys auf den Stühlen, Babys unter den Bodenbrettern, die Wände waren mit ihnen angefüllt, sie stapelten sich übereinander, standen eines auf den Schultern des anderen. Ihr Haus war ein Haus aus Babys, ihr eigener Körper setzte sich aus Babys zusammen, ihre Beine waren jeweils drei Babys und ihr Bauch vier.

Dann begann die Welt von vorn. Nichts war jemals geschehen. Keine misslungenen Versuche, keine hoffnungsvollen ein, zwei Wochen, gefolgt von einem grässlichen Blutfleck. In dieser ersten Nacht, als meine Tante und mein Onkel sich auf ihrer Rosshaarmatratze zwischen dem Laken und der Steppdecke niederlegten, die Kaylas Mutter für die Hochzeit ihrer Tochter genäht hatte, benetzten sie einander die Haut mit Tränen. »Wir haben noch eine Chance«, sagte sie. »Vielleicht geht es in der neuen Welt.« Aber Hersch war sich sicher, dass er sie Tage später abermals in den Armen halten würde, während sie vor Kummer verging und ihr leerer Schoß klapperte wie eine Rassel. Sie schliefen trotzdem miteinander, und er ließ ihr die Hoffnung. Das Lächeln, das sie ihm schenkte, war so frisch und rein, so ungetrübt von

Trauer und Enttäuschung, dass Hersch die Tränen kamen. »Ja«, sagte Kayla, »ich spüre es ebenfalls. Wir bekommen ein Baby.« Hersch wünschte sich die Frau zurück, die er geheiratet hatte.

Er sagte: »Gehen wir hinaus und sehen uns die Welt an.« Barfuß standen sie auf der Türschwelle. Ihre Zehen waren empfindlich und blind auf den Steinen. Ringsum schlugen die Bäume aus.

»Du bist in jedem Fall genug für mich«, sagte Hersch zu seiner Frau, doch sie winkte ab.

»Man kann noch auf mehr hoffen.« Er rieb sich die Augen und redete sich ein, das Wort *hoffen* habe nicht zu sehr nach Verzweiflung geklungen. *Hoffnung,* sagte er zu sich und bewegte die Zunge in seinem Mund wie gegen einen lockeren Zahn.

In unserer Küche zitterten Onkel Hersch die Hände.

»Wirst du beim neuen Tempel helfen?«, fragte meine Mutter.

»Kayla glaubt es wirklich«, sagte Hersch. »Ich denke, ich kann sie retten. Ich denke, sie wird wieder die Alte werden.« Der Grund seines Kommens hatte ihm einen gewissen Mut, einen Anflug von Vertrauen eingeflößt. Entschlossenheit schwang in seiner Stimme.

»Hast du in der neuen Welt schon einen Sattel gemacht?«

»Diese vielen Jahre – es war wie ein langsames Ertrinken. Es war, als müsste ich zuschauen, wie meine Frau auf den Meeresgrund sinkt.«

»Möchtest du noch Tee?«, fragte meine Mutter, mit dem Daumen den Griff der Kanne polierend.

»Tut mir leid. Ich wünschte, ich könnte selbst etwas tun. Du hast keine Ahnung.«

Meine Geschwister und ich machten keinen Mucks. Unsere Blicke trafen sich winzige Sekunden lang, ehe wir die Augen abwandten, weil wir unsere erschrockenen Mienen nicht gespiegelt sehen wollten.

Hersch zögerte. Dann sagte er: »Ich will nicht, dass du darüber nachdenkst, ich will einfach, dass du Ja sagst.«

»Du willst eines meiner Kinder kaufen?« Das Gesicht meiner Mutter war regungslos und leer.

»Wir können Eltern werden, und ihr seid es nach wie vor. Sie wird es gut haben.«

»Sie? Du willst ein Mädchen?«

»Um euren Sohn würde ich nicht bitten. Sie kann lernen, wie man viele verschiedene Gerichte kocht. Sie kann lesen und schreiben lernen.«

Ihre Kinder, erklärte meine Mutter, seien keine Babys mehr und könnten das alles schon, sogar die kleine Lena. »Sie ist klein für ihr Alter, aber sie ist auch klug.« Meine Haut fing zu jucken an, als ich sie auf der anderen Seite des Zimmers meinen Namen sagen hörte. Moische, Regina und ich blätterten nicht mehr in unserem Buch – einer Enzyklopädie über Hunderassen –, sondern starrten reglos auf die Seiten. Wir waren gerade beim Australischen Schäfer angekommen. Auch das Tier war wie eingefroren und starrte uns mit einem blauen und einem braunen Auge an.

»Ich werde dich jeden einzelnen Tag, den ich noch lebe, darum bitten. Die Welt entsteht noch einmal neu, und wir sollen kein ewiger Teil davon sein? Kayla stirbt, ich sterbe, und das war's. Verstehst du?« Er weinte. »Es wird sein, als hätten wir nie existiert.«

»Hilfe«, sagte meine Mutter.

»Wir haben alle das Recht, noch etwas anderes zu lieben als nur uns selbst«, sagte Hersch leise. »Wir haben alle das

Recht, vor Kummer zu sterben, wenn unseren Kindern etwas zustößt.«

»Du willst meine Tochter, damit du sie verlieren kannst?«, fragte meine Mutter.

»Ich möchte deine Tochter, um zu verhindern, dass ich sie verliere. Um mir die Finger zu brechen, wenn ihr das hilft. Um mein Gesicht in ihrem Haar zu verbergen, während ich ihr etwas vorsinge. Damit meine Frau nicht zu Staub wird. Gib uns Hoffnung. Perl, meine Schwester, gib uns etwas, wofür wir beten können.«

Meine Mutter betrachtete die Kohlköpfe, die durch unser Haus rollten. Zwei lehnten an der großen blauen Tür wie Hunde, die hinauswollen. Ich sah unserer Mutter an, dass ihr selbst der Kopf schwer war, wie mit nassem Lehm gefüllt.

»Komm morgen wieder«, sagte meine Mutter.

Ich lief aus dem Haus und die Straße hinunter. Meine Füße patschten in die Pfützen, dass es spritzte. Ich dachte daran, davonzulaufen und nie wiederzukommen, nur ging es eben gerade darum, dass ich ein Zuhause haben und auch behalten wollte. Auf dem Dorfplatz, neben dem Standbild eines Kriegshelden aus ferner Vergangenheit, entdeckte ich meinen Vater in einer Gruppe nass geregneter Männer. Ich schlang die Arme um sein Bein. Er blickte verblüfft zu mir herunter, dann tätschelte er meinen Kopf und begrüßte mich. Er hatte keine Ahnung, dass eines seiner Kinder verkauft werden sollte. Die Männer hatten ihr Mittagessen verspeist, waren aber noch nicht bereit, wieder an die Arbeit zu gehen, und diskutierten über das weitere Schicksal einer Schreibmaschine. Ringsum gingen Leute mit Körben und Einkaufstaschen von einem Laden zum nächsten. Matte Lichtfinger streckten sich durch die Lücken zwischen den Häusern. Der Bäcker hielt die Schreibmaschine im Arm und schlug mit dem Ringfinger der anderen Hand das S an. Sollte sie Teil der neuen Welt sein? Oder im Fluss versenkt werden, wie der Metzger vorschlug? Sollte sie zertrampelt und in Einzelteilen auf den Tomatenbeeten verteilt werden? Sollte sie hinter Glas als Museumsgegenstand ausgestellt werden – als Zeugnis einer unbekannten Zeit? Oder sollte sie sein, was sie nach Ansicht des Frisörs war – eine klappernde und harmlose Protokollantin, die wir aus der vergangenen Welt geerbt hatten?

Dass sie sich nicht einigen konnten, ging ihnen auf die Nerven. »Was für ein Mordswirbel um die paar Tasten«, sagte der Frisör.

»Woher sollen wir wissen, was wir tun sollen?«, rief der Goldschmied.

»Ein Neubeginn ist ein Neubeginn«, fauchte der Frisör und stampfte ein stiefelförmiges Wasserloch in den Lehm.

»Ist es besser, wenn wir den nächsten Generationen die Möglichkeit lassen, Neues zu erfinden, oder sollen wir ihnen lieber alles Werkzeug mit auf den Weg geben, das wir bei unserer Ankunft hier vorgefunden haben?«, fragte mein Vater.

Igor sagte: »Wir nehmen alles, was wir kriegen können.«

Die Schreibmaschine war nur einer der fraglichen Gegenstände. Ebenso uneins waren die Männer sich in Bezug auf Registrierkassen und Hämmer. Und sollten wir unsere Schnürsenkel behalten, obwohl wir unsere Haarschleifen weggeworfen hatten? Wie stand es mit Knöpfen und Uhren? »Wir sind ja nicht einfach in die Vergangenheit zurückgekehrt!«, sagte der Bäcker. »Wir sind in eine Zeit gegangen, die es vorher nie gegeben hat. An einen nie da gewesenen Ort.

Mit unserer neuen Welt können diese Uhren nicht besser Schritt halten, als es eine Haarbürste könnte. Wir müssen sie loswerden.« Er stellte die Schreibmaschine auf den Boden, nahm seinen durchnässten schwarzen Filzhut vom Kopf und wrang ihn aus.

Der Frisör stimmte zu. »Recht hat er. Dieser Hut ist jetzt ein Neuwelthut, genauso wie meine Augen Neuweltaugen sind. Aber die Zeit hält uns in der alten Welt fest – und das geht nicht, es darf vorher keine Zeit gegeben haben. Davon hängt alles ab.«

Auf dem Dorfplatz stand ein Schubkarren, aus dem heraus uns die gläsernen Zifferblätter sämtlicher Uhren anglotzten und die Stunden zählten, deren Existenz wir leugneten. Die Uhrenmörder schoben den Karren an der Metzgerei, der Bäckerei, der Bank, dem Süßwarenladen, sechs Häusern, vier nassen Hunden und einer Reihe weiß blühender Rosenbüsche vorbei zu dem Pfad, der durch den Kohlacker zum Fluss hinunterführte. Der Fluss gurgelte, und der Regen kitzelte unsere Stirnen und Handrücken, während die Männer unsere Uhren eine nach der anderen ins steinige Wasser warfen. Die Vergangenheit und die unmittelbare Zukunft wurden miteinander begraben wie totgeborene Zwillinge. Auch die Schreibmaschine landete im Fluss, allerdings erst, nachdem sich der Frisör am Flussufer niedergekauert und das Wort *Lebwohl* getippt hatte. Die Uhrketten klirrten blechern, als sie auf der Wasserfläche auftrafen. Wir sahen keine einzige Armband- oder Wanduhr stehen bleiben; wir sahen kein einziges Uhrglas, das einen Sprung bekam und voller Wasser lief.

Was wir am Ufer stehen sahen, war ein zeitentleerter Schubkarren auf einem hölzernen Rad. Igor sah beunruhigt aus, er begann die ungeheure Leere zu erahnen, die sich vor ihm auftat, das Land der unerfundenen Dinge. Die Augen des Goldschmieds waren Glasscheiben, mühelos durchsichtig. Im Geist sah er einen Mann, der nadelspitze Werkzeuge und eine Taschenuhr vor sich liegen hatte; der Bauch der Uhr stand weit geöffnet, und ihr metallenes Herz lag zutage. Der Mann, der einmal des Goldschmieds Vater gewesen war, war als Geist auf den Grund des Flusses verbannt worden, zum Schweigen verurteilt jetzt und immerdar. »Gut, das wäre nun erledigt«, sagte der Goldschmied, biss sich auf die Fingerknöchel und hoffte, er werde auch allein mit Eheringen und Miniaturmedaillons sein Leben fristen. Aber wo stand geschrieben, dass nicht auch diese Dinge noch aussortiert würden? »Möge es Eheringe und kindgroße Medaillons geben«, murmelte der Goldschmied vor sich hin. Er dachte an den kleinen Radioapparat, der ihm, seitdem seine Eltern gestorben waren und sein Bruder sein Glück anderswo gesucht hatte, an tausend Abenden Gesellschaft geleistet hatte. Er war sich sicher, dass auch das Radio beseitigt würde, wobei niemand von seiner Existenz etwas wusste. Der Goldschmied nahm sich vor, es unter den morschen Bodenbrettern der alten Scheune zu verstecken, wo es in Sicherheit wäre.

Ich blickte auf den unveränderten Fluss hinaus und hoffte, wir würden am Ende doch mehr aufbewahren, als wir wegwarfen. Schon jetzt wurden Registrierkassen und Pflugscharen als Verräter beschimpft. Bald stünden auch Fahrräder und Bücher auf der schwarzen Liste. Alles, was ein Rad, einen Schalter hatte, würde bald auf dem Grund des Flusses landen, wo der Schlamm es gefangen nähme und festhielte.

Die Gruppe blickte zu der von zarten Wolken verschleierten Sonne hinauf. Sie war ein kleines Stück zum Horizont hinabgesunken und warf kurze, trübe Schatten auf den Boden zu unseren Füßen – kleine graue Versionen unserer selbst, die uns ins Dorf zurückbegleiteten und zu zittern begannen, als wir den lichtgesprenkelten Schatten der Ulmen durchquerten.

Wie sich bald zeigte, unterschied sich das Leben in der neuen Welt nicht so sehr von dem in der alten. Wir waren auf die Nahrung angewiesen, die wir eigenhändig anbauen und herstellen konnten, auf die Kleidung, die wir strickten oder aus vorhandenen Stoffen nähten. Wenn ein Stück Geschirr zu Bruch ging, konnten wir es nicht ersetzen. Aber das war nicht weiter schlimm, stellten wir bald fest, wir hatten mehr als genug. Jeder hatte säckeweise Mehl im Keller stehen, die Kühe und Ziegen gaben genug Milch, dass wir alle zu trinken hatten und Käse machen konnten. Solange sie sich fortpflanzten, konnten wir alle paar Wochen ein Tier schlachten, ohne die Herde zu dezimieren. Statt mit anderen Dörfern Handel zu treiben, handelten wir untereinander. Immer hatte jemand mehr Gabeln, als er brauchte, aber nicht genug Butter. Immer war eine Frau bereit, für eine Schüssel Suppe oder einen Laib Brot für ein paar Stunden auf die Kinder einer anderen aufzupassen. An Schokolade herrschte zwar Mangel, aber wir hatten genug Zucker, um Kuchen zu backen. Jenseits aller Buchhaltung fühlten wir uns im Überfluss – unsere Welt quoll über.

Was komplett verschwand, ohne einen Rest, ja ohne auch nur einen Krümel zu hinterlassen, waren Nachrichten. Für uns gab es keine Außenwelt.

An diesem Abend tischte meine Mutter Kohlsuppe auf. Sie legte die Löffel auf den Tisch. Wir Kinder schlürften und schmatzten so laut, dass der ganze Raum von Essensgeräuschen erfüllt war, wir bemühten uns, mit unserem Lärm jedes eventuelle Gespräch zu übertönen.

Dennoch sagte unsere Mutter: »Regina wird in Zukunft bei ihrem Onkel und ihrer Tante leben.« Ich war grenzenlos erleichtert, dass nicht mein Name gefallen war, und ich hasste mich dafür.

»Bei *wem*?«, fragte unser Vater. Die Verwunderung lag in seinem Blick.

Meine Mutter erklärte mit so viel Überzeugung, wie sie herbeilügen konnte, dass Regina Musikunterricht bekäme und berühmt würde. In erster Linie aber wäre sie nun Herschs und Kaylas Kind.

»Wie kommt es, dass du mich ausgesucht hast?«, fragte Regina. Ihre Worte waren so dünn und scharfkantig wie brechendes Eis.

»Dein Bruder war hier?«

»Mit der Zeit wird sie ihre neuen Eltern lieben.«

»Regina ist *meine* Tochter«, sagte unser Vater.

Regina sah sich um. Sie saß am häuslichen Küchentisch mit ihrem leiblichen Bruder und ihrer leiblichen kleinen Schwester, ihrer leiblichen Mutter und ihrem leiblichen Vater und ihren leiblichen Händen und Füßen. Dies war ihr Tisch – die Beine, die Platte, die Kerben und Kanten. Dies war ihr aus Dielen gelegter, von vielen Füßen blank getretener Boden. Eine überwältigende Anhänglichkeit gegenüber der weiß emaillierten Waschschüssel, an die sie früher kaum einen Gedanken gewandt hatte, erfüllte sie. Und vor allem: die Kohlsuppe – der Geruch, der Geschmack ihres Lebens. »Ich soll ihr Kind sein?«, fragte sie.

»Wir fangen alle neu an«, sagte unsere Mutter. »Die Welt ist neu. Jeder hat das Recht, etwas anderes mehr zu lieben als sich selbst.« Der Grund, so leidenschaftlich, wie Hersch ihn vorgebracht hatte, klang aus Perls Mund wie teigiges Brot. Ihr stieg das Blut in die Wangen. »Hoffnung«, sagte sie weiter, ohne im Moment zu wissen, was das Wort eigentlich bedeutete.

Unser Vater griff nach der Tischkante. »Du hast unsere Tochter weggegeben?«

Seine Frau schüttelte den Kopf und sagte: »Ja.« Sie sagte: »Sie bekommt ein Klavier. Und was ist mit den Pferden, auf denen sie reiten wird, dem eigenen Bett?«

Wie zur Antwort auf die Fragen ihrer Mutter tauchte Regina die Hände in die Suppenschüssel, beide Hände, und wusch sie in dem warmen Brei, rieb sie aneinander, immer wieder. »Was tust du?«, fuhr unser Vater sie an. Ich verstand sie – dies war das letzte Abendmahl im bisherigen Leben meiner Schwester. Die Suppe, die gleiche Suppe, die wir jeden Tag gegessen hatten, war ein aus unserer Mutter, unserem Zuhause destilliertes Bad. Regina wusch ihre Hände darin, als könne die Suppe sie segnen, haltbar machen, endgültig markieren als Teil dieser und keiner anderen Familie. Wir beobachteten ihre suppetriefenden Arme.

Eine Weile saßen wir alle stumm da. Dann tauchte auch ich die Hände in die Schüssel und begann mich in der Suppe zu waschen. Meine Mutter tauchte die Finger ein. Mein Vater und Moische folgten. Fünfzig Finger wimmelten und krümmten und wanden sich. Wir strichen uns die Suppe bis zu den Ellenbogen hinauf. Von der Hitze färbte die Haut sich rosa und pochte. Ob die Suppe zuvor heilig gewesen war oder nicht: Jetzt war sie es. Wir wurden miteinander getauft, eine aus Kohl geborene Familie.

»Wir müssen lernen, wie das Leben hier funktioniert«, sagte unsere Mutter. »Es ist alles ein Versuch.«

Ich fühlte mich schwach, wie Papier, das sich in Wasser auflöst. »Unsere Fehler werden wir später alle bedauern«, sagte ich, ohne zu wissen, in wessen Namen ich sprach.

»Das Bedauern ist erst der Anfang«, sagte unser Vater.

DER VIERTE TAG

Nachdem Architektur etwas vollkommen Neues für uns war, waren wir alle stolz auf unsere ersten Ideen für den Tempel – die Einfälle kamen wie von selbst. Wir wollten ihn am Nordrand des Dorfes bauen, nahe der kleinen Landzunge, die uns mit dem Rest des Planeten, sofern existent, verbunden hätte. Der Hauptraum sollte fünfzehn Meter hoch und mit einem Gewölbe überdacht sein. Hier würden alle Bücher untergebracht werden, die wir über die jetzt beginnende und weit in die kommenden Jahrhunderte hineinreichende Welt schreiben würden. Ledergebunden, mit Goldschnitt, in rote Seide gehüllt. Die Regale, die wir uns vorstellten: Ebenholz. Woher wussten wir eigentlich, was Ebenholz war, fragten wir uns. Wir waren so geboren worden, und wo wir dieses Wissen einmal besaßen, sollten wir es auch nutzen, fanden wir. Regale aus schwarzem Holz, gefüllt mit der *Weltgeschichte*, und am Gewölbe darüber würden die Sternbilder des Sommerhimmels prangen. Jeder von uns wäre ein eigener Planet im Universum.

Wir füllten unendlich viele Blätter mit Zeichnungen, Messungen, Materiallisten. Jeder musste seinen Beitrag leisten, und jeder wollte ihn auch leisten.

»Die Fremde ist erstaunlich«, sagte der Goldschmied zum Metzger und zum Bäcker.

»Sie ist irgendwie komisch. Ich finde sie eher unheimlich«, sagte der Bäcker. Für den Goldschmied war das der reinste Unsinn, völlig absurd. Wie hätte eine Frau denn noch liebreizender sein können als die Fremde?

»Sie ist die beste Zuhörerin.« Er seufzte. »Unermüdlich. Was mich auf eine Idee gebracht hat …«

Den Vorschlag des Goldschmieds, die Fremde vorläufig als Protokollantin auf den Dorfplatz zu setzen, nahmen wir einstimmig an. Sie war neutral, und überhaupt stammte die Idee, die Gebete aufzuschreiben, von ihr. Als der Bäcker an die Tür des Goldschmieds geklopft hatte, um die Fremde zu fragen, ob sie einverstanden sei, holte der Goldschmied sie voller Stolz aus ihrem Schaukelstuhl. Sie sollte die Auserkorene, die Ausgezeichnete sein. »Ich habe eine sehr gute Aufgabe für dich gefunden«, sagte er zu ihr. »Ich glaube, du wirst es hervorragend machen.«

Wir gaben ihr einen dicken Stapel Papier, eine hübsche Füllfeder und ein Fässchen Tinte. »Kennen wir Tinte?«, hatte der Heiler gefragt. Es geht gar nicht anders, dachte der Metzger. Es gibt Dinge, die müssen nicht erst erfunden werden – sie sind einfach da. Blut und Haut, Tinte und Papier.

Wir spannten eine grau-weiß gestreifte Decke als Regenschutz über ihr auf. Wir ließen die Fremde sich so niedersetzen, dass sie dem Platz und jedem, der zum Beten kam, den Rücken zukehrte, damit der oder die Betende nicht in Verlegenheit geriete. Die Fremde nahm also Platz und wartete. Es tat ihr gut, dass sie jetzt eine Aufgabe hatte, um die Zeit auszufüllen und die vor ihr liegenden Tage nicht einfach nur als leere Windböen zu erleben. Als stundenlang niemand ein Gebet brachte, schrieb sie selbst etwas auf. »Ich bete darum, euch nicht zu enttäuschen.« Vom Stillsitzen begann ihr Rücken zu schmerzen, und ihre Füße wurden kalt und feucht. Wie ein Wurm wand sich der Zweifel um die Stuhlbeine, aber die Fremde zertrat ihn; zurück blieb nur eine rötliche Schliere auf den Pflastersteinen.

Ich war die Erste, die mit einem Gebet kam. »Ich bete um das Gute und um Frieden und darum, dass es genug von allem gibt.«

»Grüß dich, Kollegin Geschichtenerzählerin«, sagte die Fremde.

Ich hätte gern etwas von ihr wissen wollen. Ich wollte diesen kleinen menschlichen Tauschhandel machen – eine Wahrheit aus meinem Leben gegen eine Wahrheit aus ihrem. Das Reservoir war gering, wir hatten ja erst ein paar Tage hinter uns. Meine Frage war gleichzeitig zu groß und zu klein. »Ist alles in Ordnung?«, fragte ich stattdessen.

Ich hörte sie tief einatmen. Ich hörte ein Paar Absätze auf dem Dorfplatz vorübergehen. Sie sagte: »Nachts war draußen ein Geraschel, und bei Tagesanbruch waren drei Häufchen frischer Erde aufgeschüttet. Ein fetter grauer Vogel nutzte die Hügel zum Baden, tauchte in die Erde ein und schüttelte sein Gefieder aus, als wäre es Wasser.«

»Wenn ich beim Teigrühren helfe, darf ich nachher den Löffel ablecken«, sagte ich, ohne zu wissen, was ich damit eigentlich sagen wollte.

Das Lachen der Fremden war ein kurzer warmer Windstoß. »Das ist ein guter Handel.«

Das Angebot meines Onkels schoss mir durch den Kopf, als würde ein Streichholz angerissen. Ich fand diesen Tauschhandel empörend, aber darum beten, dass die Sache nicht stattfände, konnte ich nicht, ich brachte es einfach nicht über mich – als könnte die Idee realer werden, allein wenn ich sie aussprach. Stattdessen betete ich ganz alltäglich um

Gnade, und die Feder der Fremden brachte meinen Wunsch zu Papier.

Hinter dem Standbild des Kriegshelden aus ferner Vergangenheit hatte sich der Goldschmied versteckt; er beobachtete uns wie ein nervöser Vater. Dann schlenderte er herbei, eine Tasse Tee in der Hand, als wäre er zufällig vorbeigekommen und hätte genau das, was sie jetzt brauchte – ein wärmendes Getränk. Als ich ging, hatte sich schon eine Schlange Wartender gebildet, die meinen Platz einnehmen wollten.

»Ich bete darum, dass wir es mit dieser Welt gut machen. Ich bete darum, dass mein Jonas der größte Junge im Dorf wird. Ich bete darum, dass ich morgen mehr bin als heute. Ich bete darum, dass wir unter unserem Bett einen versteckten Schatz finden.«

»Ich bete darum, dass mein Haus nie im Boden versinkt. Ich bete darum, dass mein Knie jeden Tag weniger wehtut und ich meiner Mutter abends wieder ins Bett helfen kann. Ich bete darum, dass meine Frau morgen schöner ist als heute. Ich bete darum, dass die Erde vor Nahrung überquillt.«

»Ich bete darum, dass die Kranken wieder gesund werden. Ich bete darum, dass wir für die Ewigkeit bauen. Ich bete um Geld, auf das ich sehr gut aufpassen werde.«

»Ich bete darum, dass meine Mutter sieht, wie sehr ich mich bemühe, es allen recht zu machen.«

»Ich bete um Geld, um Geld, um Geld. Und um Söhne.«

»Erinnerst du dich an mich?«, fragte eine kleine Stimme.

»Was?«

»Erinnerst du dich?«

Die Fremde kannte die hohe heisere Stimme ihrer Tochter, das weiche *r*. Unverwechselbar. Ohne sich umzudrehen, streckte sie den Arm aus, um ihr Mädchen zu berühren. Ihre zitternden Finger öffneten sich. Was ihre Hand berührte, war Holz – das kalte Stuhlbein, der leere Sitz.

»Nein«, sagte die Fremde zu dem Nichts um sie herum. »Ich erinnere mich nicht.«

Als mein Onkel und seine Frau an unsere Tür klopften, leuchteten ihre weißen Zähne aus dem durchweichten Nachmittag.

»Ihr seid gekommen«, sagte meine Mutter, und ihre Worte waren wie eine schlaffe Fahne an einem windstillen Tag.

»Wir haben Kuchen gebracht«, platzte Tante Kayla heraus, strahlend. Ihre großen Zähne waren ein feuchtes, verwischtes Weiß. »Für alle. Gemeinsam.« Ihre Augen glänzten hitzig.

Mein Vater wollte die Besucher wissen lassen, dass er seine Zustimmung erteilt habe. Dass seine Frau selbstverständlich keine Entscheidung ohne ihn habe treffen können. Es flossen Worte aus seinem Mund, die nichts weiter waren als getarnte Nervosität. Herschs Mantel hatte einen Pelzkragen, den er mit bedächtigen, vielsagenden Gesten streichelte. Regina stand bei unserem Bruder und mir und hoffte, dass sie nicht erkannt würde. Aber sie trug ihr hübschestes Kleid und hatte das glatteste Haar und die saubersten Wangen. Es gab keinen Zweifel daran, welches Kind zum Verkauf stand.

Tante Kayla legte die Hand auf Reginas Kopf und strich über die hellbraunen Wellen. »Hübsches Haar«, sagte sie, als begänne sie mit einer Liste, sei bisher aber noch nicht überzeugt. Hersch stimmte zu: »Hübsche bläuliche Augen.« Sie nickten einträchtig. Ich sah mir Reginas Haare an und ihre Augen, an denen mir bis dahin nie etwas Besonderes aufgefallen war. Das tat mir leid – erst jetzt, wo sie fortging, wusste ich Reginas Schönheit so zu würdigen, wie sie es verdiente.

»Hübsche Nase«, sagte ich aus dem plötzlichen Bedürfnis heraus, die Liste guter Eigenschaften meiner Schwester zu erweitern. »Hübsche Ohren, hübsche Beine, hübsche Stirn, hübsche Zähne«, sagte ich.

»Ich glaube«, sagte Hersch, »ich glaube, es ist Zeit zu gehen.« Er legte meiner Schwester Zeige- und Mittelfinger unters Kinn und hob ihr Gesicht. »Danke«, sagte mein Onkel. »Perl. Danke dir für immer. Wir werden alles machen, was je gut gemacht worden ist, nur noch besser.«

Kayla schob sich rücklings auf die große blaue Tür zu, als könnte die auf einmal verschwinden und sie beide dann ohne Ausgang dastehen, ohne Möglichkeit, das Wunder endgültig wahr werden zu lassen.

Wir alle begaben uns ins Freie, um dem Abschied beizuwohnen. Ein paar frühe Fliegen schwirrten durch die nasse Kälte, und es hockten ein paar Elstern in der Nähe, die jedoch schwiegen. Ein Windstoß fuhr in die Bäume und schüttelte das Wasser herunter, ein feiner Tröpfchennebel stieg auf. Ich sah meinem Vater zu, der mit seinen abgetragenen Lederstiefeln einen Stein im Schlamm hin und her kickte. Ich sah meiner Mutter zu, die ihr eigenes schwarzes Kleid und Reginas weißen Spitzenkragen richtete. Wir umarmten sie nacheinander, und ich leckte mein Kinn und beobachtete die Szene aus dem Augenwinkel. Ich sah meine Mutter einen verstohlenen letzten Blick auf das Mädchen werfen, das sich im Davongehen von einer Tochter in eine Nichte verwandelte. Ihr alter Wollmantel wehte, und ihre Haarwellen fingen Licht ein. Ihre schwarzen Stiefel wühlten den Schlamm auf.

In dieser Nacht rollte sich mein Vater zu seiner Frau hinüber. Er legte die Hände um ihren kahlen Kopf und ließ sie dort liegen. Er polierte nicht die Fläche, er hielt sie einfach.

»Jetzt sind wir tatsächlich in einer neuen Welt gelandet«, sagte er.

»Wir haben noch genug«, sagte meine Mutter, was keine Feststellung war, sondern ein Gebet. Sie fragte sich, ob sie es aufschreiben sollte.

»Oh, Hilfe!«, rief unser Vater plötzlich aus, laut genug, um Moische und mich aufzuwecken. Er hob einen Kohlkopf vom Boden auf und warf ihn mit einer solchen Kraft an die Wand gegenüber, dass er zerplatzte. Meine Mutter winkte uns drei zu sich. Sie drückte uns alle an ihre Brust, meinen Vater weinend, meinen Bruder und mich sprachlos und kalt. Sie flüsterte in unser Haar: »Ihr seid genug, um zu überleben. Ihr seid Grund genug.« In dem Moment wurde ich älter und schwerer, die Liebe meiner Mutter war mehr, als mein kleiner Körper fassen konnte. Ihre Liebe würde sich mir an die Knöchel und Handgelenke hängen, wann immer ich unterwegs wäre, selbst wenn sie diejenige war, die mich auf Reisen schickte. Der Herzschlag meiner Mutter trommelte gleichgültig gegen das auf den Kopf gestellte Universum an. Alles geht weiter, schien er zu sagen. Das war das Beste, worauf wir hoffen konnten.

DER FÜNFTE TAG

Die Fremde wurde in allen unseren Häusern empfangen. Der Metzger setzte ihr das schönste Stück Hühnerbraten in Kräutermantel und die größte Schokoladetafel vor, die es im Universum noch gab. Die Frau des Bankiers sorgte dafür, dass Igor jeden Tag die Socken der Fremden im Fluss wusch, während seine Geschwister ihr die Füße mit Öl einrieben. Die Fremde war sehr wortkarg, lächelte uns aber an, sobald wir ihr ein Geschenk brachten.

»Ich bin doch nicht Gott«, sagte sie dann.

»Natürlich nicht«, antwortete die Frau des Bankiers, »aber hier habe ich etwas kandierte Orangenschale. Und hier noch ein Glas frische Milch. Und Igor wird dir sein Kissen geben, damit du sanft träumst.«

»Muss ich?«, fragte Igor leise.

Obwohl wir wussten, dass sie ein Mensch war wie wir alle und nicht Gott – nein, anders: dass sie *wahrscheinlich* nicht Gott war, denn es hatte ja keiner von uns eine Vorstellung, wie Gott überhaupt aussehen sollte –, obwohl wir das wussten, kam sie uns auf einmal wichtig und nützlich vor. Zumindest, sagten wir uns, wird sie die Gebete sorgfältig niederschreiben, wenn wir sie gut behandeln. Ein aufgebrachter oder verstimmter Protokollant hätte vielleicht die Bitte um eine neue Kuh als Bitte um neue Schuh notiert. Ein zorniger Protokollant hätte die Bitte des einen mit der Bitte eines anderen vertauschen können, sodass womöglich eine alte Frau mit männlichen Zwillingen schwanger geworden wäre, und eine junge wäre eines raschen und leichten Todes gestorben.

»Möchte mal jemand als Protokollant mit mir tauschen?«, fragte die Fremde. Aber wir waren froh, dass sie die

Aufgabe übernommen hatte; vor allem schien es uns jetzt, wo wir darüber nachdachten, zu gewagt, voreinander zu beten, zu gewagt, unsere geheimsten Wünsche unseren Nachbarn zu offenbaren, die wir übrigens sehr gut kannten – außergewöhnlich gut für Menschen, die einander erst vor fünf Tagen kennengelernt hatten, wie wir uns bewundernd eingestehen mussten.

Der Heiler sagte zu der Fremden: »Du machst es besser als wir. Du bist großartig. Neben dir sind wir nichts als schwache kleine Ratten.« Im Übrigen war sie heimatlos, kinderlos. Alle, die sie gekannt hatte, waren tot. Gab es für sie überhaupt eine Alternative dazu, unsere Protokollantin zu sein? Und mussten wir deshalb ein schlechtes Gewissen haben?, fragte sich der Heiler. Nein, entschied er – unsere Fremde war uns ein Engel geworden, und als solchen konnten und sollten wir sie akzeptieren.

»Ich bin nur ein leeres Gefäß«, sagte sie.

»Du bist ein Rastplatz«, antwortete der Goldschmied.

Das staubige Morgenlicht sandte seine Strahlen ins Haus, und meine verbliebenen Familienmitglieder und ich sahen uns, als wir erwachten, von den herumliegenden grünen Köpfen umringt. Unsere Augen waren rot, wir waren nicht mehr vollzählig, und dabei hatten wir erst vier Tage hinter uns. Sichtlich schwer lastete der Verlust ihrer Tochter auf meinen Eltern. Meine Mutter stand auf, rieb sich die Augen, öffnete die Vorhänge und spürte die Leere aufs Doppelte, aufs Dreifache anschwellen, immer gieriger und gefräßiger werden. Das Leben, der nächste Tag, die Hausarbeiten, der Ofen, das Schürholz – alles war genau wie vor Reginas Abschied. Die Welt respektierte die Lage meiner Mutter nicht ausreichend, um sich in Anerkennung der neuen Lage entsprechend zu verwandeln. Meine Mutter sah ihren Mann etwas Kohlsuppe essen und die Stiefel anziehen. Er küsste sie auf die Stirn, ehe er aus dem Haus ging, um sein Tagwerk zu beginnen. Es gab nichts zu sagen.

Moische und ich wuschen uns das Gesicht mit einer Seife, die streng nach Zitrone roch; danach fühlte unsere Haut sich an, als wäre sie eingelaufen. Alles war ganz, nur unsere Mutter nicht, deren kahler Kopf im Tageslicht schimmerte. Mein Bruder und ich suchten gemeinsam nach der Perücke, hoben Decken an und spähten in Schuhe, während unsere Mutter still am Tisch saß, eine glänzende Kristallkugel. Ich fand sie schließlich, die Perücke, unter einem Stapel Kohlköpfe neben dem Wäschekorb; sie sah aus wie etwas Totes, und ich kämmte sie mit den Fingern. Meine Mutter setzte sie nicht auf, sondern legte sie sich in die Armbeuge wie ein Tier. »Keine Geheimnisse mehr«, sagte sie und streichelte die Perücke gedankenverloren; dann stand sie auf und setzte sie einem Kohlkopf in der Küche auf. Der Kohlkopf saß da wie bestellt und nicht abgeholt und starrte blind ins Zimmer.

Ein Klopfen an der Tür. Ich machte auf und stieß einen Schrei aus, denn auf der Schwelle stand Regina. Regina mit ihrem Koffer. Regina in ihrem hübschesten Kleid mit Spitzenkragen, jetzt vom Regen durchweicht. Vielleicht würden wir doch wieder vollzählig und ganz. Hinter ihr standen Tante Kayla und Onkel Hersch. Meine Mutter, noch im Nachthemd, drückte den Rücken durch. Ihr Kopf fing aus allen Richtungen Licht ein.

»Meine Tochter«, sagte sie, nahm Reginas Hand und knetete sie wie Brotteig.

»Sie ist nicht das, was wir uns vorgestellt haben«, sagte Onkel Hersch rasch und sah seine Frau an; seine Stimme war zittrig und unsicher.

»Eure Tochter?«, fragte meine Mutter.

»*Deine* Tochter«, berichtigte Kayla. »Sie ist zu groß. Ihre Füße, ihre Hände. Zu groß. Wir hatten vergessen, wie groß sie ist. Sie passt nicht zu uns«, sagte sie streng. »Das ist nicht die Art Elternschaft, die uns vorschwebt.« Kayla trat vor und nahm mich bei der Hand. »Die kleine Lena«, sagte sie. »Meine Lena. Die Kleinste von allen, Lena.« Kayla untersuchte meine Finger, die molligen Gelenke, ihre zarte Spannweite. Sie legte meine Handfläche an die ihre. Sie lächelte ihren Mann an. »Schau, was für ein Unterschied. Sie ist wesentlich kleiner.«

Ich fühlte mich wie ein offenes Fenster, durch das alles Mögliche von der Straße hereinwehen kann. Regina betrachtete die Hände an ihren Handgelenken. Diese Hände waren groß genug, um sie unliebenswert zu machen. Aber auch groß genug, um gerettet zu werden.

Meine Mutter schloss die Augen und hob den Koffer vom Boden auf. Sie drückte ihn mir in die Hand. »Da drin ist alles, was du brauchst«, sagte sie. »Du bist der Grund, warum ich lebe. Du kannst für alle Menschen der Grund zum Leben sein. Schau, wie viele Menschen du retten kannst.« In der leeren Höhle meines Körpers schlug mein Herz weiter und weiter. *Das passiert doch nicht wirklich. Das kann unmöglich sein,* jaulte mein Hirn.

Hersch sah meine Mutter mit seinen roten, schlaflosen Augen an. »Du hast keine Ahnung«, begann er, aber sie fiel ihm ins Wort.

»Geht«, sagte sie. »Nehmt meine Tochter. Eure Tochter. Unsere Tochter.«

Zum ersten Mal in meinem Leben dachte ich über meinen Körper nach – wie er von innen war und wie von außen, was daran stark war, was schwach. Ich wusste nicht, dass ich für meine guten Knie meinem Vater zu danken hatte. Ich wusste nicht, dass ich den starken Magen und die trockene Haut meiner Mutter hatte. Meine stämmigen Knöchel stammten von Vlad, meine sehnigen Waden von Perl. Mein langer dünner Rücken stammte von meiner Großmutter mütterlicherseits, die jung und verliebt und ganz überraschend an einer Krankheit gestorben war, die niemand gekannt hatte. Mein Schlüsselbein war messerscharf, wie bei meinem Ururgroßvater. Eine Linie von Großtanten und Großonkeln trat in dem blonden Flaum zutage, der mein Gesicht überzuckerte wie Herbstschnee, und die strahlend roten Wangen darunter verdankte ich einer Hitzigkeit, die sich auf der Seite meines Vaters durch die Generationen zog, vor allem bei den Frauen. Ich war nicht alt genug, um zu sagen, ob ich schwer und gebeugt durchs Leben gehen würde wie meine Mutter oder hoch und leicht wie mein Vater.

Großmama Elka, Großpapa Sig, Tante Rose, Tante Esther und die Zwillingsonkel meiner Mutter, Noah und Noah (an ihren Bärten wurden sie unterschieden, nicht an ihren Namen), lebten in meinem Körper weiter. Sie ersparten mir nicht ihre spitzigen Ellenbogen, tiefen Bauchnabel, ihre rosarote Haut, die teigigen Ohrläppchen, harten Nasen, Plattfüße, langen Zeigezehen und nicht ihren Hang umherzuspazieren, bis die Sonne sich dem Blick entzog; sie gaben mir alles mit, was sie hatten. Alle Geister scharten sich um mich. »Du hast uns«, hörte ich sie sagen. »Du bist wie wir. Wir sind dein Blut, deine Muskeln, deine Knochen.«

An der Tür stand Perl und blickte mir in die Augen – und meine Augen sind von einer Farbe, die in unserer Familie bis dahin nicht aufgetreten war: ein frisches Kohlgrün, das mein Körper nur für mich erdacht hat. »Du wirst immer du selbst sein«, sagte meine Mutter.

Jedes Erbe, das ich an die nächste Generation weitergebe, entstammt im Wesentlichen meiner Vorstellung, denn an jenem Tag in der sprudelnden Neuheit der Welt begann ich zum zweiten Mal innerhalb von einer Woche von vorn. Würde ich wachsen wie eine Samenschote, die eine Meile entfernt von ihrem Zuhause aufplatzt? Oder ging alles auf das zurück, was einmal gewesen war, auch wenn nichts gewesen ist?

Die Wut, die mich erfüllte, geriet ins Stocken, als ich Regina ansah. Ich war einverstanden gewesen, als sie diejenige war, die weggegeben wurde: Ich hatte sie nicht im Wald versteckt oder einen Korb aus Schilf geflochten, in dem sie hätte davonschwimmen können. Ich hatte sie geliebt und ihr alles Gute gewünscht, aber ich hatte sie gehen lassen. Jetzt, wo ich an der Reihe war, wusste ich, dass niemand auf der Welt mich wieder nach Hause holen würde. Es gab keine kleine Schwester, gegen die man mich eintauschen konnte. Man hatte eine Welt erfunden – und ich würde darin überleben müssen.

Ich weigerte mich zu gehen, weshalb mich Hersch in die Arme nahm und durch den Regen trug; ich wurde nass bis auf die Haut, und als wir in ihrem Haus ankamen und Hersch den Lehm von seinen gewienerten schwarzen Stiefeln abtrat, war ich ein neues Mädchen in einem neuen Leben, dessen altes Ich auf den Teppich krümelte.

DER SECHSTE TAG

Im Sirup des späten Abends, am sechsten Tag der Welt, begaben sich der Metzger, der Bankier und die Frau des Frisörs mit Laternen zum Dorfplatz, wo die Fremde postiert war, um Gebete loszuwerden, an die sie bei Tageslicht nicht gedacht hatten. Es wäre schön, wenn sich die tote alte Welt davon abhalten ließe, sich immer wieder in die neue Welt einzuschleichen. Freut euch auf den Winter, und hofft auf genug Schnee, um die Felder zu wässern, aber auf maßvolle Kälte – nicht, dass sie uns bis in die Knochen dringt. Bei ihrer Ankunft mussten sie feststellen, dass die Fremde fort war. Ihre gestreifte Decke war so nass, dass sie durchhing, die vier Stäbe, die sie stützten, beugten sich gefährlich zueinander. Ihr Stuhl stand noch auf den Pflastersteinen, doch auf der Sitzfläche war lediglich eine Regenpfütze zu sehen, die im Mondlicht milchig schimmerte.

Sie fanden sie schließlich im Haus des Goldschmieds auf dem Fußboden liegen; der Goldschmied beobachtete sie von der anderen Seite des Zimmers her, während sie mit einem verkohlten Stück Holz das Bild zweier Kinder zeichnete. Blutleer und irgendwie verkehrt blickten die Gesichter sie an, und sie bemühte sich, das Bild besser hinzubekommen, indem sie die Linien verwischte, aber auf diese Weise verwandelten sich die Gesichter nach und nach in schwarzen Staub, den der Atem der Fremden über den Boden wehte.

Die kleine Gruppe Suchender klopfte an die Tür. »Wo warst du?«, fragten sie. »Wir brauchen dich.« Sie schüttelten ihre Schirme auf dem Boden des Goldschmieds aus.

»Ich war da«, sagte sie. »Ich bin hier.«

Aus den Gebeten waren Klagen geworden. Sie begannen

die seltsamen Leiden aufzulisten, die sie entwickelt hatten und die zeigten, dass alle alten Ängste trotz des Neubeginns geblieben waren. »Ich habe schreckliche Krämpfe in den Beinen. Könnte ein Dämon darin hausen?«, fragte die Frau des Frisörs.

»Ich habe jeden Abend ziemlich genau eine Stunde lang Fieber«, sagte der Bankier.

»Ich sehe alles mit einem Blauschleier überzogen. Als wäre ständig Dämmerung«, sagte der Metzger.

»Ich vergesse manchmal meinen eigenen Namen. Ich weiß nicht mehr, wer ich bin«, fügte die Frisörsgattin hinzu.

Die Fremde hörte zu. Es lag nicht in ihrer Kraft, diese Menschen zu heilen. So freundlich wie möglich schlug sie vor, sie sollten vielleicht alle anderntags den Heiler konsultieren.

»Unabhängig davon müssen wir beten. Wir haben dich lange gesucht. Ich finde, du solltest an deinem Platz bleiben«, sagte der Bankier.

»Wenn's dir nichts ausmacht«, fügten die anderen hinzu.

»Wir bringen dir Decken. Wir beten um viele warme Decken für dich. Ja, wir versprechen, dass jedes Gebet, das wir für uns sprechen, in Zukunft auch dich einschließen wird.«

Der Goldschmied wollte ihnen den Mund zukleben. Er wollte sie einen Abhang hinunterrollen. Er wollte sie ins Feuer schieben. Aber noch bevor er auch nur den Mund zum Protest öffnen konnte, war die Fremde schon abgeführt. Sie war bereit, sich vollständig auszuliefern.

In meinem neuen Zimmer standen eine Kommode aus rötlichem Holz und ein Bett mit einer straff gespannten rosagrün geblümten Decke. Auf der Kommode stand eine silberne Spieluhr, und daneben war ein Korb für die Schmutzwäsche.

An einer Stange warteten sechs hölzerne Kleiderbügel auf meinen Mantel und die Kleider. Meine Tante und mein Onkel setzten sich aufs Bett neben mich, das Mädchen, das bisher die jüngste Tochter des Kohlbauers gewesen war, jetzt die einzige Tochter des Sattlers.

»So«, sagte Kayla. »Jetzt lebst du hier. Das ist dein Bett, und das ist deine Kommode. Du kannst deine Sachen hineintun. Oder drauflegen. Das ist deine Spieluhr. Sie macht Musik.« Ich öffnete eine kleine Klappe, und sofort klimperte die Spieluhr eine Melodie, die mir vollkommen unbekannt war. Dieser Tag hielt so einiges für mich bereit, aber real war nichts davon.

»Das ist ein Stierkampflied«, sagte Hersch.

»Stierkampf?«, fragte ich. Das war absurd? Ich konnte nicht glauben, dass mir das alles passierte.

»Ein Mann kämpft gegen einen Stier, mit einem roten Tuch«, erklärte er, »so.« Er hielt ein imaginäres Tuch an den Ecken und schwenkte es hin und her.

»Lass das«, sagte Kayla. »Das ist wohl kaum das Richtige für den Anfang.«

»Wir haben getanzt«, sagte Hersch entschuldigend. Ich rührte mich nicht.

»Du kannst in Ruhe auspacken«, sagte Kayla. »Wir lassen dich allein.«

Ich klappte den Koffer auf, ein viereckiges Ding aus Leder mit zwei massiven Messingschnallen, und nahm die zusammengefalteten Kleider heraus. Das eine hatte gelbe Karos, das andere war einfarbig in einem leicht verblichenen Blau. Die Kleider gehörten meiner Schwester und waren mir zu groß. Ich hatte Regina viele Male darin gesehen – während sie nach Regenwürmern grub, Moische und mir ein Lied beibrachte, zusammen mit unserer Mutter die Einkäufe nach Hause trug. Darunter lag eine Nachricht: *Liebe Regina, so liebe ich dich. Wenn du es heute nicht weißt, wirst du es eines Tages wissen. Du wirst mir immer fehlen. Deine Perl.* Zwischen den beiden Wörtern der Unterschrift klaffte eine Lücke, in der das Wort *Mutter* hätte stehen können oder das Wort *Tante*. Ich legte die Nachricht in die unterste Schublade der Kommode, in der sie vermutlich schon an dem Morgen gelegen hatte, an dem das richtige Kind sie im Koffer fand. Die Kleider waren gestern von Regina ausgepackt und, wie auch jetzt, verstaut, aber bald danach wieder sorgfältig eingepackt worden. »Sie war vor Kurzem hier«, flüsterte ich vor mich hin. »Meine Schwester war vor Kurzem in diesem Zimmer.« Das war eine Tatsache; dass ich selbst hier war, fand ich viel schwerer zu glauben.

Ich ging zum Bett, schlug die Decke zurück und kniete auf dem Boden nieder. Ich drückte das Gesicht in die Matratze und versuchte, im steifen Leinen den Geruch meiner Schwester zu finden. Ich versuchte den Geruch ihrer vergangenen Nacht zu finden, ihres Schlafes, der sicher ein unruhiger Schlaf gewesen war. Den Geruch ihrer Träume. War sie froh gewesen, hier zu sein? Hatte sie sich gefreut, dass sie eine berühmte Opernsängerin werden sollte? War sie enttäuscht gewesen, als sie am Morgen zu hören bekam, dass sie nicht das Wunschkind sei? Das Bett roch sauber, unbeträumt. Kayla, die kaum eine Minute fort gewesen war, kam wieder zurück, um mich zu holen. »Komm aus deinem Zimmer und sei meine Tochter«, sagte sie.

Ich setzte mich zwischen meinen Onkel und meine Tante auf ein hartes rotes Samtsofa. Sie stellten mir eine Kristallschale mit Süßigkeiten auf den Schoß, bunt eingepackte, zu einem Berg aufgeschüttete Bonbons. Kayla berührte mein Haar, untersuchte meine Kopfhaut, umspannte mit zwei Fingern meinen Fußknöchel.

Kayla stellte fest, dass ihre neue Tochter gefüttert werden musste. »Ab jetzt wird das Leben besser«, sagte sie. Sie hingegen musste nicht so dringend gefüttert werden, ihre Knöchel quollen über den niedrigen Rand ihrer Lederschuhe wie Teig über eine Backform, und ihr Ehering teilte den Finger in zwei getrennte Provinzen. Hersch hingegen war schlaksig. Alles an ihm war groß, selbst die Ohrläppchen zogen sich in die Länge. Seine Stirn war eine weite Fläche, und sein Kinn sah kurios und abenteuerlustig aus, als wäre es imstande, das Gesicht zu verlassen und eine Bergwanderung zu unternehmen.

Hersch fragte, wo sie anfangen sollten; ich schüttelte nur den Kopf.

»Möchtest du etwas über deine Großeltern wissen? Über deine Urgroßeltern? Möchtest du etwas über meine Kindheit wissen?«

»Und was ist mit mir?«, fragte Kayla. »Ich habe ebenfalls eine Menge zu erzählen.«

»Also erzählt«, sagte ich, wickelte behutsam ein gelbes Bonbon aus und schob es im Mund hin und her. Mir ist noch sehr deutlich in Erinnerung, wie aufmerksam ich an diesem Tag auf meine Hände achtete. Ich konnte greifen, auswickeln, in den Mund stecken. Die kleinen Handbewegungen immerhin waren bekannt; der Rest der Welt verschwamm. Ich lutschte ungestüm an dem Bonbon und schnitt mir mit einer scharfen Kante in die Zunge. In das Zitronenaroma mischte sich Blutgeschmack.

Hersch begann von seinen Eltern zu erzählen, die Seidenhändler waren und von der Küste stammten. Mit stolzer Freude berichtete er von seinen Vorfahren, bis ich ihn daran erinnerte, dass sie schon immer meine Großeltern gewesen waren. Hersch wirkte enttäuscht. Er hatte ein Geschenk für mich und musste sich sagen lassen, dass ich dasselbe schon in Grün besaß. Ich versuchte es anders. »Danke«, sagte ich höflich mit einem kleinen Nicken. War ich jetzt diejenige, die Trost spenden musste? Ich sah mir das Zimmer mit seinen Polstermöbeln und Ölgemälden an. Auf dem Kachelofen stand eine Keramikfigur, ein stattliches Pferd, das bereit schien, jeden Moment loszugaloppieren. Der Teppich unter meinen Füßen war weich und farbenfroh, mit einem sich wiederholenden Muster quadratischer Hirsche. Alles im Raum wirkte bedeutend und zerbrechlich.

»Dein Vater ist in der Sattlerei tätig, wusstest du das?«, fragte Kayla.

»Mein Vater?«

»Ja, Hersch, dein Vater.« Kayla nahm meine kleine Hand und legte sie auf Herschs Knie. Der Stoff seiner Hose lag rau unter meiner Handfläche. »Sei stolz auf ihn. Er ist ein sehr großer Mann.«

»Verstehe«, sagte ich.

»Kannst du das mir zuliebe einmal sagen? ›Ich bin stolz auf meinen Vater.‹«

»Ich bin stolz auf meinen Vater«, sagte ich und sah im Geist einen Mann im Kohlfeld; vor mir aber hatte ich einen Mann mit funkelnden Augengläsern und mit einem Schnurrbart, der die dunklen Zugänge zu seiner Nase verbarg.

DER SIEBTE TAG

Am siebten Tag ruhten wir. Die Männer legten die Füße hoch und schauten durchs Fenster in den Regen hinaus, der einfach immer weiter fiel. Kinder aßen Brotscheiben mit Honig, Mütter rieben sich die Fersen mit etwas Butter ein. Wir blickten auf unsere erste Lebenswoche zurück, auf unsere Pläne und Errungenschaften, und die meisten von uns empfanden Stolz. Die Bäume applaudierten mit ihrem sattgrünen Laub.

Die Fremde, gebetsbereit und fröstelnd, saß auf ihrem wurzellosen Stuhl in einer Schlammpfütze und wippte mit dem Fuß. Der Goldschmied brachte ihr zum Frühstück Brot und mittags Käse. Pünktlich zu jeder vollen Stunde kam er mit einer Tasse Tee und trocknete ihr die Füße mit einem alten Handtuch.

Als Hersch und Kayla ein elternschaftsbedingtes Nickerchen einlegen mussten, schlich ich mich aus dem Haus und ging zu der Fremden. »Hilfe«, sagte ich als Erstes und wiederholte noch einmal: »Hilfe.« Sie wartete auf mein Gebet. Ich fragte: »Ist das wirklich wahr? Bin ich immer noch ich?«

»Kennst du diesen Geruch, wenn du die Nase an einen Kiefernstamm legst?« Ja, sehr gut, antwortete ich. »Du wirst dich immer an diesen Geruch erinnern, egal, wie lang es her ist. Als ob du einen Teil des Baums in dir eingelagert hättest.« Würde ich meinen ganzen Körper hergegeben müssen, um ihm einen Splitter jedes einzelnen Gegenstands auf Erden einzuverleiben? Hoffentlich würde dann auch noch ein bisschen Platz für mich sein, sagte ich, eine kleine Höhle wenigstens, irgendwo zwischen dem Gefühl von nassem Gras unter den Fußsohlen und dem Gegendruck eines Apfels, kurz bevor die Schale unter dem Messer nachgab. »Du denkst dir das falsch«, tröstete die Fremde mich. »Alles bleibt wahr. Du bist immer du, und wenn du dich noch so oft ändern musst.«

Erst viel später, erst als ich selbst Mutter war, erst als ich alles verloren hatte, erst als es wieder zu mir zurückgekommen war, glaubte ich ihr. *Alles bleibt wahr*. Jetzt weiß ich das. Jetzt ist diese Erkenntnis alles, was ich noch weiß. Und dieses Wissen rettet mir jeden Morgen, wenn ich aufwache, von Neuem das Leben.

In dieser Nacht stand ich in meinem finsteren Zimmer vom Bett auf. Die Schwärze drang in alles ein, was eine Öffnung hatte. Ich zog am Schubladengriff, ließ die Dunkelheit hinein und den Geruch nach zerdrückten Rosenblättern und Staub heraus. Ich klappte die Spieluhr auf und spielte der Dunkelheit die Musik vor, und die Dunkelheit umhüllte die kleine Tanzfigur. Ich nahm die Nachricht heraus und zündete eine Kerze an, um sie lesen zu können. *Liebe Regina, Liebe Regina, Liebe Regina*. Die Äste an den Bäumen vor meinem Fenster zeigten immer nur in die falsche Richtung. Sie schrien mich an, Ast um Ast, *hier entlang, hinauf, komm rein, kehr um*. Ich riss das *Liebe Regina* ab und zerriss es in winzige Schnipsel, entriegelte das Fenster und schob beide Flügel auseinander. Kälte und Feuchtigkeit strichen über mein Gesicht. Ich warf den zerrissenen Namen meiner Schwester aus dem Fenster, wo der endlose Regen die Fetzen in die Erde einarbeitete; dann schloss ich das Fenster wieder. *So liebe ich Dich*, sagte die Nachricht jetzt zu niemand Besonderem.

Ich nahm den Zettel und legte ihn unter mein Kopfkissen. Wieder versuchte ich, meine Schwester zu riechen, diesmal am Kissen. Ich roch nichts. Ich rieb mich an den Laken, wälzte mich von einer Seite auf die andere, spuckte der Länge nach auf das Bett. Rieb den Speichel hinein. Bis das Bett, als ich die Nase abermals in die Bettwäsche drückte, den bitteren Geschmack meines Mundes angenommen hatte. Nur geringfügig, aber immerhin war es ein Beweis für mein elendes Dasein. Ich schlief mit der Vorstellung ein, dass die Nachricht unter meinem Kissen anschwoll, zu einem Baum heranwuchs und sich ins Zimmer verzweigte, die Decke durchstieß, sich über die wiedergeborene Welt hin ausbreitete. Könnte ich dort hinaufsteigen, so käme ich vielleicht zu einem Punkt hoch über der Wolkendecke meines müden und kalten Kummers.

II

VORSTELLUNG: ALLES

»Was für ein schöner Tag«, sagte der Sattler zu mir. »Wir haben eine Tochter, und das bist du.« Seine dünnen Finger flüsterten über die meinen hinweg.

Ich war endlos weit fort, nur eines war noch da: mein Körper. Ich setzte die Maske eines Lächelns auf.

In einem Topf auf dem Herd brodelte es heftig. Etwas Salziges schäumte über und rann seitlich herab. »Ich glaube, das Wasser kocht«, sagte ich. Kayla drehte sich nicht einmal um. Mein Vater werde jetzt arbeiten gehen, erklärte sie, aber keine Sorge: Es würde trotzdem der schönste Tag meines bisherigen Lebens werden. Und morgen würde ein noch schönerer Tag werden – und immer so weiter, bis in alle Ewigkeit. Kayla war so aufgeregt, dass sie sich an ihrem Tee verschluckte und ihr breites Gesicht unter heftigem Husten rot anlief. Immer wieder versuchte sie sich zu entschuldigen, doch heraus kam nur: *»Entsch, entsch, entsch.«*

Hersch stand auf und klopfte ihr auf den Rücken. »Ganz ruhig«, sagte er. Kayla schnäuzte sich und wischte sich die Tränen von den Wangen.

»Kann ich dich auf den Schoß nehmen?«, fragte sie zwischen zwei Hustenanfällen. »Kannst du mein Baby sein?« Mir stockte so abrupt das Blut, dass meine Finger zu kribbeln begannen.

»Mach, was deine Mutter wünscht.« Hersch nickte, aber ich sah ihm seine Beunruhigung an. Er zog mich aus dem Stuhl und hob mich hoch. »Da kocht was über«, sagte ich und meinte diesmal mein Herz. »Danke«, antwortete er lächelnd. Er setzte mich auf Kaylas teigigen Schoß, wo ich mich verlegen und ungelenk und zu groß unterzubringen versuchte; meine Beine wussten nicht, wohin, mein Kopf schlingerte herum.

»Dieses wunderhübsche Baby ist meines«, sagte Kayla, schaukelte mich hin und her und drückte mich an ihre großen Brüste. Von dem Hustenanfall war ihr Gesicht noch rot gefleckt. »Gurr mal. Schrei mal. Wie ein Baby.« Ich schwieg. »Sie will nicht reden, mein Baby will nicht reden. Es will nur im Arm gehalten werden, von mir, weil ich seine Mutter bin und es mehr liebe als irgendwer sonst auf der Welt, und das weiß es, mein Baby.«

Jemand begann an die Tür zu hämmern. Mein Herz machte einen Satz, ich dachte: Meine echten Eltern kommen und holen mich zurück. Doch als Hersch die Tür öffnete, sah ich ein Paar blank polierte spitze Schuhe und wusste, dass es kein Retter war. Es war die Witwe, die größer war als jeder Mann im Dorf und eine Stimme hatte, die einem die Ohren freiblies. Eigentlich bestand sie nur aus Beinen – sie war wie zwei alte Bäume, die nach einer kurzen Affäre zusammengewachsen waren. Die Arme waren starre Äste, die von ihr herumgeschwenkt wurden.

»Wir haben keine Zeit zu verlieren. Euer Kind könnte bald zu alt für den Gesangsunterricht sein. Schaut es euch an – man sieht doch auf den ersten Blick, dass es nicht singen kann. Nicht einen Ton kann es singen. Da geb ich doch gleich auf!«

»Ich bezahle dich«, erinnerte Kayla sie. »Ich bezahle dich dafür, dass du ihr Gesangsunterricht gibst. Sie wird berühmt werden. Ein Star.«

»*Sie* soll mir das Singen beibringen?«

»Ich bin eine Heilige. In diesem Affentheater von Welt bin ich dafür verantwortlich, Gottes Werk zu verwirklichen. Er wird mich dafür segnen und lieben«, murmelte die Witwe vor sich hin.

Weder mein Tante noch mein Onkel schienen auf die Idee zu kommen, dass ich zur Sängerin wenigstens den Anflug eines Talents bräuchte. Sie hatten ihre Goldmünzen hervorgekramt, genug, um den Unterricht zu bezahlen, die Münzen glänzten und funkelten, und es schien ihnen ausgeschlossen, dass sie sich nicht gegen Töne eintauschen ließen, die ebenso golden, strahlend und schön wären.

»Moment. Wissen wir, was Oper ist?« Hersch wandte sich an seine Frau; er wollte nicht gegen die Regeln einer Welt verstoßen, die ihnen ihren innigsten Wunsch erfüllt hatte.

»*Ich* weiß ganz genau, was Oper ist«, beharrte Kayla. »Ich habe keine Zeit zu verlieren. Meine Tochter muss auf der Stelle singen lernen, um überhaupt eine Chance zu haben. Auf der Stelle.«

Als wir allein im Wohnzimmer waren, sagte die Witwe zu mir: »Deine Erfolgsaussichten sind minimal.« Unter ihr wirkte das rote Samtsofa wie ein Kindermöbel.

»Ich weiß gar nichts«, sagte ich. Das war die größte Wahrheit, die ich je ausgesprochen hatte. Ich saß auf dem Stuhl ihr gegenüber und sah zu, wie sie ihre furchterregenden Beine übereinanderschlug und wieder trennte.

»Wem sagst du das.«

Die Witwe stellte den Lederkoffer, den sie mitgebracht hatte, auf dem Teppich vor dem Sofa ab und nahm dreierlei heraus: eine Flasche Wodka, ein großes Glas und einen Stab.

»Na gut«, sagte sie. »Leg los und sing ein paar Töne.«

»Ein paar Töne?«

»Sing ein Lied, irgendwas. Mach Geräusche mit deinem Mund.« Sie schenkte sich ein Glas Wodka ein, lehnte sich zurück, die Füße gekreuzt, und trank. »Das ist gut«, sagte sie zu ihrem Glas, »ganz und gar hervorragend.« Sie richtete den Blick auf das Kind ihr gegenüber, griff nach dem Stab und wedelte damit in der Luft herum. »Sing! La-la-la!«

Ich krächzte ein paar Töne, eine aufsteigende Folge, und die Witwe sagte: »Das war entsetzlich. Noch einmal«, und ich krächzte noch einmal, diesmal eine absteigende Folge, und der Kommentar lautete abermals: »Das war entsetzlich. Noch einmal«, und ich versuchte es wieder, und wieder sagte die Witwe: »Das habe ich nicht verdient.« Sie lehnte den Kopf an die hohe Rückenlehne des Sofas und schlief ein. Der Stab kuschelte sich in ihren Schoß wie ein Haustier, ein treues Kätzchen, und sie ließ liebevoll beide Hände darauf liegen, während sie schnarchte. Ich setzte mich auf den Boden und wartete. Ich streichelte den Teppich. Ich betrachtete den Schatten an der Wand, wo die Großvateruhr gestanden haben musste; sie hatte einen dunklen Umriss auf der sonst ausgebleichten grünen Tapete hinterlassen. Ich stellte mir vor, wie die Uhr, mit Schlamm gefüllt, auf dem Grund des Flusses lag. Ich lauschte der Stille, die entstand, weil ich kein Lied sang. In der Ferne bellten und jaulten Hunde, und sie hatten ihren Gesang nicht lernen und üben müssen, sondern wussten automatisch, wie es ging, einfach indem sie als Hunde lebten.

Abends kam Hersch nach Hause, und wir verschlangen

dunkles Brot und dunkles Fleisch, Hersch und Kayla tranken dazu dunklen Wein. Ich aß wenig und sprach noch weniger. Hersch hoffte auf ein baldiges Ende meiner düsteren Stimmung. Er fragte, praktisch in einem Atemzug: »Magst du Schokolade? Magst du Kuchen? Magst du Kekse? Magst du Kätzchen? Magst du Pferde?«, und ich beantwortete alle Fragen auf einmal: »Das mag doch jeder.«

»Dann nenn mir eine Sache, die nur du magst«, sagte Hersch.

Ich dachte nach. »Keine Ahnung«, sagte ich, und das war die Wahrheit.

»Zum Beispiel finden viele Leute Babys süß, aber Schlamm mögen sie nicht … oder Dauerregen.«

»Ich schon.«

»Na, dann bist du gewiss ein glückliches Mädchen.« Hersch machte lachend eine Handbewegung zu der nassen Fensterscheibe hin. »Sehr glücklich!« Ich vergegenwärtigte mir meinen momentanen Gefühlszustand, das halb gegessene Fleischstück auf dem Teller, die dicken Socken an meinen Füßen, der Stuhl, der so hoch war, dass ich nicht mit den Zehen den seltsamen neuen Fußboden berühren konnte. Der ganze Lehm war draußen oder steckte im Profil der Schuhe an der Eingangstür, und der einzig sichtbare Regen lief in trägen Tropfen an der Scheibe herunter. Fühlte sich so »glücklich« an?

Kayla stellte ihr leeres Weinglas ab und unterbrach das Gespräch zwischen Hersch und mir. »Kann Lena auf meinem Schoß sitzen?«, fragte sie.

»Schon wieder?«, gab Hersch zurück.

»Sie ist mein Baby.«

»Ich bin kein Baby!«, protestierte ich. »Ich bin elf und werde bald zwölf.«

Aber Kayla hob mich in die Luft, setzte mich auf ihren Schoß und versuchte mich klein werden zu lassen, indem sie mich an Armen und Beinen zusammendrückte. Ich kam mir vor wie eine eingerollte Assel. Meine Füße, die sich in ihren Bauch drückten, erzeugten eine Kerbe in dem weichen Teig. Kaylas Augen wurden schmal. »Du bist die Kleinste. Niemand ist kleiner als du. Deshalb bist du das Baby. Ich werde dich …«

Hersch unterbrach seine Frau, indem er ihr mit einer verzweifelten Geste über die Schulter strich. »He«, sagte er. »Wir haben so ein großes Glück, lass uns doch behutsam sein. Außerdem«, versuchte er zu argumentieren, »hat ein Baby noch keinen Gesangsunterricht.«

»Da hast du recht!«, schrie Kayla. »Wie konnten wir nur so dumm sein?« Sie lachte und wiegte ihr Baby. »Wir müssen noch lernen, gute Eltern zu werden«, flüsterte sie mir ins Haar.

Hersch musste sorgfältig nachdenken. Seine Liebste war leider nicht allein dadurch wieder zu Verstand gekommen, dass sie nun Mutter geworden war. Es hatte sich zwar etwas verändert, aber zurechnungsfähig war sie darum noch lange nicht. Ich begegnete seinem Blick, und ich wusste, dass er versuchte, uns beide zu retten. Wenn ich mitmachte, bliebe ich vielleicht verschont. Sich seine erste väterliche Strategie zurechtlegend, sagte er: »Ich hab so ein Gefühl, dass dieses Baby sehr schnell wachsen wird.« Die Rettung sollte also schon wieder darin bestehen, dass wir uns eine Geschichte ausdachten. »Ich wette, sie wird bald so groß sein wie eine Einjährige und wenig später wie eine Zweijährige. Sie ist ein äußerst ungewöhnliches Kind.« Er betrachtete seine Frau und die überdimensionale Last auf ihrem Schoß. »Meinst du nicht, sie wird recht schnell wachsen, mein Liebes? Meinst du nicht, sie ist ein Wunderkind? Ein Wachstumswunderkind?«

»Dass wir so vom Glück gesegnet sind!« Kayla sah ihren Mann nicht an. Sie starrte mir in die Augen, als wäre die Welt ringsum jäh verdorrt. Wäre Hersch neben ihr tot umgefallen, hätte er plötzlich als leere Hülle auf dem Boden gelegen, sie hätte es wahrscheinlich kaum bemerkt. Aber seine Stimme schien in sie einzudringen wie Licht. Und so bot er seiner Frau einen Pakt an: Ich konnte ein Baby sein, ein schreiendes, sabberndes, hilfloses Kleinkind, aber nicht lange. Alle paar Wochen würde ich ein Jahr älter werden. Ich sollte mein eigentliches Alter rasch einholen, damit die Elfjährige, die sie adoptiert hatten, bald das Mädchen sein konnte, mit dem sie lebten, das sie liebten. Und Hersch hoffte, dass dann wieder Verstand und Vernunft in sein Haus einkehren würden. Wie ernst seine Frau den Vorschlag nehmen würde, konnte er nicht absehen – vielleicht würden die Wochen auch dann noch in Jahresgeschwindigkeit vergehen, wenn ich bei meinem Ausgangsalter angekommen war und eigentlich wieder hätte altern müssen wie jedermann, ohne sichtbare Änderung von einem Tag zum anderen.

»Ein Wunderkind!« Kayla strahlte. »Was für ein Glück wir haben, dass wir die Eltern sind. Wo können wir unsere Tochter überall vorzeigen?« Hersch flehte mich stumm an mitzuspielen. Nur eine Zeit lang, sagte sein Blick. Warte, es geht ganz schnell – eh du dich versiehst, steht diese verkehrte Welt wieder auf den Füßen.

Für meine Einführung in die Gesellschaft hatte mich Kayla in ein grünes Samtkleid mit Rüschenkragen und spitz zulaufende, auf Knöchelhöhe geschnürte Lederschuhe gesteckt. Sie legte sich einen Strang erlesener Perlen um den Hals und mir einen zweiten. Zum ersten Mal in ihrem Leben band sie ihrer Tochter eine Schleife ins Haar. Hersch wickelte mich in eine weiche graue Decke und nahm das ganze Bündel in die Arme.

»Auf geht's«, sagte er mit einem Zittern in der Stimme und griff nach der kalten Messingklinke der Haustür. Der Graben zwischen den Mauern ihres Hauses und der übrigen Schöpfung bestand aus einer Pfütze, die meine neuen Eltern überspringen mussten. Der Regen hatte sich zu einem Nieseln verdünnt, das mein Gesicht kitzelte. »Das ist unser Baby«, sagte Hersch zu jedem Passanten, dem sie begegneten.

»Sie ist fix und fertig zur Welt gekommen«, sagte Kayla.

»Ach!«, sagten die Dorfbewohner und beäugten mich. Ich konnte mich nicht verteidigen und nicht retten.

»Wir versuchen, den Glauben zu bewahren«, sagte Hersch. »Wir versuchen es überhaupt.« Der Stich ins Herz, den es den Dorfbewohnern versetzte, wenn sie Hersch ansahen, war eine Wunde, an deren Ursprung sie sich nicht erinnern konnten. Er wirkte unvorbereitet, war weder auf die Ansprüche seiner Liebsten gefasst noch auf sein eigenes grenzenloses Bedürfnis, sie zu befriedigen. Geht's der Frau gut, geht alles gut, pflegten seine Großeltern zu sagen – eine These, die von einer derart bedingungslosen Hingabe auf eine harte Probe gestellt wurde. Die Dorfbewohner musterten mich, vielmehr diese neue Version meiner selbst, und fanden mich ganz in Ordnung. Die Welt war schließlich neu, und da war mit allerlei Überraschungen zu rechnen, oder? Ist das Schöne am Geschichtenerzählen nicht, dass man vorher nicht weiß, was passiert?

»Sie ist sehr, sehr schön«, sagten sie. »Ziemlich groß.«

Das war's. Hätte ich eine Leine ausgeworfen, wäre keiner

bereit gewesen, mich an Land zu ziehen. Da trieb ich weit draußen im tiefen Wasser, und das ganze Dorf ließ sich auf Picknickdecken nieder und war gespannt, was als Nächstes geschah.

Meine neuen Eltern und ich drehten ein paar Runden durchs Dorf, vorbei an den weiß eingefassten Fenstern, vorbei an Blumenbeeten, die umgegraben und bereit für die neue Bepflanzung waren, vorbei an den letzten noch stehenden Pfosten eines ansonsten verrotteten, von Weinranken überwucherten Zauns. Sie gingen im Dorf umher, bis die runden Kopfsteine ihre Füße zu Mondsicheln geformt hatten, bis sie triefend nass waren und schmutziger Dunst in ihren Augen brannte, bis Kaylas präzise gewundener Haarknoten sich aufzulösen begann. Es war inzwischen so dämmrig geworden, dass man nicht mehr viel sah, und Hersch war müde vom Herumtragen ihres Dreißigkilosäuglings. Aber sie marschierten eisern weiter. Und je länger sie marschierten, desto mehr empfanden beide den Stachel des Elternseins. Einer so übermäßigen Liebe, dass ihre Organe davon schier erdrückt wurden. Ihre Augen waren schlierig vor Liebe, die Kehlen ausgedörrt, und ihre Körper hatten keinen anderen Zweck mehr, als das neue Leben zu beschützen.

Eingequetscht, aber geborgen in den Armen meines Onkels, weinte ich nicht und verlangte auch nicht, dass ich nach Hause getragen würde, weder in mein ursprüngliches noch in mein neues Zuhause. Ich bestand nicht auf meinem wahren Alter und versuchte mich auch sonst nicht aus dem Kokon zu schälen, in den Kayla und Hersch mich eingesponnen hatten. Ich sprach ein sehr kleines Gebet, mit dem ich darum bat, dass das Richtige geschehen würde, dann schloss ich die Augen und erschlaffte in den Armen des Mannes, der von nun an mein Vater sein sollte; aber ich schlief nicht.

Kayla sagte, sie müssten mir alles zeigen, damit ich mich zurechtzufinden lernte.

»Sollen wir sie zum Fluss bringen?«, fragte Hersch.

Kayla überlegte kurz. »Zum Fluss!« Sie lachte. »Sie weiß ja gar nicht, was ein Fluss ist!« Hersch stimmte in ihr Lachen ein. »Kannst du dir vorstellen, wie das wohl ist, nichts zu wissen?«, sagten sie zueinander und blickten mir mit trübem, nassem Blick in die Augen.

»Sollen wir es ihr sagen, oder behalten wir es für uns?«, fragte Kayla unvermittelt.

»Wenn sie es erst mal weiß, wird sie es nie mehr nicht wissen«, sagte Hersch.

»Dann behalten wir es für uns. Wir sagen ihr noch nicht gleich alles.« Sie tanzten auf der Straße und jubelten über jeden einzelnen Bestandteil der erblühenden Welt, der noch unerwähnt blieb. Jede Schwertlilie, jedes Gänseblümchen, jeden Grabstein würden sie, wenn sie die Zeit für gekommen hielten, ihrer Tochter überreichen können. Und bis dahin waren mir meine Augen so nutzlos wie Flusskiesel.

»Ich will sie stillen – ich bin mir sicher, sie hat Hunger«, sagte Kayla.

Hersch blieb stehen wie angewurzelt. »Also, ich weiß nicht ...«

»Was soll das heißen, du weißt nicht? Was bist denn du für ein Vater? Einer, der seine Kinder verhungern lässt?« Kayla setzte sich an den Straßenrand und knöpfte die lange Knopfreihe ihres Oberteils auf. »Mach die Augen zu«, wies sie Hersch an. Meine Augen waren bereits geschlossen, und ich wollte sie auch nicht öffnen, nicht mal für einen flüchtigen Blick. Kayla legte mich an ihren beachtlichen Busen und schob mir eine Brustwarze in den Mund. Ich bemühte mich, nicht zu weinen, doch es misslang. Sollte Kayla auf mich heruntergeblickt haben, muss ihr aufgefallen sein, dass das einzig Flüssige, das zwischen uns ausgetauscht wurde, Tränen waren.

Im Dunkeln, als ich eingerollt im Bett lag, umschlang mich die ganze geheimnisvolle Welt. Die Holzhäuser mit ihren spitzen Dächern, die uralten Bäume davor, der Schubkarren, der Heuschober. Ladenfenster und darin Schilder, die für Kleehonig und Mehl warben, und Fußspuren im Schlamm, die zur Haustür und wieder von ihr fort führten. Dieser Schlamm, zusammengemischt aus Lehm und Wasser, dem Wasser, das vom Himmel fiel – was für ein Wunder es war, hier zu sein, wenn es herabfiel, aus dem Nichts, ohne dass jemand einen Einfluss darauf hatte –, es fiel und fiel auf alles Warme und Kalte, alles Eckige und Weiche, alles Verlorene und Gefundene, alles Umherstreifende und reglos Sitzende, in aufgerissene Münder, die alles verschluckten, dessen sie habhaft wurden.

Und dann, *ping*, einfach so, war etwas gegen mein Fenster geprallt. Ich öffnete, und draußen war das verhüllte Gesicht der Fremden. Ich hatte gehofft, es sei meine Mutter. Danach sehnte ich mich mehr und inniger als nach allem anderen. »Es war einmal«, begann sie ohne eine Begrüßung, »ein hübsches Baby, aber das Problem war, dass sich zwei verschiedene Frauen als seine Mutter ausgaben. Sie kämpften erbittert um das Kind, und keine wollte nachgeben, bis schließlich jemand nach dem König rief, der eine Lösung vorschlug: Er werde das Baby entzweischneiden, jede Frau sollte eine Hälfte bekommen. Die eine war einverstanden, die andere sagte, sie wolle lieber auf ihre Hälfte verzichten, damit das Kind heil bliebe. Und da wusste der König, wer die echte Mutter war.«

»Kann ich dann also heimgehen?«, fragte ich.

»Dein Körper muss hier leben, aber dein Herz kann sein, wo es dir gefällt.«

»Werde ich am Ende doch noch entzweigeschnitten?«

»Tut mir sehr leid«, sagte die Fremde, schon im Gehen.

Mir drehte sich der Magen um, vor Verwirrung ebenso wie vor Hunger. Selbst wenn Kayla Milch gehabt hätte, war ich doch kein Baby. Ich schlich in die Küche, fand aber kaum etwas zu essen. Ich riss das Fleisch von einem kleinen Knochen, den ich im Eisschrank fand, versteckte es unter meinem Nachthemd und nahm es mit in mein Zimmer, um es dort ungestört zu verzehren. Jemand muss mich aber gesehen haben, denn in der nächsten Nacht lagen ein Laib Brot und ein großes Stück Käse für mich bereit, so als wäre ich ein seltenes, wildes Tier, das gezähmt werden sollte. Daneben lag ein Zettel mit den Worten: *Ich weiß noch fast, wer Du bist, und auf jeden Fall habe ich Dich lieb. – Vater.*

Wusste ich selbst noch, wer ich war? Nicht unbedingt, nicht sehr gut. Ich begann alles aufzulisten, was ich kannte. *Fluss, Schlamm, Ecken, Mutter, Vater, Schwester, Bruder, Kohl, Regen, Haare, Arme, Berge, Bauernhof, Hände, gestern, morgen, Kuss, Fleisch, Teller, Zungen, Augen, Bett, Dach, Baum, Hunger.* Bei jedem Begriff, den ich aufschrieb, fielen mir vier weitere ein. Ich schrieb und schrieb, bis die ganze Seite schwarz war. Draußen in der Welt jaulten die Hunde ihren Wechselgesang, nicht mit ausgebildeten Opernstimmen, sondern mit hohen, rauen Tönen. *Spucke, Babys, Rotz, Löffel, Tod, Hunde, Sattel, Pferd, Regen, Wut, Gejaule.*

Ich schickte einen Traum quer durchs Dorf zu meinen Eltern. Ich war mir sicher, dass er sie erreichte und wir alle drei die Szene gemeinsam sahen: Ich sprang, machte einen Purzelbaum, pfiff, schnalzte mit den Fingern – alles, was ich konnte, damit sie mir applaudierten, und sie wollten ja, sie wollten lachen und Beifall klatschen – und konnten es nicht. Sie waren stumm. Aber sie stellten fest, dass sie anderen Eltern ihre Stimme in den Mund legen konnten. Sie konnten Kayla und Hersch dazu bringen, dass sie sagten: »Schönes, wunderbares Mädchen, wie viel du schon kannst. Uns ist ganz schwindlig vor Liebe zu dir.«

Am Morgen schwebte Kayla über mir wie eine glühende Sonne. »Hallo?«, flüsterte sie. »Möchtest du nicht weinen, damit ich komme?«, fragte sie. »Möchtest du mich nicht vermissen, wenn ich im Nebenzimmer bin?« Pflichtbewusst strengte ich mich an, Trauer in meinen Blick zu legen. Ich dachte an das Quaken der Frösche, die in meinem früheren Leben in den Wasserlöchern vor meinem Fenster zur Welt gekommen waren und ein paar warme nasse Nächte lang gesungen hatten, bevor sie verstummten, und wenn ich dann hinausging, fand ich ihre trockenen, flachen Häute auf der Erde verteilt. Ich dachte an das Getrappel meines früheren Vaters, wenn er erwachte und aufstand, um in den neuen Tag hinauszublicken, während meine frühere Mutter ihn still beobachtete, bis er sagte: »Schön draußen«, woraufhin sie ihn bat, ihr die Wolken zu beschreiben.

»Sie weint nach mir«, rief Kayla ihrem Mann zu. »Ach, mein kleines Mädchen braucht mich so.«

Die alte Welt schien uns vergessen zu haben. Niemand war in einem Boot vorbeigetrieben und hatte versucht, uns Feldflaschen aus Schafsmägen zu verkaufen. Keine Zigeuner waren weinflaschenklirrend und singend durchs Dorf gezogen. War unsere Rechnung also aufgegangen? War unsere neue Welt real? Vielleicht. Oder es lag daran, dass von Tag zu Tag weniger Menschen auf dem Land lebten. Den Staatsanzeiger, der zweiunddreißig Gesetze, einunddreißig Verordnungen und siebzehn Regierungsbeschlüsse gegen uns veröffentlichte, hatten wir nicht zu Gesicht bekommen. Wir sahen keine Kreuze an den Türen, hinter denen Christen lebten, während jüdische Männer auf dem Friedhof Massengräber ausheben mussten. Die Welt war leer. Wenn sich zufällig jemand an uns erinnerte, musste er annehmen, wir wären längst gestorben oder auf dem Weg in den Tod. Wir waren vergessen, wir waren verloren, und deshalb durfte die Welt, die wir uns zurechtlegten, weiterexistieren.

Unterdessen empfing der Heiler den ganzen Tag Patienten, Menschen, denen das Alte und das Neue, das Zerstörte und das Gerettete Angst machten und deren Ängste sich in eigenartigen körperlichen Leiden äußerten. Das medizinische Wissen des Heilers wurde auf eine harte Probe gestellt, er wusste aber, dass er in den meisten Fällen nur glaubwürdig Zuversicht bekunden musste. Was er im Einzelnen sagte, spielte kaum eine Rolle.

Gegen Beinkrämpfe, die das Werk von Dämonen sind, trage ein Amulett mit einer Feder aus dem Untergefieder eines Sperlings und drei Haaren, die von dem schlimmen Bein stammen.

Gegen nächtliches Fieber fange eine Ameise, die ein Blatt trägt, und setze sie in ein Kupferrohr. Verschließe die Öffnungen, schüttle das Rohr und sprich: »Was du mir zuleide getan, das tue ich dir.«

Gegen Geisterfurcht setze vier Käfer in einen Topf und gieße guten Wein darüber. Lasse alles eine Stunde kochen und trinke neun Tage lang jeden Morgen davon.

Vergisst du deinen Namen und weißt nicht mehr, wer du bist, so zieh dein Hemd aus, und lass es durch den Kamin fallen. Dann vergrabe es an einer Wegkreuzung.

Gegen Herzeleid der nicht enden wollenden Art zähme dir eine Taube. Fang sie nicht ein, auch nicht, um ihr die Freiheit zu schenken. Leg dich nur auf die Erde, streue Brosamen auf deine Brust und warte, bis sie von sich aus zu dir kommt.

Als wir die Fremde darum baten, auf dem Dorfplatz auszuharren, hatten wir die Monate grauer Kälte nicht bedacht. Es regnete heftig, und manchmal hing zäher, dichter Nebel über dem Land. Unsere Zisternen füllten sich und flossen über, wir mussten unsere Haustüren vom Schlamm freischaufeln, und trotzdem trieb das Dorf nicht davon, auch wenn es an manchen Tagen sehr danach aussah. Immer dann, wenn die Straßen sich in Flüsse zu verwandeln drohten, wich der Regen dem Nebel, das Wasser floss ab, und wir setzten unser Leben unter einer Decke aus weißer Watte fort.

Und unterdessen saß unsere Fremde auf dem Dorfplatz. Sie trug die Jacken und Mäntel, die wir ihr brachten, und wir errichteten ihr sogar einen kleinen Baldachin aus Kuhfell, das, anders als die gestreifte Decke, wasserfest war. Wir kamen uns klug und hilfsbereit vor. Wir saßen bei ihr und beteten um Gesundheit für unsere Babys und Gesundheit für unsere Eltern und genügend trockenes Holz, und unsere Fremde saß mit durchweichten Stiefeln an ihrem Tisch und schrieb das alles mit roten Fingern für uns nieder. Nach dem Gebet gingen alle nach Hause, wärmten sich die Hände an Bechern mit heißem Tee und trockneten ihre Socken am Feuer. Anfangs hatten wir damit gerechnet, dass dieses Wetter ein, zwei Tage anhielte, schlimmstenfalls auch eine Woche, zwei Wochen. Aber es hörte nicht mehr auf.

Nachts kam die Fremde an mein Fenster. Was uns geschah, war derart gewaltig, dass es sich unmöglich in Worte fassen ließ; daher benutzten wir eine kleinere Währung. Wir tauschten geringfügige Beobachtungen aus, die wir tagsüber gemacht hatten. »Die Eichhörnchen sehen aus, als freuten sie sich des Lebens«, sagte sie.

»Wenn das Wasser zu kochen anfängt, halte ich manchmal das Gesicht in den Dampf, bis es wehtut.«

»Manche von uns haben mehr Glück als andere.«

»Schön finde ich, wenn ich mitkriege, wie ich einschlafe.«

»Die Tage werden immer kürzer.«

»Ich habe Angst, nicht mehr ich zu sein. Es kommt mir vor, als verschwände ich oder so.«

»Ja«, sagte sie, »ich weiß, was du meinst.«

Die Wangen des Goldschmieds waren fahl vor Sorge. Er schlief nicht mehr und aß nur, was die Fremde auf dem Teller liegen ließ, den er ihr zu den Mahlzeiten brachte. Er war wütend auf sie, dass sie so gehorsam war. Hätte sie sich nur gewehrt, hätte sie dem Dorf nur klargemacht, dass sie tagsüber gern auf dem Platz saß, abends aber nach Hause gehen wollte – in sein Haus. Nach einem Leben des Wartens war ihm vom Himmel eine Gefährtin geschickt worden, von Gott herabgeworfen wie ein Geschenk, aber die engherzige Selbstsucht der anderen nahm sie ihm wieder weg.

Die meisten Dorfbewohner ahnten gar nichts von seinem Missmut. Der Regen und unser Alltag nahmen uns völlig in Beschlag. In unseren Häusern waren überall Kleidungsstücke aufgehängt, unter denen sich Pfützen bildeten. Wenn wir das Haus verlassen wollten, um einzukaufen oder zur Arbeit zu gehen, strichen wir mit der Hand die Wäscheleinen entlang und fühlten nach dem trockensten Stück, aber wirklich trocken war nichts. Wir rochen immerzu nach nassem Schaf, und der nasse Schal kratzte uns am Hals.

Manchen fiel auf, dass unsere Fremde nicht mehr so energisch schrieb wie früher. Der Goldschmied spähte ihr einmal über die Schulter und las die klamme Liste:

Geld
Liebe
Gesundheit (Eltern, Kinder, Gatte, eigene, andere)
Sex
Ein Sohn
Die Wette gewinnen

Auf jeden Begriff folgte eine Anzahl von Strichen – einer für jedes Mal, wenn einer von uns um das eine oder andere gebeten hatte. Die Striche hinter »Geld« zogen sich schon über zwei Reihen. Um die eigene Gesundheit beteten wir öfter als um die von Ehegatten, aber weniger häufig als um die Gesundheit der Eltern. Sex war am wenigsten gefragt, wahrscheinlich aus Schüchternheit, wohingegen die Wette fast jeder von uns gewinnen wollte. Die letzte Kategorie aber, derentwegen wir ein sehr schlechtes Gewissen hatten, war diese: Bitte mach, dass das, was der Fremden widerfahren ist, nicht auch mir widerfährt. Obwohl wir uns durch die Neuschöpfung der Welt vor dieser Geschichte in Sicherheit gebracht hatten, setzten sich viele von uns, Dutzende, auf diesen alten Holzstuhl und äußerten laut den Wunsch, dass das gestohlene Leben unserer Fremden, ihre toten Kinder, ihre verstümmelte Mutter, nicht auch uns beschieden sei. Dass sie allein in den geöffneten Schleusen des Himmels säße und unser hoffnungsvolles Leben für uns niederschriebe.

Der Goldschmied sagte uns, was er gesehen hatte. Er ging von Haus zu Haus, um uns vorzuhalten, dass wir unsere Fremde bei elendem Wetter draußen unter einem Kuhfell sitzen ließen und ihr sagten, wie froh wir seien, dass es uns besser gehe als ihr. Er teilte allen mit, dass er fortan darauf bestehen werde, sie im Haus schlafen zu lassen. »Außerdem steht Frieden nicht auf der Liste«, fügte er hinzu. »Keiner von uns hat um Frieden gebetet.«

»Ja, aber das ist doch nur vorübergehend. Wir bauen ihr einen Palast. Während wir um alles andere beten, beten wir ja auch um Frieden. Geld wollen wir, weil wir Frieden wollen, richtig?«, wandte der Bankier ein, leicht unbehaglich, obwohl er dabei lässig eine Nuss schälte und Salzkristalle von seinen Fingern leckte. Er lehnte am Türstock, und jeder polierte Knopf an der Weste des Bankiers zeigte dem Goldschmied sein Spiegelbild als verzerrtes Hanswurstgesicht.

»Ich denke, wir könnten auch gleich um das beten, was wir wirklich wollen. Den Palast haben wir noch gar nicht gebaut, und unsere Fremde ist am Erfrieren.«

»Wir laden sie doch fast jeden Abend in eines unserer Häuser ein und massieren ihr die Füße. Hat sie das vergessen?« Der Bankier warf seine Nussschalen in eine Pfütze, in der sie fast alle untergingen, nur eine trieb auf der Oberfläche – ein so winziges Boot, dass sich nichts darin retten konnte.

»Für uns ist es schon so selbstverständlich, ein Wunder unter uns zu haben, dass die arme Frau jetzt nass bis auf die Knochen ist und wir keinen Finger rühren, um sie zu trocknen.«

Die Scham brach unvermittelt über uns herein. Bisher waren wir mit allem durchgekommen. Die Fremde war wie ein gemeinschaftliches Haustier gewesen, alle dachten, sie habe doch Glück gehabt, dass wir uns ihrer angenommen hatten, dass sie den sauberen, sicheren Dorfplatz als Wohnstätte benutzen konnte. Nachdem wir aber unsere Eigennützigkeit erkannt hatten, fühlten wir uns keines Glückes auf Erden mehr würdig.

Das Dorf kam also überein, eine weitere Abstimmung vorzunehmen. Die meisten von uns wollten nicht das eigene Haus als Tempel zur Verfügung stellen, auch nicht provisorisch, nicht einmal dann, als jemand darauf hinwies, das sei doch eine überaus gottgefällige Tat.

»Ich würde es tun«, sagte der Goldschmied und versuchte sich den Anschein zu geben, als sei ihm der Einfall erst in dieser Sekunde gekommen. Als habe er sich nicht den Kopf zerbrochen, wie es anzustellen sei, dass die Fremde jeden Abend zu ihm nach Hause käme.

»Nein«, fanden die alten Männer einstimmig. »Zu klein. Das ganze Haus voller Krempel.«

»Ich könnte einen Raum anbauen«, schlug er vor.

»Es ist so oder so nicht ganz fair. Was ist, wenn du Gott dann näherkommst als wir anderen? Wir lehnen Sonderrechte ab«, sagte der Bankier.

Der Goldschmied begann vor Enttäuschung zu zittern, so beseelt war er von der Vorstellung gewesen, wie die Fremde bis an ihrer beider Lebensende jeden Abend in der Dämmerung mit einem Buch auf dem Schoß am Fenster sitzen würde.

»Was ist denn mit der Scheune?«, fragte der Metzger. »Den Tieren würde es bestimmt nichts ausmachen.«

»Ihr fändet die Scheune besser als mein Haus?«, murmelte der Goldschmied, die Schamesröte auf der Stirn.

Die Gemeinschaftsscheune roch nicht wie ein Gotteshaus, sie roch nach Ziegenstall, nach dem öligen Fett und den stampfenden Hufen und schnuppernden Mäulern der Ziegen. Die Pferde peitschten mit den Schwänzen und sahen uns mit Augen an, die zu schmelzen schienen. Die Hühner verzogen sich in ihre Schlafnester oder liefen nervös durcheinander.

»Willkommen im heiligen Tempel«, witzelten wir und traten in Heu und Kot. Unsere Fremde, inzwischen in ein paar trockene Lumpen gehüllt, die wir ihr gebracht hatten, setzte sich und lehnte den Kopf an die Wand. »Danke«, sagte sie. »Das ist besser.«

Der Goldschmied machte sich daran, der Fremden das Bett zu machen. Er brachte ihr sorgfältig gefaltete Hemden, die er aus seinem eigenen Schrank geholt hatte, damit sie Wäsche zum Wechseln hätte, und er dachte dabei schon an den Tag, an dem er käme, um Schmutziges gegen Sauberes einzutauschen, allerdings hatte er nicht vor, die getragenen Hemden zu waschen; vielmehr wollte er sie zusammenrollen und auf ihnen schlafen.

Wir Übrigen sahen uns unterdessen in dem großen Raum um. Am anderen Ende hatten die Tiere ihre Unterkünfte: Stockbetten für das Dutzend Hühner, ein Pferch für zwei Pferde. Die Ziegen hielten sich auf, wo sie wollten. Und die Schafe mit ihrem dicken Pelz blieben draußen; von ihrer fettgetränkten Wolle perlte der Regen ab; man konnte sie riechen, wenn der Wind aus der entsprechenden Richtung kam. Kleine Fenster, die wahrscheinlich noch nie geputzt worden waren, liefen rund um die Wände. Die Bodenbretter knarzten bei jedem Schritt, und an der Decke hingen dick verstaubte Spinnweben, als hätten Geister und Spinnen die Scheune mit ihren Girlanden zu einem Fest geschmückt. Meine ersten Eltern und ich fanden öfter mal einen Vorwand, um uns leise und verstohlen zu berühren, und es war, als würde unsere Haut dann aufleuchten. Ich musste immer noch ein Baby sein und durfte die Leere in meiner Brust, die den Umriss einer Familie hatte, nicht erwähnen.

Der Gemüsehändler und der Weber schleppten das halb zerfallene Klavier aus dem Haus des Heilers heran, wo es gestanden hatte, seitdem wir es, angefüllt mit anderem Schwemmgut, aus dem Fluss gezogen hatten. Es lächelte unverdrossen. Der Weber heftete die Sternenkarte des Sommerhimmels an die Wand darüber. Und so hatten wir einen Tempel. Obwohl er weit entfernt war von Ebenholz, Leder, himmelhohen Pfeilern, waren wir trotzdem glücklich.

Igor entschuldigte sich bei der Fremden, dass wir sie im Regen hatten sitzen lassen. Meine Mutter – Perl, ermahnte ich mich: So wollte ich sie fortan nennen, mit dem Namen, den ihre Mutter ihr gegeben hatte und mit dem alle sie anredeten außer ihren Kindern, und ihr Kind war ich ja nicht mehr –, Perl entschuldigte sich bei der Fremden, dass wir ihr gesagt hätten, wir seien froh, dass uns ihr Leiden erspart geblieben war.

»Ich bin ja auch froh, dass ihr nicht so habt leiden müssen wie ich«, antwortete unsere Fremde. »Aber danke für die Entschuldigung.«

Die Tiere raschelten und rupften Heu aus der Raufe. Wir standen am Beginn der Zeit, erst vor ein paar Tagen hatte die Welt angefangen, und schon entschuldigten wir uns. Wir hätten gedacht, es werde Jahre dauern, ehe wir uns zum ersten Mal entschuldigen müssten. Perl und ich begriffen es schneller als die anderen: Wenn Hoffnung das erste Gefühl ist, so ist Reue das zweite oder dritte.

»Kann ich ein Gebet sprechen, und jemand anderes wird es aufschreiben?«, fragte die Fremde. Perl zückte ihr Notizheft. »Ich bete darum, dass ich leer genug bin, um euch alle aufzunehmen«, sagte die Fremde.

»Das bist du«, sagte Moische. »Genug, meine ich. Musst du ja. Du bist der Grund, weshalb wir am Glauben festhalten.« Genau dasselbe hätte auch ich gesagt, wenn ich hätte reden können.

»Ich will es versuchen. Ich bete.« Perl schrieb mit, was sie sagte, und riss dann die Seite aus dem Heft. Sie faltete sie sorgfältig zusammen und reichte sie der Fremden wie ein Geheimnis, das alle kannten und trotzdem bewahren wollten.

»Ich frage mich, wie viele Grausamkeiten wir einander jeden Tag antun«, sagte der Heiler. Hersch sah mich an und bat mich mit allen Teilen seines Gesichts stumm um Verzeihung. Kaylas Augen waren klar, frei von Bedauern.

»Zum einen«, sagte der Geflügelzüchter, »schleichen sich Leute hier herein und stehlen Eier.«

»Kinder lassen ihre Spielsachen liegen, damit ich darüber falle«, sagte die Mutter des Bäckers.

»Ich wünschte, ihr würdet euch meinen Namen merken«, sagte der Mann, an dessen Namen sich auch jetzt niemand erinnern konnte.

»Nie besucht mich jemand, um zu sehen, wie es mir geht«, flüsterte eine alte Frau, die niemandes Großmutter, Mutter oder Freundin war. »Niemanden interessiert es, ob ich überhaupt noch lebe.«

Der alte Einäugige wollte wissen, ob wir noch ein weiteres Mal von vorn anfangen und dann aber wirklich alles richtig machen könnten. Viel besser als beim ersten – nein, beim zweiten Mal, korrigierte jemand. Das könnten wir nicht, meinten alle übereinstimmend. Der Metzger schlug vor, wir sollten versuchen, langsamer, behutsamer heranzuwachsen, und der Bäcker versprach, mindestens jeden Samstag bei der alten Frau vorbeizuschauen. Die Kinder sagten, sie würden keine Eier mehr stehlen, und gestanden, sie hätten ohnehin keines gegessen, sondern sie nur alle mit ihren Kinderhänden zerdrückt, einfach so, aus Jux und Tollerei. Die meisten von uns entschuldigten sich, nur ein paar behaupteten, sie hätten sich nichts zuschulden kommen lassen. Woraufhin sich andere stellvertretend entschuldigten, was sie, die Unschuldigen, erboste, weshalb wir uns nun auch bei ihnen entschuldigen mussten. Ich sage »wir«, aber ich entschuldigte mich nur stumm.

»Ihr habt eine sehr schöne Welt«, sagte die Fremde. »Habt ihr sie denn schon gewürdigt?« Tatsächlich – war denn schon jemand nachts im Fluss geschwommen? Hatte schon jemand die Augen geschlossen und auf den Geruch des Regens geachtet? Liebten wir all das Wunderbare ringsum? Hatten wir die alten Frauen auf ihre warmen Köpfe geküsst? Die Kinder auf ihre klebrigen Wangen? »Wir bemühen uns sehr, gut zu sein«, sagte Igor.

»Ja, wir versuchen es wirklich«, pflichtete der Goldschmied bei.

Die Fremde fragte: »Wie werden wir auf die neue Welt achtgeben? Man darf doch nur behalten, wofür man auch gut sorgt.«

»Lasst uns die Arbeit aufteilen«, schlug der vormalige Weizenmäher, jetzt Silberpolierer, vor. »Jeder bekommt eine bestimmte Aufgabe zugewiesen.« Nach einiger Diskussion, die etliche Male auch in Streit überging, einigten wir uns auf ein System. Der Regen fuhr mit den Fingern über die Scheunenfenster, und die Tiere fanden sich mit unserer Gesellschaft ab, während wir die Würdigungskomitees ernannten.

Das Komitee zur Würdigung des Flusses. Das Komitee zur Würdigung des Grases. Komitees zur Würdigung Unseres Dorfs, Unserer Art des Hausbaus, Unserer Art der Hundefütterung, Unserer Art der Krankenbetreuung, Unserer Art des Schlachtens. Das Komitee zur Behandlung Aller Leiden bestand nur aus einer Person, dem Heiler. Das Komitee zur Würdigung Unserer Scheune-Nebst-Gotteshaus. Das Komitee zur Würdigung und Inventarisierung Unseres Besitzes. Das Komitee zur Würdigung Unserer Fremden, der Protokollantin. Das Komitee Gegen den Missbrauch des Regens als Vorwand für Unfreundlichkeiten. Und natürlich das Komitee für Entschuldigungen.

Wir zerrissen die Pläne für den Tempel mit Bibliothek und Ebenholzregalen und nahmen uns fest vor, die Scheune zu würdigen. Der Goldschmied fischte die zwei Schüsseln und den Hut aus dem Klavier. Den Hut setzte er sich auf, schlapp und schimmelgrün, wie er war, die Schüsseln warf er auf den Boden, wo sie zerbrachen. Die alten Frauen hielten sich erschrocken die Augen zu.

»Was soll das?«, fragten sie.

»Das sind unsere Sterne«, antwortete der Goldschmied und lächelte wie das Klavier. »Stück für Stück werden wir den Himmel erbauen. Alles Zerbrochene wird wieder heil.«

Dass die Fremde ihn anlächelte, ließ ihn vor Freude innerlich jubeln. Die Kinder, allen voran die Bande des Bankiers, waren begeistert, dass sie jetzt tatsächlich dafür gelobt würden, wenn sie heimgingen und Geschirr zerschmetterten. Die Großeltern wiederum waren begeistert, dass die Kinder vor Aufregung hüpften, weil sie etwas für Gott tun konnten, auch wenn die Kinder sich in Wahrheit aus anderen Gründen freuten.

Als aus dem Regen wieder einmal Nebel wurde, der uns mit seinen dunstigen Armen umschlang, beschäftigten wir uns mit der Herstellung von Mosaiksteinen. Vor jedem Haus wurden Porzellanteller und -schüsseln zerschlagen. Wir zerschmetterten das Geschirr auf Steinen und Holzscheiten und sangen dabei. Wir zerschmetterten Geschirr und sammelten die Scherben ein. Die farbigen kamen in Körbe für den Himmel, die weißen in Körbe für die Sterne.

In den Körben lag unser Himmel, vorläufig noch in Einzelteile zerbrochen.

DAS BUCH DER TORWEGE

Die Welt kam uns bei ihrer Neuschaffung bereitwillig entgegen. Während die Städte und Ortschaften des Kontinents sich leerten, wurde unser Dorf größer und friedlicher. Allerdings hatte die Welt, ohne dass wir etwas davon wussten, eine Helferin. Ein Paar menschliche Hände, die den Staub von unseren Türschwellen fegten.

Wenn der Nachmittag sich davonstahl, machte sich auch die Fremde auf den Weg. Wir wussten, dass sie fortging, fragten aber nicht, warum oder wohin. Wir wären nie auf die Idee gekommen, dass es etwas anderes sein könnte als ein Spaziergang zum Vergnügen: frische Luft, Vogelgesang. Sie ging den Weg zum Fluss hinunter, lauschte dem Klopfen der Spechte. Lauschte dem Regen, unserem ständigen Begleiter. Schlamm und Lehm, abgebrochene Äste und Federn säumten ihren Weg. Bei den Federn musste sie an die Muttervögel denken, die Nahrung für ihren kahlen, hilflosen Nachwuchs suchten, der hungrig im Nest saß und auf sie angewiesen war. Falken und Adler, die nach Babyschwalben Ausschau hielten; Mutterschwalben, die nach Würmern suchten. Es kommt immer darauf an, wer zuerst frisst. Die Fremde kam sich vor wie eine Jägerin, die ein Dorf voller großäugiger, haarloser Babys hinter sich ließ, das Hilfloseste auf Erden, voller Vertrauen auf eine Welt, die nur für diese Babys gemacht war – aus keinem anderen Grund, als dass sie sich selbst die Geschichte eben so ausgedacht hatten. Aber die Fremde war keine Jägerin, um die Nahrung nach Hause zu tragen, ganz im Gegenteil – ihre Aufgabe war es, die Würmer fernzuhalten. Die Beute zu fangen und dann nicht im Schnabel nach Hause zu bringen, sondern zwischen den Wurzeln der Bäume zu vergraben.

Die Fremde patrouillierte am Rand unserer Welt entlang, wo Fluss und Land zusammenstießen, sie lief über den schmalen Ausläufer, der verhinderte, dass aus unserer Halbinsel tatsächlich eine Insel wurde. Dorthin, in das längst verwilderte Gestrüpp, das uns vom Rest der Welt trennte, begab sie sich jeden Abend, während wir anderen im Familienkreis eine Mahlzeit verzehrten. Die Fremde bewachte das Tor. Die neue Welt hatte ihr das Leben gerettet – sie zu schützen war das Mindeste, was sie tun konnte.

Hinter ihr lag, wie eine gewölbte Handfläche, unsere Landzunge; daran schloss sich ein flacher, blasser Arm an, und dahinter, gewaltig und vollständig, folgte der Körper. Kein Berg begrenzte dort den Blick, die flache Erde erstreckte sich bis zum Horizont. Ein Birkenwald stand wie eine Truppe hochgewachsener Geister in der Ferne. Wo früher die Straße vom Dorf fortgeführt hatte, verdeckten jetzt frische Dornenranken, Brombeergestrüpp, Unkraut, junge Eichen den Zugang. Sie bildeten eine natürliche Grenze, so entschlossen und abwehrbereit wie wir übrigen Bewohner. Die Fremde aber fand einen Weg hindurch, auch wenn sich das Dickicht noch so sehr bemühte, sie aufzuhalten. Das Gesträuch zerkratzte ihr die Hände, und die Kratzer brannten und bluteten, und auf der Haut bildeten sich schimmernde Tröpfchen, der kostbare Schatz des Körpers.

Auf der anderen Seite des Dickichts setzte die Fremde sich auf einen Baumstumpf. Sie wartete. Keine Flammen waren aufgelodert, als sie die Grenze durchbrochen hatte. Kein Blitzstrahl war vom Himmel gefahren, kein Abgrund hatte sich aufgetan. Sie wischte sich die Blutstropfen mit dem Saum ihres Kleids ab. Der Himmel über ihr war unvermindert blau, nur an den Rändern haftete etwas Rost, wie bei einem vergessenen Werkzeug. Die ersten Sterne erschienen. Ein weiterer Tag verwelkte direkt vor ihren Augen. Auf der Straße, in der Ferne, zeigte sich ein Schatten, eine Gestalt, wie ein Loch in der Landschaft. Als sie näher kam, waren eine Nase und ein Bart zu erkennen. Die Augen spiegelten das letzte Tageslicht. Es wurde ein Mann daraus, und in der Hand hielt er eine Tasche.

»Gnädige Frau«, sagte der Mann, als er so nah war, dass sie seinen Geruch wahrnehmen konnte, der bitter war wie zertretener Schwalbenwurz, »einen guten Abend wünsche ich.«

»Guten Abend«, sagte die Fremde.

»Schön ist es draußen«, fuhr der Mann schwer atmend fort, sichtlich müde von seinem Weg. Er setzte sich neben dem Baumstumpf der Fremden auf den Boden und schlang die Arme um die angewinkelten Knie. Der Mann und die Fremde hielten Ausschau, und die Welt um sie herum lieferte ihnen Anhaltspunkte zur Konversation. Die Fremde verwies auf die Temperatur, die kühl war, aber nicht unangenehm, und der Mann bemerkte, dass es offensichtlich jedes Mal regnete, wenn er herkam. »Mhm«, seufzte die Fremde, »nass hier.«

»Gut für die Vegetation«, erwiderte der Mann. Sie nickte, der Himmel färbte sich purpurn, was in dem Moment sehr schön aussah, und die Fremde prägte sich die Farbe ein. »Habt ihr keine Überschwemmungen?« Die Fremde schüttelte den Kopf. Das Hochwasser, das sie hierhergetrieben hatte, erwähnte sie nicht. »Ich nehme an, es läuft alles in den Fluss ab.« Der Mann sah die Fremde an und fragte sie: »Ist noch jemand da? Oder bist du ganz allein?«

»Gewissermaßen«, sagte sie, eine halbe Lüge. Sie wollte nicht zugeben, dass außer ihr noch ein ganzes Dorf existierte und bei bester Gesundheit war. »Hast du was für mich?«, fragte die Fremde, die wusste, dass er anderenfalls nicht gekommen wäre. Der Mann öffnete die Messingschnalle an seiner ledernen Tasche und zog ein Bündel Briefe hervor, die er ins schwindende Licht hielt. Mit zusammengekniffenen Augen entzifferte er den Adressaten auf jedem einzelnen Umschlag und steckte ihn dann ans Ende des Stapels, bis er gefunden hatte, was er suchte, und der Fremden den Brief reichte.

»Das ist alles.«

MORDECHAI GLASSMAN verlangte der Umschlag. Bring mich zu Mordechai Glassman.

»Danke sehr«, sagte die Fremde und schüttelte dem Mann die Hand. Er machte keine Anstalten aufzustehen. Es behagte ihm offenbar wenig, in der Dunkelheit und hereinbrechenden Nachtkälte nun den Rückweg anzutreten. »Ich kann dich nicht einladen zu bleiben. Ich muss dich wieder heimschicken«, sagte die Fremde.

Sie warfen einander Höflichkeiten zu, während die Dornenranken sich bereits rachsüchtig der Fremden entgegenbeugten.

Jedes Mal, wenn ihr Fuß ins Flussufer einsank, entstand ein kleiner Tümpel. Die Fremde rollte den Umschlag zusammen und blickte durch die Röhre. Sie sah: eine besondere Gruppierung von Sternen. Ein dunkles Weidenwäldchen am Flussufer gegenüber. Sie beroch den Brief, entdeckte aber keine Spur des verbotenen Ortes, von dem der Brief stammen musste. Kein Hauch von Zimt oder Myrrhe. Keine gestampfte Butter, kein Holzrauch, kein Hammeleintopf. Die Fremde hörte eine längst dahingegangene Kinderstimme, die wie ein Windglockenspiel in ihrem Kopf klang. *Warum ist diese Nacht anders als alle anderen Nächte?* Die Fremde musste nicht lang nachdenken, um die Antwort zu wissen – weil sie heute Nacht, unter dem Himmel der ganzen Welt, nicht zulassen wollte, dass der Brief neben vielen seinesgleichen ungelesen im Blumenbeet hinter der Scheune vergraben und von Regen und Schlamm aufgelöst würde. Heute Nacht wollte die Fremde die Nachricht lesen, die der Mann in seiner Tasche von einem anderen Planeten herbeigetragen hatte.

Es war keine wohlüberlegte Entscheidung. Die Fremde handelte intuitiv. Vom ersten Tag der Welt an, als sie sich zur Grenzpatrouille davongestohlen hatte, und an jedem folgenden Tag, ob nun Post gekommen war oder nicht, hatte sie gewusst, dass sie einmal hinter den Vorhang spähen würde. Weil sie ein Mensch war? Weil sie Fehler hatte? Weil sie stark genug war, um von der Wahrheit etwas zu verstehen? Nichts dergleichen. Sondern weil, dachte sie, einer dieser Briefe einmal wichtig sein konnte. Und dann musste sie wissen, was darin stand, um in der neuen Welt die Ordnung aufrechtzuerhalten. Welcher Brief das wäre, würde ihr hoffentlich klar werden, wenn sie ihn in der Hand hielt.

Auf einem nassen, morschen Baumstamm öffnete die Fremde unter dem Licht des verlässlichen Mondes das Kuvert.

Lieber Mordechai,
ewig lange habe ich nichts von Dir gehört. Wir machen uns große Sorgen um Dich. Warum kommst Du nicht zu uns und bleibst, bis Du auf eigenen Füßen stehst? Wir schicken Dir Geld für die Überfahrt. Antonescu ist angeblich genauso schlimm wie Hitler. In Amerika sind alle überzeugt, dass wir den Krieg gewinnen werden, aber ich weiß nicht. Es wäre mir lieber, Du würdest nicht abwarten, bis wir es wissen. Esther grüßt Dich herzlich. Die Jungen sind brave Schüler. Wir haben einen neuen Eiskasten gekauft, der jetzt Kühlschrank heißt. Bitte, Bruder, komm zu uns. Wir sind hier in Sicherheit. Dass ich nicht weiß, wie es Dir geht, macht mich verrückt.
Dein Dich liebender Isaak

Ihr erster Gedanke war: der falsche Brief. Sie steckte ihn wieder in den Umschlag, der sich nun nicht mehr verschließen ließ. Sie begriff, dass sie eigentlich damit gerechnet hatte, der Brief sei für sie. Dass Mordechai Glassman nur ein Tarnname sei und sie klare Anweisungen bekommen würde, wie sie dem Dorf weiter helfen könnte. An sie persönlich gerichtet und direkt aus dem Mund Gottes. Wer Mordechai war, wusste sie nicht. Natürlich kannte sie ihn, wie sie jeden im Dorf kannte und genau wusste, was die Menschen dort sich erhofften und was sie fürchteten, weil sie jedes Gebet kannte, das sie je gesprochen hatten. Aber ihre Namen wusste die Fremde nicht. Sie hielt die Leute nur anhand ihrer jeweiligen Tätigkeiten auseinander.

Und nun sah sie auf einmal diesen Bruder, diesen Isaak, der zwischen den Falten eines mächtigen Vorhangs hervortrat und auf einer Fläche stand, die ihr wie eine abgedunkelte Bühne erschien. Wie groß die neue Welt uns bis dahin vorgekommen war, wie vollständig! – nur eine kleine Öffnung, die geschlossen gehalten, nur ein Fluss, der nach widerrechtlich eingedrungenen Gegenständen abgesucht werden musste – einer am Ufersand wiederaufgetauchten zertretenen Uhr, dem Bein eines fernen, nicht identifizierbaren Stuhls. Jetzt war es eine hölzerne Bühne, ein Puppentheater, in dem kein einziger Stuhl besetzt war. Isaak war real, irgendwo. Er dachte an seinen Bruder, die Kinder, die er womöglich hatte, Kinder mit Rotznasen und flach gekämmtem Haar. Die Tür, die unser Dorf gebaut, geöffnet und durchschritten hatte, existierte nur für uns – für den Rest der Welt war die einzige wahrscheinliche Erklärung für unser Schweigen, dass wir tot waren. Nicht neu erschaffen, nicht von Wolkenfetzen umhüllt, die eigens für uns vom Himmel herabbeschworen waren, sondern erschossen, ertränkt, von Würmern gefressen, zerstückelt. Ausgelöscht – so, wie wir dachten, dass es ihnen dort draußen ergangen sei. Mordechai, wer immer er war, der Bäcker, der Metzger, der Goldschmied, mochte der Bruder von einem sein, der weit weggezogen war, woraufhin sich die ganze Geschwisterliebe nun ausschließlich auf hin und her geschickten dünnen Blättern abspielte. Ein Mann, zwei Männer, fünfzig Männer. Deren Körper sich mit jedem Niedergang der Sonne tiefer dem lockenden Boden zuneigen, irgendwann zusammenbrechen würden.

»Stimmt das denn?«, fragte die Fremde einen Gott, der offiziell in den Büchern stand, sich aber nie die Mühe gemacht hatte, ihr zu versichern, dass er sie hörte. »Sind wir nichts weiter als Fersenhaut und Schwielen? Und bewegen uns schnurstracks auf das Ende unseres Lebens zu?« Sie hob einen schwarzen Stein auf, in den ein Gürtel aus weißem Quarz eingeschlossen war. Warf ihn von einer Hand in die andere. Gott war stumm. Vielleicht ist das der Fehler?, sagte sie sich. Er hockt dort oben auf seinem glorreichen Ausguck, adleräugig und allwissend, aber unfähig, sich mitzuteilen, und er kann lediglich seine teigigen Fäuste in der Luft schütteln, während wir die Möbel zertreten, Steine durchs Fenster schleudern, einander in den Magen boxen, unsere Babys unbewacht am Rand eines Abgrunds liegen lassen.

Statt eines Mitgefühls mit diesem hilf- und sprachlosen Gott empfand die Fremde in diesem Moment nur Hass. Wenn schon Gott mit seiner Situation nicht zurechtkam, wie sollten dann die kleinen dämlichen Ameisen mit ihren aufgeweichten Gehirnen hier unten auf der Erde dazu in der Lage sein? Seufzend, das Gesicht zu einer Grimasse verzogen, begann die Fremde den Brief des fernen Isaak zu falten. Sie machte ein spitzes Ende, dann ein zweites; sie machte einen flachen Boden und eine Vertiefung, in der eine winzige Gestalt hätte sitzen können. Ein Schiff. »Beten werden wir«, sagte sie. »Weil man nie wissen kann.« Sie steckte eine Fingerspitze in den Rumpf des kleinen Gefährts. »Nichtsdestoweniger«, sagte die Fremde zu ihrem schweigsamen Gott, »ist das alles wahrscheinlich total idiotisch. Und die Idiotie ist ja unsere Spezialität, typisch menschlich, und ich habe es diesen Leuten nun einmal versprochen. Wir haben ein Versprechen gegeben, wir haben eine Welt geschaffen, gemeinsam. Ich werde ihnen dienen. Wenn sie mich als Engel haben wollen, dann werde ich so geflügelt daherkommen, wie ich kann.«

Die Deutschen sind überall, sang das Glockengeläut der Kinderstimme. *In Amerika sind alle überzeugt, dass wir den Krieg gewinnen werden, aber ich weiß nicht. Komm zu uns. Wir sind hier in Sicherheit.*

»Was sollen wir tun? Unsere ganze Welt einpacken und uns auf den Weg machen?«, fragte die Fremde in die Dunkelheit hinein. »Mordechais Bruder, wo immer er lebt, wird uns sicher nicht alle aufnehmen.« Der Himmel war jetzt fiebrig vor Sternen. »Wir stecken mitten in einem Projekt. Wir versuchen das Richtige zu tun. Vielleicht ist ja diese Insel tatsächlich der sicherste Platz für uns?« Sie zog mit den Fingernägeln die Knickfalten des Bootes nach. »Mach du deine Kriege«, sagte sie. »Wir bleiben hier und sind friedlich.« Es wäre ihr vorgekommen wie ein Gegenargument, wie ein Leugnungsversuch, hätte sie diesen Brief ebenso vergraben wie all die anderen. Der Brief schien der Fremden nicht gefährlich zu sein. Er war nur ein Irrläufer, ein herrenloser Streuner. Manchmal landet ein Fisch am Flussufer, aber wenn er Glück hat, ist jemand in der Nähe und wirft ihn zurück.

Die Fremde kauerte sich am Ufer nieder und setzte Isaaks und Mordechais Schiffchen auf die bewegte Oberfläche. Es nickte ihr zu, *ja ja ja,* dann schüttelte es den Kopf, *egal, was soll's.* »Überzeugung«, pflichtete die Fremde dem Schiffchen bei, »das ist der schwierigste Teil.« Aber innerhalb einer Minute hatte das Gefährt sich stabilisiert, und dank dem Licht des Mondes blieb es noch lange sichtbar, während es zielstrebig von dannen segelte, fort aus der bekannten Welt. Wenn es je einen Isaak gegeben hatte, so drückte er jetzt den Hut ans Herz und verbeugte sich vor den leeren Sitzen, bevor er linker Hand von der Bühne abtrat und im Dunkeln verschwand.

An diesem Abend sah die Scheune im Lampenschein nicht anders aus als an jedem anderen Abend. Der Brief hatte nichts bewirkt. Dass sie überhaupt auf die Idee gekommen war, er könnte etwas verändert haben, schien der Fremden jetzt blödsinnig. Er war so bedeutungslos, wie die Knochen unseres Dorfes es sein würden, falls sie jemand in einer Million Jahren wieder ausgrübe. Dennoch wollte die Fremde weiter Wache halten, die Post vergraben, unerschrockene Trümmer in den Fluss zurückwerfen; sie war doch froh, dass der Bühnenvorhang wieder zugezogen worden war und sie sich sagen konnte, unsere Welt sei die einzige, allen gegenteiligen Beweisen zum Trotz. Alle Fragen, die wir hätten stellen können, hatte die Fremde mit diesem kleinen Papierschiffchen fortgeschickt. In seinem Kielwasser: Ruhe, tausend Tage Ruhe.

Die Wahrheit gehört an einen bestimmten Ort, an dem sie leben kann, nicht anders als eine Pflanze, dachte die Fremde. Dass die Berge voller Buchen stehen, macht die fußweichen Gräser im Tal nicht eifersüchtig. Dass eine Welt im Krieg ist, tut dem geduldigen Auf und Nieder der friedlichen Jahre irgendwo weit fort keinen Abbruch.

DAS BUCH DER LIEDER

In meinem neuen Leben hielt Kayla den Blick auf das süße Bonbon des Fortschritts geheftet, sie deutete auf sich und sagte immer wieder *Mutter*. Vor Hersch und Kayla lagen die Reste einer verwüsteten Lammkeule, und vor mir stand eine Schale mit zerdrückten Erbsen – Nahrung für ein zahnloses Baby. Ich betrachtete die Erbsen und stellte fest, dass ich meine neuen Eltern nicht mehr bizarr fand. Dummer Mensch, dachte ich, dummes Tier. Kannst du nicht sehen, wie schrecklich das hier alles ist? Aber ich hatte einfach getan, was wir alle täglich tun: mich an den Stand der Dinge gewöhnt. Ich beobachtete Kayla, die »Mutter, Mutter, Mutter« zirpte, und ich wusste, dass ich irgendwann, wenn die

Zeit reif war, makellos und forsch zurückzirpen konnte wie ein Papagei. Das gefiel mir. Dieses Wissen war wie ein Schatz, den ich horten konnte, und das tat ich, ich hortete, bis meine neue Mama an mir verzweifelte.

»Manchmal denke ich, wir sollten sie zum Heiler bringen«, sagte Kayla. »Vielleicht hat sie irgendein Problem?« Sie nahm sich noch eine Portion Kartoffeln.

Ich wippte im Stuhl auf und ab und versuchte auszusehen wie ein Baby, das in genau diesem Moment ein Stück wuchs. Ich wedelte mit meinen Lacklederschuhen. Ich fand, ich hätte, wenn schon sonst nichts, immerhin ein bisschen Applaus verdient. Enttäuschung war in meinem Leben so allgegenwärtig, dass ich sie kaum noch von anderen Gefühlen abspalten konnte. Aber dass Kayla je von *mir* enttäuscht sein könnte, hatte ich nicht bedacht. Gab es irgendetwas, auf das ich noch nicht verzichtet hatte? Irgendein Opfer vielleicht, das ich versehentlich nicht gebracht hatte?

»Aber nein, sie hat keine Probleme. Sie lernt«, sagte Hersch.

Ich wippte und schüttelte die Fäuste. Ich versuchte ein süßes und ahnungsloses Gesicht zu machen.

Kayla runzelte die Stirn. Ich wippte. Kayla verdrehte die Augen. »Das macht sie den ganzen Tag, mehr kann sie nicht.«

Ich blickte Kayla direkt in die Augen und sagte: »Mutter!« Kaylas Hand flog an ihr Herz. Sie wischte sich die Tränen von der Wange; zurück blieb eine zarte Kartoffelspur. Sie sah Hersch an und schüttelte den Kopf. Dass Kayla Essen im Gesicht hatte und nichts davon mitbekam, machte mich eigenartig traurig. Das Aufwachsen erspart einem kaum eine Demütigung. Ich vergaß für einen Moment mein angebliches Alter und streckte die Hand aus, um ihr mit meiner Serviette die Wange abzuwischen, doch sie schlug nach mir, als wäre ich eine Fliege.

»Ja!«, schrie sie. »Ja! Das bin ich! Mutter! Ich!« Und ich, weil ich nicht vorhatte, mich mit weniger als stehenden Ovationen zu begnügen, wandte mich mit breitem, gezahntem Lächeln an Hersch und sagte: »Vater!« Woraufhin Hersch seinerseits die Hand aufs Herz legte, sich eine Träne aus dem Auge wischte, den Kopf schüttelte und sagte: »Ja! Das bin ich! Vater! Ich bin dein Vater!« Ich wippte auf dem Stuhl auf und ab und bekam mein Lob.

»Stierkampf!«, kreischte ich. »Feuer! Fluss! Hunger!«

»Oh«, rief Hersch aus, »sie lernt aber schnell!«

»Zu schnell! Zu schnell!«, kreischte nun Kayla und hielt sich die Ohren zu. »Ich will, dass sie erst mal nur diese zwei Wörter kann! Woher weiß sie diese ganzen anderen schrecklichen Wörter?«

Ich schlug die Augen nieder und verstummte. »Es tut ihr leid«, sagte Hersch. »Sie ist klüger, als gut für sie ist. Aber so geht's, wenn wir ihr nicht alles selber beibringen. Dann lernt sie von allein die falschen Dinge.«

»Mutter! Mutter! Vater! Mutter!«, rief ich versuchsweise.

»Es tut ihr wirklich leid«, wiederholte Hersch.

Kayla sagte, sie wolle meine Welt klein haben, um den Überblick behalten zu können. »Ich kann sie vor sechs bis zehn Dingen schützen. Ob ich sie auch vor siebenhundert oder vier Millionen Dingen schützen kann, weiß ich nicht.«

»Wir bringen ihr bei, wie sie sich *selbst* schützen kann«, lenkte er ein. »Das ist unsere einzige Aufgabe in der Welt.«

»Mutter«, sagte ich leise. »Vater.«

Kayla schluchzte, als ob ihre Tochter gestorben wäre. Hersch redete leise auf sie ein – wie privilegiert sie doch seien, dass sie als Eltern die Möglichkeit hätten, die ganze

Welt weiterzugeben, *ihre* Sicht der Welt. »Wir könnten ihr beibringen, dass zum Beispiel die Mülltonne das schönste Ding auf Erden ist – oder ein Schössling oder ein Buttermesser. Sie wird immer in der Welt leben, die wir ihr schenken.«

Kayla schnäuzte sich in Herschs Ärmel. »Es ist unheimlich schwer, Mutter zu sein«, gestand sie ihm. »Ich hatte wirklich keine Ahnung, auf was ich alles verzichten muss. Jetzt habe ich sie gerade eben auf die eine Art kennengelernt, und schon muss ich zusehen, wie sie sich zu etwas ganz anderem entwickelt. Was werde ich denn noch alles ertragen müssen?«

Hersch schob seinen Stuhl zurück, der quietschend über den Boden schrammte, und legte seiner Frau eine Hand auf ihren breiten Rücken. »Vor ein paar Minuten hast du noch gesagt, sie sei zu langsam.«

»Es ist unmöglich, eine Mutter zu sein«, weinte Kayla. »*Unmöglich.* Jede kleinste Kleinigkeit davon bricht mir das Herz.« Eine Tochter zu sein wiederum war so schwer, dass ich nicht davon ausging, dass ich in der Zukunft noch einmal etwas Vergleichbares würde erleben müssen. Ich dachte, wenn ich das Tochtersein überstanden hätte, könnte mir nichts mehr passieren. Aber die Welt erfindet ununterbrochen neue Methoden, um jeden einzelnen Tag in eine Opfergabe zu verwandeln. Ein ganzes Leben lang.

Hersch sagte zu seiner Frau: »Lass uns hinausgehen in den Tag. Zeigen wir unserem schönen Mädchen, wo es lebt. Nur wir zwei, ihre Mutter und ihr Vater, ihre ureigenen Eltern. Immer eins nach dem anderen.«

Mein Onkel nahm mich in seine Spinnenarme. Kayla spannte ihren mächtigen schwarzen Schirm auf, der sich unter dem Regen in ein Schlagzeug verwandelte: Trommelwirbel als Begleitung zur Offenbarung der Welt. Draußen auf der Straße sagte Hersch: »Dies ist eine Straße. Du hast sie schon gesehen, konntest aber vermutlich nichts damit anfangen. Wir benutzen sie, um von einem Ort zum anderen zu kommen. Wir schleppen Steine von den Bergen herunter und legen sie vor uns hin, um darauf zu laufen. Die Pferde laufen darauf, die Insekten laufen darauf, die Menschen.«

»Ein Insekt, ein Berg, ein Stein, ein Mensch – du redest von Dingen, die sie nicht kennt. Da versteht sie doch kein Wort«, giftete Kayla.

»Ein Stein«, fing er an und kauerte sich nieder, stützte beide Hände auf die Straße. »Das ist ein Stein. Meine Hand berührt einen Stein. Das ist eine Hand. Finger, das sind Finger. Berühren heißt, das eine mit dem anderen zusammenzubringen.« Er berührte meinen Arm. »Das ist Berühren«, sagte er.

Ich nickte. »Berühren«, wiederholte ich.

Wir hatten es nicht weiter geschafft als bis zur ersten Straßenecke und waren noch immer von so viel Wissenswertem umgeben, dass jedem davon der Kopf schwirren musste und man nicht wusste, womit anfangen.

»Du hast noch nichts über die Berge und die Pferde gesagt«, nörgelte Kayla.

»Die Berge sind riesige Ausstülpungen der Erde. Erde, das ist alles, die Erde ist die Erde. Pferde sind Lebewesen, mit denen wir unser Leben bewältigen, denn Menschen, das sind wir, reiten gern auf Pferden, um irgendwohin zu gelangen. Wir reiten auf den Pferden die Straßen entlang und kommen an einen anderen Ort. Ich mache die Sättel, die uns das Reiten erleichtern. Der Sattel wird aus Leder hergestellt, das ist die Haut eines anderen Tiers. Nicht eines Pferds, das wäre grausam, sondern die Haut einer Kuh.«

»Wohin reiten die Menschen auf den Pferden?«, fragte Kayla.

»Vielleicht in die Berge, vielleicht ans Meer. Das Meer ist das, wohin die Flüsse fließen, die Flüsse füttern das Meer. Das Meer ist hungrig nach Flüssen. Die Menschen leben nicht im Meer. Wir besuchen es gern, das Meer, gehen auch zum Schwimmen hinein, aber leben können wir nicht darin. Der Grund dafür ist die Luft. Luft ist das, was wir atmen.« Zur Demonstration schnaufte er schwer. »So. Das ist Atmen. Wenn wir nicht atmen, dann sterben wir. Sterben ist das Ende, vielleicht. Es ist vielleicht das Ende, oder es ist der Anfang. Jedenfalls muss es sein, immer, auch wenn du noch so brav bist.«

»Hersch?«, sagte Kayla. »Ich glaube, das ist zu viel. Die schlimmen Dinge müssen wir ihr noch nicht erzählen.« Aber er fuhr fort, er konnte jetzt nichts mehr geheim halten.

»Wenn du stirbst, atmest du nicht mehr. Wenn du nicht atmest, stirbst du. Wenn du zum Beispiel in den Fluss springst und ewig schwimmst, bis du erschöpft bist, beginnst du unterzugehen, und wenn du den Kopf nicht mehr über Wasser halten kannst, gerät Wasser in deinen Körper, und das ist dann das Ende. Du sinkst auf den Grund. Dieser Grund, die Tiefe der Erde, das ist der letzte Ort, an den wir gehen.«

Ich nickte Hersch verständnisvoll zu. »Der Grund«, sagte ich. Das war etwas, das ich glaubte verstehen zu können. Es tat mir gut, die Wörter zurückzubekommen, mit denen ich meine Welt beschreiben konnte. Als würde ich meinen Lohn ausgezahlt bekommen. Ich stellte mir die ganzen Gespräche vor, die ich mit meinen neuen Wörtern würde führen können.

»Bitte hör auf«, flehte Kayla.

»Aber Blumen und Bäume wachsen aus dem Erdboden. Er ist die Voraussetzung für alles Leben. Er ist die Erde, und die Erde ist alles.«

Während Hersch redete, sackten wir alle drei ein wenig in uns zusammen. Wir standen nicht mehr aufrecht, sondern spürten das Gewicht der unzähligen Wörter, der unzähligen Dinge, der unzähligen Möglichkeiten, wie jedes Ding einem anderen glich und zugleich von ihm unterschieden werden konnte. Nichts war sicher. Nichts war frei von einem Namen oder einem Platz in der Welt. Wenn wir anfingen zu benennen, durften wir auch nie wieder damit aufhören.

»Wenn du Mutter sagst, meinst du Kayla. Wenn ich Mutter sage, meine ich eine Frau, die schon tot ist. Sie ist gestorben, aber ich bin noch nicht gestorben. Ich muss weiterleben, um mich um dich zu kümmern. Darüber hat niemand zu entscheiden. Wir bestimmen nicht, wann wir sterben.«

Wir sackten so tief in uns zusammen, dass uns nichts anderes übrig blieb, als am Straßenrand zu sitzen, in einer Pfütze unter einer Weide, aneinandergelehnt. Kayla legte den Kopf auf Herschs Schulter, ich legte meinen Kopf in ihren Schoß. Hersch legte sich auf dem Boden nieder. Kayla protestierte nicht mehr, sondern hörte mit halbem Ohr seiner Aufzählung zu. Hersch redete immer weiter, leise, heillos verirrt im Labyrinth. Und ich blieb ihm eisern auf den Fersen und versuchte mir einzuprägen, was ich jetzt alles wissen durfte.

»Entscheidung. Eine Entscheidung haben zum Beispiel deine Mutter und ich getroffen, als wir dich bekamen. Wir haben um dich gebeten. Bitten ist, wenn du etwas fragst und dabei Bitte sagst. Sagen heißt, du bildest Wörter mit deinem Mund. Wörter sind das, was wir sagen. Wir heißt: wir alle. Wir sind alle wir.«

Wir lagen jetzt auf dem Boden. Wir hatten die Köpfe auf die Steine gelegt, die Steine, die von den Bergen kamen, die Berge, die aus der Erde wuchsen. Die Erde vom Grund. Alles getränkt vom Regen, Nässe zerrte an unseren Kleidern.

»Gott ist auch das, was wir alle sind. Gott ist mehr als alles. Mehr ist mehr. Alles ist Gott. Es ist unmöglich, Gott zu sagen, ohne Alles zu sagen.«

Der Regen prasselte in unsere Gesichter. Die Steine gruben sich in unseren Rücken. Auf das Bellen eines Hundes antwortete ein zweiter Hund. Wir schlossen die Augen, und Hersch und Kayla schwiegen lange. Sie atmeten. Es geschah: Alles. Alles, was geschah, war alles.

»Ich gebe auf«, sagte Kayla, die Augen immer noch geschlossen. »Es ist zu viel.«

»Wir haben Zeit«, sagte Hersch.

»Wir haben nichts. Wir brauchen Hilfe. Verpflichte sämtliche Lehrer, die verfügbar sind, damit Lena lernt, wie sie sich gegen alles Schreckliche auf der Welt schützen kann. Sonst wird dieses Kind niemals groß werden.«

Ich presste die Lider zusammen und machte mich bereit für die nächste Welle, die über mich hinwegschwappen würde.

Das Komitee zur Würdigung und Inventarisierung Unseres Besitzes setzte sich aus dem Frisör, dem Gemüsehändler und dessen Frau zusammen – die sich zur Rechnungsprüferin ernannt hatte, weil sie überzeugt war, dass sämtliche Arbeitserfolge ihres Gatten nicht auf Genauigkeit und Fleiß zurückzuführen seien, sondern auf schieres Glück.

Das Komitee zur Würdigung und Inventarisierung Unseres Besitzes stellte fest, dass manche Leute schlechter wegkamen als andere. Ohne durchreisende Kundschaft, die ihm seinen Schmuck hätte abkaufen können, hatte der Goldschmied schwer zu kämpfen. Die Münzstapel des Bankiers schrumpften, weil das Geld nicht mehr gespart wurde, sondern dauernd im Umlauf war. Als der Goldschmied allerdings den Vorschlag machte, er könnte lernen, bei Weizenanbau und Weizenernte zu helfen, statt Schmuck zu reparieren und Gemmen in Gold zu fassen, wehrten wir uns empört gegen die Idee. Wozu taugte ein kleines Dorf ohne einen freundlichen, kurzsichtigen Mann, bei dem man Geschenke erwerben konnte, um besondere Momente im Leben hervorzuheben? Unsere Frauen weigerten sich rundheraus, sich ihren Alltag ohne dieses Schaufenster vorzustellen, vor dessen Auslage sie träumen konnten, und die Männer zerbrachen sich den Kopf, wie sie ihre anhaltende Zuneigung und Ergebenheit zum Ausdruck bringen sollten, wenn es keinen Goldschmied mehr geben würde. Zwar gelangte tatsächlich nichts Neues mehr ins Dorf, kein Geld, keine Kleider, kein Obst, aber es verließ uns auch nichts mehr. Die Pflanzen brachten neuen Samen hervor, und offensichtlich genügte die Sonne, die zwischen den Regenwolken hindurchkam, denn die Flora wuchs und gedieh. Es war für uns alle genug da, wenn wir es nur gerecht verteilten. Wir stimmten dafür, sämtliche Bewohner ausreichend in Brot, Fleisch und Milch zu bezahlen, damit sie weiter die Arbeit tun konnten, die ihnen in unserem Ort bestimmt war. Statt mit Geld handelten wir mit Waren. Der Bankier erweiterte sein Aufgabengebiet um die Verwaltung von Schuldscheinen – zum Beispiel verpflichtete sich der Gemüsehändler, für ein Paar Rubinohrringe, die er seiner Frau schenken wollte, drei Monate lang zu Beginn jeder Woche einen Korb Gemüse zu liefern. Der Bankier stellte sicher, dass alles immer fair zuging, und bekam dafür einen kleinen Anteil von dem, was die anderen verdienten.

Nachdem das Komitee zur Würdigung und Inventarisierung Unseres Besitzes Defizite aufgedeckt und beseitigt hatte, machte es sich daran, eine Landkarte zu erstellen. Die drei Mitglieder des Komitees schritten, Fuß vor Fuß, Zeh bis Ferse, den zerklüfteten Umriss unseres Dorfes ab und stellten fest, dass es exakt 10 034 Frisörfüße brauchte, um das Dorf zu umrunden. Dieses Ergebnis löste allgemeine Begeisterung aus. Der Raum, den wir einnahmen, war nun vollständig und akkurat vermessen. Wir baten das Komitee zur Würdigung und Inventarisierung Unseres Besitzes um weitere Messungen. Wie sich herausstellte, hatte der Bankier das größte Haus, aber die kleinsten Fenster, der Geflügelzüchter hingegen das kleinste Haus und die größte Tür.

Als alles Große vermessen und protokolliert war, bat der Goldschmied darum, dass eine Messmethode auch für die kleinen Dinge gefunden werde, mit denen er in seinem Alltag zu tun hatte. Das Komitee führte zwei neue Längenmaße ein: den linken Zeigefinger des Frisörs und den Halbmond seines Daumennagels. Das Komitee zur Würdigung und Inventarisierung Unseres Besitzes hatte aber bald genug davon, mit unvermessenen Besen, Butterschalen, Kinderschuhen behelligt zu werden, und seine Mitglieder stimmten dafür, dass nur noch zu Monatsbeginn, wenn Neumond war, Gegenstände vermessen wurden. Die restliche Zeit wollten sie dafür verwenden, das Dorf zu kartografieren und eine Inventarliste unserer vollzähligen Habseligkeiten zu erstellen. Nach einer Woche des Zählens legten sie uns die ersten Erhebungsergebnisse vor.

Zalischik, Einwohner: 102
Kinderschuhe: 53 (26 Paare, ein Einzelschuh)
Löffel: 478
Gabeln: 498

Ausgewachsene Bäume: 190
Gemüsegärten: 49
Häuser: 22
Scheunen: 1
Türen: 61
Fenster: 208
Hochzeitskleider: 25
Fremde: 1
Pferde: 2
Hühner: 50
Kühe: 41
Schafe: 179
Ziegen: 137
Flüsse: 1
Echte Edelsteine: 32
Falsche Edelsteine: 299
Schaufeln: 109

Sobald das Materielle gezählt war, wollten wir auch unser sonstiges Leben erfasst wissen. Nach einer ganzen Weile verließ das Komitee zur Würdigung und Inventarisierung Unseres Besitzes das Hinterzimmer des Gemüsehändlers, wo es getagt hatte, und präsentierte auf dem Dorfplatz, am Fuß des Kriegshelden aus ferner Vergangenheit, seine neue Liste. Die Gemüsehändlersgattin sagte: »Die Liste ist zu lang, um sie auszuhängen. Hier die zehn Spitzenpositionen. Vorläufig werden keine weiteren hinzugefügt.« Wir drängten uns neugierig um den Aushang.

Erdrückende Schwiegermütter: 11
Anlässe zur Reue in Liebesangelegenheiten: 1987
Anlässe zur Reue in Geldangelegenheiten: 200

Heimliche Lieben: 6
Überfällige Entschuldigungen: 712
Vermeintliche, aber nicht erwiesene Glücksbringer: 353
Erwiesene Glücksbringer: 3
Widerlegungen selbiger: 4
Befürchtungen, vergessen worden zu sein: 102
Wiederkehrende Träume unverblümter Art: 42

Auf Kaylas Betreiben hin beschleunigte sich die Zeit. Im Lauf der nächsten Monate lernte ich über die knorrigen Dielenbretter zu krabbeln, dann laufen. Hersch und Kayla stellten in der Küche mit etwas Abstand zwei Stühle auf, setzten sich und schickten mich zwischen sich hin und her wie einen Ball. Ich tat ihnen den Gefallen und wankte ein bisschen. Sie jauchzten und kicherten und griffen nach mir. Sie nahmen mich in die Arme, wenn ich es geschafft hatte, triumphierend, und küssten mich auf jedes freie Stückchen Haut. Ich wurde mit sorgfältig zerdrücktem, bröckchenfreiem Kartoffelbrei gefüttert, nie wieder reichte mir meine Tante ihre trockene Brust. Am Ende jedes Tages sprach ich mein kleines Gebet, es möge das Richtige geschehen, und sagte zu meinen echten Eltern: »So liebe ich euch.« Ich war auf dem richtigen Weg, zurück zu meinem wahren Ich. Dass ich es niemals ganz zurückschaffen konnte, war klar – auch mit elfeinhalb würde ich immer noch im falschen Haus leben –, aber immerhin zeichnete sich ein gewisser Fortschritt ab.

Ich lernte, mit einer Gabel zu essen. Ich lernte, einen Schuh zuzubinden. Ich lernte den Unterschied zwischen einem Palomino-Pferd und einer Grille. Ich lernte, meinen Namen zu schreiben, und das Wort *Liebe*. Ich lernte, meine Serviette vom Tisch zu nehmen und mir über den Schoß zu legen. Die Gesangslehrerin wurde wieder engagiert. Die

Schwester des Frisörs wurde ebenfalls engagiert, damit sie mir beibrachte, mit einem Stapel Bücher auf dem Kopf zu gehen, denn Kayla hatte gehört, das sei wichtig. Das Haus war eine Flut des Lernens und Lehrens. Für alles, was sich irgendwie lernen ließ, gab es einen Lehrer. Kayla fand, ich solle Sprachen lernen, obwohl Hersch sie daran erinnerte, dass andere Sprachen womöglich aus anderen Gegenden stammten, und die gab es ja nicht. »Es ist mir egal, wo sie herstammen«, sagte Kayla. »Die Leute kennen die Wörter, und ich will, dass Lena sie ebenfalls kennt.« Ich hatte bereits eine Menge Russisch und Polnisch gelernt, und jetzt gab mir der Goldschmied Englischunterricht, und der Metzger paukte mithilfe von Karteikarten deutsche Vokabeln mit mir. Hersch brachte mir die Grundkenntnisse des Italienischen bei, und der Schafscherer war für Französisch zuständig.

Kayla setzte sich jeden Morgen mit einer Liste an den Tisch, auf der sie zusammenstellte, was ich alles lernen musste: über Liebe und Verlust, über Gott, über Kartoffeln und das Butterstampfen, das Pfeffermahlen und die Pflege von gewöhnlichem sowie von besserem Leinen. Ich musste das Spitzenklöppeln, Wundenverbinden, Ballwerfen und Knotenentwirren lernen, musste wissen, wie man richtig betet, aufrecht sitzt, einen tief empfundenen Beileidsbrief und eine elegante Einladung verfasst, musste bewandert sein im Hausputz, im Flicken und Stopfen, im damenhaften Herstellen eines Butterbrotes und im Tranchieren von Fleisch.

Kayla füllte Hunderte Seiten auf diese Weise, und ihre Blätter bedeckten das Haus wie Staub – erst deckten sie gleichmäßig alles ein, dann sammelten sie sich geballt in den Ecken und unter den Möbelstücken, wo sie, Wälle bildend, auf ihren Einsatz warteten. Kayla machte sich Vorwürfe, wie viel Zeit sie damit vergeudet hatte, mich zu verhätscheln und mit mir zu kuscheln, anstatt mich fürs Leben zu wappnen. Hersch pflegte dann einzuwenden, sie sei doch so gern Mutter eines Babys gewesen, sie möge doch an diese süße Anfangszeit zurückdenken. Wie gewaltig er sich hatte anstrengen müssen, um diese Süße überhaupt zu ermöglichen, und wie sehr auch er es genossen hatte, erwähnte er nicht.

Getreu der ursprünglichen Vereinbarung stellten ein paar Wochen jeweils ein Lebensjahr dar. Ich war vier, wurde acht, dann war ich wieder zehn. Wir feierten kleine Geburtstagsfeste, und die Gesichter meiner neuen Eltern glühten vor Staunen über das wundersame Verstreichen der Zeit.

Leider blieb sie nicht stehen, wie Hersch geplant hatte.

Kayla trieb mich gnadenlos vorwärts und direkt vorbei an meinem eigentlichen Alter. Ich war elf, und kurz darauf war ich zwölf, dreizehn. Hals über Kopf sollte mein Erwachsenwerden abgeschlossen sein. Abends betrachtete ich mich in dem ovalen Spiegel über meiner Kommode. Ich sah mein Gesicht, das blassrosa war, umrahmt von dunkelbraunen Locken, und ich fand mich unscheinbar. Irgendein Mensch eben, ein Mädchen, niemand Besonderes. Tag für Tag suchte ich nach Veränderungen, und zu meiner Überraschung ließen sie sich irgendwann tatsächlich entdecken. Auf der Stirn sah ich dieselben Sommersprossen wie immer, aber mein Kinn hatte eine andere Form. Dieselbe einwärtsgewandte Schräge der Schneidezähne, aber ein neuer Tonfall in meiner Stimme. Ich kletterte auf einen Stuhl, nahm den Spiegel herunter und ließ ihn, den kühlen Rahmen in beiden Händen, an meinem Körper hinuntergleiten, um meine Brust, meinen Bauch, meine Beine betrachten zu können. Ich stellte fest, dass sich die lange, stangengerade Mädchenstatur hier und dort ein wenig rundete, vor allem an den Hüften. Härchen begannen zu sprießen. Meine Brustwarzen reckten sich zaghaft, waren größer und weicher als früher.

In dieser Nacht spuckte ich wieder der Länge nach auf mein Bett. Rieb die Spucke hinein. »Ich bin hier lebendig«, sagte ich mir. »Ich weiß, was ich weiß.« Ich versuchte, meinen eigenen Geruch im Kissen zu finden – mein Kopf hatte daraufgelegen, so viel stand fest, und einzelne Haare zurückgelassen, lange braune, sich ringelnde Schlangen. »Stierkampf, Regen, Pferd, Sattel, Hunger, Haar, Leben«, sagte ich vor mich hin, ständig bemüht, alles festzuhalten. Aber es waren nicht diese Begriffe, die ich zu vergessen fürchtete – damit wurde ich ja jeden Tag im Rahmen meines Unterrichts konfrontiert. Was mir zunehmend zu entgleiten drohte, war mein ursprüngliches Leben. Während ich mit absurdem Tempo alterte und die Jahre sich anhäuften, fühlte ich mich kleiner werden, dünner werden, ich verlor die Erinnerung an mein eigentliches Zuhause und meine echte Familie, an den Kohlgeruch in der Küche. »Kohl«, sagte ich. »Rotkohl, Weißkohl, Sauerkraut. Wirsing.«

Ich schrieb *Kohl* auf meine Liste, unterstrich es. »Mein Haus riecht nach Kohl. Mein Haus ist ein einziges Zimmer. Meine Mutter ist nicht meine Mutter. Mein Vater ist nicht mein Vater. Ist das die Art und Weise, wie ich sie liebe? Bin ich hier lebendig?« Es fiel mir zunehmend leicht, sie Perl und Vlad zu nennen, wenn ich an sie dachte, so wie alle anderen im Dorf die beiden nannten. Dafür kniff ich mir fest in den Arm, sodass meine Nägel zwei Mondsicheln hinterließen.

Meine Entscheidung fiel in einem einzigen Augenblick. Ich dachte nicht daran, wie es danach weitergehen oder wie lang es dauern würde, bis mich jemand ausfindig machen und wieder zurückbringen würde. Ich wollte nach Hause. Ich wollte die Nacht in meinem früheren Bett, im Kreis meiner früheren Familie verbringen, und was danach geschah, war mir egal. Ich zog meine Schuhe an und entwischte durch die Hintertür. Eine Minute lang drückte ich mir beide Fäuste auf die Augen, und als ich die Hände sinken ließ, verzog sich der Schimmer der Dunkelheit, und vor mir tat sich ein von milchigem Mondlicht beschienener Pfad auf. Mein Nachthemd flatterte. Es regnete nicht, aber das Dorf trug seinen nebeligen Mantel. Ganz allein durchs Dorf zu gehen, in die richtige Richtung, das war wunderbar.

Meine Wangen wurden heiß, als ich das Haus sah und dann die Tür. Die Tür mit der Messingklinke, die sich nass anfühlte. Aber als ich sie niederdrücken wollte, rutschte meine Hand ab: Die Tür war abgesperrt. Ungläubig sagte ich den Satz vor mich hin: »Die Tür ist abgesperrt.« Hatten meine Eltern in der Nacht schon immer den Riegel vorgeschoben, damit wir drinnen alle in Sicherheit wären? Jetzt war ich eine von denen, denen der Zutritt verwehrt wurde. Ich drückte das Ohr ans Holz, vernahm aber drinnen keinen Laut. Ich klopfte nicht. Ich hatte einfach dort auftauchen und mich unbemerkt ins Haus schleichen wollen. Ich wollte nicht hereingebeten werden wie ein Besucher. Ich legte mich vor der Tür auf den Boden und hörte dem Rascheln eines welken Blattes zu, das der Wind im Kreis über den Boden wehte. Es war ein baumloses Blatt, eine Waise, von einer plötzlichen Brise erfasst. Etwas Unsichtbares trieb es vor sich her. Ich küsste die Klinke an der großen blauen Tür und stand auf, um zu gehen.

Nun war ich endgültig nicht mehr die jüngste Tochter des Kohlbauern. Sie hatten hinter mir die Tür abgesperrt. Um zu wachsen, um die Lena zu werden, die meine neuen Eltern sich ausgedacht hatten, kaute ich mich durch die harten Brotkanten und staubtrockenen Kuchenstücke unter meinem Bett, die aus meiner Zeit als ausgehungertes Baby übrig waren. Ich aß sogar die Ameisen mit, die sich von der unmittelbaren Gefahr nicht bei ihrer Mahlzeit stören ließen. Ich fühlte sie über die Hügel meiner Zunge wandern, durch die nasse Höhle trotten und hörte zu kauen auf, um ihren nadeldünnen Füßen nachzuspüren. Ich schluckte sie im Ganzen. Stellte mir vor, wie sie in meinem Magen saßen und dort weiteraßen, vorgekautes Essen, sofort genießbar. Ich aß, bis es wehtat. Vollgestopft mit Brot und Ameisen, schloss ich die Augen. Von draußen drang das Geheul der Hunde herein, die einander im Dunkeln ausfindig zu machen versuchten und sich den Weg vom Zuhause des einen Hundes zu dem eines anderen zubellten. Drinnen lag ich, erschöpft, und versuchte die friedlichen Nachtstunden in die Länge zu dehnen, bevor die Sonne wieder ihr Licht auf mich werfen und mich zu einem weiteren Tag des Schnellwachstums wecken würde.

Am nächsten Morgen schlich ich früh aus dem Haus, um zwei Besuche vorzunehmen. Zuerst sprach ich mit der Fremden. »Werde ich das überstehen?«

»Ja«, sagte sie fest.

»Wie?«

»Mach's einfach.« Enttäuschende Antwort, sagte ich, aber jedenfalls danke, und ging wieder fort. Ich fand das Komitee zur Würdigung und Inventarisierung Unseres Besitzes bei seiner morgendlichen Kartografierung in der Bäckerei. Ich bat sie alle, den Bäcker eingeschlossen, mit hinauszukommen und mich in einen leer stehenden Schuppen zu begleiten. »Schnell«, sagte ich. Im Schuppen standen noch ein paar rostige alte Spaten. Zweifellos hatten es sich Mäuse und sonstiges Getier in den Wänden gemütlich gemacht, aber sie gaben keinen Laut von sich und versuchten nicht zu fliehen.

Das Holz roch satt und reif und nach dem süßen Moder des unmittelbar bevorstehenden Zusammenbruchs.

»Vermesst mich«, verlangte ich, denn bis zum nächsten Neumond, dem offiziellen Messtag, waren es noch Wochen.

»Ja, schon gut, kein Grund für den strengen Befehlston!«, sagte der Gemüsehändler. Es war ein pflichtbewusstes Komitee, sie fingen von unten her an: Zehen, Füße, Knöchel bis Knie, Knie bis Hüfte, Hüfte bis Schulter.

»Also, das scheinen mir doch etwas mehr als anderthalb Finger zu sein«, nörgelte die Gattin des Gemüsehändlers, woraufhin der Frisör noch einmal anfing und seinen Zeigefinger raupengleich über meinen Unterarm kriechen ließ.

»Exakt anderthalb«, sagte der Gemüsehändler.

»*Exakt* würde ich nicht sagen.« Die Gemüsehändlersgattin zog die Nase kraus.

Ich fragte: »Bin ich größer als früher? Oder bin ich kleiner als früher geworden?«

»Das ist das erste Mal, dass wir dich vermessen«, sagte der Bäcker. »Wie alt bist du?« Ich schüttelte den Kopf. »Natürlich bist du größer geworden, Kind! Du wächst schließlich, so wie es sich gehört.«

Die Gemüsehändlersgattin flüsterte mir ins Ohr: »Sag Bescheid, wenn ich dir helfen soll, einen Büstenhalter auszusuchen. Wir verkaufen auch andere Waren.«

Mein Herz flatterte mit den Flügeln, schaffte es aber nicht, meiner Brust zu entfliehen. Es war in meinem Körper gefangen. »Soll ich älter oder jünger sein?«, fragte ich den Gemüsehändler. »Soll ich dünner oder dicker sein? Soll ich mich erinnern oder alles vergessen?« Er legte mir die Hand auf die Wange.

»Du bist ein liebes Mädchen«, sagte er. »Was du tust, ist nicht leicht. Erwachsenwerden ist nie leicht.«

Ich sah die Komiteemitglieder flehentlich an.

»Also, das ist so«, sagte die Gemüsehändlersgattin, »eine Zeit lang wächst du, und dann schrumpfst du wieder. Ich zum Beispiel konnte früher über den Zaun im Garten hinwegsehen, jetzt muss ich zwischen den Latten durchschauen. Auf deine Größe kommt es wirklich nicht an.« Diese Vorstellung beruhigte mich; ich sah eine kleine, schmächtige, spinnenbeinige Version von mir – entweder sehr alt oder sehr jung – eine breite Straße entlangwatscheln, von der Welt ringsum völlig unbemerkt.

Ich ergriff die warme Hand des Frisörs und legte sie mir aufs Herz. »Zähl«, befahl ich.

»Deinen Herzschlag?«, fragte er. Ich nickte. Wir schlossen beide die Augen und konzentrierten uns. Der Gemüsehändler und seine Frau waren still. »Das waren zwanzig Schläge«, sagte der Frisör und fügte hinzu, sicher weil mir immer noch lauter Fragen im Gesicht standen: »Sehr stark. Sehr gesund. Es geht dir gut.«

Der Schuppen schien sich ein wenig nach links zu neigen, wie ein Mann im Schlaf, der sich eine bequemere Stellung sucht. Ich öffnete die knarzende Tür und entließ das Komitee ins Tageslicht. Ich stellte mir vor, wie ich nicht nur aus dem Schuppen träte, sondern aus meiner Haut, wie ich eine Schicht nach der anderen ablegte und überall leere Hüllen zurückließ, spröde und durchscheinend, bis ich nur noch eine winzige rosige Schlange von einem Mädchen wäre und mich im Schatten eines Kieselsteins verstecken könnte.

Die Witwe wurde keine bessere Gesangslehrerin. Sie kam und setzte sich, leerte ihr Glas Wodka, schimpfte, dann schlief sie ein.

Einmal sagte Kayla, als die Lehrerin gegangen war: »Lass mich dich singen hören.«

Ich wich aus. »Später. Ich möchte die Überraschung nicht verderben.«

Woraufhin Kayla sagte: »Was für eine fabelhafte Idee, ein Überraschungskonzert! Wir laden alle ein!« Ein Ausdruck verblüffter Begeisterung glitt über ihr Gesicht. »Eine Zeremonie, um deinen Eintritt ins Erwachsenenalter zu feiern!«, murmelte sie, den Blick starr auf die Wand geheftet. Wahrscheinlich hatte sie eine Vision von mir in einem gestärkten Kleid, mit geröteten Wangen, ringsum ein ganzes Zimmer voller Bewunderer, die sich mit ungeteilter Aufmerksamkeit der jungen Frau zuwandten. »Junge *Frau!*«, kreischte Kayla. In der Menge der Bewunderer wären natürlich auch junge Männer, anerkennende junge Männer, hoffnungsvolle junge Männer, potenzielle Ehemänner. »Ein Ehemann. Eine *Hochzeit.*« Kayla seufzte.

»Wie bitte?«

»Tu nicht so, als wärst du nicht bald bereit für einen Mann. Das ist nur natürlich«, blaffte Kayla. Ihr Blick bekam etwas Entrücktes. »Oh, oh, ja«, gurrte sie.

Ich senkte den Kopf und ging hinaus, in einen starken Wind.

Am darauffolgenden Wochenende versammelten sich alle in unserem Wohnzimmer. Der Bäcker, der Arzt, der Schafhirte, der Geflügelzüchter, der Weber, der Bankier mit seiner Frau und ihrer Kinderschar, einer kleinen Armee mit Igor an der Spitze, außerdem die Fremde und der Goldschmied, der unbedingt neben ihr sitzen wollte und Bonbons für sie auswickelte, dann noch die Klatschbasen, die Mütter und Väter, der Einäugige, der Heiler, die Kinder, der Metzger, der Axtschmied, der Schafscherer, die Großeltern und Babys, die Ehefrauen und -männer, alle. Draußen schüttete es, und in der Küche lagerte ein Dutzend Stapel schwerer Mäntel, unter denen sich Pfützen bildeten.

In der ersten Reihe saßen Perl, Vlad, Regina und Moische. Ich hatte mich auf die Begegnung vorbereitet. Meine Liste bekannter Begriffe hatte ich in vier Teile zerrissen und die Fetzen griffbereit in meine Tasche gesteckt.

»Wir haben euch eingeladen, um Lenas Leben zu feiern«, verkündete Kayla dem Publikum, das den auf Tellern ausgelegten Keksen fleißig zugesprochen hatte und mit zuckrigen Fingern vor ihr saß. »Das Leben unserer kleinen Lena, die jetzt eine Frau ist.«

Sie musterten mich, sahen nicht unbedingt eine Frau, aber auch kein kleines Mädchen.

»Kayla«, sagte Hersch leise. »Wissen wir, was wir zu wissen glauben?«

»Mein Mann, der Philosoph«, scherzte Kayla. »Lena ist jetzt eine Frau. Ich habe sie persönlich großgezogen, natürlich weiß ich, was ich weiß.« Niemand widersprach. »Denkt an eure Söhne. Vielleicht halten sie ja gerade nach einer guten Ehefrau Ausschau?« Sie reichte eine Linzer Torte herum, die ich gebacken hatte, und bat während des Verzehrs um allgemeine Stille. »Konzentriert euch«, sagte sie, »auf den Kuchen.« Dann forderte sie mich auf, meine Reitkünste vorzuführen, indem ich durchs Wohnzimmer trabte.

»Traben?«, fragte ich. »Soll ich so tun, als hätte ich ein Pferd?« Ich suchte die Augen der Fremden, die ja wusste, wie sich mit fremden Bedürfnissen umgehen ließ. Sie hatte schon auf meinen Blick gewartet. Ihr Signal war ein kurzes, entschiedenes Nicken. Sie wollte mir wieder diese eine Wahrheit einschärfen: Du bist du. Immer noch. Ich war rot vor

Verlegenheit, aber ich trabte. Hersch bemühte sich um Fassung. Er liebte seine Frau und wollte ihr das Gefühl vermitteln, dass er sie unterstützte – das wusste ich. Aber mich eben auch, wie ich da paradierte wie ein Pferd, wie ein Wesen, das Mädchen und Pferd in einem war. Kayla stoppte mich, und alle applaudierten. Mein nächstes Kunststück bestand darin, dass ich in allen meinen Sprachen bis zehn zählte. Darauf war ich sogar stolz.

Kayla stand auf, stellte sich neben mich und fragte: »Die Witwe, wo ist die Witwe?«

Alles sah sich um. Keines der Gesichter gehörte unserer baumhaften, griesgrämigen Witwe. »Sie ist nicht da«, sagte ich.

»Wie kann sie nicht da sein? Na, egal. Du bist der Star. Sing für uns, Lena. Sing uns dein Lied.« Ans Publikum gewandt, sagte sie: »Lena bereitet sich nämlich darauf vor, ein Star auf der Opernbühne zu werden. Seid ihr bereit für diesen großen Augenblick?« Die Zuhörer klatschten, und ihre Mienen besagten, dass sie geradezu versessen auf diesen Augenblick waren.

»Wir präsentieren: Lena!« Kayla setzte sich wieder, um zu applaudieren wie ein Sommergewitter.

Ich blieb stumm. Ich konnte ja nicht singen.

Das Schweigen im Zimmer wurde klebrig. Der Regen versuchte von draußen hereinzukommen. Ich stand bebend vor Furcht inmitten unserer Gäste. Allen Anwesenden kroch das Schweigen über die Haut und juckte, es sickerte in alle Ohren ein, und der Frisör suchte meinen Blick und legte sich die Hand aufs Herz. Er klopfte sich auf die Brust, ba-bumm, ba-bumm, um mich daran zu erinnern, dass ich lebendig war und gesund. Ich öffnete den Mund, und heraus kam ein Heulen. Ich jaulte wie ein einsamer Hund. Ich jaulte und jaulte und jaulte, füllte meine Lunge abermals mit Luft und jaulte weiter. Meine Stimme überschlug sich, aber ich hörte nicht auf. Überall im Dorf fielen die Hunde ein. Sie stimmten in meinen Gesang mit ein, bis die ganze Umgebung sich in einen Konzertraum verwandelt hatte.

Die Leute waren verwirrt, klar. Sie waren beunruhigt. Womöglich dachten sie, ich sei kein Mädchen mehr. Was konnte ich sein, ein Wolf? Aber ich heulte mit einer solchen Hingabe und Vollkommenheit, voller Anerkennung sowohl der wilden Gebirgshunde als auch der zahmen Dorfhunde, dass die Mienen der Dorfbewohner sich entspannten und die Beunruhigung sich in Freude verwandelte.

»Sagenhaft, wie dieses Mädel loslegt«, sagte einer zum anderen.

»Also, jetzt heult sie tatsächlich«, flüsterte der Goldschmied.

»Habt ihr je so was gehört«, fragte der Gemüsehändler kopfschüttelnd. Kayla stand auf und legte mir die Hand auf die Schulter. Sie atmete wie ein Vogel, es war ein kleines stoßartiges Schnauben. Aber ich hörte nicht auf. Ich nahm kaum wahr, dass Kayla neben mir stand und mich anschnaubte. Kayla blickte zu Hersch, und ihr Blick flehte um Hilfe, um irgendeine Hilfe, doch Hersch rührte sich nicht.

Perl lächelte. Perl sah das von ihr geborene Mädchen an, das inmitten der Dorfbewohner stand und diesen ungeheuer lauten Lärm von sich gab. Sie und Vlad hielten einander fest an der Hand.

Die Fremde begann zu lachen. Es war kein höhnisches Lachen, sondern ein Lachen aus reinem Vergnügen. Der Goldschmied stimmte mit ein. Und im Handumdrehen lachten sie alle, krümmten sich vor Lachen, und die Augen traten ihnen aus den Höhlen. Igor und seine Bande klatschten und johlten, und irgendwann fielen sie in mein Gejaule ein. Sie öffneten ihre dunklen Münder, und als die Meute, die wir waren, ließen wir unseren gemeinsamen Ruf ertönen. Wir sind alle hier, sagten unsere Stimmen. Dies ist unser Zuhause, unser Revier, unser Tal. Wir haben überall unsere Duftmarken hinterlassen, haben überall geschlafen, überall geträumt, alles neu benannt. Keiner da außer uns allen. Ich jaulte, wir jaulten, und die Hunde erwiderten unser aller Geheul.

Die Witwe war die einzige Person im Dorf, die fehlte. Sie schlief in ihrem Sessel mit ihrem Taktstab und ihrer Flasche. Sie war sich sicher gewesen, das sei ihr Ende. Ich würde fürchterlich singen, sie würde ihre Stelle als Gesangslehrerin verlieren und hätte keine andere Wahl, als langsam ihre eigenen Arme und Beine aufzuessen. Obwohl wir die Regel aufgestellt hatten, dass wir uns umeinander kümmern würden, war die Witwe auf das Allerschlimmste gefasst. Unser Gejaule muss in ihren berauschten Schlaf vorgedrungen sein und sie zum Schweigen gebracht haben – die ganze Welt, die gleichzeitig singt, ein allseits bekanntes Lied, den lang gezogenen, ohrenzerschmetternden Ton der rohen Existenz.

Als ich endlich verstummte, fuhren die Hunde fort. Wir verspeisten den Rest der Linzer Torte. Wir standen herum und plauderten.

»Das war klasse«, sagten etliche zu mir.

»Du kannst unsere offizielle Dorfheulerin werden«, fügten andere hinzu. Die Hunde machten weiter, die Hunde feierten bis in die Nacht hinein, als die Leute schon auf dem Heimweg waren und die Straßen von Schritten widerhallten.

Die Fremde legte mir beide Hände auf die Schultern, und über ihr sonst so unbewegtes Gesicht breitete sich ein warmes Lächeln aus. »Genau so«, sagte die Fremde zu mir. »Genau so überstehst du alles.«

Aus dem Augenwinkel bekam ich mit, wie Regina Moische verstohlen mit sich zog. Ich folgte ihnen unbemerkt. Sie zeigte ihm das Schlafzimmer, in dem ich wohnte und in dem sie selbst eine sehr dunkle Nacht verbracht hatte. Ich stand draußen vor der Tür und horchte.

»Das hätte ich sein können, auf dieser Bühne«, sagte Regina. Die Spieluhr setzte mitten in der Melodie ein.

»Ich bin der Einzige, der nie hier gewohnt hat«, sagte Moische. »Ist sie immer noch unsere Schwester?«

»Ich glaube schon«, antwortete Regina. Ich lächelte.

»Komm, wir hinterlassen ihr eine Nachricht.« Sie kramten in den Schubladen, und schließlich hörte ich Moische diktieren: »Liebe Lena, das war super. Kuchen und Kekse ebenfalls. Du bist ein ausgezeichneter Heuler. Viele Grüße, Schwester und Bruder.«

Regina berichtete noch einmal von ihrer einen Nacht im Haus, als sie für Tante und Onkel die Tochter gespielt hatte. Sie erzählte, wie Kayla vor dem Bett neben ihr gestanden hatte, sie beide im Nachthemd, und wie sie Reginas Größe mit ihrer eigenen verglichen hatte. »Was haben sie dir zu essen gegeben?«, hatte sie wissen wollen. Und Regina hatte geantwortet: »Kohl.«

»Dann ist jetzt Schluss damit.« Regina sagte, durch die Wand habe sie ihre Tante und ihren Onkel die ganze Nacht reden hören. Was sie sagten, habe sie nicht verstanden, aber nie habe sie ein Lachen gehört, keine Spur von Freude über die neu gewonnene Elternschaft. Am Morgen sei Kayla hereingekommen und habe Reginas Kleider wieder zusammengefaltet und gesagt: »Zeit heimzugehen.«

»Kann ich die Spieluhr haben?«, hatte Regina gefragt.

»Nein, meine Liebe, die gehört unserer Tochter.«

Meine frühere Familie ging als Letzte. Kayla, Hersch, Perl und Vlad und ich bildeten einen offenen Kreis. »Eure Tochter ist großartig«, sagte Vlad. Ich sah ihm an, dass es ihn juckte, mir die Hand auf den Kopf zu legen, vielleicht mit den Fingern in meinem Haar zu wühlen, mich auf den Arm zu nehmen und zu halten wie sein Kind. Stattdessen sagte er: »Gratuliere.« Eine der unangemessensten Äußerungen der Welt.

Kayla bezog das Lob auf sich. »Danke schön«, sagte sie. Ich hätte mich am liebsten zerlegt und auf die Anwesenden verteilt. Ein Bein für meine früheren Eltern, je ein Arm für meine neuen. Ich sah mich ohne Gliedmaßen über den Boden rollen und fleißig heulen.

»Danke für alles«, sagte Perl. Regina und Moische rückten rechts und links an mich heran. »Du fehlst uns«, flüsterten sie mir ins Ohr, gleichzeitig. Ich lächelte und steckte beiden heimlich eine Nachricht zu. Ich umarmte Perl und Vlad. Ihre Arme zu spüren, den Geruch ihrer Hälse zu riechen war mir so vertraut, dass mir schwindelig wurde und ich Sternchen sah. Ich schaffte es gerade noch, ihnen die Nachrichten in die Tasche zu schieben.

Ich öffnete die Tür meines neuen Heims und ließ meine frühere Familie hinaus in die kalte, sternenglänzende Welt. Kein Regen mehr. Die Straßen, der Mond, die Käfer und die Wolken empfingen meine frühere Familie. Vier Nachrichten, vier Schätze warteten in ihren Taschen.

Kayla und Hersch hasteten im Haus hin und her, räumten auf, machten sauber und wussten nicht so recht, was sie zu mir sagen sollten. Ich war ein Riesenerfolg gewesen, aber es war nicht die Art von Debüt, die sie sich vorgestellt hatten. Sie waren überrascht, was für ein seltsames Tier sie da mit so viel Mühe herangezogen hatten.

Moische fand seine Nachricht, als er abends die Jacke auszog und neben der Tür aufhängte. *Moische, so liebe ich Dich – Schweiß, Spucke, Huf, Heim, Mutter, Gesicht. Ich weiß noch fast, wer Du bist.* Regina fand ihre Nachricht als Nächste, nachdem ihr Bruder ihr gesagt hatte, sie solle nachsehen. *Regina, so liebe ich Dich – Schnitt, Korb, Kohlkopf, Gott, Marmor, groß, weniger. Ich weiß noch fast, wer Du bist.* Vlad entdeckte seine Nachricht am Morgen, als er sich auf dem Weg zur Arbeit die Hände in die Taschen steckte, um sie zu wärmen, und seine Stiefel und der nasse Lehm einander feucht küssten, während er dahinging. *Vlad, so liebe ich Dich – Maus, Bett, Fingernagel, fehlend, heiß, Feuer, Lüge. Ich weiß noch fast, wer Du bist.* Perl blieb den ganzen Tag im Haus, zog ihren Mantel nicht an, steckte nicht die Hände in die Taschen, weshalb die Nachricht unentdeckt blieb, bis sie am Abend vors Haus trat, um sich die Welt anzusehen, einfach die nasse Rinde der Bäume zu riechen und den Vögeln beim Picken und Singen zu lauschen. Meine Worte waren lauter als alle übrigen Lieder der Welt. *Perl, so liebe ich Dich* – als sie das abgenutzte Stück Papier in ihren zitternden Händen hielt –, *Hund, Kissen, Maske, Kohl, Kuss, Schaufel.* Perl stellte sich jeden Gegenstand als Wesen zu ihren Füßen vor, als eine Armee, die ihre Tochter ausgesandt hatte, damit sie sich ihrer annähme. *Ich weiß noch fast, wer Du bist,* stand in der Nachricht. »Ich weiß auch noch fast, wer ich bin«, sagte Perl, und der Himmel antwortete ihr mit einem gelben Streif Sonnenlicht direkt über den Bergen, und die Bäume antworteten ihr mit ihren Blättern, und die Vögel antworteten ihr mit einem kurzen Trillern, sie schüttelten ihre Flügel aus und flogen davon.

III

DAS BUCH DES FLUSSES

Igors Gesicht war von Pickeln verwüstet, und seine Stimme hatte eben erst ihre Tonlage gefunden. Wie schon viele Male zuvor – wann immer eines seiner Geschwister geboren wurde – saß er am Geburtsbett neben seiner Mutter und fütterte sie mit mundgerechten Bissen Steak, kleinen Löffelchen Kartoffelbrei, glänzenden Bonbons. Er las ihr aus dem Buch der Kinder vor: von seinen kleinen Brüdern verfasste Abenteuergeschichten, in denen Krötenhelden einem Falken in die Fänge gerieten, aber vom kleinsten und flinksten aller Frösche gerettet wurden. Er las ihr die Regeln für jedes Murmelspiel und die Namenslisten für sämtliche Puppen vor. Anna, Melinda, Lucy. Und sie dankte ihm nicht, erwiderte nicht einmal den Druck seiner Hand. Seine Freundlichkeit war ihr selbstverständlich geworden, seine Mutter war geradezu abhängig von dieser Freundlichkeit geworden, und der Hinweis, ihr Sohn sei ihr nichts schuldig, wäre ihr vollkommen absurd vorgekommen.

Als Igors Mutter unter den Wehen zu kreischen begann, kam ihr Ehemann nicht die Treppe heraufgestürmt. Sie wollte wissen, wo er sei, aber keines der Kinder hatte ihn gesehen. Wahrscheinlich war er versunken in die tadellose Ordnung eines Rechnungsbuchs, eines Münzturms. Seiner Frau fehlte es dennoch an nichts. Igor massierte seiner Mutter summend die Kopfhaut, und seine zehn Geschwister verteilten sich, die Augen halb geschlossen, ringsherum auf dem Bett und dem Boden. Igor tupfte ihr die Stirn mit feuchten Tüchern ab, die Mädchen bedeckten ihr Gesicht mit Küssen. Zwei mittlere Kinder machten sich auf die Suche nach ihrem Vater und dem Heiler, während die Jüngsten die Füße ihrer Mutter fest in ihren kleinen Händen hielten.

Nach einer Weile stieß der Bankier die Tür auf und schrie: »Du kriegst ein Kind!« Brotbrösel hingen in seinem Schnurrbart. Der Heiler, der ihm auf den Fersen folgte, machte ihn darauf aufmerksam, dass er die Geburt seines Kindes fast schon verpasst hatte.

»*Da!* Das ist der Kopf meines Sohns!«

»Moment, das Geschlecht steht doch noch gar nicht fest«, korrigierte der Heiler.

»Mein Sohn!«

Die Frau des Bankiers schrie und spuckte, und der Heiler schrie und spuckte, und alle Anwesenden pressten, obwohl das eigentlich nur die Aufgabe der Mutter war. Das Baby war bald mehr als nur ein Kopf, es wurde Schultern, Arme, Bauch und Beine. Es wurde er. Er schrie kaum, bewegte nur seine Finger und Zehen. Ehe ihn irgendjemand hatte halten können, schlief er schon auf der Brust seiner Mutter ein, erschöpft von seinem Eintritt in die Welt. Sie wurde unterdessen von ihrem ältesten Sohn mit Schokoladenstückchen handgefüttert. Ihre Lippen an Igors Fingerspitzen waren warm und weich.

Igor schlief wie ein Hund am Fuß des elterlichen Bettes ein. Er träumte, er sei das einzige Kind in einem Haus voller Mütter.

Am folgenden Tag unternahmen Igor und seine Familie einen Spaziergang, sie zogen ihre besten Stiefel an und drehten eine Siegerrunde durchs Dorf. Das Baby verschlief das ganze Abenteuer. Aber alle Dorfbewohner strömten aus den Häusern, um das Baby zu umringen und als den ersten Menschen zu begrüßen, der unsere Welt betreten hatte – sogar die Witwe gurrte, als es vorbeigetragen wurde.

»Ich gebe jetzt übrigens Unterricht im Klöppeln«, sagte sie. »Ihr wisst schon – Spitzen.«

»Dieses Baby ist ein Sohn«, teilte der Bankier ihr mit.

»Ah! Na ja, ich gebe auch Unterricht im Schießen.« Sie legte ein imaginäres Gewehr an.

»Ich würde eigentlich ganz gern schießen lernen«, sagte Igor, doch sein Vater verwarf die Idee. »Sie kann es dir nicht beibringen«, sagte er, »du bist zu alt. Sie hätte damit anfangen müssen, als du ein Baby warst.«

»Mit dem Schießen?«, fragte Igor.

»Mit *irgend*was«, erwiderte der Bankier.

Das Baby sah aus wie ein kleiner alter Mann mit einem runzeligen Gesicht. Die einhellige Überzeugung lautete aber, dass ein Kind, das ein bisschen hässlich, ein bisschen altmännerhaft zur Welt kam, zu Großem bestimmt sei. Warum das so sein sollte, wussten wir allerdings nicht mehr. Vielleicht hatte es etwas damit zu tun, dass ein altmännerhaftes Baby bereits die Seele des Vaters trug oder dass Hässlichkeit in Wahrheit Schönheit war, nur seitenverkehrt, oder vielleicht brachten auch Falten einfach nur Glück.

Als das Baby seinen vierten Lebenstag begehen sollte, schlug die Frau des Bankiers die Augen auf, streckte den Arm aus und versuchte sich an ihren Traum zu erinnern. Von Obstbäumen und Flüssen wusste sie noch, aber der Rest verschwamm im Nebel. Sie blickte zu ihrem Mann hinüber und lächelte über die Schlaffalten auf seiner Wange. Sie blickte zu ihrem Sohn hinunter und stieß einen Schrei aus. Er ragte gerade noch unter dem Körper seines Vaters hervor, und er war blau. Irgendwann in der Nacht hatte ein Drehen und Wälzen stattgefunden, und das kleine, vollendete, leicht hässliche, auf vielversprechende Weise hässliche Baby war vom Gewicht seines Vaters erdrückt worden.

Igor hörte den Schrei und kam angerannt. Schuld – er hatte das Baby allein gelassen, hatte nicht aufgepasst – klopfte ihm auf die Schulter. Der Bankier erwachte und sah, was er angerichtet hatte. Igors Mutter zog das Baby unter ihrem Mann hervor, legte seinen toten Mund an ihre Brust und sah die Milch sinnlos aus ihrem Körper fließen. Es gab nichts, was Igor hätte tun können. Seine Hände waren Fleischbrocken, seine Augen davonrollende Murmeln, sein Herz eine Trommel ohne Rhythmus. So sehr sehnte er sich nach einer warmen, einer festen Hand, die sich ihm still auf die Schulter legte, dass ihm davon die Augen brannten.

»Wach auf, wach auf! Du bist heute vier Tage alt. Du bist das Baby, das ich bekommen habe. Wach auf«, rief seine Mutter. Sie schien überzeugt, dass sie, wenn sie nur genug redete, wenn sie das richtige Argument finden könnte, Gott bewegen könnte, seine Meinung zu ändern. An Gründen fehlte es nicht – die Größe des Babys, seine noch völlig unangetastete, unbeschriebene Zukunft. Igors Vater legte dem Baby, das nicht trank, die Hände auf den Rücken. Er versuchte den Atem anzuhalten und zu sterben, keuchte aber weiter. Er schrie. Sein Körper hielt ihn allen Anstrengungen zum Trotz am Leben.

Igor spürte, wie Gott seine Vorhänge zuzog und die Familie des Bankiers allein auf der Erdkruste zurückließ. Alles verlangsamte sich. Igors Blut, sein Atem, seine Gedanken. Er hatte das Gefühl, langsam in den Boden einzusinken. »Bin ich wach?«, fragte er, woraufhin sein Vater noch ungezügelter schrie. Als seine Mutter ihn ansah, waren ihre Augen aufgewühlte Tümpel, vom Boden aufsteigender Schlick und Schlamm. Sie wandte den Blick ab, voller Ekel vor sich und dem Anblick, den sie vermutlich bot.

Langsam kamen die anderen noch lebenden Kinder herbei und scharten sich im Kreis um ihre Eltern. Sie waren eine Mauer, sie schlossen die Welt von diesem Augenblick aus. Kein Vogelgesang, kein wehender Wind, kein vom Himmel fallendes Wasser, kein Anzeichen von Leben. Sie sprachen die Gebete, die sie kannten, und neue, unbekannte Gebete. Igor schloss die Augen und sagte: »Ich bin so müde«, dann legte er sich auf den Boden.

Und draußen im Dorf tauschten die Leute Geld gegen Früchte und Früchte gegen Hämmer, und sie ahnten nichts vom Tod des ersten neuen Lebens und nichts von den Folgen, die dieser Todesfall mit sich bringen würde. In jedermanns Rübenkeller standen Gläser voller Apfelkompott und mitfühlender Pflaumen, und wir würden jedes Glas brauchen.

Kayla schickte Hersch, einen unsicheren, schamerfüllten, aber gehorsamen Hersch, von einem Haus zum anderen, damit er, falls ein heiratsfähiger junger Mann darin wohnte, diesen begutachtete und für ihre Sache gewänne. Er brachte Bonbons in Folie, Kekse in Wachspapier. Kleine Pferdefiguren für die Jungen, hübsche Holzlöffel für die Mütter und starken Tee für die Väter. Er sprach von der Schönheit, zu der seine Tochter heranwachse.

Die Väter sagten: »Sie ist ein hübsches Mädchen.«

Hersch antwortete: »Mit jedem Tag hübscher.«

Die Mütter sagten: »Es kann nicht schaden, sie noch ein bisschen wachsen zu lassen.«

Hersch antwortete: »Sie wächst so schnell, dass wir kaum noch mitkommen. Das Wachsen ist *nicht* das Problem.« Die Mütter und Väter nahmen Konfekt, Tee, Holzlöffel gern entgegen.

Sie plauderten über den Fortschritt unserer Existenz, den Zustand von diesem und jenem: die Rüben eher weich, die Kartoffeln hingegen köstlich; Geld war nicht ganz so reichlich vorhanden, wie man sich das im Allgemeinen erhofft hatte; und das Wetter, das Wetter, das Wetter. Wann würde es mal wieder ein bisschen Sonnenschein geben? »Bald wachsen uns Schwimmhäute«, scherzte Hersch.

Als er sich zum Gehen wandte, sagten die Väter: »Danke schön für die Geschenke. Deine Tochter wird zweifellos einen guten Mann finden, wenn die Zeit reif ist.«

»Ich versuche das Richtige zu tun. Ich versuche, die Wünsche meiner Frau zu erfüllen«, sagte Hersch, der sich erklären und rechtfertigen wollte und eine Möglichkeit suchte, alles, was er liebte, gleichzeitig zu lieben: mich im Heranwachsen, Kayla in ihrer Mutterrolle, die neue Welt, die Fragen aufwarf, auf die noch niemand eine Antwort hatte.

»Jetzt, zu Beginn der Welt, versuchen wir doch alle, die Wünsche unserer Frauen zu erfüllen«, stimmten ihm die Väter zu.

Hersch trat einen losen Stein über das Kopfsteinpflaster und freute sich an dem Klackern, das dieser auf den Pflastersteinen von sich gab. Freier Stein begegnet gefangenem Stein und macht ein bisschen Lärm. Im Haus des Bankiers sah Hersch die Fenster schwarz verhängt, und es sank ihm das Herz. Natürlich wusste er, was schwarz verhängte Fenster zu bedeuten hatten. Der Gedanke an den Tod, der Tod an sich traf ihn wie ein Schlag gegen den Kopf. In der neuen Welt war noch niemand gestorben. Wir hatten bisher noch nichts verloren, was wir nicht eigenhändig ausgelöscht hatten. Hersch stand auf der Schilfmatte vor der Tür, trat seine Stiefel ab, klopfte aber nicht an. Ein so endgültiger Verlust schien ihm geradezu absurd. Das Ende, sagte er zu sich, aber er verstand es nicht. Er betrachtete die Härchen auf seinem Handrücken, spürte dem Atem nach, der durch seine Nase strömte. Hersch lebte, jede Faser seines Seins war sehr lebendig. Ein Körperteil zu verlieren, das konnte er sich vorstellen – seine Arme konnten sterben, seine Haut konnte sich ablösen –, aber doch nicht alles. Nicht alles auf einmal.

Die Tür war kalt und fest, als Hersch die Stirn dagegen lehnte. Der Verstorbene befand sich im Inneren des Hauses, eingesperrt – hier draußen war man blind und taub für den Tod. Es brauchte nicht mehr als eine Tür, und der Tag gurrte ohne Trauer dahin. Hersch stellte sich die Familie des Bankiers vor, die sich drinnen im Dunkeln – welche Person er aus dem Bild löschen sollte, wusste er nicht – um ein Nest scharte und die heißen Eigelbe des Leids ausbrütete. Bald würden die Eier aufbrechen, und das aus der Trauer geborene Familienmitglied, welches immer es war, würde durch die offene Tür davonfliegen.

Bin ich derjenige, der es hinauslassen wird?, fragte sich Hersch. Er war neugierig genug, um seine Fingerknöchel anzuheben und zu klopfen. Die Fremde öffnete die Tür einen Spalt, und ihr weißes Gesicht erschien darin wie ein gerahmtes Porträt. »Ich habe die schwarzen Vorhänge gesehen«, sagte Hersch.

»Danke für deine Sorge. Es ist das Baby. Es ist im Schlaf gestorben.« Die Eier bekamen Risse. Unsere schöne Welt lernte die Trauer kennen, zum allerersten Mal. Der Wind drehte, fuhr durch Herschs Kleidung wie ein Gespenst. Seine Haut war kalt.

Von mir wurde erwartet, dass ich von einem Moment auf den anderen dazu in der Lage wäre, ein schreiender Säugling zu werden oder eine sterbende Greisin oder eine Ehefrau. Leider war ich auf nichts dergleichen vorbereitet. Ich war mir allenfalls der Möglichkeit bewusst, dass diese Dinge in meinem Leben einmal eine Rolle spielen könnten. Man könnte vielleicht sagen, ich war auf der Hut.

Als Hersch mit seiner Verkupplungsmission begonnen hatte, war ich durch die nieselnde Welt zum Fluss geflüchtet. Ich hatte Schmutzwäsche dabei, meine Bücher, und ich war bis zu einer Biegung gegangen, an der hohe Weiden wuchsen und der Lehm rot war. Am gegenüberliegenden Ufer machte ich undeutlich die Gestalten zweier Hirsche aus, die dort tranken. Ich weichte meine Kleider und die Unterwäsche meines Onkels ein und schrubbte und wrang sie aus. Ich weichte Kaylas Strümpfe ein. Ich ließ den Schweiß ihrer Körper davonfließen. Ich zog mich aus und stieg in den Fluss, der kalt und schlammweich war. Während ich mich wusch, befühlte ich die neuen Formen, in die mein Körper hineingewachsen war. Kleine Hügel auf der Brust, während meine Taille tiefer eingeschnitten war als früher. Woher wusste mein Körper, was er zu tun hatte? Die Kälte ließ meine Haut zusammenschrumpfen.

Ich hielt mich unter Wasser an einem Ast fest, um nicht mitgerissen zu werden, und schwebte im Wasser. Der Fluss fragte mich nicht nach meinem Alter noch nach meinen Absichten, sondern küsste mich blindlings. Und er hätte es ebenso gehalten, wäre ich ein alter Mann gewesen, ein Fisch oder ein weggeworfener Stuhl. Ich dankte ihm dafür.

Der Lehm am Ufer bildete Hügel, umschlang Felsen, verfing sich in Baumwurzeln. Es wimmelte von kleinen gepanzerten Käfern. Der Boden war durchdrungen von saugenden Wurzeln. Die Baumstämme ragten wie Werkzeuge hervor, wie emporgereckte Arme, die nach den Vögeln griffen.

Ich hängte den schlaffen Wäschesack über die Äste und legte mich mitten hinein in den Lehm, wälzte mich im Schlamm, färbte meine Haut rötlich braun. Ich ließ den Himmel herabsinken und die Erde sich ihm entgegenheben, und ich genoss das Gefühl, zwischen ihnen eingequetscht zu werden.

»Kannst du mir sagen, wer ich bin?«, fragte ich. »Was glaubst du, Lehm?«

Als der Lehm trocknete, zupfte er an den Härchen auf meiner Haut. Es fühlte sich an, als risse ich weiter auf, als könnte ich zerbrechen, in lauter Einzelteile zerfallen, bis ich ein Scherbenhaufen wäre und die Insekten mich davontragen würden. Aber ich war so unversehrt wie eh und je. Das Einzige, was ich zu verlieren begann, waren Tränen, unvernünftige, unbestimmte Tränen. Ich wusste nicht, ob ich um einen Verlust weinte oder weil ich gewonnen hatte. Den Lehm kümmerte es so und so nicht, er saugte meine Trauer auf. Ich war ein Baby, dann war ich ein Teenager, und nie hatte mich jemand gefragt, wie es mir dabei ging. Ich hätte keine Antwort geben können, aber gefragt worden wäre ich trotzdem gern. Nun lag ich im zähflüssigen, nachgiebigen Lehm, und er schien einen Platz für mich zu haben, er umschmiegte meinen Körper, kam allen meinen Kanten entgegen und formte sie nach. Der Lehm war kalt, aber ich wollte mich nicht von der Stelle rühren.

Meine Haare gaben die Hoffnung auf, weiter als Einzelfäden existieren zu können, und wurden Filz. Ich sank ein wenig tiefer. Meine Ohren füllten sich mit dem dunklen Fleisch der Erde. Der Lehm sagte: »Wir haben dich nicht vergessen.« Flüsterte: »Du bist daheim.« Er flüsterte: »Wir wissen, wir wissen, wir wissen noch, wer du bist.«

Hersch traf Kayla an, wie sie ein Messer so lange um eine Kartoffel herumwandern ließ, bis sie eine winzige nackte Kugel in der Hand hielt. »Das neue Baby«, begann er.

»Ja, ich weiß. Supersüß natürlich«, fiel ihm Kayla unwirsch ins Wort und war von ihrer jähen Eifersucht ebenso überrascht wie Hersch.

»Nein«, sagte er, »das ist es nicht. Das Baby ist tot.« Hersch wandte rasch den Blick von seiner Frau ab, denn er fürchtete, eine Röte der Erleichterung könnte auf ihre Wangen steigen, und das wollte er nicht sehen.

»Tot?«, fragte sie.

»Erstickt.«

Kayla legte die Kartoffel auf die Arbeitsplatte und rammte das Messer hinein.

»Warum?«, fragte sie und sah ihren Mann mit den klaren Augen eines Kindes an, das einen Blödsinn durchschaut hatte, den alle anderen noch für eine Tatsache hielten. Hersch hatte weder eine befriedigende noch eine unbefriedigende Antwort parat. Das Verständnis für seine Frau zerrann ihm zwischen den Fingern, und die Hoffnung rann mit. »Lena!«, platzte Kayla heraus, verzweifelt. Ich aber war weit fort; ich kam nicht herbeigerannt. »Lena!«, schrie sie lauter.

»Vielleicht ist sie nicht da«, sagte er.

»Oh, oh, oh!« Kayla hob die erstochene Kartoffel auf und setzte sie wieder ab. Sie hob den Stuhl, auf dem sie gesessen hatte, und stellte ihn wieder ab. Hersch erkannte darin die Gesten von jemanden, der etwas verloren hatte, aber ihr Mädchen war zu groß, um unter einer geschälten Kartoffel, unter dem Fußabdruck eines dürren Stuhlbeins gefunden zu werden.

»Was machst du«, fragte Hersch. Er hatte sich noch nicht gerührt – er wartete ab, ob die Szene verriet, wo sie hinwollte, oder aber ein stilles Ende nahm.

»Sie ist fort!«, kreischte Kayla. »Sie ist fort!« Sie riss eine Bratpfanne vom Haken an der Wand, kramte einen Holzlöffel aus einer Lade und rannte, Holz gegen Metall schlagend, hinaus. »Hilfe!«, schrie sie. »Lena ist fort! Lena ist verloren!«

Als Kayla zur Tür des Bankiers kam und ihren Alarm schlug, trat die Fremde heraus und bat sie um Ruhe.

»Was tust du da?«, fragte die Fremde.

»Lena ist fort!«, heulte Kayla.

»Bitte«, sagte die Fremde. »Bitte sei still. Der Bankier und seine Frau haben heute ein Baby verloren.«

»Und was ist mit meinem Kummer?«, klagte Kayla. Sie holte aus und schlug einmal hart gegen die Pfanne. Auf der rot glühenden Oberfläche von Kaylas Panik schmolzen Vernunft und Mäßigung dahin wie Schnee. »Na gut«, flüsterte die Fremde. »Bleib einen Moment hier. Wir werden deine Tochter finden, aber bitte. Bitte sei still.«

Die Fremde verließ die Familie des Bankiers, in deren Haus die niedrige Zimmerdecke die Trauer jedes Mal wieder hinabdrückte, wenn sie für einen Moment emporgeschwebt war. Igor war auf dem Boden neben dem Feuer eingeschlafen. Seine Träume waren dunkel und chaotisch. Raben, Wind, verschlossene Türen.

Kayla und Hersch sahen beklommen ihrer Zukunft entgegen. Was immer auf sie zukommen würde. Nichts, wahrscheinlich. Die Abwesenheit ihrer Tochter. Die Stellen, Hunderte, Tausende, an denen ich überall fehlen würde. Die Krümmungen der Äste, die Stämme der Bäume, das hohe Gras, das hohe Gras, das hohe Gras, alles, alles ohne mich.

»Vielleicht hat der Golem sie«, sagte Hersch. »Wie geht die Geschichte noch mal?«

»Ich glaube, wir haben sie noch nicht geschrieben«, sagte die Fremde. »Wie soll die Geschichte denn gehen?«

»Also«, fing er an, »das Ungeheuer besteht aus Lehm, aus Käfern und Zweigen. Es ist aus dem Schoß der Erde geboren.« Er hielt inne. »Ist das ein guter Anfang?«, wollte er wissen.

»Das ist ein sehr guter Start«, versicherte ihm die Fremde.

»Gut. Also das Ungeheuer ist aus Lehm geboren, und es lebt friedlich von Würmern, Fischen und kleinen Nagern.«

»Ich glaube ganz und gar nicht, dass es friedlich lebt«, sagte Kayla. »Ich glaube, es terrorisiert das Dorf und knabbert an den Zehen der Leute und klaut ihnen die Kartoffeln unter dem Messer weg. Ich glaube, es verliebt sich in alle Töchter, entführt sie und zwingt sie, mit ihm im Schlamm zu leben.« Mit neu entflammtem Entsetzen blickte sie ihren Mann an. »Du lieber Himmel! Der Golem hat Lena entführt!«

Meine Eltern beeilten sich; sie richteten den Strahl ihrer Lampen auf alles Dunkle. Die Reihe der Laternen am Flussufer schwang auf und nieder. Die Lichtstrahlen senkten sich hinab aufs Wasser, glitten über das Dickicht hinweg. Gespinste aus Ästen tauchten aus der Dunkelheit auf und sanken wieder zurück.

Ich grub mich aus der Erde, saß lehmgepflastert am Ufer, die unbeschadeten Arme um meine unbeschadeten Knie geschlungen, und sah die Gestalten auf mich zukommen. Ich hatte ihr Herannahen verfolgt, ihre Lichter, die eine Linie über die Felder bildeten. Ich wusste, ich würde gefunden werden, gewaschen und ins Bett gebracht. Ich wusste, ich würde bestraft und geliebt.

Als die Lichterkette in meine Nähe kam, als die *Lena*-Rufe auf meine Ohren trafen, stand ich auf. Ich war ich, aber in eine Kruste eingebacken und etwas dicker als sonst. Härter. Mein Haar war eine einzige feste braune Masse, ebenso meine Brauen und Wimpern.

»Noch eine Fremde«, flüsterte die Fremde vor sich hin. Es war, als entdeckte sie sich selbst am Ufer, als bärge sie ihren eigenen kalten Körper aus dem Wasser.

Hersch und Kayla trafen bei der lehmverkrusteten Gestalt ein und wollten ihre Tochter zurückfordern. Sie sahen meine Augen und streckten gemeinsam die Hände aus, kratzten an meinem Arm und sahen die braune Kruste abfallen. Ihre Lampen beleuchteten ihre Gesichter von unten, sodass sie aussahen wie Masken, mit eingesunkenen Wangen, spitzen Kinnpartien.

Die Fremde erkannte mich, was für sie bedeutete, dass sie immer noch allein war. Sie war noch immer die einzige Fremde. Sie wandte uns den Rücken zu, damit wir nicht sähen, wie ihr Gesicht sich verzerrte.

»Du bist es«, sagte Hersch.

»Ich bin es«, antwortete ich.

»Was hast du getan?«, wollte Kayla wissen. Ihre Stimme war verwehender Rauch. Die Tragödie, deren sie sich so sicher gewesen war, verpuffte.

»Ich war hier. Ich bin hier.«

»Warum hast du mich verlassen?«, jammerte Kayla.

»Hab ich nicht«, sagte ich. »Ich bin hierhergekommen, um die Wäsche zu waschen, und dann noch eine Weile geblieben.«

Kayla legte mir eines der nassen Betttücher um die Brust und sagte: »Das ist unanständig. Du bist kein Kind mehr.« Sie führten mich fort, nach Hause, blieben aber stehen, als sie merkten, dass die Fremde nicht mitkam. »Hey«, sagte Kayla. »Wir haben sie gefunden. Zeit heimzugehen. Alles ist gut.« Die Fremde, immer noch mit dem Rücken zu uns, bewegte die Hand. »Ich komme bald«, sagte sie leise. »Ich will noch … eine Weile hierbleiben.«

»Danke, dass du mich gefunden hast«, sagte ich, weil ich sie noch nicht allein lassen wollte.

»Danke auch dir, dass du mich gefunden hast«, antwortete sie. Es regnete ganz leicht, so zart, dass wir den Regen nicht fallen spürten. Hersch und Kayla hatten sich unsere saubere Wäsche über die Arme gehängt, und ich, lehmüberzogen, lief hinter ihnen her. Ich fühlte mich wie eine Blumenknolle, die sie ausgegraben hatten, und ich hoffte, sie pflanzten mich in den Garten, damit nach der langen Winterstarre wie aus dem Nichts ein Strauß Schwertlilien wachsen würde.

DAS BUCH DER VERLORENEN UND WIEDERGEWONNENEN HOFFNUNG

Wir versammelten uns auf dem Friedhof, am Nordrand des Dorfes, wo einst die Straße von unserer Insel heruntergeführt hatte, unter den sich wiegenden Zweigen einer Pappel. Igor war von seinen Geschwistern umringt, seine Eltern standen Schulter an Schulter. Seine Mutter hatte seit dem Tod des Babys kein Wort mehr mit ihm gesprochen, seinem

Blick wich sie aus. Am Morgen hatte sein Vater gesagt: »Eines Tages wird sie dir verzeihen«, und Igor hatte gefragt: »Was denn verzeihen?« Sein Vater hatte mit den Achseln gezuckt, als wäre es nicht sein Gewicht gewesen, unter dem das zerbrechliche junge Leben erstickt war. »Was denn verzeihen?«, hatte Igor noch einmal gefragt.

»Dass du sie so gesehen hast. Dass sie dich anwidert.«

»Anwidert?«

An diesem Tag regnete es etwas stärker als üblich, aber der Baum hielt den Regen von uns fern, und wir standen in einem trockenen Kreis. Wir gedachten der vier Tage, die das Baby gelebt hatte. Igor bat die Fremde um eine Erklärung des Geschehenen, und sie sagte: »Das Baby wurde in einer anderen Welt gezeugt – für diese war es nicht bestimmt.« Sie segnete seinen kalten Körper und wusch ihn mit Flusswasser, das in einem Blumentopf geholt worden war. Der Reihe nach legten wir ihm die Finger auf die Stirn, wünschten ihm eine gute Reise und dankten ihm für seinen Besuch hier bei uns. Aber vor allem standen wir da und schwiegen, weil nun der Tod unter uns wohnte, jetzt und für immer. Die süßen Monate, in denen noch niemand von uns gegangen war, waren vorüber.

Und stimmte es denn, dass das Baby aus einer anderen Welt gekommen war? War sein Tod tatsächlich logisch? Oder lastete ein Fluch auf uns, war dies das erste Unglück einer langen Kette? Wir zeigten dem Bankier und seiner Frau und den elf Geschwistern – sie standen in einer Gruppe beisammen, um ein Haar hätten sie das Dutzend voll gemacht – unser Mitgefühl, allerdings aus einer Entfernung von gut einem Meter. Mit den Händen in den Taschen bekundeten wir unser Beileid. Ohne einen von ihnen auch nur einmal auf die Wange zu küssen, ohne ihnen unsere sauberen Taschentücher für ihre leidgetränkten Augen anzubieten. Jeder von uns warf eine Handvoll Erde ins Grab des Babys hinab und legte kleine Steine auf seinen Grabstein, auf dem nichts weiter stand als: Die erste Geburt, der erste Tod.

Später polierte Kayla ihre Holzlöffel. Immer wieder hob sie sich den Löffel vor die Augen, blickte hinein und wartete auf den Moment, wenn ihr Tuch genügend Kreise gewischt hätte, um aus der Birke einen Spiegel zu machen. Ich war wie gebannt von ihrer aussichtslosen Entschlossenheit. Kayla fühlte die Funken ihrer Überzeugung so wild knistern, dass sie sich sicher war, sie könne damit die Welt in Brand stecken. Von der Tür kam ein dreimaliges fragendes Klopfen. Kayla reihte ihre Holzlöffel, unverändert matt und stupf, auf dem Tisch auf. Draußen war der Bankier, ganz in Schwarz. Kayla stand in der Tür; sie versperrte den Eingang, und gleichzeitig bot sie ihm Tee an, etwas Süßes und ihr Beileid wegen seines tragischen Verlustes.

»Kann ich?«, fragte er und deutete ins Hausinnere.

»Oh, ja, natürlich, selbstverständlich, ja«, sagte Kayla und stand ihm weiter im Weg. Der Bankier machte einen Schritt nach vorn und zwang sie so, zur Seite zu treten. »Ich kann es mir nicht vorstellen«, sagte sie. »Das kann niemand.« Er schüttelte seinen nassen Hut auf dem Boden aus. Sie beäugte die Tropfen, als wären sie verseucht.

»Deswegen bin ich nicht hier«, sagte er. »Sondern weil ich weiß, dass im Dorf von einem Fluch gemunkelt wird, und vielleicht stimmt es ja. Ich bin hier wegen deiner Tochter.«

»Meiner Tochter?«

Ich sah die beide an: »Meinetwegen?«

»Ich habe mir eine Geschichte zurechtgelegt«, sagte er. »Bist du bereit? Kann ich mich setzen?«

»Na gut«, sagte Kayla. »Sicher. Tut mir leid, ja. Wir lieben Geschichten.« Der Bankier ließ sich gemächlich auf einem Stuhl nieder, kreuzte die Füße, stellte sie wieder parallel nebeneinander, faltete die Hände im Schoß.

»Es war einmal ein stilles Dorf am Fluss«, begann der Bankier, und sein Tonfall war bedächtig und leise. »Lange Zeit war das Dorf unschuldig, nichts besonders Schlimmes hatte sich je dort zugetragen. Aber eines Tages wurde unter dem Gewicht der Liebe seines Vaters ein Säugling zermalmt. Zermalmt. Und die Menschen im Dorf begriffen, dass ihnen eine Zeit der Trauer bevorstand.«

Der Bankier hatte nach einem von Kaylas Holzlöffeln gegriffen und rührte in einem unsichtbaren Topf. »Aber im Dorf lebte ein schönes junges Mädchen. Das Mädchen-das-die-Geschichte-neu-erzählte. Die anderen mochten noch so furchtsam sein – dieses Mädchen besaß die Fähigkeit, das nächste Kapitel der Geschichte zu erzählen, und in diesem nächsten Kapitel war das ganze Dorf nun wieder außer Gefahr.«

Er hatte mich beobachtet; ich war gesehen worden.

»Nun gab es zur gleichen Zeit einen jungen Mann, der ein neues Zuhause brauchte und eine neue Familie. Er war etwas zu fordernd gegenüber seinen Eltern und wollte bei allem die Hand im Spiel haben, aber darüber würde er eines Tages hinwegkommen. Er wollte sich ändern, und er wollte heiraten. Er hatte geduldig auf die vollkommene, märchenhafte Ehefrau gewartet, die es fertigbrächte, jeden Familienfluch zu tilgen. Und der Geschichte eine glückliche Wendung zu geben. Als der Vater des jungen Mannes zu dem Mädchen kam und es um Hilfe bat, sagte sie zu.«

Er hielt inne, sah mich an, eine Stumme, die ihm gegenüber am Tisch saß. Ich betrachtete meine Hände, die vollkommen gewöhnlich waren, wie alles andere an mir. Anscheinend sahen andere Leute Dinge in mir, von denen sie sich Rettung versprachen, während ich nur trockene Haut und rissige Nägel sah. Sosehr ich das Missverständnis gern aufgeklärt hätte, wusste ich doch, dass man mich nicht würde zu Wort kommen lassen.

»Wir ertragen keine weiteren toten Babys in unserem Haus. Nie mehr. Wir wollen nicht diejenigen sein, die den ersten Fluch in die Welt gesetzt haben. Und meine Frau will Igor aus dem Haus haben. Die Einzige, die eine Lösung für all diese Probleme hat, ist Lena.«

»Meine Tochter ist das beste Mädchen im Dorf – ist es das, was du sagen willst? Weil sie so gut aufgezogen worden ist? Weil sie eine so hervorragende Mutter hat?« Der Bankier kam gar nicht dazu, ihr beizupflichten, da fuhr sie schon fort: »Das ist eine gute Vereinbarung. Wann?«

»Jetzt gleich. Er ist bereit. Ist sie bereit?«

»Sie könnte bereit sein.«

»Moment! – Wie alt bin ich?«, fragte ich.

»Alt«, sagte Kayla und drückte dem Bankier die Hand.

Abends, als wir zu dritt am Tisch saßen und rote Rüben in uns hineinschaufelten, sagte Kayla: »Aufregende Neuigkeiten. Lena heiratet.« Herschs Mund klappte auf und ging nicht mehr zu. Sein langes Gesicht war eine Felswand mit einer klaffenden Höhle auf halber Höhe, und ich stellte mir schon das ausschwärmende Fledermausgeflatter vor. Als er den Blick auf mich richtete, schüttelte ich den Kopf. Ich hatte nichts zu sagen.

»Das denkst du dir aus«, sagte er zu seiner Frau; schließlich hatte er mit keinem der Väter im Dorf eine Absprache getroffen.

»Keineswegs.«

»Wir können sie doch nicht so schnell schon wieder verlieren!«, protestierte er.

»Wir müssen sie verlieren, das ist unsere einzige Chance.«

»Wie ist es überhaupt dazu gekommen? Du hast mich nicht mal gefragt.«

Kayla schüttelte stumm den Kopf und kaute auf ihren Rüben. Ich versuchte mich auf eine warme Kartoffelscheibe zu konzentrieren, die meine Kehle herunterglitt. Ich kam mir vor wie ein Strang Wassernudeln im Fluss, die keinen Einfluss darauf hatten, in welche Richtung es sie trieb. Meine Kehle schnürte sich zu, mein Herz verschloss sich; ich ballte die Fäuste.

»Es geht eine nette Geschichte herum, die davon handelt, dass unsere Tochter eine Art weise Frau ist und die Einzige, die aus einer traurigen Geschichte eine frohe machen kann. Eigentlich geht es darum, dass der Bankier kein weiteres Unglück mehr erträgt. Keine toten Babys mehr, verstehst du? Dazu kommt, dass es hier ja nicht allzu viele junge Männer gibt, die was taugen, und ferner, dass Lena jetzt eine Frau ist.«

Kayla lächelte und kniff die Augen zu. Als sie weitersprach, war ihre Stimme deutlich höher. »Ich werde die Brautmutter sein.« Sie lachte und zog die *Brautmutter* in die Länge. »Ich muss eine ganze Hochzeit planen!«

Hersch schenkte sich aus der verstaubten Flasche, die er hinter den Teetassen-für-besondere-Anlässe aufbewahrte, ein Glas Wodka ein, ging aus dem Haus, setzte sich auf den Boden und rief den Namen Gottes. Er sagte, er hoffe, Gott wisse, was er tue, und gieße nicht aufs Geratewohl Fluch und Segen über uns aus, einfach um uns beschäftigt zu erhalten. »Sag, können wir uns darauf verlassen, dass du das Richtige tust?« Darum betete er immer. Kayla, die vom Fenster aus zuschaute, hätte schwören können, dass sie sah, wie Gott die Augen verdrehte und einen großen Schluck aus Herschs Glas nahm.

»Du musst ihn um was ganz Bestimmtes bitten«, sagte sie durch den offenen Fensterflügel zu ihrem Mann. Herschs Unfähigkeit, richtig zu beten, war ihr schon immer Anlass zur Beschwerde gewesen. Dabei gab es jede Menge lohnende Bitten: einen versteckten Goldschatz zu finden oder eine fette Kuh, eine Quelle im Wald, die sich als Jungbrunnen erwies. Warum musste Hersch immer so abstrakt sein, so vertrauensselig?

»Ich will, dass Gott das Richtige tut«, antwortete er.

»Aber du musst dem Mann doch sagen, was du brauchst! Erspar ihm diesen Mist von wegen ›Was immer du für richtig hältst‹!«, meckerte Kayla. »Er hat ohnehin genug zu tun – da ist es doch das Mindeste, dass du die Vorarbeit übernimmst und ihm einige Empfehlungen vorlegst. Sag ihm, dass deine Tochter gesegnet werden muss und dass ihr Gutes das Böse aufwiegen soll, falls auf dem Jungen ein Fluch liegt. Und bitte ihn, dass es bald viele neue Enkelkinder gibt.«

»Wenn er Gott ist, weiß er mehr als ich.«

»Offensichtlich macht er Fehler. Dieses unschuldige Baby. Hups«, sagt sie.

»Ich soll *heiraten*?«, unterbrach ich die beiden, nachdem ich aus meiner Erstarrung aufgewacht war.

»Was für schöne Neuigkeiten, nicht wahr!«, rief Kayla.

»Jetzt?«

»Bald.«

»Wie *alt* bin ich?«, fragte ich zum zweiten Mal.

»Du bist um einiges gewachsen«, sagte Kayla. »Du bist jetzt noch älter als vorhin, als du zuletzt gefragt hast.«

Ein Schwall kalter Luft fegte herein, als Hersch die Tür aufriss und wieder hereinkam. Hersch stand über mir. Er legte mir die Hände auf den Kopf, beugte sich zu mir herunter und flüsterte: »Jeder weiß, dass du es schaffst – Sorgen macht mir nur, wie sehr du mir fehlen wirst.«

Und zum zweiten Mal in meinem Leben bereitete ich mich darauf vor, weitergegeben zu werden. Ich hatte dabei ein Gefühl, als schwebte ich über meinem Leben. Als wäre ich die gehäutete Hülle eines Insekts, als wäre ich abgestreift worden von dem Körper, den ich benutzte. Schon das Wort *Heirat* klang in meinem Mund wie Kies. Zerstoßen, halb zerkaut. Ich begriff nichts. Aber ich hatte meine Hände, meine Finger, und ich dankte Gott dafür, dass sie wie immer wussten, wie die Aufgabe anzugehen war. Ich ging in mein Zimmer und begann meine Sachen durchzusehen, begann zu falten und glatt zu streichen, aufzuschütteln und zu stapeln, als würde diese minimale Vorbereitung schon ausreichen. So beteten meine Hände und ich an diesem Abend. Ich berührte alles, was in diesem Zimmer war, um überall meine schmutzigen Fingerabdrücke zu hinterlassen. Zum Beweis, dass ich hier eine Weile gelebt hatte, zum Beweis meiner Existenz. Ich zog die Nachricht meiner ersten Mutter an meine frühere Schwester hervor. *So liebe ich dich,* teilte sie ihr noch einmal mit, und wieder war die Adressatin nicht da. Ich bin da, betete ich. Ich bin real.

Im selben Moment, als er mich hereinkommen sah, fiel Igor in Ohnmacht. Er verdrehte die Augen nach hinten und sank in sich zusammen, nicht auf den harten Fußboden seiner elterlichen Küche, in der wir uns aufhielten, nicht auf die scharfe Tischkante, sondern er fiel bemessen und theatralisch in die Arme seiner Mutter. Sie sah ihn an, runzelte erschrocken die Stirn und versuchte zu ergründen, wie es kam, dass sie ihren erwachsenen Sohn in den Armen hielt. Er schlotterte eine Weile, dann öffneten sich seine Augen wieder der Welt. Als er sah, dass ich noch immer da war – kein Trugbild, sondern in leibhaftiger Gestalt –, weitete sich Igors Mund zu einem einfältigen Lächeln. Er rappelte sich sofort auf und fuhr sich mit den Händen über seine saubere, gebügelte Wollhose. In seinen Augen sah ich aus wie eine perfekte junge Dame.

Seinen Eltern stand der Schweiß auf der Stirn; Igors Stirn aber blieb trocken. Dies war die Geschichte, die ihm zeit seines Lebens erzählt worden war: die Geschichte seiner Mannwerdung hier im Dorf mit einem netten Mädchen. Bald würde es kleine Igors geben, und der Metzger würde ihm die besten Koteletts verkaufen, der Bäcker wiederum die besten Brotlaibe, und seine Gattin wäre ein Inbegriff der Tüchtigkeit in der Küche (und im Schlafzimmer, gelobt sei Gott, der du gut zu mir bist, Amen). Igor bekam nicht weniger geboten als den Ausweg aus einem tragischen Haushalt, in dem ihm keiner mehr in die Augen schaute. Aus heiterem Himmel entfaltete sich zu seinen Füßen ein ganz neues Leben, voller bunter Details und bevölkert von einer eigenen Familie. Und er hatte nichts weiter tun müssen, als morgens die Kleider anzuziehen, die ihm sein Vater zurechtgelegt hatte, und die Treppe herunterzukommen, und da war sie: seine Zukunft. Gesegnet, lebendig und, am wichtigsten, jetzt.

Die Hochzeit sollte in einer Woche stattfinden, und alle boten ihre Hilfe an, um für das große Ereignis die Scheune herzurichten. »Was passiert eigentlich bei einer Hochzeit?«, fragte der Gemüsehändler, der die Fenster putzte.

»Aus zwei Menschen wird einer«, sagte seine Frau. »Das kann ein Verlust sein oder ein Gewinn.«

»Und was war's für dich?«, fragte er. Sie zuckte mit den Achseln, und er zwickte sie in den Handrücken.

»Eine Hochzeit kann sein, was immer wir wollen«, sagte die Fremde. »Irgendwelche Ideen?«

»Wir sollten Kerzen anzünden«, schlug die Frau des Bäckers vor.

»Wir sollten mit weichen Sachen werfen«, meinten zwei der jüngsten Töchter des Bankiers. »Wir sollten tanzen.«

»Wir sollten etwas zerbrechen«, schlug Perl vor.

»Ach so?«, fragte die Fremde.

»Ja. Denn die Zerbrochenheit ist die Wahrheit des Lebens.« Die Leute musterten Perl mit zusammengekniffenen Augen und wichen zurück. »Das ist ja nichts Schlimmes«, erklärte sie entschuldigend. »Wo viel zerbrochen ist, da gibt es auch viel zu teilen.«

»Sollen wir die Liste unserer Gebete verlesen?«, fragte die Fremde. Der Gedanke besänftigte uns wie ein Wiegenlied. Wir fühlten uns getröstet, noch lang bevor wir die Worte hörten. Der Goldschmied, der sich wie eine Kammerzofe stets in der Nähe der Fremden aufhielt, machte seine Funktion offiziell, indem er ihr Buch und Feder reichte, auf dass der Beschluss festgehalten werde.

Manche bürsteten die Schafe, und manche zupften die schmutzigen Federn aus den Hennen. Manche hängten Blumengirlanden an rostigen Nägeln auf, und manche stiegen, allerdings abwechselnd, auf unsere höchste Leiter, um die Spinnweben an der Decke der Scheune zu entfernen und die Mosaiksteinchen unseres ersten vollständigen Sternbilds an der Decke einzuzementieren: das Sternbild der verlorenen und wiedergewonnenen Hoffnung, das aus drei Sternen bestand – dem Stern Lena, dem Stern Igor und dem Stern des toten Babys.

Die Dorfbewohner zogen ihre besten Sachen an, und die Männer klatschten sich Alkohol ins Gesicht und fühlten sich dadurch sauberer. Alle trugen die Stühle aus ihren Häusern herbei und stellten sie in Reihen auf. Die Scheune roch nach Erde und Staub und Ungeduld, und wie ein Nebel stand das leise Getuschel der Vorfreude im Raum. Würde es ein schöner und friedlicher Tag werden? Würde die Verbindung, die wir wie Zauberer aus der Luft herabzubeschwören versuchten, durch nichts vereitelt werden?

Nahe den Pferdeboxen hatten die Dorfbewohner einen Tisch aufgestellt, auf dem sie ihre Geschenke ablegten. Sie redeten von der Schönheit des Ereignisses, der ersten Hochzeit in der neuen Welt und von den davon zu erwartenden Freuden. Sie redeten über das erste Baby, das auch der erste Todesfall gewesen war, und gaben unserer Fremden recht – es hatte nicht leben können, weil es vor Beginn der Welt gezeugt worden war. Es war der letzte Atemzug der alten Welt gewesen, und jetzt waren wir wahrhaft frei. Das nächste Baby wäre das echte erste Baby.

Im hohläugigen Gesicht der Bankiersgattin sah Perl die Spuren des Verlustes; eine Mutter, auf die ein Hagel der Rechtfertigungen für den Tod ihres Sohnes niederging. Perl trat zu ihr und sagte: »Es geht nie weg. Es wird dir immer wehtun.« Die Bankiersgattin wollte diese Frau anschreien, die gekommen war, um ihre Tränen nachzusalzen. Doch dann sah sie Perl an und erkannte, dass auch sie ein aufgeschwemmtes Herz hatte. Durchtränkt, gesättigt, angeschwollen von Verlust und Liebe.

»Hoffentlich verdirbt Igor nicht wieder alles«, sagte die Bankiersgattin.

Perl hatte Igor nur als freundlichen und sanften Schäferhund seiner Geschwisterherde kennengelernt, und es fiel ihr schwer, sich vorzustellen, dass er irgendetwas verderben könnte. »Er wird Lena ein Freund sein. Und ein guter Ehemann«, sagte sie mit Überzeugung, obwohl die Idee den meisten immer noch vorkam wie ein Kostümspiel. Die Bankiersgattin verbarg ihr Gesicht, weil ihr die Tränen kamen.

»Ich fürchte, ich verliere das Baby noch einmal, wenn die Wunde verheilt«, stieß sie hervor.

»Das wird nicht passieren. Die Wunde heilt nicht.«

»Schwör's«, sagte die Bankiersgattin.

Die Dorfbewohner nahmen ihre Plätze ein. Die Fremde stand zwischen den Tieren und den Menschen unter einer schweren, über vier langen hölzernen Pfosten an den Ecken aufgespannten Steppdecke. Beide Zuhörerschaften, die pelzige und die kahle, warteten. Der Heiler setzte sich ans Klavier und drückte die Finger in die Tasten, die zwar nur atmeten und nicht sangen, aber wir stellten uns trotzdem ein feierliches, erhebendes Lied vor, zu dem die Braut einziehen sollte. Kayla hatte mich in ein enges Korsett gezwängt, das meine winzigen Brüste viel größer aussehen ließ, als sie waren, während meine Taille zu einem Kanal zusammengeschnürt war, der gerade weit genug war, dass noch ein wenig Blutfluss hindurchsickerte. Ferner hatte sie mir einen langen weißen Rock und eine weiße Bluse mit Spitzenkragen genäht, die sie bis obenhin zuknöpfte; unter ihrem heißen Atem beschlug mein Hals. »Ja«, sagte sie nach vollendetem Werk, und ein Windstoß fegte über meine Beine, als sie meinen Rock aufplusterte. Ich fühlte mich fünfundzwanzig Jahre älter, als ich war oder galt. »Jetzt siehst du wirklich wie eine Braut aus.«

Igor, schlaksig und linkisch, mit hoher, überschnappender Stimme, aber freundlich, die Augen strahlend vor Glück über die Wendung, die sein Leben genommen hatte, trug einen schwarzen Anzug, einen neuen Zylinder, Augengläser und Stock. Er sah nur zehn Jahre älter aus, als er war. Er und ich standen vor der Fremden, hielten so still, wie es ging, und lächelten nicht. Über uns spannte sich der Baldachin, das Symbol unseres gemeinsamen Heims, in dem wir alle weiteren Nächte unseres Lebens gemeinsam verbringen sollten.

»Wir sind hier versammelt, um eine neue Familie zu feiern«, sprach unsere Fremde. »Eine neue Familie in einer neuen Welt. Wir sind zusammengekommen, um das Leben zu feiern, das trotz allem weitergeht. Wir sind hier, um die Vereinigung von Lena und Igor zu feiern, der Tochter des Sattlers und dem Sohn des Bankiers, die aber eigentlich unser aller Kinder sind. Wir schenken ihnen alle unsere Gebete.« Sie forderte uns auf, uns an den Händen zu halten. Igors Hand war warm und knochig, und er packte meine Finger so fest, dass alles Blut herausgepresst wurde. Auch die Dorfbewohner hielten einander an den Händen. Unsere Fremde begann halb singend, halb sich wiegend, aus dem Buch der Gebete vorzulesen, und wir hörten zum allerersten Mal die Geschichte unserer Welt. Wir hatten unsere Gebete bei ihr hinterlegt, ihre Aufzeichnungen aber niemals eingesetzt. Im gelben Fensterlicht schwebten die Staubflocken sacht zu Boden, die Pferde waren still und lauschten aufmerksam, die Hennen stöberten geschäftig, Fledermäuse und Schwalben hielten sich dezent im Dachgebälk.

»Wir beten um alles, worum uns zu beten in den Sinn kommt. Wir beten natürlich um unser täglich Brot, und wenn wir genug haben, beten wir darum, dass es für immer so bleibe. Es wird gebetet um gewaschene, im Wasser kochende Kartoffeln. Es wird gebetet um abgehackte und eingelegte Kohlköpfe. Wir beten, dass die Leben, die wir kennen, lange leben mögen. Unsere Mütter seien unsterblich, und unsere Väter mögen stehen wie ein Baum, bis dass der Tag kommt, an dem sie sich niederlegen und rasten. Mögen wir klüger sein als unsere Brüder und unsere Brüder freundlicher als wir. Möge das Geld, das unter den Dielenbrettern verborgen liegt, sich vermehrt haben, wann immer wir es nachzählen. Möge der Regen uns nicht fortspülen. Möge die Sonne uns eines Tages wieder wärmen.«

Perls strahlender Kopf war der hellste Fleck in der Tempelscheune. Sie grüßte mich mit erhobener Hand, und ich lächelte sie an. Ich wollte ihr sagen, dass ich ihr verzieh, aber ich war mir nicht ganz sicher, ob das auch stimmte. Vlad weinte in seinen Ärmel, bis dort schillernde Spuren zu sehen waren. Regina, die noch größer geworden war, seitdem sie als zu groß eingetauscht worden war, gab sich der Überzeugung hin, dass sie selbst niemals unter dem Traubaldachin stehen werde. Bis überhaupt jemand um ihre Hand anhielte, wäre sie höher als das Dach, ihre Beine wären Bäume, die Arme ebenfalls, und ihr Kopf wäre so groß, dass es keinen Vergleich mehr dafür geben könnte. Sie hatte sich vorgenommen, alle und alles turmhoch zu überragen.

Kaylas Tränen waren Theatertränen, gewürzt mit Gewimmer und schweren Seufzern. Hersch reichte ihr sein Taschentuch, aber sie hatte ein eigenes dabei, ein braunes Spitzentüchlein, das so zart war, dass es unter ihren Tränen zu zerfließen drohte. Sie dachte an die Tage, an denen ich ein Baby in ihren Armen gewesen war. Sie versuchte sich an den Augenblick meiner Geburt zu erinnern, an den ersten Blick, den ich ihr geschenkt hatte, aber das gelang ihr nicht. Ihre Zeit als Mutter erschien ihr überaus kurz, was natürlich das Schicksal aller Mütter war. War es nicht erst einen Monat her, dass diese Finger kaum dicker als Stangenbohnen gewesen waren? Sie betrachtete mich, das Mädchen, das tatsächlich noch immer ein Mädchen war, und hoffte, dass ich genügen würde. Hersch wusste, dass ich genügte – Sorgen machte er sich um sich und seine Frau. Bald wären sie beide wieder allein im Haus, und er hoffte, dass Kayla dann nicht wieder auf dem Boden festwuchs und er abermals losgehen und jemandem ein Kind abkaufen müsste. Er hoffte auf ein, zwei Aufträge im Monat für einen Sattel und auf ein Ende des Regens, eines Tages; auf Schnee, der sie alle zudeckte, wegtaute und von Neuem über sie käme.

Und ich? Was empfand ich? Wenn ich an meinen Hochzeitstag denke, ist es, als wäre ich nicht dabei gewesen. Als hätte mir später jemand davon erzählt. Anscheinend tat ich alles, was von mir verlangt war, stieg über die Stufen, die mich vom Mädchen zur Frau machten. Wenn eine Verwandlung stattfand, so bekam ich nichts davon mit. Dabei fürchtete ich mich vor dieser neuen Lügenversion meines Lebens nicht mehr als vor der vorherigen. Ich war schon so weit von allem Wahren entfernt, dass sich in diesem Abstand etwas wahrhaft Beruhigendes verbarg. Ich hatte nichts zu verlieren.

»Ich hätte eine Frage«, sagte Igor. Die Fremde wirkte überrascht. »Kannst du versprechen, dass es insgesamt mehr Gutes als Schlechtes in der Welt geben wird? Können wir eine Regel aufstellen, dass ich glücklich sein werde?«

Die Fremde betrachtete diesen Jungen, diesen Beinaheehemann. Sie sah Igor als Kind am Fenster stehen und auf frisch gefallenen Schnee hinausblicken – alle abgebrochenen Äste und Dornenbüsche waren unter reinem, funkelndem Weiß verschwunden –, und sagte: »Ich verspreche dir, dass ich dir bei dem Versuch helfe. Aber erzählen musst du diese Geschichte.« Er lächelte mich zufrieden an. Er verhandelte für uns beide.

Die Fremde nahm ihr Gebet wieder auf. »Wir beten darum, dass die Großmütter sterben, ohne zu leiden, und uns nicht als Geister heimsuchen und alles Süße verlangen, das wir gebacken haben, und das einzige weiche Bett im Haus. Wir beten für Lena und Igor und ihr gemeinsames Leben und für unser aller neues Leben. Wir beten dafür, dass unser Fluss heilig bleibt, und für jedes Extra, das Dir in den Sinn kommt: eine phantastische Ernte, ein Mann mit einem Körper aus Gold, eine Frau, die wöchentlich ein Kind gebiert. Wir beten um alles, was Du auf Lager hast, und womöglich noch mehr.«

Der Goldschmied reichte Igor zwei goldene Ringe, in die ineinander verschlungene Ranken eingraviert waren. Im Geist sprach er sein privates Gebet: Es komme die Liebe eines Tages auch zu mir.

»Wissen wir schon, was Ringe sind?«, flüsterte Igor.

»Unbedingt«, antwortete der Goldschmied. »Wir wissen, was ›für immer‹ bedeutet, und das ist ein und dasselbe.« Igor schob mir den einen Ring auf den Finger und ich ihm den anderen.

Dann zertrat Igor ein ganz unversehrtes Weinglas, und wir drückten für einen Sekundenbruchteil unsere trockenen Lippen aufeinander. Die Glasscherben sollten später zu einem Sternbild in die Wand eingelassen werden, das nur sichtbar würde, wenn die Sonne direkt daraufschien.

Das Dorf trank auf uns und ließ uns hochleben, tanzte, sang und wünschte uns nur Schönes unter unserem ureigenen Himmel. Es war, als seien wir hier in unserer Scheune gegen alles Unglück gefeit. Wir hielten es beinahe für möglich, dass draußen der Regen aufgehört hatte. Der Heiler setzte sich abermals ans Klavier, und so überschwänglich, wie er spielte, war es kaum zu glauben, dass es stumm blieb.

Unser Traum von einer trockenen Welt hatte sich nicht erfüllt, aber wir bemühten uns, die Enttäuschung im Zaum zu halten. In der schimmernden Dunkelheit, die Bäuche voll Essen und die Köpfe voller Gebete, entließ uns das Dorf zu unserem neuen Haus, damit wir dort unsere neue Ehe besiegelten. Das Haus hatte schon immer dort gestanden, war aber lange unbewohnt gewesen. Vlad hatte es in mehreren Stunden täglicher Arbeit heimlich instand gesetzt und sich, während er morsche Balken austauschte, Löcher zugipste und den Holzboden abschliff, mein Gesicht vorgestellt. Er hatte behauptet, es zufällig entdeckt zu haben. Zu Hersch und Kayla sagte er: »Vielleicht können Lena und Igor in dem kleinen Haus zwischen den zwei großen Eichen und dem Kohlfeld wohnen?«

»Ist das nicht eine Ruine?«, hatte Hersch gefragt.

»Es ist in überraschend gutem Zustand«, lautete Vlads Antwort.

Das Haus bestand aus einem sauberen, trockenen, quadratischen Raum mit einem Ofen und einem Waschtrog. Jemand hatte einen abgetretenen Webteppich ausgelegt, darauf stand ein Schaukelstuhl. Zum zweiten Mal seit Beginn der Welt sollte ich als Teil einer neuen Familie schlafen gehen. Igor machte mir eine Tasse Tee, und ich fragte mich, ob ihm klar war, dass ich als Ehefrau eigentlich die Wasserkocherin hätte sein sollen. Aber er war natürlich der Sohn einer Mutter, die ihre Forderungen zu stellen wusste. Wenn ich es schlau anstellte, konnte vielleicht auch ich das eine oder andere verlangen, statt nur die Schritte nachzutanzen, die mir beigebracht worden waren. Wir setzten uns auf den Boden, da wir beide den einen Stuhl nicht nehmen wollten. Wir blickten in den Regen hinaus. Die tanzenden Füße, der Applaus, unser Hochzeitsfest, das war alles weit entfernt, und kein Laut drang zu uns. Bis auf unsere eigenen Geräusche war die Welt völlig still.

Igor berührte meine Hand. »Magst du Schokolade?«, fragte er.

»Klar«, sagte ich.

»Ich auch. Und heiße Milch?«

»Hab ich nie getrunken.«

»Nie?«

Ich schüttelte den Kopf. »Magst du Kohl?«, fragte ich.

»Natürlich«, antwortete er mir, und ich fasste ein wenig Vertrauen. »Weißt du eigentlich, was wir jetzt machen sollen?«, fragte er.

»Wir sollen ein Ehepaar sein. Du bist der Mann und ich die Frau.«

Er breitete ein Laken über den Teppich, legte sich darauf und bat mich zu sich. Ich setzte mich und fühlte mich wie bei einem sonderbaren Picknick. Igor zog mich an sich, bis wir dicht nebeneinanderlagen.

»Wie alt bist du?«, fragte ich, während Igor die glatte Kuppe meines Arms berührte.

»Fünfzehn«, sagte er. »Und du?«

»Ich weiß es nicht«, gestand ich ihm.

»Das weißt du nicht?«

»Zuerst war ich fast zwölf, dann war ich jemandes Säugling, jetzt bin ich verheiratet.« Meine Stimme kam wie aus weiter Ferne. Ein Stäubchen in der gewaltigen Stille der Nacht.

»Du könntest so alt sein wie ich, wenn du magst«, flüsterte er. Er streckte mir seine Hand hin, als enthielte sie, was ich brauchte, um erwachsen zu sein. Ich senkte mein Gesicht zu dieser Schale und trank daraus.

»Danke«, sagte ich und küsste ihn auf die Stirn, als wäre

er mein Kind, während ich vor Erleichterung weinen musste. Er küsste mich ebenfalls auf die Stirn, als wäre auch ich sein Kind, als wären wir beide einander Kind. »Das fände ich sehr schön«, sagte ich. Tags darauf, am Morgen, packten wir viele Hochzeitsgeschenke aus, aber dieses ist das Einzige, an das ich mich erinnere.

»Wir könnten sogar am selben Tag Geburtstag haben, wenn du magst, das ist leichter zu merken.«

Und als neues Paar mit übereinstimmendem Alter und übereinstimmenden Geburtstagen küssten Igor und ich uns ungeschickt und nass und süß und kreuz und quer über unsere jungen Gesichter, während draußen ein Nachtvogel immer wieder dieselbe Frage stellte: »Wi-u? Wi-u?«, worauf wir zu antworten versuchten: »Wir. Wir.«

IV

DAS BUCH DES SCHLAFS

Solange sie uns in Ruhe ließen, fragte ich nicht, warum. Ich fragte nicht, warum unser Dorf von den marschierenden rumänischen Soldaten, die Befehl hatten, alle Juden und Zigeuner an die Deutschen zu übergeben, übersehen wurde. Heute schmerzt es mich in allen Fasern meines Körpers, dass wir ihre Schreie nicht hörten, nicht hörten, wie ihr Leben endete. Tod durch Maschinengewehr, Tod durch Verhungern, Tod durch Trauer. Wir machten weiter, tagein, tagaus, von morgens bis abends. Eine Million Mütter, eine Million Väter, eine Million Söhne und Töchter schrien wie aus einem Mund, und wir hörten nur, wie der gute alte Wind die Bäume schüttelte.

In der gläsern klaren Luft versammelten sich die Dorfbewohner unter ihren Schirmen vor meiner Tür und warteten auf das erste Baby, das erste echte Baby auf der ganzen Welt. Das Morgenrot spreizte sich über den Himmel wie eine Frau, die auf ihren Laken erwacht und sich räkelt. Drinnen lag ich, jaulend, und der Heiler ließ seinen Zuspruch über mich rinnen wie einen langen, langsamen Fluss. Igor tigerte zwischen Eiche und Regenfass hin und her, trat einen nervösen Trampelpfad vor das Haus. Wie einer, der entschlossen seinem Ziel entgegenstrebt, und dieses Ziel ist nirgendwo. Sein Vater stand ihm im Weg, aber Igor machte einen Schlenker und marschierte weiter. Die Fremde redete ihm gut zu, Sie sagte: »Das Baby wird seinen Platz finden. Vertrau ihm.«

»Und Lena?«

»Sie findet ebenfalls ihren Platz.«

Auf und ab und auf und ab marschierte Igor und zermatschte das durchweichte Gras unter seinen Füßen. Die Dorfbewohner sahen ihm zu, wie er, mit jedem Schritt die Wartezeit bis zu seiner Vaterschaft abzählend, seinen Pfad anlegte. Perl wurde davon so benommen, dass sie mit einem großen Sack Vogelfutter auf Igor, den Ehemann ihrer Tochter-und-Nichte, zuging. Sie griff hinein und warf eine Handvoll Samen vor ihm aus, um zu demonstrieren, was sie meinte. Von der Eiche flogen zwei Raben herab und begutachteten das Angebot. Das Schwarz ihres Gefieders glänzte fast blau, die Augen waren wie polierter Bernstein. Perl warf eine weitere Handvoll aus, und die Raben pickten die Körner auf. Igor sah Perl mit aufgerissenen Augen an. »Sie übersteht das«, versicherte Perl.

»Was habe ich ihr nur angetan?«, fragte er. In seiner Hand lagen, glatt und leicht, die Samenkörner. Sie verursachten ein kaum hörbares Platschen, als sie in einer Pfütze landeten und auf der Wasseroberfläche dahintrieben. Ein Spatz verspeiste Igors Geschenk. Eichhörnchen kletterten mit kratzenden Krallen vom Baum herab.

In den Stunden, die ich mich abarbeitete, um das Baby in die Welt zu bekommen, scharte Igor alle Geschöpfe des Himmels um sich. Häher, Elstern, Stare und Spatzen, Spechte, Zaunkönige und Schwalben. Tauben. Er wurde umflattert und umschwirrt, eine Insel in einem Meer aus Federn. Sie schlugen nach einander, kämpften um seine Zuwendung, liefen auf dem Bogen seiner Arme hinauf. Vögel standen auf Igors Schuhen, umschwirrten ihn flügelstreifend. Sie stemmten sich gegen die Luft, stießen pfeilschnell herab, kreischten. Igor verschwand im Federgewölk. Der Mensch war zum körnerspendenden Baum geworden, ein Nest. Durch das Flügelgeflatter hindurch konnten ihn die Dorfbewohner lächeln sehen.

Ich hingegen wurde ganz und gar nicht auf Flügeln davongetragen. Verschwommen war ich mir der feuchten Tücher, mit denen mir Kayla die Stirn abwischte, und ihres »Ach herrje, ach herrje«-Gemurmels bewusst. Sie war sichtlich verwundert, welche Schmerzen ich hatte, und machte kein Hehl daraus. Wasser tropfte mir von den Wangen, oder war es Schweiß? Blut, Regen? Ich wusste nicht mehr, ob ich im Freien war oder im Haus, ob ich in Lehm gebettet und von hohen Kiefern beschattet war oder ein fiebergeschwächtes Kind in meinem ersten Elternhaus.

»Wo bin ich?«, fragte ich.

»Du bist zu Hause. Du bekommst mein Enkelkind«, sagte Kayla ungeduldig. Während der nächsten Schmerzwelle fragte ich mich, ob sie von mir sprach – sollte ich selbst geboren werden?

In den Wolken trieben noch einmal die Wochen und Monate an mir vorüber, die seit unserer Hochzeit vergangen waren. Der erste Morgen: Zwei Eier werden gekocht, zwei Scheiben Brot geröstet, Igor redet über seine Mutter. Er summt das Lied, das sie ihm vorgesungen hatte, bis das nächste Baby kam und sie ihn ohne Lied stehen ließ.

Der Tag, an dem Igor von seiner Arbeit in der Bank heimkam und aussah, als könne er jeden Moment platzen. »Stimmt was nicht?«, fragte ich.

»Ich habe einen ganzen Tag hinter mir, und du sollst darüber Bescheid wissen. Du hast mir gefehlt.«

»Erzähl«, sagte ich, und er erzählte von dem Moment an, als er morgens erwacht war, bis zu dem Moment, an dem er zu mir zurückgekommen war. Es gab keinen Höhepunkt, kein erwähnenswertes Ereignis, aber er hatte es erlebt und ich nicht.

»Das ist doch ungerecht«, sagte Igor, »dass ich nicht in deinem Kopf sein kann und du nicht in meinem.« Er wollte von mir wissen, wie es sich angefühlt hatte, die Kartoffeln mit dem Messer zu schälen. Wie es gerochen hatte, als sie im kochenden Wasser weich geworden waren.

Ich dachte an die Nacht, in der wir uns ausgezogen und verschiedene Positionen ausprobiert hatten. Ich fühlte mich nackt und blind in der Dunkelheit, aber unsere Körper, die über das gesamte Gedächtnis unserer Spezies verfügten, nahmen uns bei der Hand. Ich hatte gedacht, es müsse sich sehr erwachsen anfühlen, vielleicht sei es sogar ein Test, ob ich tatsächlich erwachsen war. Dem war nicht so. Es war eher ein altersloses Gefühl, einfach eine glitschige Kombination von Gliedmaßen und Instinkten, weder jung noch alt. Nachher lachten wir, eigentlich ohne Grund.

Eines Nachmittags, als draußen der Donner grollte: Ich hatte mit Servietten, Löffeln und Schalen den Tisch für Kayla und Hersch, Igor und mich gedeckt. Wir zündeten eine Kerze an, sprachen ein altes Gebet. Das Gespräch war simpel, es ging darin nur um unser tägliches Leben. Sie saßen an meinem Tisch, und hier konnten nicht sie die Regeln bestimmen. Kayla konnte mich nicht nötigen, auf ihrem Schoß zu sitzen, und tat es auch nicht. Sogar ihr Vorschlag, ich solle das nächste Mal mehr Majoran in die Suppe tun, trug ihr Herschs vorwurfsvolle Miene ein: »Ich finde es absolut köstlich so«, sagte er. »Übrigens ist das dein Rezept.«

Später: Ich nahm meinen ganzen Mut zusammen und lud meine echten Eltern und Geschwister ein. Stumm standen wir an der Tür. Wörter halfen uns nicht weiter.

»Wie geht's?«, fragten wir einander.

»Danke, gut.«

»Das Wetter ...«, fingen wir an, hatten aber nichts hinzuzufügen. Es waren nicht mehr meine Eltern und meine Geschwister, und jede andere Form von Freundschaft kam uns erbärmlich und unzulänglich vor. Wir zogen unsere Stühle zueinander, sodass sich unsere Knie berührten. Wir schlossen die Augen und saßen so da, während der Regen an Heftigkeit zu- und wieder abnahm, der Wind böig auffuhr und sich wieder legte. Es war nicht genug, nicht annähernd. Als sie gingen, versicherten wir uns, wie es sich für Gäste und Gastgeber gehörte, wir würden einander bald wieder besuchen, aber insgeheim wussten wir alle, dass wir zu schwach waren, um weitere Momente wie diesen zu überstehen, noch einmal so zu tun, als wären wir die Familie, die wir nicht mehr waren. Es war besser, einander aus sicherer Entfernung zu lieben, als uns über den Abgrund zu recken, die Finger nacheinander auszustrecken und uns immer um Haaresbreite zu verfehlen.

Täglich hatte ich die Fremde in der Scheune besucht. Sie hatte zwei Stühle, Lehne an Lehne, aneinandergestellt und mehrere dicke Bücher bereitgelegt, um unsere Gebete aufzuschreiben. Der Stuhl, auf dem sie saß, war ausladend und weich, während der Besucherstuhl eine hohe, gerade Sprossenlehne hatte, denn wir fanden, ein Betender dürfte es nicht allzu bequem haben. Er sollte sich nicht gemütlich hier niederlassen und ein Nickerchen halten, sondern aufrecht sitzen und ernst bleiben. Ein Gebet war nach unserer Vorstellung wie die Umdrehung eines Schraubenschlüssels oder der Schlag mit einem Hammer – es zurrte unser Leben noch fester zusammen. Ich weiß noch, wie ich die Sternbilder betrachtete. Wir hatten alle leicht zugänglichen Stellen damit geschmückt – vom Boden bis auf Schulterhöhe. Die Hintergründe variierten zwischen Hellblau und Schwarz, gelegentlich mischte sich ein Rot oder Dunkelbraun dazwischen. Die Sterne waren immer weiß, nur manche hatten ein zartes rosafarbenes Blümchenmuster – wie von einem Hochzeitsgeschirr aus einer anderen Welt. Das Sternbild der verlorenen und wiedergewonnenen Hoffnung war das einzige an der Decke, der Fixpunkt unseres Universums, unser Leitstern. Ich blickte empor und betete für alle, die ich liebte. Ich betete um Nahrung und Schlaf und ausreichend Geduld. Wenn ich aufstand, um zu gehen, sagte die Fremde jedes Mal dasselbe: Du bist du. Es kam mir jedes Mal ein bisschen wahrer vor.

Spätnachts: Ich wachte auf und wurde von dem Gefühl bestürmt, dass alles in Ordnung sei. Von dem Gefühl, dass ich ein Mensch in meinem eigenen Bett, in meinem eigenen Zuhause sei. Das schockierte mich derart, dass ich bis zum Morgengrauen schlaflos im Bett lag und versuchte, mir dieses Gefühl einzuprägen.

Igor schlug die Augen auf. »Wie alt sind wir jetzt?«, fragte er.

»Älter«, sagte ich.

»Habe ich dich allein gelassen?«, fragte er weiter.

»Du hast dich nicht von der Stelle gerührt«, versicherte ich ihm. »Die ganze Zeit nicht.«

»Ich hatte plötzlich Angst, du seist allein und ich weit weg.« Er streckte den Arm nach mir aus, fuhr mit der Hand über meinen Körper. Er ließ mich dunkel und grenzenlos werden. Er drückte mir die Sterne seines Sternbilds auf: hier und hier und hier und hier. Ich ließ auch den Rest von mir in die Dunkelheit davonziehen und behielt nur diese paar Punkte, diese Lichtnadeln; ich brannte Löcher in ihn hinein. Durchbohrte ihn mit meiner Leuchtkraft. Wir zogen Linien zwischen den Sternen, zeichneten die Karte unseres Himmels.

In mir begann sich der Staub eines neuen Planeten zu sammeln.

Während der nächsten vierzig Wochen brachte mich alles zum Weinen, alles – ob es schön war oder traurig, grandios oder bedeutungslos. Ein Haufen Rüben, ein Ameisenschwarm, der einen toten Vogel zerlegte, die untergehende Sonne, die unser Dorf in goldenes Licht tauchte – von Ehrfurcht ergriffen stand ich da und betrachtete alles mit salzignassen Augen.

An dem Tag, als das Baby auf die Welt kam, war das Licht weiß, und die Dorfbewohner beschirmten ihre Augen. Sie traten von einem Fuß auf den anderen, reichten einander Käsestücke, drehten ein paar Runden um die üblichen Gesprächsthemen: Wann dieser Regen wohl aufhört? Wie viel Kümmel braucht es für das perfekte Sauerkraut? Wie lang wird es dauern, bis der Mosaikhimmel in unserer Scheune fertig ist? Unterdessen bereitete mein Ehemann den Vögeln der Welt das Festmahl ihres Lebens. Sie hätten ihn mit den Schnäbeln packen und aufheben und zu einem hohen Vogelthron davontragen können, und ich hätte meinem Baby immer wieder die Geschichte von seinem Vater erzählt, der ein Vogelkönig und auf den Wipfel des allerhöchsten Baumes entführt worden sei, wo er, da selbst flügellos, bis ans Ende seiner Tage sitzen müsse, um das einsame Leben aller Angebeteten zu führen.

Als aber die Körner zur Neige gingen, begannen die Vögel sich zu verabschieden. Igor befürchtete, es könnte von ihm vielleicht nichts mehr übrig sein als ein sauber abgepicktes Skelett. Die Raben und Spechte flogen auf die Bäume zurück, die Tauben flogen zurück auf den Dorfplatz. Igor untersuchte seine Arme und Beine und fand sie unversehrt. Aber er spürte noch immer die Vogelkrallen auf der Haut, hörte das Rascheln der Federn im Wind.

Und in genau dem Moment kam aus dem Haus der Schrei eines ganz neuen Lebens. Der Heiler legte mir ein winziges, glitschiges Geschöpf in die Arme. Es fehlte nichts, stellte ich zu meinem Erstaunen fest. Und auch mir fehlte nichts – wir hatten einander nicht beschädigen müssen, um zu existieren. »Ein Junge«, sagte Kayla. »Ist das nicht erstaunlich? Ein Junge!« Sie riss die Tür auf und posaunte die Neuigkeit in die Welt.

Igor roch nach Vögeln, als er mit schwimmenden Augen neben meinem Bett niedersank. Sein Haar war zerzaust von den Vogelkrallen und seine schwarze Wolljacke kotgestriemt.

»Was ist denn mit dir passiert?«, fragte Kayla und benutzte dasselbe Tuch, mit dem sie mir die Stirn gewischt hatte, um Igors Ärmel zu säubern.

»Du siehst so aus, wie ich mich fühle«, sagte ich. Igor legte das Gesicht an seinen Sohn und atmete tief ein. Darüber musste ich lachen. »Wie riecht er?«, fragte ich.

»Warm«, sagte Igor. »Außerordentlich warm.«

Der Junge schrie unbändig und gab sich rückhaltlos der Traurigkeit des Daseins hin. »Weine nur«, flüsterte ich ihm zu. »Du bist in diesen neuen, seltsamen Ort hineingeboren.«

Aber er blieb nicht dabei. Binnen weniger Tage lernte er, dass die Milch warm und süß war und die Hand seiner Mutter auf seinem Kopf weicher als alles andere.

Wenn ich meinen Sohn an die Brust legte und spürte, dass es dort tatsächlich Nahrung für ihn gab, schloss ich die Augen und musste sie lange nicht mehr öffnen. Alles, was sonst noch da war – der Stuhl, an dem mein Rücken lehnte, ein Tisch, die Teppiche und Fenster, ein Krug voller Löffel, Zwiebelschalen wie farbiges Glas im Sonnenlicht und draußen Vögel und Vogelschatten, Eichen und ihr rosa-braun abgefallenes Laub –, nichts davon musste zwingend existieren, damit ich das Wesen, das ich geboren hatte, weiter füttern konnte. Wir waren unabhängig.

Igor saß auf einem anderen Stuhl und befingerte den Saum des Tischtuchs.

»Ich zeig dir alles«, sagte ich zu dem Baby. »Keine Sorge.«

Igors Kopf fuhr ruckartig in die Höhe, und er starrte seinen Sohn an – seinen Sohn! Dieses Wesen in meinen Armen, das ohne ihn auf keinen Fall existieren könnte. Igor betrachtete seine eigenen Finger und Arme und fand sie armselig und unzulänglich. »Weißt du denn, wie das geht, Mutter sein?«, fragte er.

»Hoffentlich«, sagte ich. »Aber ich wusste auch bisher nie, wie irgendwas geht, und es ging trotzdem immer weiter.«

»Aber dieses Baby hat *nichts* ohne uns. Es ist vollkommen aufgeschmissen ohne uns. Es würde ohne uns innerhalb weniger Stunden sterben. Und du sagst, *hoffentlich* weißt du, wie es geht, eine Mutter zu sein?«

»Ich war ja selber schon jemandes Kind, zweimal sogar«, sagte ich. »Diesmal muss ich's einfach von der anderen Seite aus machen.«

Igor versenkte den Kopf in den Händen. »Ich habe keine, keine, keine Ahnung, was ich tun soll. Das letzte Baby ist unter dem Gewicht seines eigenen Vaters gestorben«, sagte er in seine schweißfeuchten Handgelenke hinein. »Er ist unser Kind. *Ich* bin der Vater.« Ich nahm das Baby in die Arme und setzte mich vor den Füßen meines Ehemannes auf den Boden. »Ach herrje«, sagte Igor immerfort.

»Gesetzt den Fall, die Welt ist schön und ungefährlich«, fing ich an. »Gesetzt den Fall, die neue Welt, die wir alle machen, ist eine gerechte Welt, in der alles gut wird. Nehmen wir an, du bist ein guter Vater und ich eine gute Mutter und dieses Kind ein gesunder Junge, der lang genug lebt, um immer wieder zu erzählen, dass er das erste Baby in einer vollkommen neuen Welt war, in der es immer genug Essen, immer genug Wärme und immer genug Liebe gegeben hat.«

Igor zog die Decke von der Wange seines schlafenden Sohnes und berührte vorsichtig die zarte Haut. »Er sieht selig aus«, sagte er.

»Ist er.« Ich lächelte. Das Baby lag warm an meiner Schulter. Es war vollkommen, einfach vollkommen in diesem Moment.

Igor sagte: »Ich bin der Vater. Das macht mich wahnsinnig müde.«

Ich klopfte mir auf den Schenkel. »Möchtest du den Kopf in meinen Schoß legen?« Igor suchte sich einen Platz auf meinem Bein. Und ich kam mir vor wie ein Baum, in dem zwei Vögel nisteten.

»Lass uns das Kind nach einem Königssohn benennen«, sagte Igor. Ob es denn jemals schon einen Königssohn gegeben habe, wollte ich wissen. »Schon«, sagte er, »jedenfalls in der Geschichte aus einer anderen Welt. Vielleicht wird es auch in dieser wahr.«

»Dann wärst du der König?«, fragte ich. Igor errötete.

»Salomon«, sagte er. »Sohn eines Königs und selber König.«

»Geh schlafen«, flüsterte ich. »Ich kümmere mich um dich.«

Igor sprach immer öfter von seiner Müdigkeit. Die nichts mit der Müdigkeit nach einem langen Arbeitstag oder nach einer Bergbesteigung oder auch nach zu vielen Stunden in der Sonne gemein hatte. Es war der Gedanke an seine Vaterschaft, der ihn so erschöpfte – die schlichte Tatsache, dass er sich in ein anderes, vollkommen eigenständiges Wesen fortgepflanzt hatte. Die längste Zeit war er älterer Bruder gewesen – und jetzt das! Sein ganzes Leben traf ihn wie ein Schlag. Er hatte den Jubel seiner Eltern miterlebt und ihre Trauer, und in gewisser Weise waren Geburt und Tod des Babys der Grund gewesen, weshalb sie ihn verheiratet hatten. Jetzt war er selbst ein Vater mit einem Sohn. Er blieb gerade lange genug wach, um zu essen, sich zu recken, die Decken aufzuschütteln, dann sagte er: »Nur noch paar Minuten« und schlief wieder ein.

Je mehr er schlief, desto mehr sprach er davon wie von einem Beruf: Seine Bestimmung war es, für uns alle zu ruhen. Die Töne und Gerüche dessen aufzunehmen, was ringsum geschah, und die gewonnenen Fäden zu hauchdünnen, dahintreibenden Träumen zu spinnen. Nach wie vor arbeitete er vormittags ein paar Stunden in der Bank, aber das war nicht Bestimmung, sondern Pflicht. Igors wahre Berufung war es, die Zwänge der Existenz, den unergründlichen Sinn des Lebens fortzuschlafen, wie einen Katzenjammer, den er loszuwerden versuchte.

Er durchschlief die Nachmittage, wenn der Wind zärtlich

ans Fenster klopfte. Er öffnete sekundenlang die Augen, trank ein Glas Wasser, kratzte sich wie ein Bär, indem er sich mit dem Rücken am Türrahmen rieb, dann wickelte er sich wieder in die Decke und stopfte sich ein Kissen zwischen die Beine. Er verscheuchte die Vögel, die auf dem Fensterbrett landeten.

»Ich bin der Vater dieses Babys«, sagte er und streckte die Hand nach Salomon aus. »Nicht zu glauben. Ich muss wieder ins Bett.« Mich störte seine Anwesenheit nicht, aber wenn er nicht da war, störte es mich ebenso wenig. Das stille Haus war für mich wie ein Seufzer der Erleichterung. Ich musste für niemanden das Baby spielen. Meine Aufgabe war denkbar einfach – Gemüse schneiden, Herd anfeuern, Fußboden wischen, Socken sortieren und mit meinem Sohn am Tisch sitzen. Wie alt ich wirklich war, wusste ich nicht, aber darauf kam es zum Glück nicht mehr so sehr an. Ich war Mutter und Ehefrau, und mehr brauchte niemand zu wissen.

Es war mir angenehm, jemanden im Haus zu haben, einen weiteren Mund, der gefüttert werden wollte, und wenn Igor flatternd die Augen aufschlug und zu mir kam, ließ ich mir gern von ihm seine Träume erzählen, Geschichten aus einem Parallelleben, in dem er von Baumwipfeln abheben und davonfliegen konnte.

»Weißt du noch«, fragte er gähnend, »wie wir uns aus Schilf ein Boot gebaut haben und über den Fluss gefahren sind? Und dort Käse gegessen haben?«

»Ich glaube, das hast du geträumt«, sagte ich.

»Nein, ich weiß es noch genau. Du warst dabei. Mit einem gelben Kleid.«

»Warte, es fällt mir gleich wieder ein«, stimmte ich zu. »War das zu der Zeit, als Salomon ein Bärenjunges war und uns ständig aus Versehen gekratzt hat, sodass wir ihm ganz vorsichtig mit dem Messer im Schlaf die Krallen stutzen mussten?«

»Nein, das war ein andermal. Aber das weiß ich auch noch. Bin ich froh, dass er wieder ein Mensch ist.« Sein Tonfall veränderte sich. »Weißt du noch damals, als meine Mutter noch nicht vor mir davongelaufen ist? Weißt du noch, wie es war, als ich ihr Sohn war?«

»Das weiß ich noch«, sagte ich und legte meine Finger um sein Handgelenk wie ein Armband.

Kayla kam erst herein und klopfte dann an. Trat ihre schlammigen Stiefel auf der Fußmatte ab. »Geht's dir nicht gut?«, fragte sie. »Du hast nicht aufgemacht.«

»Mir geht es ausgezeichnet«, sagte ich und stieß ein kleines Geheul aus.

»Wir dachten, damit hättest du aufgehört«, sagte Kayla.

»Nein, warum sollte ich.« Ich trank einen Schluck Wasser, das kalt und staubig schmeckte, und mied ihren Blick. Ich liebte sie nicht. Mir war klar, dass sie sich im Muttersein erst hatte einrichten müssen, so wie ich nicht auf Anhieb hatte ein Baby sein können, und ich wusste auch, dass sie die Person liebte, als die sie mich sah, vielleicht liebte sie sogar die Person, ein bisschen wenigstens, die ich wirklich war. Trotzdem – je stiller das kleine Zimmer war, desto deutlicher konnte ich den Ton meiner eigentlichen, eigenen Seele hören, wie den fernen Klang einer Stimmgabel.

»Hier sind die Kartoffeln und das Huhn. Hier ist ein bisschen Geld extra. Wann kommst du zum Essen zu uns?«, fragte Kayla.

»In der nächsten Zeit nicht.« Ich deutete auf das Baby. »Ich möchte ihn nicht aus seinen Gewohnheiten reißen.«

»Es ist doch nur ein paar Häuser weiter«, nörgelte sie.

»Trotzdem«, sagte ich lächelnd. »Es kommt mir sehr weit vor.« Kayla schrubbte ungestüm an einer Kartoffel. Dass sie die Kontrolle über mein Leben aus der Hand geben würde, wenn sie mich verheiratete, war ihr vorab nicht klar gewesen.

»Du bist nach wie vor meine Tochter«, zeterte sie. »Ich kümmere mich um dich.«

Ich sagte: »Wie du weißt, ist Muttersein das Allerwichtigste. Das Baby könnte ohne mich nicht überleben.«

»Warte du nur«, schnaubte sie. »Bevor du bis drei zählen kannst, ist er aus dem Haus.«

Salomon saugte und spuckte und saugte und spuckte. Milch rann mir über die Brust, den Bauch. Ich tunkte den Finger darin ein und kostete. »Ich und du«, sagte ich und drückte meinen Sohn an mich.

»Was sagst du?«, fragte Kayla.

»Ich habe mit Salomon gesprochen.«

»Er ist nur ein Baby, er versteht doch noch nichts.«

»Er versteht, was er versteht.«

Als Kayla ging, sah ich nach meinem Ehemann, der als Würmchen zusammengekrümmt unter seiner Decke lag, und flüsterte ihm ins Ohr: »Weißt du noch, wie an allen Bäumen Kuchen gewachsen sind und wir rücklings in der Sonne lagen und sie aßen und niemand sich Sorgen machen musste, dass es später vielleicht nicht mehr genug davon gäbe?« Seine Lider flatterten.

Ich ging mit meinem Baby hinaus. »Das ist die Straße«, sagte ich, »wir benutzen sie, um von Ort zu Ort zu gehen. Im Moment spüre ich die runden Steine unter den Fußsohlen. Wenn du selber laufen kannst, wirst du wissen, was ich meine. Was da vom Himmel fällt, nennt man Regen. Manchmal regnet es fest und manchmal leicht, aber dass es völlig aufhört, kommt praktisch nie vor. Wir können dem Regen aber dankbar sein, denn er lässt die Pflanzen und Bäume wachsen. Dein echter Großvater baut Kohlköpfe an. Ich werde dir welchen kochen, damit du weißt, wie es riecht. Dein anderer Großvater macht Sättel; die braucht man, um auf Pferden zu reiten. Dein dritter Großvater bewahrt das Geld anderer Leute auf. Sie werden dich alle lieben, ohne dass du irgendwas Spezielles für sie tun musst. Tu einfach, was du ohnehin tun würdest.«

Und was sollte ich selbst tun? Ich hatte keine Aufgabe im Dorf. Bisher hatte ich an unserer Geschichte miterzählt, aber das war jetzt nicht mehr nötig, die Geschichte erzählte sich von allein. Ich war Salomons Mutter; vielleicht war das ausreichend. Mein Ehemann ging inzwischen gar nicht mehr zur Arbeit in die Bank. Trotzdem legte sein Vater nach wie vor seinen unverdienten Wochenlohn vor unsere Tür. Ich hob den Umschlag auf und schüttete die Münzen in den unbenutzten Brotkasten, der hinten in unserem Küchenschrank stand. Igor fragte nie, wo ich das Geld herhätte, um Mehl und Eier zu kaufen, und ich erklärte nichts. Er war schon müde genug, es sollte ihn nicht auch noch das Wissen belasten, dass wir Almosenempfänger waren. Und wie würden wir es anstellen, wenn der Bankier aufhörte, seinen Sohn fürs Nichtstun zu bezahlen? Immerhin hatte in der neuen Welt seit ihrem Bestehen noch niemand hungern müssen. Ich betrachtete das Land ringsum und sah: Fülle. »Von allem, was wir brauchen, ist genug da«, sagte ich zu Salomon. »Mehr brauchen wir nicht.«

Ehe ich mich versah, würde mein Sohn herumspringen, und ich wäre wieder schwanger. Ich würde jedes Mal weinen, wenn ich Salomons weiches braunes Haar schnitt und seine wunderhübschen Seidenlocken fallen sah. Seine Beine würden aus sämtlichen Hosen herauswachsen. Er würde am Körper, an Füßen und Händen den Babyspeck verlieren und immer geschickter werden. Er würde ein Jahr alt werden, dann zwei, dann drei. Er würde das Laufen lernen. Dann das Reden. Dann das Lesen und Schreiben, und ich würde Zettel mit kleinen Nachrichten finden. *Ich heiße Salomon. Ich esse gerne Obst. Mein Vater schläft. Ich hab meine Mama lieb. Ich bin groß.* Er wäre zwar frühreif, würde aber alles in der richtigen Reihenfolge lernen, und auch wenn seine Mutter sich manchmal wünschte, sie hätte noch einen Tag mit ihm als Baby, würde sie – ich – nie-nie-nie darum bitten. Ich würde ihm zusehen, wie er Schachteln stapelte, Rüben kaute, sich mit den Ameisen anfreundete. Ich würde zusehen, wie er einem Ball nachlief und einen Stein vergrub. »Heute war Gewitter. Morgen gibt es Schauer«, würde er singen. »Nieselwetter, Wolkenbruch, Platzregen.«

Für einen, wie es schien, sehr kurzen Moment war er noch mein Baby. Ich blickte auf Salomon hinab, dessen Augen für alles offen waren, was ich ihm zeigte. »Das sind die Felder, auf denen wir unser Essen anbauen. Das zum Beispiel ist der Weizen, aus dem wir unser Brot machen.« Mir fiel selbst allerlei auf, das ich zuvor nie bemerkt hatte. Dass an unseren Häusern ein grüner Belag hinaufkroch, Moos oder Algen, und die Fensterstöcke nicht mehr das gewohnte Holzbraun hatten, sondern von hellem Smaragdgrün waren. Es sah aus, als versänken die Häuser langsam in der weichen Erde. Überall waren Schlammpfützen, in denen die Vögel badeten. »Das sind die Wege zwischen dem Schilf, auf denen wir zum Fluss gehen. Das ist der Fluss. Ich tauche dich jetzt ein, damit das Wasser dich sauber wäscht. Bist du bereit?«, fragte ich, während ich ihn auswickelte. »Ich komme natürlich mit rein.« Und ich wickelte auch mich selbst aus, Jacke, Kleid,

Schuhe, und wir wateten gemeinsam in den Fluss, ich hielt Salomon fest an mich gedrückt, bis ich uns beide untertauchte, sodass sein winziger, vollendeter Körper so nass war wie meiner und die Strömung an unserer Haut zerrte und das Röhricht am Ufer uns zurief und der Mond weiß am grauen Himmel stand und der Fluss von einem anderen Grau war, und ich sah ihm zu, wie er um die Kurve glitt, mit der er das Dorf umschlang, und dahinter verschwand, in einer anderen Welt, einer anderen Zeit.

Salomon weinte nicht. Das Geräusch des Flusses war alles, was wir brauchten.

DAS BUCH DER LIEBE UND DER GEHEIMNISSE

Drei Jahre waren an uns vorbeigezogen. Drei süße, gleichmäßige Jahre. Die Sterne, die wir aus Porzellanscherben zusammensetzten, hatten sich über die Scheunenwände ausgebreitet, weiße Sternbilder vor blauem und schwarzem Himmel; sie gaben uns ein Gefühl behaglicher Sicherheit. Wir erlebten eine Phase, in der es vielerlei zu feiern gab. Mein ehemaliger Bruder hatte sich in die zarte Tochter des Schneiders verliebt, und sie wollten heiraten. Salomon würde bald seinen vierten Geburtstag begehen, und ich stand vor der Geburt meines zweiten Babys. Der Himmel beteiligte sich an den Festlichkeiten, indem er uns das beste Wetter seit Anbeginn der Welt bescherte. Es war ein Augenblick der Gnade und Freude. Es war auch ein Abschiedsfest, aber das wussten wir zu dem Zeitpunkt noch nicht.

Die Sonne war nicht mehr die umwölkte Scheibe, an die wir uns gewöhnt hatten, sondern stand rund und ungetrübt am Himmel. Aus reiner Gewohnheit kamen wir weiterhin mit Regenschirmen bewaffnet aus unseren Häusern. Wir warfen unsere Jacken ab. Wir schlossen die Augen. Wir wurden gewärmt. Ich ging mit Salomon zum Gemüsehändler, wo ich mir mehrere gelbe und eine rote Rübe sowie eine Handvoll Silberzwiebeln aussuchte. Der Gemüsehändler stellte meinen Korb auf die Lade seiner Registrierkasse, in der ein Stapel fettiger Geldscheine lag, wie verstorben und eingesargt. Wortlos streckte er die Hand aus und tätschelte meinen mächtigen Bauch, dann legte er sie mir aufs Herz und schloss die Augen. Ich wollte schon zurückweichen, doch er sagte: »Psst, ich zähle« und drückte mir die Hand auf die Brust, ohne die Augen zu öffnen. »Wir haben dich lange nicht überprüft.«

»Fünfundsechzig Schläge in der Minute« sagte er schließlich. »Sehr gut, ausgezeichnet. Genau, wie es sein soll.« Seine Aussage überraschte mich, weil sie so zutreffend war. Aus dem ganzen Dreck war etwas Neues gewachsen. Ich zahlte geschwind, die Glocke klingelte, die Tür fiel hinter mir zu, und ich ging zur Rückseite des Hauses, wo ich mich an die Lehmwand lehnte und weinte.

»Was ist denn?«, fragte Salomon.

»Gar nichts ist – das ist es eben.« Mir ging es gut, ich war schwanger. Alles war genau so, wie es sein sollte. Hätte es doch nur noch ein bisschen länger angehalten.

An einem vom letzten Licht einer halbherzigen Sonne grau beleuchteten Abend fand sich die Fremde allein in der Scheune, kein einziges Gebet musste aufgezeichnet werden. Sie beschloss, den Boden zu fegen und die Fenster mit Essigwasser abzuwaschen. Den Apfelbaum, der direkt vor dem rückwärtigen Fenster stand, beschnitt sie nicht, denn sie liebte das Geräusch, wenn der Wind die belaubten Zweige über die Fensterscheibe zog. Auf dem Fußboden, dicht an der Wand, fand sie ein verdorrtes Maiglöckchen. Die Fremde hob es auf und steckte es sich hinters Ohr. Sie mochte das Sternenmosaik, an dem unser Dorf weiter arbeitete; der Anblick löste bei ihr eine gewisse Leichtigkeit aus – die beinahe an Glauben grenzte. Es war nicht die Reinheit dieser Welt, die der Fremden wohltat – es war die Anstrengung, mit der sich jeder Einzelne bemühte, an sie zu glauben.

In dem Teil der Scheune, der nach wie vor den Tieren vorbehalten war, fegte die Fremde unter den Schafen aus, die blökten und meckerten. Sie sammelte das von den Hühnern zerrupfte Heu ein und schichtete es in ihre Nester zurück. Die Hühner pickten darin herum, und die Fremde streute ihnen eine Schale Körner hin. Ein Dielenbrett bewegte sich unter ihrem Besen und verrutschte. Die Fremde zog daran, und es klappte auf wie der Deckel einer Kiste. Darunter kam eine dunkle Grube zum Vorschein, es roch nach feuchter Erde. Sie kniete nieder und tastete mit einer Hand. Sie griff ins Leere, senkte den Arm tiefer und tiefer, bis ihre Finger auf einen viereckigen Gegenstand stießen. Die Fremde zuckte zurück. Zog rasch ihre leere Hand heraus und sah sie an, fragend, als könnte die Hand ihr sagen, was sie da gefunden hatte. Die Hand aber blieb stumm.

Die Fremde schloss die Augen und versenkte den Arm abermals in der Grube, diesmal in Erwartung des Gegenstandes, der sie dort erwartete. Sie hob eine Ecke an, bis sie das ganze Ding zu fassen bekam und herausziehen konnte. Bei Licht betrachtet, wurde ein Radio daraus. Ein Kasten mit Lautsprecher, Skala, Antenne. Nicht so schmutzig, wie er hätte sein müssen, wenn er vor langer Zeit hier begraben worden wäre. Ihre Finger strichen über die Knöpfe. »Soll ich?«, fragte sie sich. In ihren Schläfen, ihrer Brust pochte der Verlust ihres früheren, ihres wahren Lebens. Sie dachte an den Brief, den sie gelesen hatte, – wie unergiebig er ihr vorgekommen war. Der misslungene Versuch der alten Welt, sich in Erinnerung zu rufen. Hier war sie wieder, mit einem weiteren Appell.

Dinge, die sie nie vergessen, aber auch nie vollständig erinnert hatte, begannen auf einmal emporzusprudeln. Die Fremde erinnerte sich, wie der Hals ihres Mannes nach einem ganzen Tag Arbeit gerochen hatte. Sie erinnerte sich an die Schuhe neben der Tür und an die heiße Stirn ihrer Tochter, wenn sie mit Fieber im Bett gelegen hatte. Sie erinnerte sich an den Tag, an dem alles in Flammen aufgegangen war. Der Glaube, die Verbissenheit, mit der die Dorfbewohner daran arbeiteten, die Nebelwände der neu geborenen Welt intakt zu halten, das war der Grund, weshalb die Fremde die Menschen hier liebte. Dennoch fragte sie sich, was geschähe, wenn sie den Arm durch eine Wand stieße; was sie wohl fände, wenn sie einer anderen Welt die Hand reichte. Rasch versenkte sie das Radio wieder in der Grube und legte das Brett darüber. Sie wartete, dass jemand ihr ein Gebet bringen würde.

Wir zogen alle auf den Dorfplatz, wo wir saßen oder standen und, die Gesichter der Sonne zugewandt, die Wärme anbeteten. Wir konnten nicht glauben, wie großartig sich das anfühlte, wie groß die Welt uns auf einmal schien – unser ganzes Dorf war lichtüberflutet. Wir hatten im Lauf der Jahre augenblicksweise Sonnenlicht erlebt, flüchtige Momente, manchmal sogar einen ganzen Nachmittag, aber das war jetzt etwas anderes. Wir waren durchtränkt, gesättigt von Licht.

Auch Salomon war von der vielen Dunkelheit bleich wie Wachs. Seine Haut wirkte so dünn, als könnte sie reißen. Das Gesicht zur Sonne gewandt, begann er Gott für die Wärme und das Licht zu danken, aber ich fiel ihm ins Wort. »Gott hört dich in deinem Kopf. Er weiß es, wenn du an ihn denkst.«

»Ich muss ihm für alles danken«, antwortete Salomon.

Igor und Salomon hatten ganze Nachmittage im Tempel verbracht und am Mosaik gearbeitet. Wenn ein neuer Abschnitt des Himmels fertig war, ließ sich Igor vom Klang der Gebete und der Farbe der künstlichen Nacht niederstrecken und zur Rast verleiten. Salomon arbeitete weiter, und er lauschte weiter.

Es gab inzwischen Gebete, die wir stets auf dieselbe Weise sangen. *Gesegnet bist Du, der Du uns erschaffen, gesegnet sind wir, die wir Dich preisen.* Salomon hatte eine Liste der Segenswünsche zusammengestellt, die er erteilen, und eine zweite Liste mit Segnungen, die er empfangen wollte. Wenn er und sein Vater abends nach Hause kamen, konnte er zu allem, was ihm einfiel, sein Gebet sprechen: dem Brot, dem Wasser, der Suppe, den Stühlen, dem Tisch, den Betten, den Fenstern, den Lichtern draußen und den Lichtern im Haus. Igor schlief auf der Stelle ein, ich aber blieb wach und hörte meinem Sohn zu, der noch lange vor sich hin psalmodierte, und das Zimmer atmete unter seinen Gebeten. *Ich segne diesen Moment und jenen Moment und auch den nächsten Moment.*

Wir saßen still da, während Salomon im Geist sein Gebet sprach, und ich versuchte die Wärme zu meinem zweiten Baby durchdringen zu lassen, das schon vor Tagen hätte kommen sollen. Ich sah einer Gruppe von Jungen zu, die am anderen Ende des Platzes miteinander spielten. Salomon spielte nicht mit, er purzelte nicht und raufte sich nicht und baute nichts wie die anderen. Hatte ich aus meinem kleinen Vierjährigen vor der Zeit einen Erwachsenen gemacht, obwohl ich nichts anderes für ihn gewollt hatte, als dass er genau so alt sein dürfte, wie er war, an jedem Tag seines Lebens? Hatte ich ihn so sehr isoliert, dass er am Ende geworden war wie ich?

»Kennst du diese Jungen?«, fragte ich.

»Ich weiß, wer sie sind«, sagte er.

»Spiel doch mal mit denen«, sagte ich und schob ihn an. Salomon schüttelte den Kopf. Er fühlte sich unter Gleichaltrigen nicht wohl. »Jetzt geh schon«, sagte ich und sah ihm nach, während er vorsichtig das Meer der Steine überquerte, die von den endlosen Schritten der Fußgänger schimmernd glatt poliert waren. Ich wandte den Kopf ab, versuchte meinem Sohn einen privaten Raum zu lassen, in dem er neue Freundschaften schließen konnte.

Weil ich mich von Salomon abwandte, sah ich Regina und die Witwe am Fuß des Kriegerdenkmals im Gespräch miteinander und empfand eine Woge der Zuneigung zu dem Mädchen, das meine Schwester gewesen war. Ich wünschte ihr so sehr, dass es ihr gut ginge, dass ihr Leben gelang, nicht nur weil ich sie liebte, sondern weil das genauso war, als ob das Leben einer anderen Version von mir gelänge. Regina und ich hatten beide das Leben in der anderen Familie kennengelernt. Die Geschichte war wie ein viel erzähltes, tröstliches altes Märchen, und ich musste es nur mir selbst erzählen, um es lebendig zu erhalten. Ich hatte Stoffpuppenversionen von uns beiden, mit denen ich spielen, die ich im Arm halten konnte.

Regina war unverheiratet geblieben. Sie sah sich als eine andere Spezies, wie das ungewollte Kind eines Riesen aus dem Wald, das dem Kohlkopfpflücker vor die Tür gelegt worden war; zweifellos in einem überdimensionalen Korb. Reginas Abbild im Spiegel war ballonartig. Als hätte ihr jemand einen Strohhalm in die Nase gesteckt und ihre Gesichtszüge aufgeblasen. An dem Tag, an dem Moische die Schneiderstochter, diese Elfe von einem Mädchen, zum ersten Mal mit nach Hause brachte, verließ Regina stumm das Zimmer. Ihr Bruder, mit dem ein selbstverständliches, wortloses Einvernehmen bestanden hatte, mit dem zusammen sie den Verlust einer Schwester, den Beginn der neuen Welt, die Nöte des Heranwachsens überstanden hatte – dieser Bruder hatte sich vor sie hingestellt und gesagt: »Ich will dein Gegenteil.«

Regina verließ das Haus, über der Schulter eine Umhängetasche mit frischer Unterwäsche. Sie kam bis zur Dorfmitte, dort brach sie zusammen. Am Fuß des Kriegerdenkmals. Sie hasste ihren Bruder, hasste seine Braut, ballte ihre Wurstfinger und hatte für ihre Faust kein anderes Ziel als die Umhängetasche. Die Unterwäsche darin bekam mehr Prügel, als sie verdient hatte.

»Hiobsbotschaften?«, fragte jemand, und Regina dachte: Na toll, jetzt redet das Standbild. Das hat mir grad noch gefehlt. Ich drehe durch. »Die Welt ist ein Scheiß«, sagte die Stimme. Regina drehte sich um und erblickte die Witwe, an die Statue gelehnt.

»Ach nein, ich will nicht jammern«, sagte Regina.

»Ich auch nicht. Aber ich will was zu trinken. Komm mit.« Die Witwe ergriff Reginas Hand, und, Wunder über Wunder, in dieser wahrhaft gewaltigen Pranke wirkte Reginas Faust zart, verhalten, geradezu damenhaft. Regina war nahe daran, der Witwe auf der Stelle um den Hals zu fallen und das Gesicht an ihren üppigen Brüsten zu verbergen.

Im Haus der Witwe bestand der Fußboden aus gestampfter Erde, und sie hatte einen mit leeren Einweckgläsern gefüllten Stubenwagen aufgestellt. »Ich bin jetzt Erfinderin«, sagte sie zu Regina. »Ich habe was Wunderbares erfunden.«

»Verdient man mit dem Singen nicht genug?«

»In diesem Kaff hat kein Mensch auch nur einen Funken Talent. Ich vergeude doch nicht meine Zeit auf Erden.« Es roch intensiv nach Essig. Entlang der Wand reihten sich Jutesäcke mit Senfsaat, und auf dem Herd stand ein Topf mit einer brodelnden braunen Soße. Knoblauchschalen huschten über den Tisch wie Geister. Die Witwe tauchte ihren mächtigen Finger in den Topf und hielt ihn, mit glänzender Soße bedeckt, Regina zum Kosten ihn. »Kann ich dir trauen? Ist mein Geheimnis bei dir gut aufgehoben?« Regina öffnete die Lippen und leckte.

»Autsch, das ist heiß.« Sie riss den Mund auf und saugte Luft ein, um ihre Zunge zu kühlen.

»Gut?«

»Sauer. Scharf. Köstlich.«

»Ich nenne es Senf«, sagte die Witwe. »Nach den Körnern. In Zukunft wird es das in jedem Haushalt auf Erden geben.«

»Haben wir das nicht schon erfunden?«, fragte Regina, bemüht um Zartgefühl. »Bist du dir sicher, dass du die Erfinderin bist?«

»Ha! Es ist so gut, dass du glaubst, es könnte unmöglich nicht schon immer existiert haben!«

Regina insistierte nicht; sie fand, es täte niemandem weh, wenn die Witwe sich diese Erfindung selbst zugutehielt.

»Ja«, sagte die Ältere und trank, »ja, ja.« Regina hatte

schon einmal Wein probiert, aber das, was die Witwe trank, noch nie – es fühlte sich an, als sauste ihr eine kleine brennende Schlange die Kehle hinab. Während sie hustete, sah sie sich um. Sie sah ein schmales Bett, bei dem sie sich nicht vorstellen konnte, dass ihre neue Freundin wirklich darin unterkam. Sie versuchte sich das Ritual des Schlafengehens in diesem Haus auszumalen: Gesichtswäsche, Nachthemdanziehen, Niederlegen, Verknoten der Beine.

»Warst du eigentlich mal verheiratet?«, fragte Regina, die wusste, dass man nicht Witwe sein konnte, ohne Ehefrau gewesen zu sein.

»Zirka fünf Minuten, mit achtzehn. Als wir uns das erste Mal nackt ausgezogen haben, ist ihm das Herz stehen geblieben.« Regina verspürte, was selten vorkam, einen Anflug von Dankbarkeit für ihr eigenes Schicksal. Die Witwe zog den Korken aus einer trüben Flasche und schenkte sich nach. Was gab es zu sagen? »Wie gesagt, die Welt ist ein Scheiß.«

Sie sah das Mädchen vor sich an, das ungleichmäßige Haar, die schlecht sitzenden Kleider, und sagte: »Du bist nicht so übel. Das wird schon. Liebe ist nicht der einzige Weg zum Glück. Ich weise dich in die Senfproduktion ein.«

Auf dem sonnenbeschienenen Platz kam Salomon bei den Jungen an, und die sagten: »Du hau ab, du bist verflucht.«

Salomon antwortete mit einem Gebet: »Ich segne euch, Gott segne euch, ich segne euch.«

Und die Jungen sagten: »Dein Großvater ist ein Mörder.«

Salomon sagte: »Ich segne euch, ich segne euch, ich segne euch.«

»Beweise uns, dass du nicht verflucht bist«, sagte einer der Jungen und deutete auf den Wipfel des nächststehenden Baums.

Salomon stellte den Fuß in eine Astgabel.

»Dein Vater ist der Bruder eines toten Babys!«

»Deine Großeltern sind Mörder!«

Salomon stieg Ast um Ast in den Himmel hinauf. Sein kleiner Körper übertraf sich selbst. Aus Ästen wurden zittrige Zweige, die sich im Wind wiegten. Die Jungen unten verstummten und sahen mit verschränkten Armen zu. Er mochte fünf Minuten bis zur Spitze gebraucht haben oder zehn. Niemand nahm wahr, wie viel Zeit verging, alles wartete nur und schaute.

In der Spitze der Baumkrone angelangt, drehte sich Salomon um und winkte. Triumphierend blickte er hinunter. In dem Moment öffnete ich eine Sekunde lang die Augen, um zu sehen, ob Salomon mit den anderen Kindern spielte, sah ihn nicht, sah ihn stattdessen hoch oben im Baum an die dünnsten Zweige geklammert. Ich schrie seinen Namen, und alle rissen die Augen auf und blickten erst zu mir, dann zu ihm. Salomon winkte mir, winkte feierlich. Er winkte, bis seine Füße ihren Halt verloren.

Er fiel aber nicht bis auf den Boden. Er kippte einfach nach vorn und verkeilte sich in einer Astgabel.

Andere waren viel schneller bei ihm als ich. Meine Beine waren traumschwer, und ich schlug auf sie ein, um sie anzutreiben. Es war, als dehnte sich der Abstand zwischen meinem Sohn und mir immer weiter aus, als müsste ich für jeden Schritt die Entfernung von zwei oder noch mehr Schritten überwinden. Als ich endlich am Fuß des Baums ankam, wollte das neue Baby heraus, und Salomon hatte ein dünnes Rinnsal Blut im Gesicht.

»Bist du …?«, versuchte ich zu fragen.

»Ja, und du?« Bis auf den Zweig, der in seiner Stirn steckte, war er völlig unversehrt. Auf Befehl des Heilers teilte sich das Dorf im Handumdrehen in zwei Gruppen. Die einen trugen mich nach Hause, über den Köpfen, wie einen Kriegshelden. Die anderen halfen Salomon aus dem Baum. Der stille Mann, dessen Namen sich niemand merken konnte, trug ihn nach Hause.

Meine Leute standen in einem Pulk vor dem Haus in der Sonne und lauschten der Geräuschkulisse einer Geburt – Geschrei von mir, Zuspruch des Heilers, neuerliches Geschrei von mir.

»Ist mit Salomon alles in Ordnung?«, fragte ich immer wieder, und der Heiler versicherte mir mehrfach, es sei alles gut.

»Er freut sich schon auf sein Geschwisterchen«, sagte er.

Igor kam mit fuchtelnden Armen durch die Eingangstür hereingerannt. »Noch ein Baby?«, schrie er, als hörte er zum ersten Mal davon. Auf der Schwelle stolperte er, fiel auf die Knie, rappelte sich wieder auf und drehte sich nervös um. »Alles gut!«, schrie er den Gratulanten zu. »Noch ein Baby!« Und er warf die schwere Tür zu.

Igor kam nicht an mein Bett. Er ging zum Schrank, nahm seinen besten Anzug heraus, der schwarz und tadellos war, und zog ihn an. Er wienerte seine Schuhe. Setzte seinen Zylinderhut auf. Er wollte dem Baby weismachen, sein Vater sei ein starker, tüchtiger Mann, ein starker, tüchtiger Vater. Der erste Hinweis darauf, schien er zu glauben, sei seine Aufmachung. Er setzte sich auf einen Stuhl vor der Tür des Zimmers, in dem ich lag und seinen Rücken und die Hutkrempe sehen konnte. Die Hände im Schoß gefaltet. Ich stelle mir vor, dass er überlegte, wie er das Baby sonst noch beeindrucken und ihm beweisen könnte, dass sich die Reise gelohnt hatte.

Salomon setzte sich neben seinen Vater und ahmte die gefalteten Hände nach. Einen Zylinder hatte er nicht, so wenig wie einen neuen schwarzen Anzug. Er überkreuzte die Füße und bemühte sich, sehr geduldig zu sein.

»Ich hab nur versucht mitzuspielen«, sagte er. Igor nickte und hatte keine Ahnung, wovon der Junge sprach. »Papa?«, fragte Salomon. »Das hat Spaß gemacht, das Spielen, obwohl ich mir wehgetan habe.« Igor strich seinem Sohn über das Haar und beugte sich mit dem Kopf an diese warme Kugel herab.

»Du bist entzückend«, sagte Igor und fiel in seligen Schlummer. Salomon hielt so still, wie er konnte, Kopf an Kopf mit seinem leise schnarchenden Vater.

Die Stunden vergingen, und die Menge draußen begann sich zu zerstreuen. In den frühen Morgenstunden erschien das Leuchten mehrerer Kerzen, beschattet von den Händen der Fremden und einiger unserer gläubigsten alten Damen. Und dann stieß eine Stimme, die auf der Welt noch nie gehört worden war, einen Schrei aus.

»Hey«, sagte Salomon, um seinen Vater zu wecken, »es ist so weit. Komm, wir begrüßen das Baby.«

Er rieb seinem Vater vorsichtig den Sand aus den Augen und nahm ihn bei der Hand.

Drinnen waren die neuen Augen bereits weit geöffnet.

»Du siehst die Welt, oder?«, fragte ich den sich windenden Jungen. Ich lag im verschwitzten Nachthemd flach auf dem Bett, meine Adern fühlten sich an, als ob es darin klingeln würde.

Igor streckte die Hand aus und sagte: »Ich bin dein Vater.« Das Baby griff nicht nach ihm, aber ich nahm sein winziges Händchen und legte es in die große Hand. Igor lächelte und schüttelte die Babyhand. Er setzte sich zu mir auf die Bettkante und tätschelte abwechselnd seinen neugeborenen Sohn und mich.

Salomon kam an den Fuß des Bettes und sagte: »Ich segne euch, ich segne euch, ich segne euch.«

»Komm her«, sagte ich zu meinem ersten Sohn. »Ist alles gut?« Er nickte. Bis auf die kleine Schramme an der Stirn, die auf Anraten des Heilers mit Spinnweben gefüllt worden war, sah er bestens aus.

In dieser Nacht schreckte die Fremde jäh aus dem Schlaf. In einer Ecke der Scheune, in die schräg das Mondlicht fiel, sah sie eine dunkle Gestalt. Augenblicklich war sich ihr schlaftrunkener Körper sicher, dass die Geister der Vergangenheit sie gefunden hätten, und sie fand sich damit ab, in die alte, ausgebrannte Welt zurückgebracht zu werden.

»Gut, ich gehe mit«, rief sie. Ihre Stimme hallte vom Hartholz der Wände wider. Die Gestalt fuhr hektisch zusammen. »Hallo?«, fragte die Fremde.

»Was sagst du?«, fragte die Gestalt zurück.

»Ich gehe mit dir.«

»Oh. Ich habe nur nach undichten Stellen gesucht«, stammelte die Gestalt.

»Nach undichten Stellen?«, fragte die Fremde. Der Schlaf weichte auf, schmolz dahin, und die Gestalt erhob sich genau von der Stelle, an der unter den Bodenbrettern das Radio verborgen war.

Der Goldschmied trat in den Strahl Mondlicht, der durch das staubige Fenster fiel.

»Ich weiß von dem Versteck unter den Dielen«, sagte die Fremde rasch. »Ich weiß von dem Radio.«

»Oh. Ach du meine Güte. Hast du es eingeschaltet?« Er fingerte an den Knöpfen seiner Jacke herum. Massierte sich den Nacken.

»Nein.«

»Ich bin fürchterlich. Wie konnte ich nur?«, fragte er. »Tut mir unendlich leid. Du hättest es eigentlich nicht erfahren sollen. Nie, nie, nie.« Er schlug sich mit dem Handballen gegen die Schläfe. Die Fremde schüttelte den Kopf. Ihre ausgestreckte Hand war eine Einladung. Wortlos öffnete sie das knarrende Scheunentor. Sie wusste, wie schwer das Wissen wog. Das Gefühl, der einzige Mensch zu sein, der Bescheid wusste, der allein am Tor wachte. Der Wind ließ das weiße Nachthemd der Fremden gegen ihre Beine flattern. Sie waren ein ungewöhnliches Paar – sie kniend im weißen Nachtgewand, die Hände in einem Beet blütenloser Blumen vergraben, und er in Alltagskleidung, die Haare vom Wind in die Höhe geblasen, neben ihr kauernd und voll gespannter Erwartung. Lehmverschmiertes, halb zerfallenes Papier kam aus der Tiefe zum Vorschein. Der Text, der einmal darauf gestanden haben mochte, war von Erde und Nässe ausgelöscht.

»Was ist das?«, flüsterte der Goldschmied und hielt Papierfetzen, abgerissene Wurzeln, Erde in seinen ausgebreiteten Händen.

»Die Post«, sagte die Fremde.

»Daran hab ich nie gedacht …« Er brach ab.

»Du wolltest an die neue Welt glauben.« Die Fremde klaubte kleine Papierfetzen aus dem Gemenge, Samenkörner einer untergegangenen Spezies. Sie rollte eine Kugel daraus, die sie von einer Hand in die andere warf.

»Was stand drin?«, fragte der Goldschmied.

»Ich wollte ebenfalls glauben. Ich hab die Post nicht gelesen.« Wie ein Stich durchzuckte sie der Gedanke an die eine Ausnahme, die sie aber nicht zugeben wollte. Auch der Goldschmied empfand einen Stich: ein Waisenkind, übervoll mit Fragen nach der Vergangenheit, auf die es in der gegenwärtigen Welt keine Antwort gab. Die andere Geschichte war im Erdboden verschollen. Die Fremde warf die Papierkugel und die dunkle Erde in die Grube zurück und begann die Senke wieder aufzufüllen. Am Ende klopfte sie die verschlossene Wunde flach. Sie verteilte ein paar Kieselsteine darauf, und der Goldschmied musste an einen Friedhof denken, dessen Gräber er aus so weiter Ferne betrachtete, dass die Grabsteine nur noch groß wie Kiesel waren.

Wieder in der Scheune, zündete die Fremde neben ihrem Bett ein Dutzend Kerzen an, deren Flackern Leben in die sternenfunkelnden Scheunenwände brachte. Sie klopfte neben sich auf das Bett, das unter dem Gewicht des Goldschmieds einsank. Die Fremde fühlte, wie ihre Kinder, ihr Mann, ihr ganzes ehemaliges Dorf die Hände nach ihr ausstreckten, und die Erinnerung breitete sich in ihr aus – der Hohlraum in ihrer Brust war auf einmal wie verstopft; sie hustete. Sie wartete einen Moment, ehe sie die Frage stellte, die, das wusste sie, ihr Leben – unser aller Leben – zunichtemachen konnte. »Was ist von der alten Welt noch übrig?« Der Goldschmied nahm ihre Hände in die seinen. Er drückte sie an seine Brust und schüttelte den Kopf. Er war kreidebleich, doch das Gesicht des Mondes vor dem Fenster war noch bleicher. Sie lehnte den Kopf an seine Schulter und weinte die Namen aller Menschen, die sie einst geliebt hatte, in sein Hemd. Gleichzeitig wälzte sich durch ihre Brust die Reue darüber, dass sie diese Trauer überhaupt zuließ. Die ganze Arbeit, der ganze verbissene Glaube, die ganze Hilfe, die ihnen zuteilgeworden war, indem die Außenwelt sie vergessen, den Himmel frei von Flugzeugen gehalten und die Dorfbewohner so bei ihrer Erfindung unterstützt hatte – die Tränen der Fremden waren tausend gebrochene Versprechen.

»Ich weiß nicht, ob die andere Welt noch da ist«, flüsterte

der Goldschmied. »Ich habe das Radio noch nicht eingeschaltet. Aber ich war heute Nacht so einsam, dass ich es nicht mehr ausgehalten habe. Ich wollte nur ein bisschen Musik.«

»Du weißt nicht, ob dort draußen Schreckliches geschieht?« Er konnte es ihr nicht sagen. In den weichen Mondstrahlen und dem Kerzenschein in der Scheune schwebte so viel Staub, dass das Licht beinahe materiell wirkte. Die Fremde fuhr mit der Hand hindurch und sah zu, wie die winzigen Teilchen durcheinanderwirbelten. Sie schnäuzte sich in das Taschentuch, das der Goldschmied ihr reichte. Da sein Geheimnis nun gelüftet war und er sah, was es bei seiner Mitwisserin anrichtete, tat es ihm unendlich leid, dass er dieses Gerät aufbewahrt hatte.

»Ich hätte es liegen lassen sollen, wo es war. Ich hätte es nie aufheben sollen.«

»Aber vielleicht möchte ja ich gern Radio hören?«, fragte sie. Er gab keine Antwort. Seine Brust schwoll an, bis sie zu eng wurde, und er hielt diesen Atemzug fest, um möglicherweise das Verstreichen der Zeit aufzuhalten.

»Warum?«, fragte er schließlich.

»Ich könnte dir Gründe nennen. Weil ich die Wahrheit erfahren könnte. Weil ich uns besser schützen kann, wenn ich weiß, was bevorsteht. Um zu prüfen, was wir in der neuen Welt erreicht haben.« Sie hielt inne. »Oder auch einfach nur, weil das Gerät da ist. Neugier. Schau es dir an, wie ungeduldig es wartet, von uns in Betrieb genommen zu werden.«

Der Goldschmied versuchte gar nicht erst, darauf zu bestehen, dass er tatsächlich nur Musik hatte hören wollen und vollkommen unvorbereitet war auf etwaige Nachrichten aus der anderen Welt. »Kann ich Nein sagen?«

Sie schüttelte den Kopf. »Bitte nicht.«

In der dunkelsten Stunde der Nacht, als die Eulen und Wölfe als Einzige unterwegs waren, machten sich die Fremde und der Goldschmied ein kleines Nest aus Decken, schalteten den Radioapparat ein und suchten einen Sender, der ein Fenster in die Mauer brechen würde, die das Dorf unter so großen Mühen errichtet hatte. Ehe aus dem Rauschen verständliche Klänge wurden, drehte der Goldschmied das Radio wieder ab. »Ich muss erst noch was sagen«, begann er, mit den Knöcheln knackend. »Ich liebe dich. Ich habe dich immer geliebt.«

»Aber ich bin nichts. Ich bin ein Vakuum, ich bin leer.«

»Und trotzdem füllst du mich ganz aus. Ich fließe über.«

Die Fremde fuhr sich mit der Hand über den Arm, beide Beine, tastete nach etwas, dessen Existenz sie nicht vermutet hatte. In ihrer Brust pochte etwas sehr Lebendiges.

»Du bist so gut zu mir«, sagte sie.

Die zitternden Finger des Goldschmieds drehten das Radio wieder an.

Aus dem Rauschen tauchte erst ein Wimmern auf, dann eine männliche Stimme, die Wörter bildete und die Luft in der Scheune erfüllte. Die Sprache ratterte durch die Fremde hindurch wie ein alter Zug, der auf lange unbenutzten, zugewachsenen Schienen fuhr. »Verstehst du Englisch?«, fragte der Goldschmied. »Soll ich es dir übersetzen?« Sie war überrascht, dass er das Englische verstand. Sie verstand es ebenfalls – ihr Vater hatte es ihr beigebracht. Einen anderen Menschen diese Sprache sprechen zu hören war so unwirklich, dass es eine Weile dauerte, bis sie die Bedeutung der Worte begriff.

This is the BBC Home and Forces programme. This is Bruce Belfrage … Hier ist der Heimat- und Soldatensender der BBC. Am Mikrofon Bruce Belfrage mit den neuesten Nachrichten. Aus unserem Hauptquartier in Kairo wurde während der vergangenen Stunde verlautbart, dass nach zwölf Tagen fortgesetzter Boden- und Luftangriffe die Achsenmächte in der westlichen Wüste nun auf dem Rückzug sind. Bekannt wurde außerdem, dass der Feind außerordentlich hohe Verluste erlitten hat.

Der Ton änderte sich, ein Knistern überdeckte die Stimme. Nach einer Weile kam, schwer verständlich vor dem Lärm im Hintergrund, die Stimme eines anderen Mannes aus dem Lautsprecher.

… liege in einem Maisfeld. Ich sehe viele Männer mit Stahlhelmen, die hinter der Böschung Deckung suchen, während das entsetzliche Trommelfeuer ringsum weitergeht. Über uns pfeifen Granaten.

Das Knistern und Rauschen wurde leiser, und die Stimme des ersten Mannes kam zurück.

Wir unterbrechen dieses Programm für eine Eilmeldung. Dies ist eine Eilmeldung der BBC in London. US-Truppen haben nördlich von Köln den Rhein überquert und am anderen Ufer einen Brückenkopf errichtet. Ende der Eilmeldung der BBC aus London.

Es folgte Musik. Eine Geige ertönte, die Melodie hob an und senkte sich, und die Töne waren so scharf, dass sie die Haut hätten aufschlitzen können. Die Fremde und der

Goldschmied saßen wie vom Donner gerührt. Eigentlich hätten ihnen die Namen der Orte und Flüsse nichts sagen sollen, doch der Goldschmied und die Fremde erinnerten sich an die Begriffe wie an einen Geschmack oder einen Geruch, die ihnen in einem fernen Traum begegnet waren. Sie rückten enger zusammen.

Die Fremde fragte den Goldschmied, was die Nachrichten zu bedeuten hätten. Wer kämpfte? Wo? Der Goldschmied wusste es nicht. Sie warteten, ob die Stimme noch einmal käme. Die Geige spielte weiter. »Wer sind die Männer, die da sprechen?«, fragte die Fremde.

Der Goldschmied wusste nur eines: Seit seiner Kindheit war er keinem anderen Körper so nah gewesen.

> Wir werden auf den Stränden kämpfen, wir werden auf den Landebahnen kämpfen, wir werden auf den Feldern und auf den Straßen kämpfen, wir werden in den Hügeln kämpfen. Wir werden uns nie ergeben.*

Die Geigentöne stiegen, stiegen, erreichten den Höhepunkt, fielen wieder ab.

Sie warteten die ganze Nacht, ob noch etwas käme, aber es kam nichts mehr. Wenn der Schlaf sie kurz übermannte, träumte die Fremde, dass sie in einem Meer schwamm, dessen Gezeiten sie immer wieder ans Ufer zurücktrieben, auch wenn sie noch so weit hinausschwamm. Und der Goldschmied, was träumte er? Nichts, denn er schlief nicht. Er lag die ganze Nacht wach, nicht weil er an einen großen Kampf dachte, sondern weil er die sanfte Wärme des Körpers neben sich spürte, und unterdessen erfüllte Musik den weiten staubigen Raum.

* Churchill, Frühjahr 1940.

Am Morgen war die Fremde völlig durcheinander. Die Welt, die wir zurückgelassen hatten, war um nichts klarer oder verständlicher als unsere neue Welt. Hier glitzerten die Sterne in der Scheune, die Leute gingen ihren Geschäften nach, die Geschichtsschreibung umfasste nur ein paar Jahre. In der alten Welt drängten sich die Namen Hunderter Generäle, die Grenzen von tausend Ländern, Territorien, Verträge und alle Menschen, die jemals gelebt hatten, auf demselben kleinen Globus zusammen. Vollkommen unmöglich, wurde ihr mit einem Schlag klar – viel zu gewaltig, um real zu sein. Die neuen Fakten ergaben das Gegenteil dessen, was sie erwartet hatte: Die Scheinwelt, das war die alte Welt.

»Ich muss heute eine Trauung vornehmen«, sagte sie, froh um die Aufgabe.

Der Goldschmied verabschiedete sich überraschend leicht und frei in seinen Tag. Keine Unaufrichtigkeit oder Heimlichtuerei haftete an seiner Haut. Das Radio war keine Gefahr, sondern ein Requisit, wie ein warmes Feuer, vor das man sich zusammen setzen konnte, ein Vorwand für die Knie zweier unterschiedlicher Besitzer, einander zu berühren.

Die Fremde ging zum Fluss, weil sie sich waschen wollte, aber dazu kam es nicht, denn am Ufer fand sie ein angeschwemmtes Männerhemd, in dem sich verrottete Blätter in solcher Menge verfangen hatten, dass es aussah, als wäre der Mann noch darin. Laut sagte sie: »Das hätte das Hemd meines Mannes sein können. Das hätte das Hemd meines Vaters sein können.« Sie leerte das verrottete Laub auf das matschige Ufer und sah sich um. Grün und zuverlässig stiegen jenseits des Flusses die Berge in die Höhe. Jeder Baum wuchs gemächlich und geduldig dem Himmel entgegen. Die Fremde schlug sich ins Gesicht und war davon so überrascht, als hätte jemand anderes sie geschlagen. »Es kann genauso gut niemandes Hemd sein«, ermahnte sie sich. »Es kann auch gar nichts bedeuten.« Die Fremde hob ein Loch aus und vergrub das Hemd darin. »Nichts, nichts, nichts«, sagte die Stimme aus ihrem Mund. Der Lehm war weich und bebte leicht, als sie darin grub. Niemand sollte davon erfahren. Sie glaubte unsere Geschichte. Nein – die Geschichte war unbestreitbar wahr.

An diesem Nachmittag stand der Mann, der einmal mein Bruder gewesen war, unter dem Traubaldachin, an seiner Seite die liebliche Braut, die er sich erwählt hatte. »Wir beten für diese Familie, diese neue Familie«, sagte die Fremde. »Wir beten um alles, was du vorrätig hast, und Besseres, wenn du es uns geben magst.« Dem Blick des Goldschmieds wich sie aus.

»Wir beten darum, dass diese grandiose Sonne weiterscheint!«, brüllte der Metzger, woraufhin ein Beifallssturm aufbrandete. Die Szene schob sich auf einmal vor meine eigene Hochzeit, und mir war, als wäre es ein und derselbe Moment. Zeit, begriff ich, ist eine schillernde Lüge, ein Zauberer mit einem Vogel im Hut. In Wahrheit geschieht immer alles zugleich – ich war mir plötzlich sicher. Wie alt war ich? Ich hatte jedes Alter gleichzeitig. Alle Tage unseres Lebens waren heute.

Zum zweiten Mal saß Regina in der Scheune, während eine Hochzeit stattfand, die nicht die ihre war. Wieder empfand sie ihre Gliedmaßen als ungeheuerlich, als so alt und spröde wie eine Kiefer mit dicker Rinde. Aber ihre neue Freundin, die neben ihr saß, war noch umfangreicher. Die Witwe schnäuzte sich in ein Stück Jute, die einmal Senfkörner enthalten hatte; auf Nachfrage hätte sie aber, das wusste

Regina, jeglichen Anflug von Rührung vehement geleugnet: Natürlich war ihr nur ein bisschen Staub in die Nase geraten. Und der Goldschmied sprach, als er dem Brautpaar die Ringe reichte, im Geist abermals sein privates Gebet: Es komme die Liebe eines Tages auch zu mir.

Perl und Vlad vernahmen ein Rascheln in den Zweigen ihres Nestes, als ihr Sohn flügge wurde.

»Liebe«, sagte die Fremde, »ist das eine absolut Wahre in der Welt. Es kann nicht weggeredet, kann nicht zerschlagen, kann nicht umgebracht werden.«

Rund um mich johlte alles, und ich blickte auf und sah, wie sich Moisches blank polierter Schuh auf ein Glas senkte, das zuvor in eine Serviette gewickelt worden war. Die Serviette kannte ich noch aus meiner ersten Kindheit. Ich applaudierte und hielt mein neues Baby mit nur einem Arm, sodass ich die andere Hand in den Mittelgang strecken konnte, um das gesegnete Paar zu berühren, wenn es auf seinem Weg ins gute Leben so schnell wie möglich vorüberrannte.

Berauscht vom Wein und erschöpft vom Tanz, ließen die Dorfbewohner sich nach Hause treiben. Ich schlief, umringt und gewärmt von meiner Familie, ein. Nachdem wir nun beide zu neuen Familien gehörten, kam mir Moische wieder vor wie mein Bruder, wenigstens ein kleines bisschen. Ich konnte mir vorstellen, wie unsere Leben in ihrem Verlauf einander immer ähnlicher würden, bis wir zwei Greise wären, taub, blind, krumm und schwach, und uns nur noch an die allerhellsten Glanzlichter in unserem Leben erinnerten.

Zu Hause beschmierte Kayla eine Scheibe Schwarzbrot mit einer Schicht Butter, die so dick war wie ihre Eifersucht auf die Brautmutter. Hersch aß seine Butter mit einem Löffel und streute ein bisschen Zucker darauf. Im Zeitraum von wenigen Jahren hatte er ein Baby, einen Teenager, eine Braut und zwei Enkelkinder bekommen, und er genoss den Gedanken, dass sein Leben nicht morgen wieder auf den Kopf gestellt würde – die neue Welt hatte ihn dankbar gemacht, er war jedes Mal froh, wenn Meilensteine vor fremden Türen errichtet wurden statt vor seiner eigenen. Nach Kaylas Willen hingegen hätte jede Feier die ihre sein sollen. Hersch lehnte den Kopf an ihre Schulter, und in der Freude oder Trauer über ihr von bedeutsamen Ereignissen freies Haus sank beiden alsbald der Kopf auf den Tisch, und sie schliefen ein.

Regina begab sich zum Haus der Witwe, wo die beiden, umwabert vom allgegenwärtigen Essiggeruch, Wodka tranken. Währenddessen schrieb Regina in Schönschrift Etiketten für die Senfgläser, denn die Witwe hatte eine zerklüftete, furchterregende Handschrift, die in jedem potenziellen Kunden den Verdacht geweckt hätte, er solle vergiftet werden. Regina aber schrieb eine schöne, beschwingte Hand. Guter Senf mit Körnern. Guter Senf ohne Körner. Die Witwe war der Meinung, dass Namen geradlinig und ehrlich sein sollten.

»Schwer zu glauben, dass wir nicht immer Freundinnen gewesen sind«, sagte Regina und nahm sich mit dem Zeigefinger einen tiefgelben Schlenzer Senf aus einem Glas. Sie bot auch der Witwe eine Kostprobe an, und deren Mund war warm und glatt. Dank der Gnade Gottes passten beide Frauen, die immer noch ihre Festkleider trugen, in das enge Bett und schliefen so fest wie nur je in Vergangenheit oder Zukunft, und ihre Arme und Beine fanden Ruhe wie das Wurzelgewirr zweier Bäume.

Und zum ersten Mal seit Reginas Geburt kamen Perl und Vlad allein nach Hause. Das Feuer brannte noch, und das Haus war warm. Vlad stocherte in den Kohlen, Perl griff nach einem Lappen, fand aber nichts, das er hätte trocknen oder putzen können. Niemand fragte nach einem Lied oder Gebet. »Ich weiß nicht, was ich mit mir anfangen soll«, sagte Perl. Vlad breitete die Arme aus.

»Nur wir beide und sonst niemand.« Wie Samenkörner in die Erde drückte er hundert Küsse auf den glatten Skalp seiner Gattin. Hier konnte alles wachsen, doch meine ersten Eltern hatten keine Eile. Sie schätzten das Angebot, das ihnen dieses leere Zimmer machte, die ganze dunkle Ruhe, in der sie lagen wie in tiefer, üppiger, geheimnisvoller Erde.

Der Goldschmied kam mit einer Schachtel Kuchen und einem neuen Scheitel in seinem tadellos gekämmten Haar in die Scheune und zog das Radio aus seinem Versteck. Die Fremde sagte: »Lassen wir es noch einen Moment ausgeschaltet, später kommt dann mehr von dieser schönen Musik.« Der Goldschmied war verwirrt, wollte sie aber glücklich sehen. Sie kuschelten sich in das Nest aus Decken.

»Kuchen?«, fragte er und klappte die Schachtel auf.

»Ich muss dir was sagen«, begann die Fremde. »Ich erinnere mich an die andere Welt«, sagte sie und biss in einen Schokoladenwürfel. »Ich erinnere mich an alles. Aber ich weiß nicht, ob ich daran glaube.«

»Was hätten die Erinnerungen denn sonst für einen Sinn?«

»Das einzig Wahre ist das, was du vor dir hast, in diesem Augenblick. Wir hören Radio, und nichts hat sich geändert. Das ist wie im Märchen«, fügte sie hinzu. »Es war einmal …«

»Erzähl mir was von früher«, forderte er sie auf. »Als Test.« Sie ließ die alten, verbotenen Bilder aus dem Boden heraufsteigen, in dem sie vergraben waren.

»Es war einmal ein Mädchen, das auf dem Rücken in der Sonne lag und Bauchweh hatte, weil es zu viele Zwetschgen gepflückt und gegessen hatte«, erzählte die Fremde. »Es war stolz auf sein Bauchweh, denn es war aus dem reinen Genuss heraus entstanden.«

»Es war einmal ein Junge, dessen Vater jedes Mal, wenn er sauer auf seinen Sohn war, zu seinem Goldschmiedetisch davonstapfte«, sagte der Goldschmied. »Dann setzte er sich die Lupe vors Auge. Wenn er den Jungen ansah, hatte er ein normales und ein riesig vergrößertes Auge, und der Junge stellte sich vor, dass der Vater mit diesem Auge in ihn hineinschauen konnte. Er dachte, sein Vater beobachtete sein wild klopfendes Herz.«

Die Fremde sah den Goldschmied an und lächelte. »Du hattest einen Vater?«

Der Goldschmied griff sich mit beiden Händen in den Nacken und öffnete den Verschluss der Kette um seinen Hals, einer Goldkette mit zartem Perlenanhänger. »Und eine Mutter. Das hat ihr gehört«, sagte er. »Meiner echten, wirklichen Mutter. Sie hat das hier getragen, in der vergangenen Welt, und ich möchte, dass du es in dieser Welt trägst.« Die Fremde schloss die Augen, als er den Verschluss in ihrem Nacken befestigte. Er verschob ihr Haar, und davon lief ihr eine Gänsehaut über die Arme. »Hör mal«, sagte er. Und richtig – die Scheune war immer noch die Scheune.

»Das ist das Schönste, was seit der Neuerfindung der Welt je ein Mensch für mich getan hat«, sagte sie lachend, zog seinen Kopf zu sich hin, und ihrer beider Lippen aufeinander waren das Weichste und Wärmste, was je ein Universum erlebt hatte.

Zwischen ihren Küssen drehte der Goldschmied an dem kleinen Knopf des Radios, und die Geige gesellte sich zu ihrer Liebe. Aber in dieser Nacht hörten sie kaum etwas. Sie vergruben sich unter den Decken der Fremden und schmiegten sich so eng aneinander, dass man ihre Körper unmöglich hätte unterscheiden können. Ihr Lachen und ihre kleinen Laute erhoben sich zusammen mit den Tönen aus dem Radio, und in der Scheune war Platz für jede Version der Geschichte – es war Platz für hunderttausend Anfänge und hunderttausend Enden. Es war Platz für alles, was je existiert hatte, und es war auch Platz für die grenzenloseste, unbeschreiblichste Zukunft.

»Ich habe mich geirrt«, flüsterte der Goldschmied in eine kleine Pfütze Schweiß, die sich in der Grube hinter dem Schlüsselbein der Fremden gesammelt hatte.

»In Bezug auf was?«

»Es hat sich doch was geändert.« Der Goldschmied küsste die Schulter seiner Geliebten in einer auf- und wieder absteigenden Linie. Diese Linie, die zuvor nicht existiert hatte, fühlte sich an wie gebrandmarkt, wie tätowiert.

»Wie heißt du?«, fragte die Fremde.

»Mordechai«, antwortete der Goldschmied. Es war der Name, der auf diesem winzigen weißen Schiffchen flussabwärts trieb. Es schien ihr eine Ewigkeit her, dass sie sich gefragt hatte, welcher ihrer Lieben das sein könnte. »Deinem Bruder geht es gut«, sagte sie. »Er vermisst dich. Isaak, oder?« Keine Bestürzung zeigte sich auf dem Gesicht des Goldschmieds. Er schnappte nicht nach Luft. Er stellte nicht einmal die simple Frage, woher sie das wisse. Ein winziges Gelächter entschlüpfte seinem Mund, als er ihr das Gesicht zuwandte. Ihm schien es selbstverständlich und gut und großartig, dass die Frau, die er liebte, seine Familie kannte, auch wenn sie keinen seiner Verwandten je getroffen hatte. Als wären sie in ihm destilliert gewesen, und sie hätte sie alle ausgetrunken.

»Sag ihm, mir geht's auch sehr gut. Sag ihm, es geht mir großartig.« Er rollte ihr Ohrläppchen sanft zwischen den Zähnen hin und her. Sie öffnete jeden Knopf, jede Schnalle, jeden Knoten, mit denen sie sich vor der Welt verschlossen hatte. Nackt kam sie sich vor wie ein Schaufensterstück, und sie wollte, dass der Goldschmied sie untersuchte, jede herzliche Gabe entdeckte, die sie für ihn bereithielt. Er befeuchtete das trockene Flussbett ihrer Wirbelsäule mit seinem Mund, er vermaß und wog ihre Brüste in der Hand. Er machte eine Reise vom einen Ende zum anderen.

Ich erwachte, ehe es draußen hell war. Im Traum hatte mich etwas Schnelles gejagt. Ich wollte meine Familie nicht stören und schlich auf Zehenspitzen aus dem Bett, schlüpfte in Stiefel und Mantel und ging hinaus. Die Sterne leuchteten in samtweichem Blau, und der Regen hatte den Geruch des Himmels auf die Erde gespült. Alle unsere Bäume waren dunkel und nass. Ich dachte an die Nachttiere, die jetzt auf ihrem letzten Beutezug waren, während ich zur Scheune ging und darüber nachsann, welches Gebet ich aufschreiben lassen sollte. Ich hatte an diesem Tag kein bestimmtes Anliegen – nichts schien besonderer Fürsorge zu bedürfen –, und ich beschloss deshalb, für die Mütter zu beten, für uns alle.

Das Scheunentor stand einen Spalt offen, und ich streckte den Kopf hinein. Das Bett der Fremden war leer; ich hörte eine männliche Stimme, die ich nicht kannte. »Hallo?«, flüsterte ich. Ich ging hinein. Ein formloses Gebilde auf dem Boden zog meine Aufmerksamkeit auf sich. Im Näherkommen wurde die Stimme des unbekannten Mannes lauter. Schließlich stand ich über der Fremden und dem Goldschmied, deren nackte Schultern aus den Decken ragten. Die

Fremde schlug die Augen auf, erschrak, dann rüttelte sie den Goldschmied. Ich sah nicht das Liebespaar – ich sah und hörte einen Radioapparat, der vor ihnen auf dem Boden lag, und daraus kam, klar und fest, diese männliche Stimme. Ich verstand das meiste, was sie sagte, auch wenn ich eine Weile brauchte, um zu erkennen, welche Sprache das war, und um zu begreifen, dass ausgerechnet der Goldschmied sie mich gelehrt hatte.

> Die Schlacht um Frankreich ist vorüber. Die Schlacht um Großbritannien steht bevor. Von dieser Schlacht hängt das Überleben der christlichen Zivilisation ab. Von ihr hängen unser Leben als Briten und der lange Fortbestand unserer Institutionen und unseres Reichs ab. Sehr bald werden sich die Raserei und die Macht des Feindes gegen uns wenden. Der Feind weiß, dass er uns auf dieser Insel wird brechen müssen, sonst verliert er den Krieg. Wenn wir ihm die Stirn bieten, könnte ganz Europa frei sein, und das Leben in der Welt könnte sich zu weiten, sonnenhellen Höhen erheben. Scheitern wir aber, so wird die ganze Welt, eingeschlossen der Vereinigten Staaten und alles, was wir je gekannt haben, was uns je am Herzen gelegen hat, im Abgrund eines neuen dunklen Zeitalters versinken, und die Erkenntnisse einer pervertierten Wissenschaft werden es noch düsterer und vielleicht sehr langlebig machen. Wir wollen uns daher unserer Pflicht besinnen und uns so tapfer schlagen, dass auch noch in tausend Jahren, falls es das britische Reich und sein Commonwealth dann noch gibt, die Menschen sagen werden: »*Dies* war ihre größte Stunde.«

Mir sank der Kopf herab. So einfach ging das – alles fiel auseinander –, ein einziges Knacken, und ein grelles Licht überschwemmte die stille Dunkelheit. In meiner Kehle stieg eine Blase empor, und ich fürchtete, mich übergeben zu müssen. Die Fremde zog die Decken über sich. Der Goldschmied schlüpfte in sein Hemd. Ich richtete mich stumm wieder auf. »Wir haben versucht, dich zu retten«, sagte ich zu der Fremden. »Du hättest uns nur lassen müssen.«

»Ihr habt mich gerettet. Schau mich doch an – ich bin gerettet.«

Ich dachte an meine Kinder und an das Leben, das sie erwartete, und ich dachte an die Gräuel ringsum, an meine zwei blassen Hände. Nachdem uns die Geschichte jetzt zerschnipselt worden war, blieben mir nur noch diese beiden Hände, um meine Familie zu beschützen. Es würde mir nicht gelingen, ich würde sie sterben sehen, sie würden leiden, und ich würde nur hilflos meine blinden Finger nach ihnen ausstrecken können. Ich hatte den Beginn der Welt erlebt, und jetzt wusste ich auch, wie es sich anfühlte, ihren Zusammenbruch zu erleben. Ich trug das Radio ins Freie. Das Geräusch, das es von sich gab, war ein Zersplittern, als ich es auf einem Stein zertrümmerte.

Die Fremde, nackt unter der Decke auf dem Boden unseres Scheunentempels, schrieb kein Protokoll, sondern betete. »Segne Lena und Igor und Salomon und das schöne, namenlose Neugeborene. Segne die Menschen flussauf- und die Menschen flussabwärts. Segne die Bekleideten und die Nackten. Die Nacht liegt vor uns wie der Tag. Wir beten darum, dass die Körper, die einander kennen, einander weiterhin kennen werden. Wir beten darum, dass der Brotteig aufgeht. Wir beten darum, dass wir weiter glauben.«

Ich stand in der Tür und blickte hinein, zu wütend für ein

Gespräch mit Gott. Zu wütend auf mich selbst, dass ich an die neue Welt geglaubt hatte und an den Schutz, den sie uns bringen würde. Das hölzerne Scheunentor, ein verrosteter Nagelkopf, meine Wangen, meine Zähne, der Frühling, mit dem mich meine Augen zu füttern versuchten. Es war, als sei die ganze Erde unter meinen Füßen erschlafft.

Andere kamen, ohne dass ich sie gerufen hätte. Sie sahen das zertrümmerte Radio. Ohne ein Wort vernommen zu haben, wussten sie, was es gesagt hatte. Drinnen fielen ein paar alte Frauen in das Gebet der Fremden ein. Etwas jüngere Frauen stimmten mit ein. Dann die ganz Jungen. Sie übertönten die Fremde. Erst zwei, dann drei, dann vier, dann beteten alle – jeder hatte ein Gebet auf dem Herzen. Hätte ich die Kraft aufgebracht, um zu sprechen, hätte ich gebeten, gefleht, dass die Zukunft – das einzige Land, in dem meine Söhne leben konnten – länger andauern würde als die Vergangenheit. Dass wir noch nicht am Ende von dem angekommen warem, was eben erst begonnen hatte. *Wir beten darum, dass die Nacht länger ist als der Tag. Wir beten darum, dass die Sättel so lange halten, wie die Pferde unter ihnen noch traben. Wir beten darum, dass es einen Ort gibt, an den die Pferde uns bringen können. Wir beten darum, dass sich irgendwo noch ein paar Kekse für uns finden. Wir beten darum, dass uns der Schlaf alle sauber spült. Wir beten darum, dass unsere Mägen sich von selber füllen. Wir beten darum, dass es für alles einen Grund gibt. Wir beten darum, dass wir nicht sterben, dass wir nie sterben und nur Kleiderfetzen zurücklassen – stumme, zerrissene Flaggen.*

Diese Gebete folgten nicht ordentlich eines auf das andere, sondern kletterten wild übereinander und traten mit den Fersen in die Schultern des Vorgängers. Bald begannen die Sprecher ihre Gebete laut herauszuschreien. Sie legten die Köpfe zurück und brüllten ihre Hoffnungen zu unserem künstlichen zweiten Himmel hinauf. *Wir beten, wir beten, wir beten*. Der fromme Lärm hallte von den Wänden wider. Und die Wände schrien alle Anwesenden gleichzeitig an, und die wiederum äußerten abermals ihre Forderungen und Wünsche. Es war, als würde man von einem Wasserfall mitgerissen, einer jähen Sturzflut. Ich rang nach Luft, keuchte und hustete. Die Gebete brachen nicht ab.

In diesem Lärm fielen die Leute schließlich auf die Knie. Sie hielten sich die Ohren zu und beteten noch lauter, bis ihnen die eigene Stimme in den Nasenhöhlen vibrierte. Sie hämmerten mit den Fäusten auf den Resonanzkörper des Scheunenbodens. Sie stampften mit den Füßen. Sie sprangen in die Höhe, um die anderen zu überragen. Und oben am Himmel löste sich aus dem Sternbild der verlorenen und wiedergewonnenen Hoffnung das Mosaikstück eines Sterns, fiel herab und zerbröselte zu Staub. Beim Aufprall des Sternenfragments verstummte alles mit einem Schlag. Alle nahmen die Hände von den Ohren und hielten sich stattdessen den Mund zu. Und starrten das zerbrochene Stückchen Himmel an.

Nun wollte sogar die Hoffnung die Wände um uns einreißen.

»Wir werden uns gegenseitig zertreten«, sagte die Fremde. »Wir werden unser Dorf in Stücke schlagen.«

»Es wird sinnlos sein, irgendein Wort zu sprechen, das nicht Gebet ist«, sagten andere.

»Wir werden keine Welt mehr haben«, antwortete die Fremde.

»Vielleicht haben wir ja sowieso keine mehr«, sagte ich von der Tür aus. Die Fremde verwies mit einer ausladenden Handbewegung auf das Offensichtliche, die Fakten, den Scheunentempel, der besagte, dass unser Rückzugsort etwas Handfestes sei.

»Ihr habt mich aus dem Fluss gezogen, und wir haben eine Geschichte erzählt. Wir machen einfach so weiter.«

Alle pressten die Augenlider zusammen und ballten die Fäuste und beteten, beteten, beteten so angestrengt, wie sie es mit ihren rostigen Hirnen zustande brachten, und der Raum versank in Stille. In mir war kein klares Gebet – nur die Wörter *bitte* und *hilf*, an niemanden im Besonderen gerichtet, denn es gab niemanden, von dem ich mir Gehör versprach. Die Dorfbewohner zogen davon, einer nach dem anderen, in einen gesetzlosen Raum, einen durchlässigen Raum, einen zerbrechlichen Raum.

Ich ließ mich neben dem Stein nieder, auf dem ich das Radio zertrümmert hatte, und hielt mir den Kopf.

Die Fremde kam herüber und setzte sich neben mich auf den Boden. »Tut mir leid«, sagte sie. »Es tut mir wirklich leid, dass ich dich so verletzt habe.«

»Hast du wirklich an die neue Welt geglaubt? Am Anfang?«

»Nein. Aber ich dachte, dass ich es lernen könnte. Ich wollte es.« Sie zögerte. »Ich habe mich sehr bemüht, sie zu schützen, indem ich alles Äußere fernhielt.« Sie erzählte mir, wie sie die Post abgefangen, wie sie hier und da Treibgut in den Fluss zurückgeworfen hatte. Sie versuchte mich zu beruhigen, mir klarzumachen, dass die einzige Gefahr unser eigener Unglaube sei. Ich war nicht beruhigt.

»Dann ist alles eine große Lüge«, sagte ich. »Und wir sind Idioten.«

»Nein«, flehte sie, »es ist nur ein Tag, einer von vielen, nach Hunderten Tagen zuvor. Nichts hat sich geändert.«

»Ich weiß nicht, was ich tun soll.« Vor meinem geistigen Auge erschienen meine Söhne, noch lang nicht ausgewachsen, mit verunsicherten Gesichtern und vielen Fragen auf der Zunge. Ich hätte nicht die Antwort, die sie bräuchten, das wusste ich.

»Wir machen einfach weiter wie bisher. Aufwachen, Schlafen, Lieben, Beten.«

»Nur dass die Geschichte total unglaubwürdig geworden ist.«

Die Fremde schwieg. Ihre Haut verströmte den metallischen Geruch der Liebe. »Es gibt immer eine Geschichte«, sagte sie schließlich. »Egal, was wir tun, die Geschichte muss Wirklichkeit werden, es geht gar nicht anders.«

»Ich hab Angst«, sagte ich.

Wir sahen den Spatzen zu, wie sie aufflatterten und sich wieder niederließen und dabei die Blätter an den Zweigen erzittern ließen. Selbst diese federleichten Körperchen reichten aus, um die Bäume in Bewegung zu setzen.

In dieser Nacht zerrten die Geister die alte Welt in unsere Träume hinein. Sie surrten wie gewaltige Ventilatoren und verwirbelten unser gesamtes Werk, bis es kaum noch verständlich war. Der Metzger träumte von riesigen metallenen Vögeln. Der Bäcker von schwarz schnaubenden Zügen, die, mit Getreide und Passagieren beladen, durch die Täler rollten. Die Frau des Bankiers träumte, wie sie durch Kabel, die über die Berge gespannt waren, mit ihrer Schwester sprach. Wir alle träumten von Dörfern, die in Flammen aufgingen, von Fluchten, von donnernden Stiefeln, die hinter uns herrannten.

»Geht es euch einigermaßen gut?«, fragte ich die Geister, die einmal Menschen gewesen waren, Großeltern und Onkel – von mir gekannt und geliebt.

»Wir sind tot, wenn du das meinst«, antworteten sie.

Wir stellten Fragen, die wir schon immer hatten stellen

wollen – der Geflügelzüchter wollte wissen, welches Kind seine Mutter am liebsten gehabt hatte, und der Metzger fragte seine Großmutter, wie das Sterben sei. Und die Frau des Metzgers wollte von ihrer Schwester wissen, in welchem Jahr die Apfelbäume derart getragen hatten, dass unter dem Gewicht der Früchte die Äste gebrochen waren. Die Geister zuckten nur mit den Achseln.

»Wir dachten, ihr fangt noch mal von vorn an«, sagten sie. »Wir dachten, ihr seid fertig mit dieser langweiligen alten Welt, die wir euch hinterlassen haben.«

Wir versuchten zu erklären. »Eure Welt ist allmählich baufällig geworden.«

»Na klar«, antworteten sie. »Verstehen wir schon. Haben wir halt alles umsonst gemacht – egal.«

Die Geister hatten tatsächlich nichts als Gekeife im Sinn. »Die neue Welt«, spotteten sie mit vielsagendem Blick auf die löchrigen Socken des Bäckers und die schlafzerstrubbelten Haare der Bankierskinderschar. »Sieht nicht so aus, als hätte sich groß was geändert.« Die Geistmütter setzten sich ans Fußende des Bettes ihrer lebenden Kinder und reinigten sich die Fingernägel. »Spült ihr wenigstens am Morgen das Geschirr, oder ist das in der neuen Welt nicht mehr nötig?«, fragten sie, während ihr Nachwuchs sich schlafend im Bett herumwarf.

»Wir haben im Gegensatz zu euch gemerkt, dass es Zeit für einen Neuanfang war«, flüsterten wir. Die Geister schwiegen – selbstgerecht, wie wir fanden. »Bildet euch bloß nicht ein, ihr wüsstet mehr als wir!«, sagten wir. Wir spürten, wie sie auf uns herablächelten. »Wäh!«, schrien wir. »Pfui Teufel!«

Die Fremde wartete auf ihre persönlichen Geister. Auf ihre Kinder, in jeder denkbaren Erscheinungsform – im Alter von drei Tagen, zwei Jahren, dreieinhalb, sechs. Sie stellte sich vor, wie sie alle um sie herumstanden und nur die Röte der Wangen das Porzellanweiß ihrer Haut störte. Sie sähen friedlich aus, trügen eine gewisse Geduld um ihre Schultern wie einen Schal. »Hallo«, sagten sie womöglich. »Hallo Lebwohl, Hallo Lebwohl.«

Aber sie kamen nicht, ihre Geister. Waren sie ihr böse, dass sie aus der Welt hinauserfunden worden waren? Wollten sie ihrer Mutter beim Überleben helfen, was das Allerschwierigste war? Noch schwieriger als Sterben? Während das ganze Dorf nächtliche Heimsuchungen und Kritik zu ertragen hatte, wurde die Fremde in Ruhe gelassen, eingerührt in den dunklen Teig der Nacht.

Aber der Traum, den wir alle gemeinsam hatten und der jedem Einzelnen von uns das Herz brach, der handelte nicht von Tod und Vernichtung oder sonst irgendeinem folgenschweren Ereignis. Sondern davon: einem normalen Tag, keiner neuen Welt, keinen neuen Regeln, nur einem nicht weiter bemerkenswerten Tag. Nichts trieb den Fluss hinab. Wir tranken Tee zum Brot. Vögel zwitscherten, und wir nahmen es gar nicht wahr. Die Zeit war ein Fluss, der uns trug, und weder seine Quelle noch seine Mündung waren für uns sichtbar.

In diesem Traum zwang die Welt uns nicht, sie zu verwandeln.

Wir waren durchnässt, durchweicht, triefend von schmutzigem Wasser. Als hätte das Radio ein Loch ins Dach der Welt geschlagen, sodass alles, was wir eine Weile hatten abwehren können, jetzt zurückströmte und sich als Sturzbach über uns ergoss. Die Straßen waren eine Aneinanderreihung von Pfützen. Die Pfützen waren Tümpel und der Fluss ein Knirschen und Mahlen von Reibeisenzähnen. Und im hoch aufgeschossenen Gras: Frösche. Als wären sie hier ausgesät worden, als hätte der Weizen diese Vierbeiner ausgebrütet. Die Frösche waren ein dicker, schleimiger Schaum, der sich auf alles legte, und ihr Gequake war so laut, dass man das eigene Wort nicht verstand.

Die Hühner aber erwiesen sich als unermüdliche Froschjägerinnen, und die Scheune immerhin war rasch frei von den glitschigen Dingern; dort suchten wir Zuflucht. Jeden Abend kamen wir zusammen, um weiter an der Gestaltung des Himmels zu arbeiten. Der wuchs und gedieh und bedeckte Stück für Stück bald alles, was wir, erst auf Stühlen, dann auf Leitern stehend, erreichen konnten.

Während wir arbeiteten, platzte der Metzger auf einmal heraus: »Die Welt hätte so entworfen sein sollen, dass sie perfekt funktioniert. Wir haben sie *genau so gemacht, wie wir sie haben wollten,* und jetzt versagt sie direkt vor unserer Nase!« Sein Gesicht war feucht vom Schweiß und fleckig.

Kayla warf ihre Maurerkelle auf den Boden. »Er hat recht«, sagte sie. »Wir wollten ein neues, ein sauberes Zuhause, einen Ort, an dem wir ruhig und sicher leben können. Das kann doch nicht so schwer sein! Haben wir es nicht verdient, haben wir nicht absolut alles drangegeben, um die neue Welt möglich zu machen?«

Die Fremde biss sich auf die Oberlippe. »Es wird nicht leicht. Ihr tut euer Bestes, aber es braucht Geduld.«

»Und du, tust du auch dein Bestes?«, fauchte Kayla. Je nach Betrachtungsweise hatte die Fremde entweder mehr als wir anderen aufgeben müssen oder etwas dazugewonnen. Am Anfang war sie mir wie ein ausgeblasenes Ei vorgekommen, eine fragile leere Schale; später hatte ich eingesehen, dass sie durchaus nicht so zerbrechlich war. Sie widerstand Stürmen, indem sie sich dem Wind beugte. Sie war eine Wetterfahne und drehte sich mit jeder Brise, jeder Bö. Ich wusste nicht recht, ob ich sie bewundern sollte oder nicht.

»Warum hast du dieses verbotene Ding in die Scheune geholt?«, fragte die Witwe.

»Hat sie nicht. Das war ich«, sagte der Goldschmied.

Die Witwe saß schmollend in der Ecke bei den Ziegen, deren Futter sie mit ihrer Schaufel hin und her schob. Vom Temperament her passten sie zusammen, die Ziegen und die Frau. Regina trat mit dem Stiefelabsatz einen trockenen Kothaufen unbekannter Herkunft zu Staub.

Die Fremde lobte den schönen gestirnten Nachthimmel, den wir schon fertiggestellt hatten. Sie lobte unser Bestreben, inmitten der Finsternis einen heiteren, hellen Ort zu schaffen. »Ihr habt so viel geleistet«, sagte sie.

Die Fremde hatte sich redlich bemüht, das Chaos, die Ungerechtigkeit, die Trauer von uns fernzuhalten. »Du bist auch eine Mutter«, sagte ich und besann mich zu spät – die Worte waren schon heraus. Ihre Lider fielen herab wie jäh erschlaffende Segel, wenn der Wind sich legt. »Ich meine, du bist unsere Mutter«, aber es nutzte nichts mehr, ihre toten Kinder waren schon heraufbeschworen.

»Es wird dich nicht überraschen«, sagte Igor, »aber ich bin müde.« Er setzte sich im Schneidersitz auf den Boden und hielt sich den Kopf.

Auch wenn wir innerlich fauchten und bissen, waren unsere Hände emsig beschäftigt und zementierten Geschirrscherbe um Geschirrscherbe in die Scheunenwand ein, und unser Himmel wuchs stetig, jedes Mosaiksteinchen, jeder Sternenverband ein Traum von Frieden und Stille. Während wir im Geist Katastrophen herbeiredeten, glaubten unsere Hände an den Himmel. Sie waren als Erste versöhnungsbereit.

»Was die neue Welt ausgemacht hat, war der Glaube an etwas Gutes, nicht die Abwehr von Schlechtem«, sagte die Fremde zu sich ebenso wie zu uns allen. Sie schlug vor, dass wir herumgehen und die Namen der Sternbilder aussprechen sollten, an denen wir arbeiteten – das Schaf, die Ziege – und deren jedem wir eine Bedeutung verliehen hatten: Das Pferd zum Beispiel war zuständig für Geburten, die Tanne hielt Wache über Schlaflose, die Kartoffel kümmerte sich um alle, die das Alleinsein fürchteten. Der Frosch – nun, er *musste* ja irgendeinen Zweck haben. Und das Huhn erledigte den Frosch.

Wir erzählten einander die Geschichten unseres Lebens und setzten Sterne für herausragende Ereignisse ein: einen Stern für den Tag, an dem ein Mann zum ersten Mal seine Zukünftige erblickt hatte; einen Stern für den Tag, an dem wir unsere Mutter zum ersten Mal um ihret-, nicht um unseretwillen an der Hand gehalten hatten; einen Stern für den Tag, an dem der Regen durch den Türspalt hereindrang und jeder Mann in jedem Haus sich als den kommenden Helden sah, weil er sich vorstellte, wie er ans Fenster trat und feststellte, dass alle Häuser verschwunden waren, von der Flut mitgerissen, und nur das seine sich in ein Schiff verwandelt hatte.

Die Gemüsehändlersgattin öffnete mehrere Einsiedegläser mit jahrealten Früchten, die wir bei Laternenschein verspeisten. Süß und glitschig rutschten die Aprikosen unsere Kehlen hinab.

Während wir uns den Saft von den Fingern leckten, bekam ich allerlei ehrenwerte Vorschläge, wie ich mein Baby benennen könnte. Saul und David. Kraftvoll klingende Namen wie Gregor, Ivan und Radu. Mir gefiel keiner davon. Ich sagte, ich hätte schon einen König, und bei zweien sei nur Krieg zu erwarten. Stärke sei gut, aber ich wolle noch etwas anderes. Daraufhin schlugen sie mir wohlklingende Namen vor – Florian, der Blühende, und Aster, das Gestirn. Aber ich antwortete immer nur: Nur Geduld, er wird uns gewiss seinen Namen sagen, wenn er so weit ist. »Nennt ihn, wie ihr wollt, er ist trotzdem er selbst«, sagte ich. Die Köpfe der Dorfbewohner drehten sich zu Igor, erwartungsvoll, ob er vielleicht mehr Vernunft aufbrächte als ich, doch er hatte alle Autorität an mich abgetreten und schlief selig zu meinen Füßen.

Alle Familien, denen ich angehört hatte und angehörte, waren in diesem Raum versammelt, und davon juckte es mich am ganzen Körper. Die sechsjährige Lena in einem Haus voller Kohlköpfe, die Lena bei Kayla und Hersch, die alle paar Wochen ein Jahr älter wurde, und die Lena, die ich als junge Mutter geworden war, das waren Menschen, die einander nicht ohne Weiteres verstanden hätten.

Die Zeit draußen sauste dahin, schlug auf die Erde ein und fegte den Himmel leer.

Und dann, einfach so, brach das Siegel der Stille, und vor der Scheune ertönte mehrfach ein gewaltiges Krachen.

Dröhnend wurde an die Türen der umstehenden Häuser gehämmert. Wir waren mucksmäuschenstill. Ich wünschte mir mehr Hände, ausreichend viele, um meine Söhne und den fest neben mir schlafenden Igor gleichzeitig zu halten. Alle rissen weit die Augen auf, als könnten wir womöglich durch die Wände sehen. Dann wurde das schwere Scheunentor aufgestoßen, und ein Trupp Uniformierter kam herein, drei Männer, die sich umsahen. Lange standen sie nur da, jeder mit zwei gezückten schwarzen Pistolen bewaffnet, und musterten uns Gesicht für Gesicht. Sie blickten zu mir und fingen zu lachen an, und diese Sprache verstanden wir.

Die Soldaten in ihren zerlumpten grünen Uniformen verteilten sich torkelnd über den Raum, kniffen Frauen in die Wange, flüsterten ihnen Schmieriges zu. Sie rochen wie jemand, der sich zu Konservierungszwecken in Spiritus eingelegt hat. Ehemänner erhoben die Hand, um die Soldaten notfalls abzuwehren, doch die schwarzen Mündungen der Pistolenläufe belehrten sie eines Besseren. Der Größte der drei Soldaten, ein Bär von einem Mann, kam geradewegs auf mich zu, allerdings ohne mich anzusehen. Mir klopfte das Herz bis in den Hals. Salomon kauerte sich hinter mir zu einer Kugel zusammen, und ich hoffte, ich wäre groß genug, um ihn zu verbergen. Der Soldat hockte sich vor mich hin, streckte die Hand aus und strich mir eine gelockte Haarsträhne hinters Ohr. Sein Atem roch elend. Seine Augenhöhlen waren tiefe Gruben, und außer nach Alkohol stank er nach ungewaschenem Haar und sumpfigem Wasser. Bei seiner schleimigen Berührung zuckte ich zusammen und wischte mir unwillkürlich das Gesicht ab. »*Brutta*«, schimpfte er.

Sein Interesse wandte sich Igor zu, der, so unglaublich es klingen mag, seelenruhig schlief. »*Prezioso*«, sagte der Soldat, und das Wort entschlüpfte seinem Mund wie eine Schlange ihrem Ei. Er wand seine gewaltigen Arme um Igor und hob ihn auf. Ich kreischte, legte das wie eine Kreissäge schreiende Baby auf dem Boden ab und versuchte, Igor dem Mann zu entwinden, aber die Soldaten lachten bloß. Die Vorstellung, wie Igor in den Armen eines grässlichen Mannes erwachte, war wie eine Glasscherbe, die mir die Brust aufschlitzte. Der Bärenartige, meinen Mann in den Armen wie ein Kind, spuckte neben mir auf den Boden und stolperte zum Tor hinaus. Die zwei kleineren Soldaten brachten noch letzte Gemeinheiten an, der eine boxte dem Bäcker in den Hals und versetzte den aufeinandergestapelten Gebetsbüchern der Fremden einen Fußtritt, der andere schlug Vlad den Hut vom Kopf. Dann schoss er einmal in die Wand.

Ich wollte ihnen nachlaufen, doch der Frisör trat mir in den Weg. »Aber das ist doch mein Mann!«, rief ich, und in meiner Stimme schwangen Hügel und Täler. Der Frisör formte mit der Hand eine Pistole: Die reichte aus, um alles Kämpferische, das er in sich gehabt haben mochte, verstummen zu lassen. »Wo bringen sie ihn hin?«, fragte ich.

Der Frisör schüttelte den Kopf. »Wir wissen nicht, wer sie sind«, sagte er. »Wir wissen gar nichts.«

»Das ist Igor!«, sagte ich immer wieder.

Ich blickte zu der Fremden hinüber; schließlich sollte sie doch als Einzige unter uns all die Gräuel begreifen, denen wir hier zu entrinnen versuchten. Aber auch sie schüttelte nur den Kopf und legte eine Hand auf die Brust.

»Das sind Italiener!«, verkündete Kayla. »Ich erinnere mich an die Sprache! Hersch hat eine Großmutter aus Italien gehabt, eine Seidenhändlerin, feine Sache, diese Seide. Vielleicht sind wir mit dem Mann verwandt!« Nervös und hysterisch plapperte sie weiter. Durchs Tor erhaschte ich einen

Blick auf Igor, der in ein so weiches Tuch gewickelt war, dass er vielleicht nie mehr daraus erwachen würde.

»Wo bringen sie meinen Mann hin?« Meine Frage richtete sich an niemanden. Alle Niemande schüttelten den Kopf. Salomon begann zu weinen, aber sogleich machte sich ein Pulk Frauen über ihn her, die ihn mit so viel Trost überhäuften, mit so viel leisem Gesang beschwichtigten, an so viele weiche Brüste drückten, dass sein Weinen sofort erstarb.

»Ganz gewiss geben sie ihn dir zurück«, sagten alle in einem Tonfall, der nicht gerade nach Gewissheit klang.

»Wird ihm denn niemand helfen?«, rief ich. »Niemand, niemand?« Mein Blick fuhr kreuz und quer durch den Raum, aber keiner stand auf. Das Leben auf der Insel hatte uns zu einem furchtsamen Volk gemacht, wir hatten verlernt, uns zu verteidigen. Ich hatte den Schmerz einer wachsenden Familie kennengelernt, die Addition von Müttern und Vätern, Ehemann und Söhnen; jetzt erlebte ich den scharfzähnigen Biss der Subtraktion.

Ich hob meine zwei Kinder auf. Die Fremde folgte mir hinaus unter das vorstehende Dach, über dem der Regen niederging wie ein Wasserfall. »Du bist du. Immer noch«, rief sie über das Prasseln und Tosen hinweg. Aber ich fand den Gedanken in diesem Moment nicht mehr tröstlich: Liebend gern hätte ich mich aus meinem Leben in ein anderes fallen lassen. Ich gab keine Antwort, ja ich sah sie nicht einmal an. Die Fremde packte mich fest an der Schulter. »Jetzt sag du's«, forderte sie mich auf. Salomon blickte zu ihr auf und runzelte die Stirn.

»Was?«, fragte ich.

»Sag mir, dass ich ich bin. Sag mir, dass ich immer noch ich bin.« Ich hatte mich, wie wir alle, daran gewöhnt, die

Fremde als leeres Gefäß zu sehen. Das niedergebrannte, verheerte Dorf, in dem sie einst gelebt hatte, kehrte in die Welt zurück. Inzwischen war Gras darüber gewachsen. Ihre Kinder, ihr Ehemann, ihre Freunde wanderten als Geister über die Ruinen dahin. Sie erinnerten sich an die Frau, die für sie das Gegenteil einer Fremden war. Auch für mich war sie jetzt das Gegenteil einer Fremden – sie war mir so vertraut wie mein eigenes Spiegelbild; wann immer ich zu zweifeln begann, zeigte sie mir, dass ich existierte. Ich war nie auf die Idee gekommen, ich könnte eines Tages die Ehre haben, dasselbe für sie zu tun. »Du bist immer noch du«, sagte ich, und sie schloss die Augen.

»Du musst überleben, um zu erzählen, was geschieht«, sagte sie nach einer Weile. »Das ist jetzt deine Aufgabe.«

Meine Kinder in den Armen, hastete ich durch strömenden Regen nach Hause. Salomon schwieg still. Tränen oder Regentropfen perlten auf seinen Wimpern. In den nassen Pflastersteinen unter meinen Füßen spiegelte sich ein träger Mond. Das Klappern meiner Absätze hallte durch die Straßen – mein Weg war kein Geheimnis. An jeder Ecke, aus jeder Lücke zwischen zwei Häusern erwartete, ja erhoffte ich ein Paar langer Arme, die sich nach uns reckten. »Wo bist du?«, fragte ich meinen Mann. »Sei hier«, flehte ich. »Sei zu Hause.«

An meiner Tür, unserer Tür angelangt, konnte ich nicht auf die Klinke drücken, ohne eines meiner Kinder abzusetzen, und das wollte ich nicht. Salomon zog seine kleine Hand aus der Jackentasche und streckte sie nach der Klinke aus, aber sein Arm war zu kurz. »Du musst näher ran«, sagte er. Ich beugte uns tiefer, die Klinke senkte sich, die Tür ging auf. Igor war nicht im Haus. In gewisser Weise gab mir seine

Abwesenheit die letzte Antwort. Dass er nicht im Haus war, schien mir dasselbe, als sei er nicht mehr am Leben. Vom Angesicht der Erde verschwunden.

Mein Herzschlag setzte immer wieder aus. Ich begriff, wie kostbar die letzten Jahre gewesen waren, wie sehr ich das stille Leben genossen hatte. Auf einmal war die Welt morsch und löchrig. Mühelos wie ein Apfel war Igor gepflückt worden. Salomon und das Neugeborene waren noch viel kleiner, noch leichter zu pflücken – ich war selbst leichte Beute, begriff ich. Igors Platz war jetzt frei, und jeder Mann konnte auf die Idee kommen, ihn zu füllen, mir den Gefallen zu tun und mich zu retten. Der Krieg ist ein kranker Hund, der knurrend die Zähne fletscht und sich vom Seil loszureißen versucht. Ein dringendes Verlangen stieg in mir auf, und dieses Verlangen hieß: Flucht.

Es klopfte ans Fenster. Noch bevor sich eine Furcht in mir regte, sprang ich auf und rief: »Igor?« Aber er war es nicht. Jetzt schlug die Furcht doch zu, denn die Gestalt draußen griff mit knochigen Fingern nach ihrer Kapuze, um sie abzustreifen. Ich knallte das Fenster zu, doch der Riegel war nass und glitt mir aus der Hand, und die Gestalt klopfte abermals. Das Fenster öffnete sich mit einem Knarzen.

Als die Kapuze ein Stück zurückglitt und das Gesicht in den Lichtschein rückte, erkannte ich meine echte Mutter. Mein Herz wollte sich nicht beruhigen – ich musste mich an die Wand lehnen, um nicht ohnmächtig zu werden. Perl näherte ihr Gesicht dem meinen und sagte: »Manchmal denkst du, du hättest was verloren, aber du hast es nur mit anderen geteilt.«

»Hast du mich erschreckt«, keuchte ich. Sie legte die Hand aufs Herz. »Aber manchmal verliert man es doch wirklich«, flüsterte ich.

»Du wirst sehen«, sagte sie. Ihre Hand, mit der sie die meine drückte, war rau und rissig. Seit ich ein Kind gewesen, seit ich *ihr* Kind gewesen war, hatte sie meine Hand nicht mehr gehalten. Ihre Finger waren trotz der Kälte draußen warm und kräftig. Ich zitterte immer noch.

»Sterben wir jetzt?«, fragte ich Perl. Sie gab keine Antwort. »Kommt der Krieg? Ist er schon da?« Wieder gab sie keine Antwort. »Warum hast du mich weggegeben?«, fragte ich. »Warum hast du die Tür abgesperrt und mich endgültig ausgeschlossen?« Ich hätte dort stehen und Fragen stellen können bis in alle Ewigkeit, bis die Flut uns mitriss.

»Ich habe nie aufgehört, deine Mutter zu sein.«

Gemeinsam fühlten wir das Gewicht unseres kleinen Stammes schwinden. Wir spürten den Schwund. »Wir haben immer noch viel zu verlieren«, sagte ich.

Perl griff in die Tasche und zog einen verbotenen alten Gegenstand heraus: einen silbernen Kompass mit schwarzer Rose und hellroter Nadel. »In einer dieser Richtungen werde ich immer sein«, sagte sie. »Egal, wie groß die Landkarte ist, irgendwo bin ich.« Im selben Moment, als sie mir den Kompass in die Hand gelegt hatte, wurde mir klar, dass ich mit dem Abschiednehmen bereits begonnen hatte. Ich musste fort. Unser Dorf war gefunden worden, es war nun bekannt und auf Landkarten verzeichnet. Ich musste mit meinen Kindern verschwinden: Es war die einzige Möglichkeit, sie zu beschützen. Ein Mensch, der nicht existierte, konnte nicht aufgespürt und nicht verletzt werden.

»Kommt doch mit«, sagte ich. »Ihr alle.«

»Es ist besser, wenn ihr wenige seid.«

»Ich kann Igor nicht retten«, sagte ich und betete innerlich um Vergebung. »Wenn ich ihn finden würde, könnte ich nichts für ihn tun. Aber es ist meine Pflicht, die Kinder zu retten.«

Wir hätten beide gern gesagt, dass Igor bestimmt heil davonkäme, dass er wieder heimkäme, dass etwas oder jemand auf ihn aufpasste, aber in dem Moment hatten wir beide nicht die Kraft für eine Lüge.

Fort, fort. Mechanisch begann mein Gehirn eine Liste anzufertigen: Pullover, Brot, Wasser, Socken. Das Anderswo, dieser verbotene Ort, rückte näher. Ich blickte auf den Kompass. Wie immer ich ihn drehte, die Nadel kehrte stets zur selben Stelle zurück. Ich fasste den Entschluss, ihr zu folgen – etwas so Beständiges musste gewürdigt werden.

Zu der Frau, die einst meine Mutter gewesen war und es wieder hätte werden können, sagte ich: »Bitte vergiss uns nicht.« Ihre regennasse Kapuze klebte an ihrem Kopf.

Sie sagte: »Ich weiß – die Art, wie man jemanden liebt, scheint nicht immer vernünftig. Manchmal muss man einen geliebten Menschen zurückhalten, und manchmal muss man ihn fortschicken.« Sie hatte mir schon verziehen, dass ich ihr das Herz gebrochen hatte. »Lass uns in deiner Geschichte vorkommen, wir nehmen dich in unsere auf. So gehört sich das für eine Familie.«

»Pass du auf Igor auf, falls er wiederkommt«, sagte ich. Sie wandte sich stumm ab. Keine von uns sprach ein Wort des Abschieds.

Und dann vereiste die Welt, aus dem Regen wurde Schnee; am anderen Morgen glitzerten die Felder unter einer Schicht Raureif, und die Frösche waren flache, trockene Scheiben – die Zehen gespreizt, die Augenhöhlen leer und ihre gefrorenen Mäuler stumm.

V

DAS BUCH DER SEE

Igors Kopf hämmerte zum Zerreißen und war gleichzeitig wie mit Watte gefüllt. Was für ein Traum ist das bloß?, fragte er sich. Türen schlugen zu, Kies knirschte unter den Stiefeln der Männer, die ihm wahrscheinlich die Kehle aufschlitzen würden. Dann war er auf einmal von einem Stimmengewirr umgeben, Menschen redeten durcheinander; er hörte das schrille Quengeln eines kleinen Mädchens. Igor wurde herausgezogen, einen knarrenden Steg entlanggeführt und auf eine Bank gesetzt. Salziger Wind zerzauste ihm das Haar. Über ihm ertönten klagende Vogelrufe. Ringsum war ein Rauschen von Wasser, es wogte und klatschte und schäumte. Ein Mann beugte sich zu Igor, griff ihm ins Haar und sagte: »Fast daheim.« Russisch war eine Sprache, die Igor verstand.

Er rechnete damit, hinterrücks erschossen zu werden. Oder mit einem Fußtritt in das Wasser unter ihm befördert zu werden, was immer es war, und auf den Grund zu sinken. Das Wort *allein* schwirrte durch seinen Kopf. Stundenlang kam niemand, brachte niemand ihn um, ließ niemand ihn frei. Die Stimmen waren zu einem fernen Gezwitscher geworden. Das Schiff, auf dem er sich offensichtlich befand, schlingerte auf und nieder, wurde hin und her geschleudert. Igor musste sich übergeben, und der Geruch des Erbrochenen drang höhnisch in seine Nase.

Er versuchte zu überlegen. Wo war er und warum und wer hatte ihn hergebracht. Wie Blasen stiegen einzelne Szenen seiner Reise auf: Er wurde auf einen kalten Sitz gestoßen, dann schlug etwas zu, eine Luke vielleicht. Er hatte die Augen verbunden und war verschnürt wie ein Brathähnchen. Ein Motor sprang an. Er flehte um Gnade; die Soldaten lachten, dann stieß ihm einer seinen Gewehrkolben fest gegen den Kopf. Igor spürte, wie alles ringsum weich wurde, und sie setzten sich in Bewegung. Die Richtung, die sie einschlugen, war: fort.

Er wusste noch, wie er, an einen Baum gelehnt, erwachte und in seiner Nähe gestritten wurde. Er versuchte sich bemerkbar zu machen, doch sein Gehirn war Brei. In den hohen Baumwipfeln dreißig Meter über ihm hatte sich der Wind verfangen; nicht einmal der Wind war frei. Es gelang Igor nicht, mehr als ein paar Minuten am Stück wach zu bleiben.

Dann erinnerte er sich, dass er wieder in dem Auto gesessen hatte, das holpernd dahinfuhr, und die drei Männer lachten und schwatzten wie Kinder. Als sie anhielten, wehte Igor ein Geruch nach Urin an. Er musste ebenfalls aufs Klo, und das machte ihn wütend. Sein Körper ging einfach weiter seinen Gewohnheiten nach! Ein Mann trat auf ihn zu, so dicht, dass sein Geruch nach abgestandenem Alkohol und Holzrauch alles andere überdeckte. Der Soldat beugte sich herab und fasste Igor in den Achselhöhlen, als höbe er ein Kleinkind auf. Er zerrte den Gefangenen aus dem Auto, stellte ihn draußen auf die Beine, öffnete ihm behutsam den Reißverschluss an der Hose, hielt seinen Pimmel. Es war eine Gefälligkeit von der Art, die einem das Gefühl gibt, man sei krank. Lange standen sie dort herum, während der Soldat nach Steinen trat, bis Igors Muskeln sich so weit entspannt hatten, dass die Flüssigkeit kam. Wieder im Auto, weinte er.

Übernachtet wurde draußen auf der blanken Erde, tagsüber wurde gefahren. In diesem Traum war eine endlose Strecke Land zu überwinden. Sie fuhren fort, fort, fort.

Wieder Schritte, diesmal auf Igor zukommend. Und dann Licht, ein blendendes Flutlicht. Er sah Sterne, obwohl es heller Tag war. Vor ihm lag ein ganzes Meer, ein bis dahin unbekannter Anblick. Mit zunehmender Ferne wurde es immer blauer. Igors Blickfeld weitete sich, und er konnte das Bild aufnehmen. Er befand sich auf einem Fährschiff. Er sah gewaltige Taurollen, die wie heraufgeholte Seeschlangen herumlagen, salzzerfressene Holzbänke, rauchende Schornsteine. Es war mitten am Tag, und an Deck stand eine große Anzahl Menschen herum. Auch Soldaten waren darunter, zu erkennen an ihren Uniformen und Waffen. Sie verständigten sich in einer längst versunkenen Sprache, als sängen sie ein Lied, das nur noch in der Erinnerung tief verborgener Körperzellen steckte. Den Text verstand Igor nicht, aber die Melodie kam ihm bekannt vor. Italienisch, dachte er. Aus Italien. Er musste fast lachen, weil es ihm so dumm vorkam, wie das Land auf seiner Existenz beharrte. Ausgerechnet Italien hatte sich wieder Zutritt zur Welt verschafft?

Igors Aufmerksamkeit kehrte zu seinem Körper zurück. Er war mit Handgelenken und Knöcheln an eine Bank gefesselt. Außer ihm war, soweit er sehen konnte, niemand gefesselt, und niemand schien seinem Blick begegnen zu wollen. Er fühlte sich schmutzig und benebelt und jämmerlich. Ein einzelner Soldat, der sah, dass er wach war, kam herüber und stellte sich vor ihn hin. Der Mann war klein und sah müde aus.

»Bitte« war das einzige Wort, das Igor sagen konnte. Der Soldat setzte sich neben ihn. Er begann Igors Verschnürungen zu lösen, ohne den Grund dafür zu erklären. Igor horchte nach Explosionen, nach Schüssen, nach Flugzeugen. Aber da war nur das Klatschen der Wellen an die Schiffsflanken.

»Kannst du mich verstehen? Ich kann deine Sprache nicht, aber sprichst du vielleicht Russisch?«, fragte der Mann mit einem harten Akzent und sah ihn abwartend an. Igor nickte. »Du bist unser Gefangener«, sagte der Soldat. »Wenn du gehorchst, tun wir dir nichts.« Er hob die Hand, um seine Augen zu beschirmen, die, wie sich im Schatten zeigte, von einem weichen Grau waren.

Das grelle Licht stach wie mit Nadeln in Igors Hirn.

Es hätte auch nichts geholfen, wenn die Autorität höchstpersönlich hereinspaziert wäre, bebrillt und in der Hand einen Stapel Beweise zu Igors Gunsten. Überall wurden Gräueltaten begangen und Schlachten geführt. Bomben unterschiedlichster Herkunft fielen auf Unschuldige, und wer immer sie abwarf, gleich welcher Nation, war überzeugt, die Explosionen seien notwendig, die Toten gerechtfertigt. Zeitungen, Militärorden, Radioansprachen, blutige Uniformen und weinende Witwen würden diese Sicht der Dinge bestätigen. Aber Igor, Berufsschläfer, erkannte einen Traum, wenn er einen sah.

Am Ufer stand einer und fing das mächtige Seil, das jemand an Bord ihm zugeworfen hatte. Wie ein streunender Hund schrammte das Schiff das Pfahlwerk entlang. Am Kai strömte eine Menschenmenge zusammen und weinte um die

Überlebenden und um die Gefallenen. Drei Mütter pressten ihre zurückgekehrten Söhne derart an ihren polsterprallen Busen, dass diese zu ersticken drohten. Mütter, deren Söhne nicht von Bord kamen, brachen ohnmächtig zusammen und mussten fortgetragen werden. Die Leute fragten nach dem Gefangenen, den die Soldaten mitgebracht hatten, wie gefährlich er sei, wollten sie wissen, wie geistesgestört. Die Soldaten waren ihrer Trophäe schon überdrüssig. »Überhaupt nicht gefährlich«, sagten sie. »Er pennt meistens. Das reinste Sofakissen. Vielleicht bringt er Glück. Wir hatten keinen einzigen Motorschaden mehr, seitdem wir ihn uns geschnappt haben.«

»Kann ich ihn halten?«, fragte ein junger Mann, der Gefängniswärter.

»Bitte sehr, er gehört dir«, sagten die Soldaten, die an alles denken wollten, nur nicht mehr an den Krieg.

Igors Traum nahm eine absurd liebliche Wendung. Sein privater Wärter drehte mit ihm eine Runde durch den Ort. Er zeigte ihm die Taverne, wo er seinen Wein bekam, den Markt, wo er seinen Käse, und die Bäckerei, wo er sein Brot kaufen könnte. Alle Bewohner der Stadt schüttelten ihm die Hand, denn er war ihr Gefangener.

Sein Wärter zeigte ihm die Bank, von der aus man am besten die Mädchen beobachten konnte, wenn sie vom öffentlichen Waschplatz kamen, und auf welcher Bank man morgens am angenehmsten Kaffee trank. »Ich habe darüber nachgedacht und bin zu dem Schluss gekommen, dass wir dir wahrscheinlich das Leben gerettet haben«, sagte der Wärter. »Du bist ein großer Glückspilz.«

So war er hierhergeraten, ins fremdeste aller fremden Länder, in dem eine äußerst fremdartige Sonne schien. An einen Ort mit eigenem Meer. Und in diesem Ort war ein Mann mit genau einer Aufgabe betraut worden: dafür zu sorgen, dass auf Igor aufgepasst wurde. Und Igor sollte tatsächlich glauben, das geschehe deshalb, weil ein verheerender Krieg wütete? Weil Millionen starben? Weil er der Kriegsgefangene war?

Igor nahm sich vor, geduldig abzuwarten, bis er in seinem alten grauen Leben wieder aufwachen würde. Man wird nicht so einfach in den Himmel entführt.

Der Wärter führte Igor zum Gefängnis und zu der Zelle, in der er schlafen würde.

»Kommt noch wer?«, fragte Igor mit Blick auf die sechs Pritschen.

»Nein, nicht dass wir wüssten.«

Igor hatte sich eine sichere Methode ausgedacht, um die liebenswürdige Schale des Wärters als Fassade zu enttarnen und die Traummembran so weit zu dehnen, bis sie platzte. »Ich frag nur ungern, aber gibt es vielleicht auch ein breiteres Bett irgendwo?«

»Ein breiteres Bett?«

»Ich schlafe so gern. Das kann ich am besten. Ich möchte wirklich nicht undankbar sein, aber normalerweise hab ich gern viel Platz, damit ich die Beine spreizen kann.«

Der Wärter musterte die schmalen Pritschen. »Ich schau mal, was sich machen lässt.«

In Igors Kopf setzte ein eigenartiger Lärm ein, seine Ungläubigkeit dröhnte wie die Motoren, die ihn hergefahren hatten.

Noch ehe der Tag zu Ende ging, trug Igor zusammen mit mehreren Männern die Pritschen hinaus und das Himmelbett einer jüngst verstorbenen alten Frau herein. Der Wärter lieh sich von seiner Mutter ein blaues Laken und eine weiße

Baumwolldecke, die er und Igor ordentlich über die Matratze spannten. Das Kissen blieb – ein Kissen ist immer gleich, egal, wie groß das Bett ist, zu dem es gehört.

Jeden Abend sperrte der Wärter Igor in seiner Zelle ein, und morgens kam er und ließ ihn wieder frei. Sie gingen miteinander Kaffee trinken, und sie saßen auf den Felsen an der Küste, wo der Wärter seinen Schützling in seiner exaltierten, kichernden Sprache unterrichtete.

»Sag mir noch mal, warum ich hier bin? Warum bin ich hier?«

Der Wärter erzählte die Geschichte so, wie sie ihm erzählt worden war.

Die Soldaten von der Insel hatten einen aussichtslosen Kampf weit im Norden gekämpft. Ihre Verluste gingen in die Hunderttausende, und drei von ihnen, nur drei, waren auf eigenen Füßen herausgekommen. Monatelang hatten sie sich in einem halb eingestürzten Haus versteckt und mit mühselig zusammengetragenen Ersatzteilen ein Auto repariert, um nach Hause zu gelangen. Einen Rundfunkapparat hatten sie nicht und deshalb auch keine Ahnung, was anderswo auf der Welt passierte. Nach so viel Tod waren sie zur Fahnenflucht fest entschlossen. Endlich sprang der Motor wieder an, und sie fuhren zwei Tage, ohne zu schlafen, ohne zu sprechen. Erschöpft und erfüllt von der wilden Gefühlsmischung der Überlebenden, halb Euphorie, halb Schuldgefühl, kamen sie zu einer Gebirgskette, wo sie einer Zigeunerkapelle zwei Krüge Wodka abkauften und diese noch am selben Abend leerten.

In ihrem zunehmenden Rausch ließen sie den Tod ihrer Freunde, die verwesenden Leichen, die sie gesehen hatten, die geschächteten Feinde an sich vorüberziehen. Irgendetwas müssen wir uns doch verdient haben, sagten sie. Ein bisschen

Ehre. Eine kleine Trophäe. In ihrer Erschöpfung fanden sie es völlig logisch, sich auf die Suche danach zu machen.

Der Morgen zog viel zu früh herauf und zeigte ihnen einen Mann, der mit verbundenen Augen an einen Baum gefesselt war; Blut rann ihm übers Gesicht. Die Soldaten erinnerten sich nur dumpf, wie er dorthin geraten war, und waren uneins, was mit ihm zu geschehen habe. Das stärkste Argument lieferte der Krieg: Das Leben zählte nicht, war so gut wie bedeutungslos. Täglich werden Tausende ausgelöscht, gefangen genommen, verstümmelt. Jeder Bewohner dieses Kontinents war vom Tod gezeichnet. Was konnte es schaden, einen einzelnen kleinen Gefangenen mitzunehmen?

Bisweilen kommt es vor, dass zwei völlig verschiedene Geschichten, zwei ferne Leben miteinander kollidieren. Es war einmal ein schläfriger Mann, der in einer nagelneuen Welt lebte, bis er aus ihr herausgezogen wurde wie ein Fisch an der Angel. Und weit fort von ihm, auf einer buschigen Insel im schwarzblauen Meer, lebte einmal ein einsamer junger Gefängniswärter, der keine Gefangenen hatte und noch nie einen Mörder, eine Ehebrecherin, ja wenigstens einen Taschendieb verwahrt hatte.

Den ganzen Winter und Frühling, den Sommer und Herbst hindurch hatte der Gefängniswärter seine Zelle durchschritten, gefegt und in Ordnung gehalten. Er hatte die sauberen Wände getüncht und den Steinboden geschrubbt. Und den ganzen Winter und Frühling, den Sommer und Herbst waren die drei Insulaner durch den Krieg auf die Nacht zugegangen, in der sie sich ihre Belohnung suchen würden. Den ganzen Winter und Frühling, den Sommer und Herbst hindurch hatte Igor geübt, tief und fest zu schlafen.

Vielleicht war das Schicksal Igors und des Gefängniswärters die Antwort Gottes auf den Krieg. Vielleicht war die ganze Architektur des Grauens mit dem Zweck errichtet worden, einen einzelnen Menschen in eine einzelne Zelle zu befördern. Vielleicht ist Schicksal auch nichts weiter als ein Unfall – zwei Schiffe, die im Dunkeln vom Kurs abkommen und am selben Strand auflaufen.

Igor dachte darüber nach, wie die Szene seiner Gefangennahme abgelaufen war: Die Dorfbewohner zementieren Sterne ein, der Raum verwandelt sich nach und nach in ein gestirntes Firmament, niemand redet, nur das Scharren von Maurerkellen ist zu hören. Soldaten treten auf und wieder ab, den schlaftrunkenen Igor im Schlepptau.

»Habe ich in der Geschichte geschlafen?«

Der Wärter sah ihn blinzelnd an.

»Na gut«, sagte Igor, der sein Porträt in der Version der Soldaten ansprechender fand. »Aber wenn ich euer Feind sein soll, bringt ihr mich dann um?«

»Nein, natürlich nicht. Vielleicht kriegst du lebenslänglich ohne Bewährung. Tot bist du mir ja nutzlos.« Selbst die Augenbrauen des Wärters waren dünn und ungefährlich. »Wieso zieht es dich überhaupt weg, ist es nicht schön hier?« Er deutete auf die karge, thymianbewachsene Hügellandschaft und das mit zunehmender Ferne immer blauere Meer.

»Ich habe Familie. Ein Zuhause.« Igor dachte einen Moment nach. »Wenn du sagst, es ist Krieg, meinst du einen richtigen Krieg? Gräuel und alles? Tod?«

»Hast du nichts mitgekriegt? Hitler, Churchill? Mussolini? Stalin?« Igor schwieg. Er krempelte seinen Ärmel auf und untersuchte die Spuren der Fesselung an seinem Handgelenk. Es brannte, wenn er sie berührte. »Ich weiß, dass euer Dorf weit weg ist, aber dass es so weit weg ist, wusste ich wirklich nicht«, sagte der Wärter.

»Hier merkt man doch auch nichts vom Krieg«, wandte Igor ein und hielt das Gesicht ins trockene, warme Licht.

»Natürlich nicht. Das ist der schönste Ort auf Erden«, sagte der Wärter.

»Ich habe einen neugeborenen Sohn. Und eine Frau und einen größeren Sohn.«

Der Wind wehte ein wenig Hitze auf ihre nackten Arme. Der Wärter wirkte beschämt. Aus seiner Stirn brachen kleine Schweißperlen hervor und suchten sich ihren Weg abwärts, was Igor unerklärlich traurig machte. »Das ist aber ein sehr angenehmer Wind«, sagte er und wunderte sich über seinen plötzlichen Drang, nett zu sein.

»Bist du mit irgendwas nicht zufrieden? Das war bestimmt eine holprige Fahrt.«

Ich schlafe, versicherte sich Igor insgeheim, ich schlafe, und ich träume.

Am Nachmittag besuchten sie die Mutter des Wärters, die ihnen eine gewaltige Mahlzeit auftischte: Bohnensuppe, Pasta, gebackenes Huhn, eine cremige Nachspeise. Zu Igor sagte sie: »Wenn du behaupten kannst, du isst zu Hause besser, kannst du heimgehen. Dann bist du frei.«

»Mutter!«, schimpfte der Wärter. »Er ist unser Gefangener, du kannst ihn doch nicht mir nichts, dir nichts freilassen!«

»Er geht sowieso nirgendwohin, denn es kann nicht sein, dass er zu Hause besser isst«, beruhigte sie ihren Sohn.

Beide sahen Igor an, dessen Brust mit Krümeln übersät war. Er schüttelte den Kopf. »Das wäre tatsächlich eine Lüge«, gestand er und schob sich einen weiteren vollen Löffel in den Mund. »Niemals habe ich so köstlich gegessen.«

»Siehst du«, sagte die Mutter des Wärters. »Er bleibt.« Zu Igor sagte sie: »Das ist, was ich dir aus den Kriegsrationen kochen kann. Stell dir mal meine Tafel in Friedenszeiten vor.«

Ferner sagte sie zu Igor, ihr Sohn sei schon in Ordnung, aber eine Memme. Dass er Igor bewache, sei das Beste, was er bisher zustande gebracht habe. Seine Brüder lebten alle in der Großstadt und setzten sich für Wichtiges ein – die heiligste Kirche, die schönsten Gemälde, die wichtigsten Politiker –, nur dieser bewache ein Gefängnis ohne Insassen. »Du kannst nicht von uns fortgehen«, sagte die Mutter zu Igor. »Nur deinetwegen steht mein Sohn hier nicht mehr als der totale Idiot da.«

Als sie den letzten Löffel des Nachtischs verspeist hatten, schickte die Mutter die beiden in ihr Bett. »Macht ein Nickerchen«, sagte sie. »Ich spüle.«

Igor nickte begeistert, der Wärter aber sagte: »Nein, danke, Mutter, wir müssen zurück ins Gefängnis.«

»Ich bin wirklich müde«, gestand Igor, als sie draußen waren.

Der Wärter sah ihn verwirrt an. »Ja, klar. Was täten wir sonst mit dem angefangenen Nachmittag? Dieses Land ist nichts ohne seine Mittagsruhe. Wir schlafen im Gefängnis. Dieses Weib macht mich wahnsinnig.«

»Ich hatte auch eine Mutter«, fiel Igor ziemlich unerwartet ein. »Wir waren ganz schön viele und mussten uns dieselbe Mutter teilten. Elf, um genau zu sein, plus das eine, das als Baby gestorben ist. Sie hat immer nur Rindfleisch gekocht. Rindfleisch hat sie geliebt.« Er erinnerte sich, dass er ihr über die Maßen ergeben gewesen war und an ihrem

Rockzipfel gehangen hatte, ohne je die entsprechende Anerkennung dafür bekommen zu haben. Soweit er wusste, hatte seine Mutter, als er verheiratet war, ihn und seine Familie nie besucht, kein einziges Mal. Im Dorf war sie ihm aus dem Weg gegangen, und im Tempel hatte sie den Blick abgewandt. Als sei er ihr widerlich gewesen, als hätte sie durch seine Haut und sein Gerippe auf seine haarige, schwärende Seele hinabblicken können.

»Hat sie dir das Gefühl gegeben, du müsstest ins Meer hinausschwimmen und nie mehr zurückkommen?«, fragte der Wärter.

Auf einem unebenen, weil mit Ästen und Steinen übersäten Pfad durchquerten die beiden Männer den lichten Schatten eines silbergrünen Olivenhains. Eine Schar Hühner wanderte ziellos pickend herum, Ziegen mit bimmelnden Glöckchen um den Hals rupften das Gras mitsamt der Wurzeln aus. Keine menschliche Stimme war zu hören, nicht das sprudelnde Gelächter der Wäscherinnen, nicht die Balgereien der Kinder, nicht die rauen Unterhaltungen der rauchenden Männer auf der Piazza. Nur Hühner und Ziegen und das Rascheln von Pferdemähnen im Wind.

»Schlafen wirklich alle?«, fragte Igor.

»Natürlich«, antwortete der Wärter.

»Es ist unglaublich hier. Hätte ich nur meine Familie bei mir.«

Der Wärter sperrte das Gefängnis auf und ließ Igor den Vortritt. »Trautes Heim«, sagte er. Dann öffnete er die vergitterte Zelle, und Igor ließ sich aufs Bett plumpsen. »Kann ich mich zu dir legen?«, fragte der Wärter.

»Bitte sehr, Wärter, fühl dich ganz wie zu Hause.«

»Nenn mich doch lieber Francesco statt immer Wärter«, sagte der Wärter. »Schließlich wirst du eine Weile bleiben.«

Francesco legte sich auf die eine Seite des Betts, Igor auf die andere.

Kurz vor dem Einschlafen fragte Francesco, nicht unähnlich einem Heiratsantrag, ob Igor sein Freund sein wolle. Igor wusste nicht recht, was er sagen sollte. Francesco gab ihm einen Klaps auf den Rücken und sagte: »Mir war überhaupt nicht klar, wie einsam ich die ganze Zeit gewesen bin«, was die größte Lüge seines Lebens war.

Während er in den Schlaf davontrieb, sah Igor mein Gesicht und die Gesichter unserer Söhne. Er folgte der Krümmung unserer Nasen, witterte den Geruch unserer Haare, sah, wie wir uns bewegten. Je tiefer Igor sank, desto nebliger wurden die Gesichter, meines, Salomons und des neuen Babys. Noch umschwebten wir ihn, wolkengleich, aber wir hatten keine Hände, die er halten, keine Ohren, in die er sprechen konnte. *Fast erinnere ich mich an euch,* dachte er, aber das war's auch schon. Nur noch als flüchtigen Hauch nahm er seine Familie wahr, so zart und so rasch verweht wie ein Blumenduft.

DAS BUCH DER VOR UNS LIEGENDEN FERNE

In der rosigen Morgendämmerung war die Grenze von Brombeerranken und Gestrüpp überwuchert. Ich wickelte das Baby in meinen Schal und band es mir auf die Brust. Und hielt den Atem an, als tauchte ich unter Wasser. Wir mussten Gezweig auseinanderreißen, Dornenklauen entwirren, uns tief ducken und unsere Füße aus Fallstricken befreien, und dennoch kamen wir mit blutenden Armen heraus. Mein Kleid war mit Dornen gespickt. Das Baby hatte einen Kratzer auf seiner kleinen Wange und schnitt mir eine Grimasse, als ich in den Kokon seiner Decken spähte. So verließen wir das Dorf, traten aus der Welt heraus, einfach so. Wir fielen nicht von einer Klippe, uns erfasste auch kein gewaltiger Windstoß und trug uns in den Himmel davon. Die Erde drehte sich weiter, als hätten wir keine Grenze überschritten.

Die alte Straße war heruntergekommen und verwildert, aber nach wie vor zu erkennen. Einen Fuß vor den anderen setzend, begaben wir uns in die Vergangenheit. Oder war's die Zukunft? War das Land außerhalb unserer Grenze an uns vorbeigesaust oder hinter uns zurückgeblieben? Was am Wegesrand zu sehen war, bot kaum einen Anhaltspunkt für die eine oder andere Deutung. Niedrige Lärchen mit weichen Nadeln, Gräser, eine nicht blühende Krokusart. Endlose Weizenfelder, die von knorrigen Menschenhänden angelegt worden waren. Ein Himmel, so weit wie für tausend Welten gemacht, und die einzigartige Sonne, die uns tagsüber eine Chance gab. Licht strömte über die Felder, und der Weg lag lang und frei vor uns.

Der Kompass wies uns zum Gebirge. Ich hatte keine Ahnung, welche Richtung die günstigste war und welche die gefährlichste, aber ich hielt es für besser, einer bestimmten Richtung zu folgen, statt einfach draufloszugehen. Ich konnte nur immer weitergehen. Wir kamen in einen dichten Birkenwald, dessen Stämme sich wie weiße Finger aus dem Boden reckten. Ein Bach floss zwischen den Bäumen dahin, die Felsen waren bemoost, und wenn ein Zweig ins Wasser fiel, trieb er kreiselnd davon. Salomon kletterte in eine Birke hinauf und stand in der Krone wie ein neuer Ast.

»Suchen wir Vater?«, fragte Salomon.

»Wir bleiben erst einmal in Sicherheit«, sagte ich. »Es ist besser, allein und still zu sein. Wir können doch still sein, oder?« Wir legten uns unter einen mächtigen Baum, dessen Geäst den Himmel zerschnitt. Das welke Laub unter uns zerbröselte zu einer weichen Unterlage. Der Baum roch satt und süß und ließ nur ein paar Regentropfen auf uns fallen, immer nur einen nach dem anderen, wie Edelsteine.

Wir lauschten dem Geräusch von fallenden Wassertropfen, die auf Blättern landeten. Rings um uns war nur grauer Nebel, der uns einhüllte wie Kleidung. Ich sog die üppigen Gerüche nach verrottendem Laub, nasser Rinde, aufgewühlter Erde in mich ein. Das Baby lag warm auf meiner Brust. Wie fühlt es sich an, fragte ich mich, fort zu sein? Mein Rücken lag fest auf der Erde, und doch war mir, als schwebte ich.

»Komm zu mir«, sagte ich zu Salomon, der mit dem Zeigefinger ein Haus in den Lehm zeichnete. »Lass mich dich halten.« Salomon legte sein Gesicht an meine Brust. Er lauschte den Vorgängen dort drinnen, dem Hin- und Herströmen meines Blutes. Er lauschte seinem trinkenden Bruder.

»Kann ich kosten?«, fragte Salomon.

»Was?«

»Die Milch.«

Die Schmatzgeräusche des Babys passten zum Rollen der Wassertropfen über die wächsernen Blätter.

»Ja, wenn du willst. Willst du?«

»Bitte.«

Ich lockerte meinen Schal.

»Was muss ich machen?«, fragte Salomon.

»Saug ein bisschen, dann kommt es schon.« Salomons

Mund war warm, und jetzt waren beide Brüste von den weichen Lippen meiner Kinder umschlossen. Ich spürte die Milch aus mir herausfließen. Ich ließ zu, dass der eine Bruder dem anderen die Nahrung stahl, aber ich hoffte, es wäre genug für beide da. Salomon hielt einen Moment inne, dann begann er wieder zu saugen. Er lachte und trank. Er war sanfter als das Baby, zärtlicher. Ich lehnte wieder den Kopf an den Baum und spürte die Wurzeln unter mir, dieses Geflecht, das alles zusammenhielt. Ich sah die Blätter in Wind und Regen erzittern, dem Regen, der nachließ, sich beruhigte, seinen Griff um uns lockerte. Salomon schlief ein, und sein Bruder tat es ihm gleich. Ich drückte die beiden an mich, spürte sie auf der Haut. Ihr Atem wurde feucht und kalt. Sie waren schwer, meine Söhne, aber ich legte sie nicht ab.

In diesem Moment vermischten sich Wirklichkeit und Traum. Ich würde gern heute noch sagen können, wohin wir gingen, wie wir dort draußen überlebten und wie lange. Wir gingen immer nach Norden, es sei denn, wir kamen an einen breiten Fluss oder in die Nähe einer menschlichen Siedlung, in welchem Fall wir nach Osten auswichen. Der Kompass lag warm in meiner Hand. Wir fanden, soweit ich mich erinnere, nicht genug zu essen, um den täglichen Bedarf zu decken. Und die Zeit? Als sei die Zeit je ein verlässliches Maß für mich gewesen! Was folgte, war eine einzige lange Nacht.

Am Morgen lief Salomon in das Weizenfeld und pflückte Halme, die er mir brachte. Gemeinsam schälten wir die Hüllen ab, um ungemein kleine Körnchen herauszupulen. Wir aßen sie nicht einzeln, sondern warteten ab, bis wir ein ganzes Häufchen beisammenhatten, das uns das Gefühl gab, richtig zu essen. Wir kauten jeden Mundvoll so lange, bis nichts mehr da war. Von den vielen Spelzen waren unsere Finger mit winzigen Schnitten übersät. Für diesen Tag reichte es.

Nachmittags versuchten wir zu schlafen. Das Baby plapperte in die Krone jedes Baums hinauf, unter dem wir lagerten, Eiche, Ahorn, Kiefer, Buche. Es schien fröhlich zu sein. Es war mit Mutter und Bruder zusammen, und natürlich würde es auch von seinem Vater von irgendwoher noch geliebt werden.

Abends schälten wir Rinde vom Baum und weichten sie in stehendem Wasser ein. Als sie uns weich erschien, aßen wir sie auf, und sie schmeckte schwammig und harzig.

»Es geht uns doch gut«, flüsterte ich in die Dunkelheit.

»Ich weiß«, sagte Salomon.

»Es geht uns gut«, sagte ich abermals.

»Ich weiß«, wiederholte er.

»Es geht uns gut«, sagten wir gemeinsam.

Ich legte das Baby, das jetzt schlief, in eine Decke eingewickelt auf den laubbedeckten Boden.

»Schauen wir uns die Sterne an«, sagte ich zu Salomon, und wir traten auf eine Lichtung hinaus, wo wir zwischen hohen tuschelnden Gräsern standen. Wir legten die Köpfe zurück und versuchten uns am Himmel zurechtzufinden. »Welche Sternbilder kennst du?«, fragte ich.

»Ich kann nichts entdecken«, sagte er. »Die sind anders, diese Sterne.«

Über uns standen die Sterne einer anderen Jahreszeit. Was hier an den Himmel geklebt war, war nicht wiederzuerkennen, das Werk eines anderen Gottes.

»Dann benennen wir sie«, sagte ich. »Lernen wir sie kennen.«

»Aber das sind nicht unsere Sterne. Unsere Sterne sind die in der Scheune.«

»Diese hier sind jetzt auch unsere. Unser Tempel ist hier.«

Wir machten ein Pferdesternbild aus, einen Fluss, ein Haus. Einen Baum und ein Blatt. »Hier ist ein Kaninchen, das auf Vögel aufpassen muss«, sagte Salomon, und ich nickte, obwohl ich es nicht sah.

»Was ist mit dem dort, siehst du, ist das nicht ein Mann, der einen Sack trägt?«, fragte ich.

»Nein, das ist eine Frau mit einem Sack.«

»Na gut, eine Frau. Wo geht sie hin?«

»Sie geht heim«, sagte er. »Weil Gott dort auf sie aufpasst.«

»Was ist, wenn Gott mit was anderem beschäftigt ist und es vergisst?« Meinen ketzerischen Einwand nahm er gar nicht zur Kenntnis. Unbeirrbar, der kleine Gläubige. »Was hat sie denn in ihrem Sack?«, fragte ich.

»Ihre Kinder. Die schlafen da drin. Sie waren müde und konnten nicht mehr laufen.«

»Wie weit haben sie's denn noch?«

»Nicht weit. Sie sind fast da.«

Ich wollte ihm eine Sternenreihe zeigen, die mich an einen Pfeil erinnerte, aber Salomon reagierte nicht. Ich wollte ihm ein Sternbild zeigen, das wie ein Gesicht aussah, aber er reagierte noch immer nicht.

»Schläfst du?«, fragte ich.

»Natürlich nicht. Wo sind wir hergekommen?«

»Aus unserem Dorf, aus Zalischik. Wir haben in einem Haus in der Nähe eines Brunnens gewohnt. Wir hatten zwei feste Töpfe, drei stabile Stühle, einen Holzofen, Betten und mehr Familien, als wir uns hätten wünschen können.«

»Was noch?«

»Wir hatten deinen Vater. Er kommt wieder zurück. Wir kommen auch wieder zurück.«

»Erzähl mir von allem«, sagte Salomon.

»Da war ein Fluss mit dickem, dunklem Schlamm. An seinen Ufern wuchsen Weiden. Im Winter war er still und kalt, im Sommer laut und kalt. Um zum Fluss zu kommen, musste man durch ein Weizenfeld wie dieses und über einen Kohlacker gehen. Für den Kohlacker war dein Großvater Vlad zuständig. Er war ein unheimlich schneller Pflücker. Er hat uns geliebt.«

»Weißt du noch, wie Vater und ich am Flussufer eine Höhle entdeckt haben, und die war voll mit Zauberessen, das gleich wieder nachgewachsen ist, wenn wir was davon genommen haben?«

»Na klar, das vergesse ich nie.«

»Ich möchte bei dir trinken«, sagte er. »Nur ein bisschen.«

Ich öffnete mein Kleid und nahm ihn an mich. Mir war klar, dass die Milch versiegen würde, wenn ich nicht genug aß, und trotzdem ließ ich ihn drauflossaugen, ließ ihn trinken, was seinem Bruder zugestanden hätte. Er trank mich leer. Ich spürte sein Schlucken an mir, spürte die Wärme seiner Wange an mir, spürte einen Tropfen Milch die Wölbung der Brust hinabrinnen und zu Boden fallen.

»Weißt du noch, wie wir einander alles verziehen haben?«, fragte ich. Salomon nickte an meiner Brust.

Die Vögel hatten keine Ahnung, dass es Zeit war, still zu sein. Sie zerrissen jeden Morgen mit ihrer Musik. Es gab so viel, worum sie baten! Ich war schon vor meinen Söhnen wach und wartete, während ein Spatz pickend daherhüpfte. Ich wartete, bis er an mir vorbeikam, aber kaum wollte ich nach ihm greifen, war er fort. Mit seinen Flügeln war er auf der Stelle hoch über mir und in Sicherheit.

Schon kam uns die Zeit abhanden. Es war, als hätten wir nie ein Zuhause gehabt; dann wieder, als wären wir erst vor Minuten aufgebrochen. Es war, als hätte jeder Schlaf Wochen gedauert und uns einen immer kälteren Morgen beschert. Unsere Füße weinten Blasen, unsere Augenwinkel waren schmutzverkrustet. Unter der fadenscheinig gewordenen Muskeldecke klapperten und rasselten unsere Knochen. Die Sterne glitten über meinen Söhnen und mir dahin, der Mond kehrte jede Nacht in neuer Gestalt zurück, und niemand kam, um nach uns zu suchen. Niemand fing uns ein, niemand rettete uns. Die Tage vergingen nicht, sondern drehten sich benommen und verloren im Kreis. Den Überblick über die bereits verstrichene Zeit zu behalten ist ja nur sinnvoll, wenn die Reise ein Ziel hat, und das war nicht der Fall. Es hätte Tag zwölf sein können oder Tag zwölftausend, Tag dreißig oder Tag eine Million. Ich verabschiedete mich von den Begriffen Zeit, Vorankommen, Anfang und Ende, und ich versuchte mich nur auf eines zu konzentrieren: Wir lebten, wir lebten, wir lebten. Wir lebten, und die kleine rote Nadel wies uns weiter nach Norden.

Kein Tropfen Regen fiel. Die Erde und der Himmel und die Bäume und Steine und der Weg waren knochentrocken.

DAS BUCH DER HEIMAT

Während der ersten Tage, die meine Familie und ich fort waren, herrschte eine gewisse Stille. Die Dorfbewohner spülten ihr Geschirr mit warmem Wasser und verfütterten Essensreste an die Tiere. Wolken brachen auf und ergossen sich, und die Furcht ließ alle anderen Regungen stocken, und trotzdem gab es Brot, weil der Bäcker es buk, es gab Wasser, weil die Frauen es aus den Brunnen holten, und es gab Fleisch, weil es immer noch Schlachtvieh gab – die Tiere wurden geschächtet, wenn jemand das Schächten übernahm. Es gab vieles, wofür die Dorfbewohner dankbar sein konnten.

Im verräterischen Licht des Tages war niemand gern draußen. Die Straßen waren wie Schnittwunden, die allzu sehr offenlagen. Der Mann, der Igor abgeschleppt hatte, verwandelte sich in einen Riesen. Und ich, stellten die Dorfbewohner sich vor, irrte durch eine heiße, trockene Wüste, wo ich langsam verdorrte. Wer hätte sagen können, was den Leuten als Nächstes bevorstand, welche Flüche noch ausstanden? Lediglich den Tempel täglich mit neuen Fliesen zu schmücken, jeden Tag etwas zu essen, sich der Gefahren und Hoffnungen bewusst zu bleiben – das war schon fast mehr, als sie ertragen konnten.

Meine vier Eltern erzählten sich noch einmal meine Geburt und Kindheit, es waren zwei verschiedene Geschichten. Perl erinnerte sich, dass es ein heller Morgen gewesen war, als ich zur Welt kam und die Augen öffnete, um mich umzusehen. In Kaylas Erinnerung war es ein nasser, glänzender Abend gewesen, und ich hatte so ungeheuer geschrien, dass meine Kehle davon wund geworden war.

»Ob es ihr gelungen ist, sich in eine bessere Geschichte hineinzuerzählen?«, fragten sie immer wieder.

Die Bankierskinder erinnerten an ihren Bruder Igor, woraufhin sich auch die Dorfbewohner auf ihn besannen. »Er war ein erstaunlicher Schläfer«, sagte ein alter Mann. Dem widersprach niemand.

Die Ehefrauen legten ihren Männern besorgt eine Hand auf den Arm. Durch das Einschussloch in der Scheunenwand fiel ein Sonnenstrahl, der eine staubig helle Linie ins Halbdunkel des Raums schnitt. Die Dorfbewohner duckten sich unter ihr hindurch, als hätten sie Angst, sich an ihr zu schneiden.

Der Bäcker rekrutierte Hände zum Kneten. In der Bäckerei roch es lebendig und nach Hefe. Diskutierten sie über ihre Vorstellungen von der Zukunft? Fragten sie sich, was besser sei, fliehen oder bleiben? Während sie das Brot kneteten und ihre Hände vom Schlagen und Wälzen des Teigs gewärmt wurden und der Teig von ihren Händen, versuchten sie sich zu erinnern, wie ihre Großmütter einst ausgesehen hatten, lang bevor sie selbst zur Welt gekommen waren. Bevor diese Welt existiert hatte.

Vlad nahm sich einen Schubkarren und ging mit einigen Männern hinaus auf den Acker, auf dem die Kohlköpfe weiterhin wuchsen, nur blasser und weicher. Er wollte alles, was zu ernten war, übereinanderstapeln und bewachen.

Die Dorfbewohner sprachen ihre Gebete im Geist, ein Orchester, das lautlos spielte, aber niemals innehielt. Weil sie immer weiter beteten, stürzte nichts ein.

Das Leben der Fremden war wie zuvor, nur dass jetzt der Goldschmied neben ihr schlief und sie sich gegenseitig im nächtlichen Dunkel in die Ohren kicherten und flüsterten und einander kniffen. Waren sie zusammen, so waren ihre Körper unverwundbar, nicht einmal die Furcht, dieses unsichtbarste – und schwerste – Gewicht, konnte ihnen etwas anhaben.

Es wurde kälter, und immer noch warteten alle auf das schreckliche Ende. Am schlimmsten war das Sinken. Anfangs war es kaum zu bemerken, die Leute kamen sich nur etwas größer vor als früher. Sie mussten sich, wenn sie durch eine Tür gingen, etwas tiefer bücken. Als Vlad mit dem Kopf gegen den Türsturz prallte, war ihm klar, dass das Haus um ihn herum niedriger geworden war. Manche Häuser versanken rascher als andere. Manche neigten sich zur Seite, andere sanken gleichmäßig wie ein Schiff mit vollgelaufenem Rumpf.

Blutiges Morgenlicht lockte die Fremde aus der Scheune, vor der sie die zwei besten Milchkühe tot auf dem Boden fand. Sie untersuchte sie, konnte aber keine Wunden feststellen. Die Kühe waren nicht von einem Raubtier gerissen worden. Sie lagen einander zugewandt, als hätten sie miteinander vereinbart, sich gemeinsam an einen besseren Ort zu begeben. Die Fremde tätschelte beiden den Kopf. »Ich verstehe euch«, flüsterte sie und wünschte, sie könnte den Kühen ihren Segen geben. Sie wusste aber, wie sehr die Dorfbewohner die beiden brauchten. »Tut mir leid, entschuldigt bitte«, sagte die Fremde, als sie sich, den Melkeimer in der Hand, niederkauerte und die kühlen Zitzen massierte, bis sie die letzte Milch hergaben und das tote Euter sich leerte. Die Fremde betete um Verzeihung für ihr Tun. Als sie den anderen den Verlust mitteilte, fegte die Furcht vor dem kommenden Hunger durchs Dorf wie ein Sandsturm. Alle Blicke richteten sich auf die Herde der Ziegen, die meckernd zurückwichen. Die Tiere taten ohnehin, was sie konnten. Mehr hatten sie nicht zu geben. Niemand hatte mehr.

Instinktiv rückten sie alle näher zusammen. Ohne ein Wort zu verlieren, verließen die Dorfbewohner ihre sinkenden Häuser und zogen in die Scheune. Sie brachten ihre Lieblingspullover und ihre besten Töpfe mit, und dann gingen sie noch einmal, um Schraubenschlüssel und Pelzumhänge zu holen, Fleischklopfer, Butterfässer und, natürlich, die unter den Rosenbüschen vergrabenen Säcke mit Münzen. Sie rationierten Mehl, Butter, Eier. Alle hatten nur zwei Wörter auf den Lippen: Nicht genug.

Die Dorfbewohner setzten sich mit ihren Kindern zusammen und aßen zu Abend, sahen zu, wie im Ofen die Flammen züngelten, diskutierten über das eine oder andere und spielten vielleicht sogar gemeinsam Murmeln auf dem Boden, bis die Eltern aufstanden und ihren Kindern ein Gutenachtlied sangen, um sie ins Bett zu schicken. Das alte Leben war so regelmäßig verlaufen, dass ihnen heute schlecht davon wurde.

Und der erste Reif bildete sich, eine weiße Kruste überzog die Erde. In Erwartung des Augenblicks, in dem das ganze Dorf zu einer einzigen festen Masse gefröre, wagten sich die Dorfbewohner noch einmal hinaus und holten sogar jene Gegenstände, die sie eigentlich immer hatten loswerden wollen, denn nichts von ihrem Leben sollte nun zurückgelassen werden. Ganze Schubladen mit kaputten Dingen, angeschlagenen Tassen, gesprungenen Brillengläsern, armlosen Puppen mit unkontrolliert rollenden Augen wurden herbeigetragen und verstellten übereinandergetürmt die Sternbilder an den Wänden. Keiner wollte sich von den Dingen trennen, die er einst ganz gedankenlos in der Hand gehalten hatte.

Und die Fremde und der Goldschmied lagen eng umschlungen beieinander. Sie lernten – mucksmäuschenstill – jede Furche und jede Erhebung, jede Senke im Körper des anderen kennen. Und dass ein Knöchel zwischen zwei Waden Platz fand und vier Arme wie ein Riegel waren, der alles Gute in sich einschloss. Die Fremde sollte für ihn alles und jedes sein, das sie nur sein konnte, der tiefste Abgrund der Verzweiflung und das hellste Jauchzen der Freude. Wäre sie siedend heiß, so wäre er eine Feuerzunge geworden. Wäre sie eiskalt, so würde er zum Eiszapfen. War sie ein Sumpf, so war er eine Alge, die ihre gesamte Oberfläche überwucherte.

Wären die Leute auf dem Meer ausgesetzt worden, hätte die sonderbare Ansammlung aller Dinge sie am Leben erhalten? Auf ihrer vergessenen Arche, die, vom Mond nicht gezogen, von der Sonne nicht gewärmt, allein dahintrieb, warteten sie, dass sie an eine trockene Küste geschwemmt würden, an den Strand einer Insel, wo blühende Bäume erst Blütenblätter auf ihr salzverkrustetes Haar fallen ließen und dann, nicht lang danach, paradiesische Kugelfrüchte.

DAS BUCH DER SEE UND DER SONNE

Im Vorbeigehen sprangen Igor die Schlagzeilen aus den vergilbten Zeitungen an, und er las. Deutsche Truppen besetzen Ungarn. Rückeroberung Odessas durch die UdSSR. Alliierte marschieren in Rom ein. Zehntausende an den Stränden der Normandie getötet. UdSSR erobert Minsk zurück. USA nehmen Guam ein. UdSSR marschiert ins deutsch besetzte Rumänien ein. Alliierte befreien Paris. Sowjetische Truppen erobern Warschau. Niemand allerdings berichtete über eine Miniaturwelt in der Krümmung eines breiten Flusses. Igor machte sich Vorwürfe, dass er überhaupt auf die Idee gekommen war, die Zeitungen seien irgendwie ernst zu nehmen. »Dummer Igor, dummes Hirn«, sagte er sich. »Das ist doch alles nur in deinem Kopf, vergiss das nicht.«

Für Francesco gab es nur einen Aspekt des Krieges, der ihm wirklich Angst machte: Italien hatte Mussolini abgesetzt und sich den alliierten Truppen angeschlossen, und das würde, rein technisch gesehen, bedeuten können, dass sein Gefangener wieder freigelassen werden müsste, denn er war ja für die Seite ergriffen worden, die jetzt die gegnerische war. Aber die Insel, auf der sie lebten, schwamm seit tausend und abertausend Jahren im selben tiefblauen Meer. Sie hatte Weltreiche aufsteigen und untergehen sehen, und sie hatte miterlebt, wie deren Überreste aus der Erde gegraben und an Museen verkauft wurden. Der Illusion, Politik habe irgendeine Bedeutung, gab sich hier niemand hin. Den Bewohnern der Insel war völlig egal, ob ihre Söhne die Seiten wechselten oder nicht, solange sie nur lebend nach Hause kamen. Das eigene Überleben war das Einzige, was die Insel in diesem Krieg geleistet hatte. Bisher hatte niemand wissen wollen, was aus dem Gefangenen werden sollte, und Francesco hatte vor, sich seiner Gesellschaft zu erfreuen, solange es ging.

Igor und Francesco schlenderten jeden Morgen zum Meer und schwammen. Während sie tauchten, schwebte ihr Haar als Schleier hinter ihnen her. Sie sprangen von den Felsen ins Meer und bewerteten die Sprünge des anderen, je nachdem, wie sehr es gespritzt hatte: je weniger, desto besser. Sie übten Saltos. Wenn sie zu frieren begannen, legten sie sich schnell auf die Felsen, deren steinerne Hitze rote Markierungen auf ihrem Rücken hinterließ. Sogar Igor entwickelte einen knackigen Braunton. Er verfütterte Brotkrümel an die gelbfüßigen Möwen, die sich vergeblich bemühten, kalt und desinteressiert zu wirken.

»Es regnet noch immer nicht«, sagte Igor.

»Nein, kein Regen heute.«

»Bei mir zu Hause hat es immer geregnet. Die reinste Sintflut. Ob es dort inzwischen wohl auch aufgehört hat?«

Wenn Igor von zu Hause sprach, spannten sich Francescos Muskeln an. Er versuchte dann stets das Thema zu wechseln und Igors Aufmerksamkeit wieder auf die atemberaubende Schönheit der Insel zu lenken. »Im Frühling ist der ganze Hügel hier übersät von winzigen purpurnen Blüten«, sagte er. »Wie ein Gemälde. Das wird dir sehr gefallen.«

Francescos Mutter kochte jeden Mittag für sie, und sie aßen alles, was es gab. Sie wurden dermaßen vollgestopft, dass sie für den Rest des Tages wie benommen waren und sich benebelt und verträumt umsahen. Derart gesättigt von Bohnensuppe, gedünsteten Tomaten und Bratenfleisch waren sie, dass die Welt zu erstarren schien.

Gesättigt und sauber, nahm Igor den Teil der Zeitung, den er liebte, nämlich die Anzeigen, mit ins Bett. Unter forschen Strohhüten blickten dunkeläugige Männer hervor.

»So einen Hut hätte ich auch gern«, sagte Igor.

»Würde toll an dir aussehen.«

Abends gingen Igor und Francesco auf die Piazza, spielten mit den anderen Männern Schach und scherzten mit den Mädchen, die unermüdlich Arm in Arm den Platz umkreisten. Die Männer aßen allerlei, das sie aus dem Meer gezogen und gebraten hatten, und rauchten dünne Zigarettenfinger. Halbherzig redeten sie über den Krieg und wer wohl siegen werde und welcher Diktator die größere Schlange sei und wie viel besser es doch wäre, wenn ihre kleine Insel sich abtrennen und friedlich davonschwimmen könnte. Igor schüttelte innerlich den Kopf über diesen nicht enden wollenden Traum. Er freute sich schon, seiner Familie alles zu erzählen, was er erlebt hatte, und hoffte, noch nicht so bald aufzuwachen.

Igor teilte seine Brotkrümel auch mit den Tauben, die sich andächtig wie Wallfahrer um ihn versammelten. Die Mädchen kamen vorbei, begegneten sekundenlang seinem Blick und zogen weiter. Die Schachfiguren übersprangen einander und stapelten sich am Spielfeldrand. Der Wein färbte jedermanns Zähne rot und machte allen ein blutiges Lächeln. Die Männer begutachteten die Mädchen: Welche hatte die schönsten Augen, welche den hübschesten Busen, das ansehnlichste Was-auch-immer. Das Meer kostete das Ufer und zog sich zurück. Die Tauben baten um Vergebung und Liebe und versprachen Hingebung für den Rest ihres bescheidenen Lebens.

»Glaubst du, es ist noch jemand übrig?«, wollte ein Mann von Igor wissen.

Francesco legte dem Mann die Hand auf die Schulter und drückte fest zu.

»Schon gut«, sagte der Mann, und sein Tonfall war ein Sirup der Heuchelei. »Sicher geht es allen blendend. Sicher ist nichts Schlimmes passiert, seitdem du weg bist.«

»Weißt du denn was Genaues?«, fragte Igor den Mann.

»Hier sind wir vollkommen sicher«, beteuerte Francesco. Igor spürte ein Stechen in der Brust. Es war ein befriedigender, heißer, sich ausbreitender Schmerz. So besorgt bin ich um meine Familie, dachte er. Sein ganzer Körper brannte. Seine Hand fuhr zum Ursprung des Schmerzes – eine zerdrückte Wespe fiel herab. Enttäuschung überschwemmte ihn – nicht den großen Schmerz des Herzens hatte er gefühlt, sondern einen gewöhnlichen, irdischen Insektenstich.

Aus einem Nickerchen erwachend, sagte Igor zu Francesco: »Haben die Soldaten irgendwas gesagt, *wo* sie mich gefunden haben?« Francesco schlug die Augen auf und betrachtete, auf einen Ellenbogen gestützt, seinen Freund. Dann schüttelte er den Kopf.

»Ich war im Tempel. Wir haben Sternbilder gelegt, den ganzen Nachthimmel. Haben sie nichts davon erwähnt? Es war das Allerschönste.«

»Zu welchem Zweck?«

»Es war der Beginn der Welt. Wir haben uns den Himmel geschaffen. Erinnerst du dich an den Beginn der Welt?«

»Das Paradies?«, fragte Francesco.

»Nein, das ist nur eine Geschichte.« Igor zeichnete den Umriss eines Sterns in seine Handfläche. »Es war der beste Schlaf, der mir in dieser Scheune je gelungen ist.«

»Und dafür bist du Experte.« Was Francesco Igor gestohlen hatte – sein Zuhause, seine Familie –, zerrte schwer an seinen Knöcheln. Um Igor lieben zu können, musste er ihm Unrecht tun. Er musste ihm seine Vergangenheit nehmen, um Platz für sich selbst zu schaffen. Was für ein elendes Organ das Herz doch war. »Als ich ein Kind war«, sagte Francesco, »waren meine Brüder schon groß. Sie haben so getan, als wären sie ganz nett zu mir, aber bloß weil den Frauen junge Männer mit süßen kleinen Brüdern gefallen. Sobald sie von den Frauen gekriegt hatten, was sie wollten, haben sie mit Stöcken nach mir geworfen.«

»Als ich verheiratet war und mein Sohn zur Welt gekommen ist, war ich total erschöpft, allein der Gedanke ans Vatersein hat mich flach auf den Rücken geworfen. Ich konnte kaum stehen. Das Leben ist so gewaltig, man kann sich kaum vorstellen, wie man es hinbekommen soll!«

»Ich bin jetzt nicht mehr einsam«, sagte Francesco. Igor war immer noch müde.

Er versuchte, im Geist die Straßen seines Heimatdorfs entlangzugehen. Er versuchte sich vorzustellen, an welcher Stelle man von einer Straße in die nächste einbog. Was für ein Laden war das? Wie hieß die Frau, die mit ihrer übergroßen Gestalt schwer dahinschlurfte und immer griesgrämig war? Und das zierliche Mädchen, das sämtliche Männerhosen nähte? Er ging den Weg zum Fluss, obwohl er ihn gar nicht so gut kannte – meistens war ich ihn gegangen, mit unserer Wäsche und unseren Babys. Immer wieder ging er vom Haus seines Vaters zu seinem eigenen hinüber und versuchte die Schritte abzuzählen. Habe ich nie gearbeitet?, fragte er sich und kam, sein Gedächtnis erforschend, zu dem Ergebnis, dass er kaum einen Finger gerührt hatte. Woher war dann das Geld zum Leben gekommen? Habe ich nichts damit zu tun gehabt?, fragte er sich.

Igor erzählte Francesco nicht, dass ihm seine Familie erschien, seine Eltern, seine Frau, seine Kinder, alle. Warum sagte er nichts davon? Weil er nicht wollte, dass Francesco sich schuldig fühlte? Womöglich schuldig genug, um ihn freizulassen und in diese nasse, graue Gegend zurückzuschicken?

DAS BUCH DER HINTER UNS UND DER VOR UNS LIEGENDEN FERNE

Das schöne Baby wuchs und schrumpfte gleichzeitig. Seine Knochen wurden beharrlich länger. Sie dehnten sich in alle Richtungen, aber das Fleisch, das sie umhüllte, wurde dünner, das Baby sah zunehmend wie ein fröhliches Skelett aus.

Salomon wuchs keinen weiteren Zentimeter mehr. Sein Körper hatte nichts, wovon er zehren konnte. Ich spürte meine Flüsse austrocknen, wenn meine Söhne daraus tranken.

»Wir müssen weiter«, sagte ich. »Wir müssen was zu essen auftreiben.«

Salomon und ich trugen abwechselnd das Baby. Die Erde war entweder trocken und staubig oder nass und schlüpfrig – die Pfützen wimmelten von Kaulquappen. Manchmal schlugen wir einen Weg ein, den der Kompass uns wies, hatten aber immer Angst, gesehen zu werden. Wir durchquerten Wälder, in denen die Tannennadeln einen satten Duft verströmten. Wir folgten Bächen, Tälern, Bergkämmen. Wir hatten die erste Gebirgskette erreicht und überquert und waren wieder ins Tal hinabgestiegen. Immer wieder öffnete sich eine neue Landschaft, durch die wir uns einen Weg bahnen mussten. Und immer der kleine rote Pfeil. Nie wussten wir, wo wir waren. Erde klebte an unseren Beinen, in unserem Haar, verstopfte die Poren unserer Haut. Sie heftete sich an uns, als könnten wir sie retten und irgendwohin bringen, wo es besser war. Wenn wir an einen Fluss kamen, hielten wir uns am Schilf fest, ließen uns treiben und redeten uns ein, wir seien zu Hause. Wenn wir zu einem Wald kamen, aßen wir Rinde und Gras und manchmal tote Kaninchen, die von den Vögeln erlegt und liegen gelassen worden waren. Manche waren nackt, ohne Fell und Haut, klein. Wir kamen an baumumstandenen Bauernhäusern vorbei, die Türen hatten, um die Kälte fernzuhalten, und Fenster, die das Licht hereinließen. Drinnen ging es geschäftig zu, und nichts wussten die Leute von der Mutter mit den zwei Söhnen, die ineinander verschlungen unter einem alten und vergessenen und apfellosen Apfelbaum lagen.

Salomon machte Feuer, aber immer nur im Schutz der Bäume, damit uns kein Licht verriet. Wenn wir uns am Feuer wärmten, fragte ich: »Was meinst du – was machen sie jetzt daheim?«

»Sitzen in der Scheune«, sagte Salomon, der das Baby auf seinem Schoß wiegte. Er war so pflichtbewusst wie ein Vater.

»Du bist doch erst vier«, sagte ich; es war entschuldigend gemeint. Er sah mich aus schmalen Augen an. Das war es, was das Kindsein für Salomon bedeutete – ein gestohlener Vater, eine lange Flucht, der Ausgang völlig ungewiss.

Ich hätte wissen wollen, ob allen die Kehlen aufgeschlitzt worden waren. Ich hätte wissen wollen, ob sie die eigenen Küchenmesser in der Brust stecken hatten. Ich hätte wissen wollen, ob sie alle zum Fluss verschleppt worden und gemeinsam ertrunken waren. In einem fernen Winkel meines Herzens hatte ich den kleinen Wunsch, eine dieser Geschichten wäre wahr, wirklich nur den allerkleinsten Wunsch, nur damit ich wüsste, dass ich meine Kinder nicht umsonst in den Wald verschleppt hatte.

»Was haben wir noch vergessen?«, fragte Salomon.

»Als ich klein war, habe ich mal eine Liste gemacht, ich habe alles aufgeschrieben, was ich wusste«, erzählte ich ihm, und es ging ihm daraufhin sichtlich besser. Er wollte ebenfalls eine Liste schreiben, aber nachdem wir kein Papier hatten, mussten wir versuchen, uns alles zu merken.

»Fluss, Regen, Laub, Rinde, Kleid, Schal, Sonne, Erde, Schlamm, Mutter, Sohn, Sohn«, fing ich an.

»Vater, Haus, Tempel, Sterne, Sterne, Sterne«, fuhr Salomon fort. »Gott«, fügte er hinzu.

»Wo?«, fragte ich.

»Gott«, wiederholte er und begann, von den Wochen vor unserem Aufbruch zu reden, einer Zeit, die uns jetzt so fremd schien, als hätten andere Menschen sie erlebt. Er versuchte sich an die Gebete zu erinnern, segnete einen Laib Brot, den er nicht hatte, ein Glas Wein, das er nicht hatte, eine Kerze, die er nicht hatte, einen Ruhetag, den er nicht hatte.

»Ich wusste, wie man betet«, erinnerte sich Salomon.

»Das weißt du immer noch. Segne den Weg«, sagte ich, »der vor uns liegt.« Salomon legte den ganzen Weg mit dem Namen Gottes aus, er pflasterte ihn mit Gottes Namen, sodass jede Stelle, auf die wir unsere Füße setzten, weich und sanft wurde.

»Segne den Weizen«, sagte ich, und er segnete den Weizen und hängte Gebete an alle sich wiegenden Halme.

»Segne uns«, forderte ich ihn auf, und er legte die Hände auf den Kopf des Babys, dann auf den Kopf seiner Mutter, den ich zu ihm hinabbeugte.

»Sonst erinnere ich mich an nichts«, sagte er.

»Pferd, Straße, Lamm, Baby, Tag, Nacht, Tag.«

»Weizen«, sagte er und blickte auf die dunklen Felder ringsum, »Weizen, Weizen, Weizen, Weizen.«

Salomon schlief jede Nacht ein bisschen weniger. Anfangs war es so, dass er jäh aus einem schlimmen Traum aufschreckte, aber bald war der Schlaf nur noch eine so dünne

Membran, dass es lediglich eines Windhauchs, eines knackenden Zweigs, des Rumorens in seinem leeren Magen bedurfte, um ihn zu wecken.

Wir trockneten die Tränen, die aus unseren blasenübersäten Füßen hervorquollen. Ich zerkaute Blätter und Gras zu einem Brei, den ich auf unsere Schnittwunden auftrug, und wie eine Katzenmutter leckte ich die blauen Flecken an Salomons Knien und säuberte sie so von Schmutz und Erde, die aus seiner Haut zu quellen schienen.

In dem Regenwasser, das wir auffingen und aufbewahrten, weichten wir weitere Baumrinde ein.

Wir häuteten Kaninchen und brieten sie. Wir zogen Wurzeln aus dem weichen Boden und aßen sie, und es kümmerte uns nicht, ob sie uns bekannt waren.

Wir stahlen Kartoffeln, wenn wir welche fanden, und trugen so viele wie möglich in meinem Schal davon. Das Baby saugte an seinen Fingern, deren Haut rissig und schartig geworden war. Das Einzige, was an ihm zunahm, war seine Länge.

Mit einer fernen blauen Gebirgskette vor uns und einer niedrigen, kältegrauen Hügellandschaft hinter uns wies uns der Kompass in einen Föhrenwald, in dem wir auf einen Kadaver stießen. Er bestand nur noch aus Schädel und Gerippe, das Fleisch hatten sich andere Tiere geholt; aber die Knochen stammten unverkennbar von einem Pferd. Ein Stück Haut war noch vorhanden, das wir mit Steinen weich zu schlagen versuchten, ehe wir es übers Feuer hielten. Auch gebraten ließ es sich kaum zerkauen. Es war Leder und Fell, und das aßen wir.

Das Baby fuchtelte mit den Armen, und ich lobte es.

Als wir im dichten Unterholz, auf einer dicken, aber stachligen Nadelschicht zu schlafen versuchten, strich mir

Salomon über den Rücken. Er summte mich in den Schlaf, wie ich es für ihn hätte tun sollen.

»Schlaf doch«, sagte ich.

Er antwortete: »Du machst das toll. Wir machen das toll. Wir hatten heute Fleisch. Das Baby ist immer noch das Baby.« Mit einem Finger zeichnete er Bilder auf meinen Rücken. »Was ist das?«, fragte er. Und als ich mit den Achseln zuckte, sagte er: »Rate.«

»Eine Maus?«

»Nein, ich.«

»Mach noch mal«, sagte ich.

»Wie alt bin ich?«, fragte Salomon.

»Du bist groß. Du wächst«, sagte ich. »Wie alt bin ich?«

»Du bist ganz ausgewachsen.«

Durch alle Dunkelheit und durch sämtliches Licht fragte ich mich: »Wo bin ich?« Ich fragte mich: »Wo sollte ich sein?« Ob unser Dorf außer Gefahr war, ob sie es dort warm hatten und alles seinen normalen Gang ging und nur ich in diesem elenden Zustand war, allein und verloren? Oder waren alle massakriert worden und das ganze Dorf nur noch von Geistern bewohnt? War Igor wieder zu Hause? War Igor tot? Waren die Laken noch straff über unseren Betten gespannt und warteten geduldig, dass jemand auf ihnen lag und träumte?

Inzwischen war es so kalt geworden, dass der Atem in der Lunge schmerzte und wir eine Unterkunft finden mussten, damit wir nicht erfroren. Salomon steckte einen scharfkantigen Stein ein und stand zum Aufbruch bereit. Er versuchte das Baby zu tragen, aber es war ihm zu schwer. Ich versuchte das Baby zu tragen, aber es war mir zu schwer. Salomon hob es hoch, drückte es an sich, und das Baby tastete nach seiner Brust.

»Nein«, sagte Salomon, »ich bin nicht deine Mutter.« Das Baby begann zu weinen.

»Du darfst nicht weinen«, sagte ich, mich niederkauernd, das Gesicht dicht vor dem seinen. »Du darfst nicht weinen. Das ist *unmöglich*. Verstehst du mich?« Das Baby brach jäh ab, kein einziges Schluchzen kam mehr über seine Lippen. »Mach die Augen zu und sei leicht«, sagte ich. »Es wäre gut, wenn du gar kein Gewicht mehr hättest.«

DAS BUCH DER SEE UND DER NACHT

Am Ende kamen dann doch ein paar Mädchen herbei, um den Schachspielern zuzusehen, und tranken sogar Wein mit ihnen. Sie hatten Namen wie Mariza und Mila und Francesca. Sie warfen ihr langes Haar von einer Seite zur anderen.

»Du hast so viele Haare«, sagte Igor zu der neben ihm sitzenden Carolina.

Sie betrachtete ihn mit schräg gelegtem Kopf, und Igor empfand ein Gefühl, das ihn an einen fernen Moment der Entzückung erinnerte. Er berührte ihr Haar, und sie neigte ihm entgegenkommend den Kopf zu. »Nett«, sagte er, weil ihm kein anderes Wort dafür einfiel. »Sehr nett.« Die Männer lachten ihn aus.

»Du kannst es anfassen, so viel du willst«, flüsterte ihm Carolina ins Ohr.

»Sehr nett«, sagte er wieder.

»Ich kann dich darin einhüllen«, flüsterte sie.

»Gut.« Er lächelte.

»Du kannst es küssen«, sagte sie.

Aber als er es küsste, verschwand das Haar unter seinen Lippen und wurde durch andere Lippen ersetzt. Die beiden Lippenpaare waren augenblicklich vernarrt ineinander. Ringsum wurde gejohlt und applaudiert, und Igor wich zurück. Er konnte nicht fassen, wie verschieden diese Lippen von denen seiner Frau waren, Lippen, die er jetzt auf keinen Fall küssen konnte. Er hätte den Unterschied nicht beschreiben können, es wäre wie der Versuch gewesen, den Duft von Apfelblüten mit dem Aroma von Flieder zu vergleichen. »Ich habe eine Frau«, sagte Igor. Die Männer lachten. »Ich hatte nur vor, das Haar zu küssen.«

»Okay«, sagte Carolina und hielt ihm den abgewandten Kopf hin. »Wie du willst.«

Später, als sie unter der von Motten umschwärmten gelben Lampe vor der Gefängnistür standen, sagte Francesco: »Du hast dein Schicksal nicht in der Hand. Deine Frau kann sich nichts vorwerfen.«

»Meine *Frau*«, sagte Igor.

»Darüber hast nicht du zu bestimmen. Hier auf der Insel hast du keine Wahl, wenn jemand dich lieben will.«

»Wenn ich einen Brief schreibe, würde meine Frau ihn bekommen?«

»Einen Brief? An deine Frau?«

» Ich finde, ich sollte ihr sagen, dass es mir gut geht. Dass ich lebe. Was, wenn sie jemand anderen heiratet?«

»Unmöglich.« Francesco wusste alles über die deutschen Soldaten, die evakuierten Dörfer, die Leiber, die in Güterwaggons gepfercht worden waren, er wusste von den Lagern.

»Wie lang bin ich schon hier?«

Francesco versuchte, die Zeit an den Fingern abzuzählen. »Viele Wochen«, antwortete er schließlich. »Viele.«

»Für meine Frau sind das wochenlange Chancen gewesen, mich zu vergessen. Sie weiß nicht, dass ich lebe.«

»Lebt *sie* denn?«, fragte Francesco, bereute aber noch im selben Moment seine Kälte. »Ach, bestimmt ist alles in Ordnung. Da bin ich mir sicher!«

»Meinst du, es könnte etwas passiert sein?«, fragte Igor zurück, dem das Entsetzen im Gesicht stand.

»Es geht ihnen gut, ja, vielleicht geht's ihnen tatsächlich gut.«

»Wir haben keine Ahnung. Wir wissen ja nicht einmal, ob wir selbst leben«, stotterte Igor.

»Ich lebe, und du lebst«, sagte Francesco. »So viel wissen wir. Carolina lebt.« In der absoluten Gewissheit, dass sie etwas finden würden, das zu finden sich lohnte, wenn sie nur noch näher herankommen könnten, prallten die Motten unermüdlich gegen die Lampe.

»Bleib doch heute Nacht hier«, sagte Igor. »Mir kommt es so vor, als hätte ich alles verloren.«

Francesco schwebte auf Wolken. »Ja, gern«, sagte er.

»Was glaubst du, wie groß ist mein Sohn jetzt?«

Francesco hielt die Hand auf Hüfthöhe vor sich hin. »Vielleicht so?« Er war in Gedanken bei der Nacht, die er aushäusig verbringen sollte, mit Igor neben sich.

Igor ging in seine Zelle, wo er sich in dem kleinen Waschbecken an der Wand das Gesicht wusch. Francesco schloss das Tor und sperrte sie beide ein. Er rollte sich auf der einen Seite von Igors Bett zusammen. »Tut mir leid, dass wir dich mitgenommen haben«, sagte er. »Wobei ich es andererseits auch schön finde.« Es war ursprünglich seine Pflicht gewesen, einen Gefangenen zu bewachen, jetzt tat er es zum eigenen Vergnügen. Er betete nicht um Rat, nur um Vergebung.

Igor begann einen Brief.

Liebe L,

mir geht es ziemlich gut. Wie geht es Dir? Hoffentlich ist alles in Ordnung. Ich werde in einer Stadt am Meer gefangen gehalten, und mein Bewacher ist ein netter Mann namens Francesco, der auch mein Freund ist. Vielleicht wird er Dich eines Tages ebenfalls holen, dann kannst Du mit mir in meinem Gefängnis leben. Es ist eigentlich ziemlich schön. Ich habe ein bequemes Bett und ein Waschbecken und ein Klo, und sie geben mir Geld, damit ich Essen kaufen kann. Tagsüber darf ich hinaus. Francesco und ich schwimmen miteinander, und ich trinke gern Kaffee auf der Piazza. Ich lerne übrigens die Sprache, die sie hier sprechen.

Salomon ist bestimmt schon groß. Und selbst das Baby ist bestimmt schon groß. Erinnerst Du Dich an mich? Ja? Lebst Du? Wirst Du jemand anderen heiraten? Wenn Du herkommen und hier leben willst, werden sie Dich ganz bestimmt ebenfalls gefangen nehmen. Es gibt Mädchen hier, aber Du bist meine Frau. Heute hat mir eine gesagt, sie könnte mich in ihre Haare einhüllen, und stattdessen bin ich hier und schreibe Dir. Weißt Du das überhaupt zu schätzen? Ich habe ein Bett, das von einer alten Frau stammt, ein riesiges altes Bett, und ich werde allmählich ein schneller Schwimmer. Früher konnte ich gar nicht schwimmen, nur mich am Schilf festhalten, wenn wir zusammen im Fluss gebadet haben. Hast Du immer noch Glück? Siehst Du noch so aus wie früher? Ich habe einen neuen Anzug. Francesco und ich liegen gern auf den warmen Felsen am Meeresstrand. Weißt Du, wie das Meer aussieht? Sehr schön, ich glaube, Du würdest gern ins Meer gehen. Und ich würde Dir gern das Schwimmen beibringen, entlang der Küste ist es nicht gefährlich.

Nachher könnten wir Käse essen und in der Sonne spazieren gehen. Möchtest Du mich wiedersehen? Möchtest Du mich noch als Ehemann? Übt Salomon fleißig das Rechnen? Geht Dir das Baby schon bis zum Knie oder bis zur Hüfte? Welcher der beiden sieht mir ähnlicher? Welcher der beiden sieht Dir ähnlicher? Welcher der beiden weiß noch, wie ich heiße? Leben noch alle Deine Eltern? Schläfst Du allein im Bett? Wie geht es mit dem Sternenmosaik voran? Ist jetzt der ganze Himmel fertig? Ich würde gern wieder darunter schlafen. Bitte sag mir, dass Du lebst. Bitte sag Salomon und dem Baby, dass ich ihr Vater bin. Bitte schreib mir, dass sie es wissen. Ich weiß noch fast, wer Ihr seid.

Von Herzen, I

Am Morgen, als Francesco unterwegs war, um Kaffee und Gebäck zu holen, legte ein kleines Schiff am Kai an, und zwei Soldaten gingen von Bord, älter und vollwangig; Francesco kannte sie nicht. Sie trugen italienische Uniformen, und im Näherkommen nahmen sie ihre Mützen ab und drückten sie ans Herz. Francesco dachte: Sie sind gekommen, um meinen Freund zu holen. Feierlich ging er ihnen über die hölzernen Planken entgegen. »Es hat einige Verluste gegeben«, sagte der Ältere der beiden. »Giuseppe Carbone.« Undeutlich entstand ein Gesicht vor Francescos geistigem Auge. Ein jüngerer Mann, unrasiert und narbig, unter dessen Kommando am Strand Fangen gespielt wurde. »Und Bianco«, sagte der Mann.

»Aber das bin doch ich«, wandte Francesco ein und betrachtete instinktiv die eigenen Hände, um sich zu vergewissern, dass er lebte.

»Luca Bianco.« Francescos ältester Bruder, der so selbstbewusst war, dass die Luft in seiner Umgebung zu flirren begann; für alle Welt das Idealbild eines Sohnes.

»Er kann nicht sterben«, sagte Francesco im Brustton der Überzeugung. Als wäre sein Bruder einfach zu gut, als dass die Welt es sich leisten könnte, ihn zu verlieren.

»Es tut uns sehr leid«, sagte der jüngere der beiden Soldaten. »Es war ein Hinterhalt, in Rom. Sie waren beide sehr tapfer.«

Die Soldaten salutierten, dann drehten sie sich um und gingen.

Im ersten Moment bestanden die Tränen in Francescos Augen aus Erleichterung und Dankbarkeit. Francesco hatte eine Gnadenfrist erhalten. Niemand wollte ihm Igor wegnehmen, noch nicht. Dann aber sah er vor seinen Füßen Lucas Schatten in sich zusammensinken. Er, als Sohn eine dauernde Enttäuschung, musste nun diese Nachricht seiner Mutter nach Hause bringen. Francesco setzte sich am Kai nieder und stützte den Kopf in beide Hände. Lange Zeit rührte sich kein Hauch. Gott war gütig und grausam.

DAS BUCH DER FERNE UND DER ZUKUNFT, DIE JETZT IST

Rings um meine knochendürren Kinder und mich ragten die Berge auf, dunkelgrün, lebendige Wesen. Um nicht auf- und wieder absteigen zu müssen, gingen wir auf geradem Weg durch das niedrige Tal und spürten die Drehbewegung der Erde. In den kältesten Nächten schliefen wir in den Ställen, an denen wir auf unserem Weg vorbeikamen, bei den Ziegen und Schweinen. Die Tiere fanden es offenbar nicht besonders schmeichelhaft, ihr Heim mit Flüchtlingen zu teilen – sie meckerten und grunzten und rückten nur widerstrebend zur Seite, um uns ein Eckchen freizumachen. Wir sprachen flüsternd über unsere Scheune zu Hause, die wir in einen so wunderbaren Tempel verwandelt hatten. Wir stahlen Eier und Tierfutter und zerkauten dasselbe Heu, das den Ziegen vorgesetzt wurde, aber sobald der erste Anflug von Morgenlicht durch die Ritzen in den Wänden drang, machten wir uns wieder auf den Weg, um uns vom Tag packen und durchschütteln und auswringen zu lassen.

An einem klaren blauen Nachmittag, an dem die Äste der Bäume nackt waren, ohne sich dafür zu genieren, entdeckten wir etwas Merkwürdiges: Mitten auf einem abgeernteten Feld lag eine Matratze. Die Stoppeln dessen, was hier gewachsen war, um in Kochtöpfen und Bäuchen zu landen, waren dürr und kurz abgemäht. Aber dazwischen lag dieses uralte, verschimmelte Ding, auf dem einmal Menschen geschlafen und sich geliebt hatten. Gras wuchs hindurch. Die Matratze war ein Nest für junge Nachwuchsgräschen. Für diese Familie, die nur mit Zufallsfunden am Wegesrand überlebt hatte, war sie wie ein Geschenk. Salomon, langsam, schwach und abgemagert, legte sich nicht nieder, sondern begann zu springen.

Er war ein wunderschöner, enthusiastischer Springer. Er nutzte die Kraft seines ganzen Körpers, um sich in die Höhe zu katapultieren. Wenn er landete, ließen ihn seine Beinfedern gleich wieder emporschnellen. Gegen so viel Himmel war der Erdboden, der ihn an seinen Knöcheln zu halten versuchte, machtlos.

Mit dem Baby auf dem Schoß saß ich auf der Matratze, um unter Salomons Sprüngen mitzufedern. Das Baby lachte, es war ein scharfes, unmissverständliches Lachen. Vielleicht sein erstes. »Wie lang haben wir nicht gelacht?«, fragte ich.

Wir bemühten uns, leise zu sein – man konnte ja nie wissen, ob nicht jemand kommen und uns abführen würde –, aber in diesem Moment fiel es uns wirklich schwer. Irgendwann begannen Salomons Muskeln vor Lachen zu schmerzen, und ich barst vor lauter Freude, meinen Sohn mit wehendem Haar und flatternden, flugunfähigen Armen fliegen zu sehen.

»Was bist du?«, rief ich ihm zu.

»Ein Kind!«, rief Salomon zurück.

»Nein, ein Springer!«

»Ich bin beides!«, lachte Salomon, dem schon schwindlig war.

Ich legte mich neben der Matratze auf die Erde. Ich schob mir einen Stein unter den Kopf und bedeckte mir die Augen mit beiden Händen. Die Sonne war ein verlorenes Licht. Das Kreischen und Lachen meines Jungen schallte ungedämpft über das Feld. Ich lauschte seinem Rhythmus, jeder Landung und jedem neuen Absprung, jedem Sturz und jedem Entschluss, noch einmal aufzustehen. Irgendwann wurde er doch langsamer. »Ich sehe die Sterne«, sagte er und ließ sich keuchend auf die Matratze fallen. Ein trockenes Würgen schüttelte ihn. Er hatte nichts im Magen, das er hätte erbrechen können.

Meine Hand glitt den Grat seiner Wirbelsäule entlang. Das Weinen tat weh – ich hatte keine Flüssigkeit zu verschenken, doch meine Augen hatten lang genug gewartet. Salomon versuchte sich noch einmal aufzurappeln und konnte nicht mehr. Seine Beine waren wie Gummi. Geschlagen ließ er sich wieder sinken und weinte. Ich erzählte ihm die Geschichte des Tages, den wir erlebten – es war einmal eine Familie, die mitten auf einem ganz gewöhnlichen Feld eine erstaunliche Matratze entdeckte, und der ältere Bruder sprang so hoch, dass er die Sterne sah, während seine Mutter und der kleine Bruder die Gesichter der Sonne zuwandten und seinem Lachen lauschten.

»Weißt du nicht mehr, wie schön?«, fragte ich.

Er konnte nur mit Mühe das letzte Wort wiederholen, dann versagte seine Zunge den Dienst.

Die Sonne verlor an Kraft. Das gemähte Feld war ein Nadelkissen abgebrochenen Wachstums. Das Baby schlief auf dem Bett ein, Salomon lag neben ihm. Ich machte mich auf die Suche nach Essbarem und kam mit einem Kaninchen zurück; es war ein Junges, schon tot, aber noch von keinem Vogel entdeckt. Ich häutete es, hielt es über ein kleines Feuer und wartete, bis der Geruch mein Baby aufweckte.

Wir versuchten alle drei auf dem Bett zu schlafen, doch Salomon wälzte sich schlaflos hin und her. Die Sterne versteckten sich hinter einer Schicht Grau – natürlich wusste ich, dass sie immer noch da waren, wohlgeordnet und unverrückbar, und konnte doch nicht glauben, dass es tatsächlich so war. Dort oben schien es eine andere Welt zu geben, eine flache, graue, um nichts weniger unerträglich und wahrhaftig als diese Welt hier unten. Eine, in der man monatelang laufen konnte, ohne die geringste Ahnung zu haben, wo man sich befand, nur um dann doch noch ein Stück weiterzugehen.

Ich wachte auf, als Salomon neben mir wieder zu hüpfen begann. Das Morgenrot war ein blutroter Lichterguss am Horizont, während der übrige Himmel noch dunkel war. Ich spürte, wie die weiche Unterlage zu schwanken begann. Ich spürte das Federn seiner Füße, die nicht aufgaben, sondern immer höher und höher hinaufzuspringen versuchten.

Ich wollte das Baby an mich ziehen und in die Arme nehmen, begriff aber bei der ersten Berührung, dass es nicht mehr aufwachen würde. Es war kalt, es war reglos.

»Hör auf«, sagte ich. »Hör auf zu springen.«

»Wir sind Kinder«, flüsterte er vor sich hin, »zwei Kinder. Wir springen.«

Ich nahm das Baby in die Arme. In der Dunkelheit waren nur seine glänzenden Augen zu sehen. Ich legte es flach auf das Bett. Ich horchte auf seinen Atem. Horchte nach seinem Herzen. Auf der Matratze, dieser Matratze, die zwischen zwei Ernten auf einem Acker festgewachsen war, hatte sich die kleine Seele des Babys im Wind verfangen und wurde nun nirgends hingetragen.

»Das ist mein Baby, das gestorben ist«, flüsterte ich vor mich hin. Ich sagte es so oft, dass die paar Wörter zu einem einzigen verschmolzen.

Ich knöpfte mein Kleid auf und legte das Baby an meine lange schon ausgetrocknete Brust. »Was wäre damit?«, fragte ich. »Was, wenn du noch einmal neu wärst?« Salomon knöpfte ebenfalls sein Hemd auf und wollte seine Brust anbieten, was er sonst nie getan hatte, niemals in seinem kurzen Leben.

»Was wäre damit?«, sagte auch er. Gemeinsam hielten wir das Baby zwischen uns, und es trank nicht. Ich fragte mich, wie lange es gewartet hatte, ehe es sich davonmachte. Wie lang es sich bemüht hatte durchzuhalten, sich festzuhalten. »Na gut«, flüsterte ich, weit davon entfernt, ihm zu verzeihen. »Du hast dich entschieden zu gehen.«

»Das ist mein Bruder, der gestorben ist. Ich segne ihn. Möge Sein großer Name gepriesen und geheiligt werden in der Welt, die er nach Seinem Willen geschaffen.« Das Gebet riss mich entzwei – so wie eine Wunde allein beim Anblick von Blut neu zu schmerzen beginnt. Viel später, in tausend Jahren vielleicht oder mehr, wäre ich vielleicht in der Lage, mich in Schwarz zu kleiden und zu trauern.

»Ich bin nicht bereit für das Gebet«, flüsterte ich. Stürmisch drückte ich das Baby an meine Brust, und einen Moment lang dachte ich, es könnte hineinschlüpfen. Sich wieder mit mir vereinen.

»Wir müssen doch beten. Das ist das Gebet, das wir sagen.«

Ich hielt mir die Ohren zu und weinte. Noch nie hatte ich das Bedürfnis gehabt, meinen Sohn zu schlagen. »Es hört doch niemand zu, merkst du das nicht?«

Die Haut des Babys wurde gummiartig, und sein Körper schwand zusehends dahin. Die Sonne stieg über den Horizont, um uns zu zeigen, wie besiegt wir waren. Der Wind frischte auf und verblies unser Haar, warf unseren Speichel und unsere Tränen zurück, klatschte uns die Trauer ins Gesicht. *Die brauchen wir nicht,* sagte der Wind über unsere Tränen, *die gehören euch.*

Als das Licht uns rosa und orange einfärbte, als stünden wir in Flammen, sagte Salomon: »Wir müssen ihn irgendwohin bringen. Er braucht ein Obdach.«

»Und du? Ein Obdach?«

»Noch nicht«, versicherte er.

Ich hob meinen kleinsten Jungen von der Matratze auf. Seine Beine waren steif und bewegten sich nicht. Natürlich hatten wir keine Schaufel. Wir griffen in die staubigen Lehmbrocken und schoben sie beiseite und gruben die Erde mit bloßen Händen auf.

Wir kamen nicht sehr tief. Die Erde war festgebacken und unnachgiebig und wies uns ab. Wir schlugen mit Steinen auf sie ein, um wenigstens einen Riss hineinzubekommen, doch sie gab nur ein bisschen Staub frei. Bis hier ein kleines Schiff vorbeikäme, in dem das Baby davontreiben könnte, würde es sehr lange dauern. Wir legten es nieder, ganz knapp unter die Oberfläche der Welt.

»Er hatte nie einen Namen«, sagte Salomon.

»Er hat uns nie gesagt, wie er heißen will.«

»Sollen wir ihm jetzt einen geben? Sollen wir ihn Stern oder Weizen oder Feld nennen?«

»Das wäre alles nicht genug.«

So ging das Baby davon, wie es gekommen war: als Person ohne Gewicht. Kein Name, keine Schulden, kein Gewinn. Es hatte keinen Weg mehr vor sich, musste keine Nahrung finden, hatte keine Tränen zu vergießen, keine Mutter und keinen Bruder, für die es beten musste. Solange die Erde sich weiterdrehte, brauchte es nur zu schlafen und vielleicht zu träumen.

Das war die letzte Nacht, die wir zu dritt erlebten, und während der ganzen Zeit lagen Salomon und ich regungslos wach. Wir wollten uns so wenig bewegen wie unser dritter Gefährte, wollten sein wie er, damit wir alle gleich wären, still lägen, so wie es ja natürlich ist, unter dem dunklen Himmel und den ungezählten Sternen.

DAS BUCH DER HEIMAT UND DER ZUKUNFT, DIE JETZT IST

Es begann mit einem Gebrüll in weiter Ferne, mit Schreien, die laut genug waren, um das Gras flach niederzuwehen.

Schüsse wurden abgefeuert.

Das ferne Gebrüll wurde weniger fern.

Die Dorfbewohner rückten näher zusammen. Noch saß der Schlaf bei ihnen. Jemand, sie wussten nicht, wer, zündete eine Laterne an, woraufhin sich alle in Gebirge mit zerklüfteten Gesichtern verwandelten. Jemand anderes befahl flüsternd, die Laterne auszublasen, im Dunkeln seien sie wenigstens unsichtbar. Die zerklüfteten Gesichter verlöschten wieder, aber wenn sie alle die Augen schlossen, sahen sie einander noch als Nachbilder auf der Innenseite ihrer Lider.

Die Fremde sagte: »Ja, das weiß ich noch. An das alles erinnere ich mich.« Die Umsitzenden brachten sie mit stummen, flehenden Augen zum Schweigen. Der Goldschmied begegnete ihrem Blick. Er hätte gern gesagt, dass auch er sich erinnerte, aber das stimmte ja nicht – er hatte noch nie in seinem Leben einen Verlust erlitten. Aber er wollte der Fremden versichern, dass er ihr glaubte, und umgekehrt hätte er von ihr gern gehört, dass wieder jemand da sei, um sie alle aus dem Fluss zu ziehen, so wie einst sie aus dem Fluss gezogen worden war. Dass immer, auch wenn sie noch so oft fortgespült würden, ein Stück flussabwärts eine neue Welt auf sie wartete.

»Ich erinnere mich an meine Tochter. Ihr Haar lag struppig an meiner Schulter. Ich erinnere mich an das Lachen meines Sohns«, sagte die Fremde. Perl beugte sich näher an sie heran und streckte die Hand aus, als versuche sie das Vertrauen eines streunenden Tieres zu gewinnen, sein Jaulen zu beschwichtigen. Die Fremde schüttelte den Kopf. »Entschuldigung«, sagte sie. »Ihr wart sehr freundlich zu mir. Ihr habt mein Leben gerettet, aber ich erinnere mich trotzdem an die alte Welt. Sehr genau sogar. Ich erinnere mich an alles, was ich verloren habe, ich weiß sogar noch, wie alles gerochen hat.«

Aus dem Gebrüll in der Ferne war ein Gebrüll in der Nähe geworden. Die Schüsse waren ganz nah. Stiefel zertraten, was ihnen im Weg lag. Die Menschen in der Scheune hörten jedes Knacken, jedes Brechen. Sie sahen, wie die Fremde bei jedem Geräusch wissend nickte. Diese Symphonie hatte sie schon einmal gehört.

»Was passiert als Nächstes?«, fragte der Bankier.

»Alles passiert als Nächstes«, sagte die Fremde und presste die Augen fest zu.

Aus Fenstern wurde Wasser, das aufspritzte und in sich zurückfiel. Türen schlugen gegen Wände. Unbekannte Stimmen schrien durch die verlassenen Häuser: *Kommt raus, Dreckschweine. Wo seid ihr? Es ist so weit.*

Und wenn die Leute die Augenhöhlen ihrer Nachbarn hätten sehen können? Wären sie so verängstigt gewesen, dass sie ganz von selbst zu einem Haufen Knochen ineinandergefallen wären? Die Furcht schien heiß genug, um sie zum Schmelzen zu bringen.

Perl streckte die Hände nach ihrer Familie aus – meiner Familie –, zog Vlad und Moische und die Schneiderstochter an sich, ihrer aller Arme verschränkten sich und hielten einander. Regina und die Witwe waren nicht bei den anderen in der Scheune – Perl sah sie, wenn überhaupt, nur noch durch ein Prisma aus Senfgläsern. Perl sehnte sich danach, ihre

Töchter zu berühren, sie konnte nur innig hoffen, dass wir irgendwo versteckt und in Sicherheit wären.

»Ist das jetzt das Ende?«, fragte Moische. Er war alt genug, um ebenso weit voraus- wie zurückblicken zu können, die Lichtung zu sehen, durch die er gekommen war, und den Wald, der sich direkt vor ihm plötzlich in eine Wildnis verwandelt. Seine Frage war langsam gestellt, überlegt – ein Kind, das sich bemühte, so furchtlos zu wirken, wie es sich das bei den Erwachsenen vorstellte. Perl hätte ihm gern gesagt, wie viel Angst sie selbst hatte, wie viel Angst er haben durfte.

»Bleib bei mir«, sagte Vlad. »Geh bloß nicht weg.«

»Sollten wir getrennt werden, schreib mir an unsere Adresse im Dorf, und sag, wo du bist«, flüsterte Perl. Vlads Augen waren ein einziger Schwarm Furcht. Wenn er sie ansah, fühlte sich Perl, als würde sie von Bienen gestochen. Er quetschte ihre Hände derart zusammen, dass sie taub davon wurden. Vlad summte kaum hörbar durch die Nase und erzeugte einen Klangfluss, der gerade breit genug war, dass seine Familie darauf treiben konnte. Moische fügte ein eigenes leises Summen hinzu, und Perl und die Schneiderstochter hielten sich daran fest.

Die Frau des Bankiers sah nun dieselbe Hässlichkeit, die nach dem Tod des Babys in ihr Herz eingezogen war, auf den Gesichtern der anderen gespiegelt. Das war ihr ein eigenartiger Trost.

Die Fremde sagte: »Die meisten von uns werden sterben, aber nicht alle. Wir fangen von vorn an, so oft, wie es nötig ist. Das Ende ist dasselbe wie der Anfang. Lena wird unsere Geschichte erzählen.«

»Woher soll sie unsere Geschichte kennen?«, fragte Kayla.

»Sie wird sie kennen«, antwortete die Fremde überzeugt.

Der Goldschmied prägte sich die Worte seiner Liebsten ein und wünschte sich, sie hätten Masse, er wünschte sich, die Worte wären Münzen oder Kiesel, die er in der Faust halten könnte. Die Fremde öffnete ihre leeren Hände und sagte: »Ich danke euch, dass ihr meine Familie wart. Es war mir eine Ehre. Ich erinnere mich, wer ihr alle seid.«

Der Gemüsehändler dachte an die Vermessungen, die er und die übrigen Mitglieder des Komitees zur Würdigung und Inventarisierung Unseres Besitzes über Monate und Jahre so sorgfältig durchgeführt und niedergeschrieben hatten. *Was bleibt uns jetzt noch?*, fragte er sich. *Wenn wir sterben, jeder Einzelne von uns?* Die Geschichte, dachte er, die wird bleiben. Wenn sie einmal erzählt worden ist, verschwindet sie nie mehr ganz aus der Welt. Die Geschichte kann keine Kehle aufschlitzen. Der Gemüsehändler wollte diese Theorie seiner Frau mitteilen, die lautlos neben ihm weinte, doch als ihre Blicke einander begegneten, sagte er sich: Sie kennt sie wohl schon.

Kayla und Hersch schlüpften still und leise durchs Tor hinaus. Die Zurückgebliebenen sahen, wie sie sich durch die Bäume davonstahlen, blickten ihnen aber nicht nach, sondern ignorierten ihre Flucht. Niemand versuchte sich ihnen anzuschließen, niemand warf die Angelschnur seiner Stimme nach Kayla und Hersch, um sie am Haken zurückzuholen. Das Dorf ließ sie einfach verschwinden. Ob sie wohl in einen Baum klettern und dort nisten würden wie ein Paar ungewöhnlich großer Krähen?

Perl, Vlad, Moische und die Schneiderstochter drängten sich so dicht aneinander, dass sie sich fühlten, als würden sie miteinander verschmelzen. Hätte eines ihrer Herzen ausgesetzt, wäre das nicht weiter schlimm gewesen, denn die anderen wären sofort für das ausgefallene Organ eingesprungen.

Die Leute hörten Stimmen draußen, direkt vor der Scheune, und dann ein Hämmern am Fenster. Das Einschussloch in der Wand verdunkelte sich. Draußen lachten Männer.

Sekundenlang hörten sie das exakte, vollständige Geräusch des Nichts.

Dann ging das Tor auf, und das Mondlicht schwappte über die Dorfbewohner hin, ihre Körper verwandelten sich wieder in Gebirge, ihre Gesichter in zerklüfteten Stein.

»Da sind ja alle beisammen!«, schrien die Männer. »Nett von euch, dass ihr euch schon versammelt habt. Ihr habt sicher auf uns gewartet.« Sie waren sehr groß und standen so aufrecht, dass sie aussahen wie Statuen. Sie trugen blassgrüne Uniformen, und die Waffen in ihren Händen funkelten aufgeregt, geradezu lebendig. Ihre Anwesenheit war ganz unwirklich. Und doch schien ihr Auftauchen jetzt, da es so weit war, unausweichlich. Fast eine Erleichterung. Wann es wohl vorbei sein wird? Jetzt ist es vorbei.

Die Kinder verloren nicht als Erste die Nerven, sie bewahrten am längsten die Ruhe. Es waren die Väter, die zuerst mürbe wurden und versuchten, alles, was sie liebten, mit ihren armseligen Armen zu umschlingen. Die Arme waren zu kurz, zu dünn. Warum konnten sie nicht doppelt so lang sein?

Eine Weile war nichts anderes zu hören als Väter, die ihre Familien zu umarmen versuchten.

Die Mütter waren die Nächsten. Als eine laut genug weinte, um gehört zu werden, brachen alle zusammen, die Kinder, die Großmütter, die Onkel, die Kusinen. Sie weinten, weil sie weinten. Sie weinten, weil überall im Raum, gegenüber und direkt nebenan, geweint wurde.

Einer der Uniformierten trat auf Perl zu. »Diese hier wird wohl keine Läuse haben, die ist schon kahl.« Er tätschelte ihre glänzende Kopfhaut.

Der andere Uniformierte lachte. »Versuchst du uns etwa zu bestehlen?«, fragte er. Perl starrte vor sich auf den Boden. »Versuchst du uns zu bestehlen?«, wiederholte er.

Perl schüttelte den Kopf.

»Bist du kahl *und* dumm?«

Perl verneinte abermals stumm, und der erste Mann gab ihr eine Kopfnuss. »Wir wollten deine Haare«, sagte er. »Bist du nicht auf die Idee gekommen, dass uns das ein Anliegen sein könnte?«

»Was wirst du zur Entschuldigung jetzt für uns tun?«, fragte ein anderer.

»Sie wird den anderen die Köpfe scheren«, antwortete der Erste. »Dann kriegt sie die Drecksläuse von denen.«

Die Dorfbewohner taten jetzt alles, was man tun konnte. Sie wehrten sich und bekamen dafür einen Gewehrkolben auf den Kopf. Sie versteckten sich hinter den Regalen und wurden an den Haaren wieder hervorgezerrt. Sie standen auf, hoben die Hände über den Kopf und warteten auf Anweisungen. Sie stellten sich vor ihre Angehörigen und sagten: Nehmt mich, nehmt mich.

Das zu Stapeln aufgeschichtete Hab und Gut wurde umgerissen, und mein Volk hörte die entsprechenden Geräusche. Töpfe schepperten, wenn sie auf dem Boden aufschlugen. Bücher, Besteck, Sättel, alles purzelte durcheinander. Leute wurden verschüttet. Die Soldaten traten absichtlich in die Stapel und horchten, ob darunter ein Aufschrei zu hören war. Das Geschrei, zuerst spitz und schrill, wurde wie das Zischen eines Feuers – hinter einem, rings herum, aber ohne ein Zentrum. Die Gebete in den Köpfen der Dorfbewohner waren wie ein Donnergrollen. Eine lautlose Kakophonie. Alle beteten dasselbe Gebet.

Bitte mach, dass es Dich gibt. Wir wollen an Dich glauben.

Sie baten schon lang nicht mehr um etwas Besonderes. Keine Bitten um Sicherheit, keine Hoffnung auf ein Loch im Boden, in dem sie verschwinden könnten, kein Wunsch, einen Menschen durch einen anderen zu ersetzen. Sie sagten nur, sooft sie konnten: *Wir sind hier. Wir wollen auf Dich vertrauen. Wir sind hier. Bitte mach, dass es Dich gibt. Gewiss wirst Du heute auf uns achtgeben. Nicht wahr? Wir sind hier.*

Unter der Last der eigenen Hoffnung begann das Dorf zu zerbrechen. Den Leuten war zumute, als könnte ihnen jeden Moment der Kopf davonrollen und sich zu den Kohlköpfen gesellen, als könnte ihnen das Herz aus der Brust fallen. Als der Metzger von einem Soldaten ergriffen wurde, der ihm die Hände auf den Rücken bog, konnte sich niemand erklären, weshalb ihm nicht einfach die Arme abfielen. *Wir vertrauen auf Dich. Wir vertrauen auf Dich.* Aber die Schultern blieben, wo sie waren. Die knorpeligen Enden der Knochen blieben in ihren Gelenkpfannen.

Die Fremde sagte, an niemanden im Besonderen gerichtet: »Meine Tochter hatte lange Finger und kurze Zehen. Ihre Ohren waren wie runde Muscheln. Ihr Bruder ist ihr auf Schritt und Tritt gefolgt und wollte zu allem und jedem ihre Meinung wissen, und ihr Vater vertraute ihr sein Werkzeug an. Ich habe gern den Krähen zugesehen, wenn sie auf der Holzlege herumgehüpft sind. Wenn ich daran denke, steigt mir der Geruch in die Nase. Aber ich weiß auch noch, wie sich die Finger der Frau des Kohlbauern angefühlt haben, als sie mir an dem Tag, an dem ich hier angeschwemmt wurde, den Schlamm zwischen den Zehen herauskratzte. Ich erinnere mich, wie das geröstete Brot im Haus des Goldschmieds geschmeckt hat und der Braten, den es beim Metzger gab. Ich erinnere mich an die langen friedlichen Regengüsse, die an jedem einzelnen Tag seit Beginn unserer Welt heruntergegangen sind. Ich erinnere mich, erinnere mich, erinnere mich.« Sie lächelte ein breites, aufrichtiges Lächeln. Die Bankiersgattin sah sie verwirrt an. »Nein«, sagte die Fremde. »Sich erinnern ist ein Privileg. Ich fürchte mich nicht mehr davor. Absolut alles ist wahr.«

Als die Worte der Fremden unsere beiden Welten wieder zusammenfügten, sah Perl mein Gesicht aufblitzen, im Alter von fünf, als sie sich noch nicht hätte träumen lassen, dass sie mich jemals weggeben könnte. Sie sah meine unregelmäßigen, noch vollzähligen Milchzähne. Sie sah das Spiel, das ich mir ausgedacht hatte – ein bleistiftgezeichnetes Labyrinth, das im Kohlacker seinen Anfang hatte und an unserer großen blauen Haustür endete. Wo immer du bist, sagte meine Mutter im Geist zu mir, ich hoffe, du bist zu Hause. Ich hoffe, wir gehören immer noch zusammen. Und für Regina fand sie zwei Wörter, die gegeneinanderschlugen: *lebendig* und *Liebe*.

Der erste Uniformierte kippte einen Korb Kohlköpfe auf den Boden. »Das mögen sie, scheint's«, sagte er zu einem seiner Kollegen. »Die können froh sein, wenn wir ihre Asche auf einen Acker kippen.« Der Uniformierte legte meiner Mutter zwei Finger unters Kinn. »Du wirst einen spitzenmäßigen Dünger abgeben.«

Daraufhin begannen sie in die Decke zu schießen. Bruchstücke des Himmels fielen herab, ein scharfkantiger Regen, und die Dorfbewohner stellten sich auf und warteten, dass sie an der Reihe wären und abgeführt würden.

Sie gingen in Zweiergruppen und waren keine Kohlbauern oder Schneiderstöchter, keine Weber oder Bankiers oder

Bankiersgattinnen oder Fremden mehr. Vlad und Perl und Moische? Einfach Körper zwischen Körpern, einfach Tiere, die aus ihrem Tempel in die eroberte Welt hinausgetrieben wurden.

Auf dem Platz vor der Scheune hatte der Regen an Heftigkeit zugenommen und prasselte auf sie herab. Die alten Sterne, zu weit entfernt, um heruntergeschossen zu werden, begrüßten die aufgereihten Menschen. »Leuchten seien am Gewölb des Himmels, zwischen dem Tag und der Nacht zu scheiden; dass sie werden zu Zeichen, so für Gezeiten, so für Tage und Jahre«, sagte der Goldschmied.

»Und mögen wir mit ihrer Hilfe unseren Weg finden«, flüsterte die Fremde. Jeder von ihnen bekam nun einen neuen Stern. Eine gelbe Binde wurde ihnen um den Oberarm gelegt, und auf jeder Binde: ein Stern. Die Soldaten hatten den Dorfbewohnern nicht die Hände gefesselt, sie waren sich sicher, dass die Furcht als Fessel ausreichte.

Das Wasser lief davon, es lockte, es winkte. Es war, als sei der Himmel, nachdem er so lange geübt hatte, endlich bereit, die Menschen fortzutragen, in Sicherheit. *Und das Wasser wuchs über der Erde, und es hob sie hoch und es trug sie.* Die Fremde nahm die Hand ihres Geliebten und begann zu rennen. Die anderen mussten nicht eigens aufgefordert werden. Wie auf das Kommando einer einzigen Stimme hin, die durch alle Köpfe hallte: Wir sind die Sterne, wir sind der Himmel, wir breiten uns aus über die Finsternis. Sie liefen, und das Wasser lief mit ihnen, alles bewegte sich gemeinsam. Manche starben in den Kugelsalven, die hinter ihnen hergefeuert wurden. Manche wurden verletzt, manche gefangen genommen. Perl spürte die Hitze der Hand ihres Mannes, ihre Finger schlangen sich ineinander. Moisches Hand, die sie mit der anderen hielt, war schweißnass und glitschig. Perl fühlte sich als Teil eines größeren Körpers. Ihr Arm und Vlads Arm – ihr Arm und der Moisches – konnten nicht voneinander getrennt werden. Das Blut floss zwischen ihnen wie das Leben, das sie miteinander verbracht hatten. Während sie lief, wurde Perl immer weniger Person und immer mehr alle und alles. Ihr Herz hämmerte so laut, dass sie wusste, dieses donnernde Schlagen kam nicht allein von ihr. Die Namen der Menschen spielten keine Rolle mehr – der Unterschied zwischen dem Körper des Bankiers und dem Körper des Metzgers verlor an Bedeutung. Der Überlebenswille war kein individueller Trieb, sondern ein kollektiver. Die Luft war prall gefüllt mit Geistern – mit jedem Leben, das je auf diesem Land gelebt worden war, jedem Leben in dieser Geschichte.

Ehe die wenigen, die überlebt hatten, in den Fluss sprangen, sahen sie einander an. Sie waren alle Fremde, die einander vor langer Zeit kennengelernt hatten. Oh, grüß dich, dachten sie. Du kommst mir so bekannt vor. Ich glaube, wir sind als Kinder befreundet gewesen. Habe ich nicht Kohlköpfe angebaut? Warst du nicht meine Frau? Ich glaube, ich könnte dich lieben. Sie ließen sich fallen, und die Oberfläche der Erde war flüssig. Die Kälte des Wassers verschlug ihnen den Atem; es war wie ein Heimkommen.

Das Wasser floss schnell, und mein Volk, lauter Fremde und lauter Verwandte, wurde davongetragen.

Bei Hersch und Kayla, den anderen voraus im dahinstürzenden Wasser, pumpten sämtliche Organe so heftig sie konnten. Der Schlamm war ihnen gegen die Füße geklatscht. Sie hatten das Gras geteilt wie einen Vorhang, als sie hindurchliefen. Der Regen geriet ihnen in die Augen, als sie zum Fluss abbogen. Sie sprangen ins kalte, schnell strömende Wasser.

Sie hielten einander an der Hand, und Kayla klammerte sich am Schilf fest, damit sie nicht mitgerissen wurden. Das Wasser nagte mit seinen kalten Zähnen an ihnen, bis ihre Haut sich verhärtete und sämtliche Härchen sich aufgestellt hatten.

Sie blickten zur Scheune zurück und nahmen das Tintenschwarz der sich bewegenden Körper wahr. Sie hörten auch, was dort drinnen geschah, so gut, wie sie je in ihrem Leben etwas gehört hatten: Das Flehen und Schreien war nadelscharf. Der Fluss mit dem weich hineinfallenden Regen bot eine andere Art Musik. Kayla und Hersch lauschten der Melodie, die sich aus den beiden zusammenfließenden Klängen ergab.

»Die echten Sterne«, sagte Kayla und blickte zum Himmel.

»Wir werden loslassen müssen«, sagte Hersch. »Am Ende finden sie uns noch hier.«

Kayla verlor einen Schuh, dann den zweiten. Die Schuhe trieben rasch davon.

»Meine Schuhe sind weg«, sagte sie zu ihrem Mann.

Hersch griff nach unten, um seine Schnürsenkel aufzubinden, aber er zog die Schuhe nicht selbst aus, sondern ließ sie sich vom Fluss ausziehen. Ihre Haut war gefühllos geworden, nur noch eine Hülle, die um das Innere herumlag.

Ihre Socken blieben noch eine kurze Weile bei ihnen, dann stahlen auch sie sich davon. Kaylas Kleid zerrte schwer an ihren Schultern. Sie drehte sich zu Hersch, und er, ohne dass sie ihn darum bitten musste, knöpfte es auf. Es dauerte nicht lange, bis es an ihrem Körper hinabglitt. Es tauchte wieder auf, eine weiße Blase, der sie nachsahen, bis sie um die Flussbiegung verschwunden war. Kayla war jetzt in Unterwäsche, und das weiche, fasrige Schilfgras strich über ihre Haut.

»Ich bin keine junge Frau mehr«, sagte sie.

»Ich bin kein junger Mann.«

»Ich konnte nie gut schwimmen. Wir hätten in den Wald gehen sollen.«

»Wir müssen nicht schwimmen. Wir müssen uns nur über Wasser halten«, sagte Hersch.

»Lass mich dir das Gewicht der Kleider abnehmen, damit du leichter wirst«, sagte sie, während sie ihm die Weste aufknöpfte, seine schwarze Wollweste, dann sein weißes Hemd. Er streckte nacheinander die Arme aus, und sie hielt ihn jeweils am anderen fest, und die Strömung erfasste seine Kleidung und nahm sie mit.

Sie hielten sich abwechselnd am starken Schilf und aneinander fest, während sie die letzten Kleidungsstücke ablegten. Ihre Haut, schlaff geworden nach den vielen Jahren, die sie sich an den Knochen festgehalten hatte, flatterte sacht.

»Es war ein guter Ort, um unsere Tochter aufzuziehen«, flüsterte Hersch.

»Es geht ihr gut«, sagte Kayla. »Irgendwo in der Welt geht es ihr gut, unserer Tochter.«

»Wir haben uns weitervererbt«, sagte Hersch zu seiner Frau. Sein Gesicht war weiß vor Mondlicht und Kälte.

»Wir hätten nichts tun können, um den anderen zu helfen«, sagte Kayla.

»Niemand hätte was tun können.«

»Ich bin froh, dass wir den Himmel fertig bekommen haben.«

»Erinnerst du dich an den Beginn der Welt?«, fragte Hersch. »Was für ein Glück, dass wir diese Zeit erlebt haben.«

»Wär sie nur nicht so schnell vorübergegangen. Hier sind wir, alt, und schwimmen davon.«

»Aber ich bin froh, dass wir zusammen alt sind und davonschwimmen«, sagte Hersch und drückte seine kalten Lippen auf ihre Stirn.

Im dunklen Weidendickicht am Ufer raschelte etwas Kleines im Gezweig. Etwas anderes klatschte ins Wasser. In der Ferne hörten Hersch und Kayla das Getrappel Hunderter Füße. Sie sahen die Dorfbewohner als schwarze Linie das Dorf verlassen.

»Der Fluss ist kalt.«

»Sollen wir uns allmählich auf den Weg machen?«, fragte er.

Kayla ließ das Schilf los, und die beiden begannen ihre Reise als Treibgut. Ihre nackten Körper schwebten an der Wasseroberfläche dahin, und sie legten die Köpfe zurück und hielten den Atem an. Ihre Finger waren ineinander verschränkt.

Sie sprachen die Namen der Sternbilder nicht laut aus, aber sie kannten sie alle. Der Himmel war ein Tuch mit genügend Löchern zum Atmen.

Nach langer Zeit sagte Hersch: »Sag mir, dass du da bist.«

Kayla gab einen kleinen, erstickten Laut von sich.

»Sag deinen Namen«, forderte er sie auf.

Sie gab denselben kleinen und erstickten Laut von sich.

»Ich heiße Hersch«, sagte er. »Ich bin dein.«

Lange Zeit trieb er mit ihrer kalten Hand dahin. Der Fluss wand sich in die eine, dann in die andere Richtung. Die Ufer rückten näher, und die Strömung wurde schneller, dann weitete der Fluss sich wieder, und er konnte die Bewegung des Wassers kaum noch spüren.

»Ich bin dein«, sagte Hersch noch einmal zu seiner treibenden Braut, aber sie antwortete weder mit einem Händedruck noch mit einem Wort.

»Du bist mein«, sagte er, öffnete die Hand und ließ sie los.

Kayla drehte sich in einen Wirbel hinein. Er schloss die Augen, obwohl sich die Dunkelheit ohnehin als Tuch über alles gelegt hatte. »Ich bin dein«, sagte er noch einmal und stemmte sich gegen die Strömung, um in ihrer Nähe zu bleiben. Er gab ihr einen letzten Stoß, der sie zum Rand hintrieb. »Bring den Flussufern Glück.«

Die Büsche am Ufer, die langen Arme der Weiden würden Kayla einfangen und an sich ziehen. Sie würden sich um ihren Körper schlingen. In sie hinein und hindurchwachsen. Und bald würden kurze grüne Blättchen folgen.

Hersch trieb unter der schamlosen Schönheit des Himmels davon. »Das Wasser wimmle, ein Wimmeln lebenden Wesens, und Vogelflug fliege über der Erde vorüber dem Antlitz des Himmelsgewölbs«, sagte er zu sich und dachte daran, wie er als junger Mann in der Genesis gelesen hatte und ihm die Idee, das Leben lasse sich einfach erfinden, als Märchen erschienen war. Wie er jetzt allein im Fluss trieb, weit entfernt von der bekannten Welt, hoffte er, dass jemand daran gedacht hatte, sich flussabwärts den einen oder anderen Ort auszudenken. »Ein Dorf sei in nicht weiter Ferne«, sagte Hersch leise zur Nacht. Die Sterne zwinkerten ihm zu, wie um zu sagen, dass sie ihn gehört hatten. »Und die Bewohner dieses Dorfes seien am Ufer, um nach der Überschwemmung die glitzernden Fische einzufangen«, sagte er. »Und sie seien zur Stelle, wenn ein Fremder bei ihnen angeschwemmt wird, denn sie sollen ihn in wollene Decken wickeln und mit heimnehmen, wo eine neue Welt wartet. Und irgendwo auf der Welt sei jemand da, der seine Geschichte erzählt. Unsere Geschichte.«

DAS BUCH DER SEE UND DER ZUKUNFT, DIE JETZT IST

Igor schlief allein in der fensterlosen Finsternis seiner Zelle. Zum ersten Mal hatte er das Bedürfnis, eigenhändig Löcher in die Mauern zu brechen. Zum ersten Mal gab ihm der Käfig das Gefühl, gefangen zu sein. Zum ersten Mal schlief er nicht gut in seinem Himmelbett, obwohl er die Beine weit gespreizt und die Arme ausgebreitet und die Decke bis ans Kinn gezogen hatte.

»Ich bin am Meer!«, schrie er, und die Mauern warfen ihm seine Worte zurück. »Ich weiß nicht, wo das ist!« Er stand auf und begann auf dem Bett auf und ab zu springen. Er schrie: »Ich bin ein Gefangener in einem fremden Land!« Er sprang und rief: »Irgendwo habe ich eine Frau und zwei Söhne!« Er landete, ging in die Knie, hob wieder ab. »Ich hab alles, was ich brauche! Wo ist das alles?«

Später nahm ihn Francesco am Arm und ging mit ihm über den Trampelpfad zum Postamt. Der Brief wurde adressiert an *Lena, meine Frau, Zalischik*. Igor strich sich mit dem Umschlag über die Wange, ehe er ihn aufgab.

»Schwimmen?«, fragte Francesco.

»Ich sitze auf den Felsen und schau dir zu. Ich werde warten, dass meine Frau mir zurückschreibt.«

»Das dürfte ein paar Wochen dauern.«

»Dann schreib ich eben noch mal.«

»Es hilft nichts, wütend zu sein. Du bist ein Gefangener, daran lässt sich nicht rütteln. Also kannst du's genauso gut genießen.« Francesco hatte sich in dem Wissen gesonnt, dass ihn sein Freund, gefangen, wie er war, ja nicht verlassen konnte, aber die Unzähmbarkeit der Gedanken, die jederzeit frei in der Erinnerung und der Phantasie umherschweifen können, die hatte er freilich nicht bedacht. So fest er konnte, stieß Francesco beide Arme durch die Oberfläche des tiefblauen Meeres. Seine Haut brannte, Salzwasser spritzte ihm in die Augen. Igor erkannte darin nicht die verzweifelte Zurschaustellung eines großen Kummers, um die es sich tatsächlich handelte.

Francesco stemmte sich aus dem Wasser und setzte sich auf die Felsen. »Einmal«, sagte er, »als Kind, habe ich am Strand gespielt, während mein ältester Bruder ein Mädchen überredete, den Badeanzug auszuziehen. Ich musste Schmiere stehen und pfeifen, wenn jemand kam. Ich habe die beiden heimlich beobachtet und die unbeholfene Hand meines Bruders auf der salzigen Haut des Mädchens gesehen, während sie mit tief gelangweilter Miene in den Himmel starrte. Mein Bruder sah gar nicht heldenhaft aus, wie ich gedacht hatte, sondern erbärmlich. Schielend und sabbernd. Hätte ich das nur nie gesehen. Hätte ich nur die ausgefeilte Eroberungsgeschichte meines Bruders gekannt, nicht die zusammengefummelte Wahrheit.« Er sah Igor an. »Die Liebe hat so traurig ausgesehen. So erniedrigend.« Igor tätschelte Francesco das Knie.

»Das war keine Liebe«, sagte Igor. Francescos Miene hellte sich auf.

Und gleich war ihm zumute, als würde ein Vogel in seiner Brust fliegen. Als könnte er selbst fliegen. Igor stand auf, reckte sich, reckte die Arme. Francesco sprang kopfüber ins Meer, durchschlug geradewegs die Oberfläche der Welt.

Igor blieb auf den Felsen und schrieb etliche weitere Briefchen, während Francesco im Kreis schwamm und aussah, als erlebte er die schönste, die absolut wunderbarste Zeit seines Lebens.

Liebe L,
ich lebe noch, hast Du das gewusst? Ich werde allmählich ein sehr, sehr guter Schwimmer. Ich schaffe es innerhalb weniger Sekunden vom großen Felsen bis zum Sandstrand. Außerdem habe ich gelernt, Lasagne zu machen. Weißt Du, was das ist? Mein Freund Francesco hat es mir beigebracht, vielmehr seine Mutter. Wie geht's meinen Söhnen? Bist Du am Leben? Wie ist das Wetter dort, wo Du bist? Weißt Du noch, wie wir in den Apfelbaum geklettert und im Geäst eingeschlafen sind? Hoffentlich lebst Du noch.
Alles Liebe, I

Liebe L,
ich weiß noch immer nicht, ob Du lebst. Bitte schreib mir. Bitte vergiss es nicht. Bitte sag Salomon, dass er mein Sohn ist und dass ich sein Vater bin. Bitte schick mir irgendwas von Dir, das ich aufbewahren kann.
Alles Liebe, I

Liebe L,
ich sitze am Meer. Ich warte. Heute schwimme ich nicht, weil Du weit weg bist.
Alles Liebe, I

Liebe L,
vielleicht geh ich irgendwann schwimmen, aber nicht, weil ich Dich vergessen hätte. Ich leide, wenn Du leidest.
Alles Liebe, I

Liebe L,
ich habe Hunger. Ob ich was essen soll? Zu Hause hättest Du mich gefüttert.
Alles Liebe, I

Liebe L,
ich werde die Füße ins Wasser hängen, aber nicht die Knie. Geht mir das Baby jetzt eigentlich schon bis zu den Knien? Das hast Du mir nie gesagt. Schwimmt es gern?
Alles Liebe, I

Liebe L,
jetzt gibt es Mittagessen. Ich werde essen, aber ich werde auch bestraft, das darfst Du nicht vergessen. Ich werde weniger essen, als ich möchte. Vielleicht sollte ich mehr essen, damit es auch für Dich reicht? Was ist Dir lieber? Ich mache alles, was Du willst.

Liebe L,
das Mittagessen war nichts Besonderes. Soll ich das sagen? Ist es besser, wenn ich unglücklich bin? Ich werd's versuchen.

Liebe L,
ich schlafe immer noch, sooft ich kann. Ist Salomon ein guter Schläfer? Bringst Du ihn mit, wenn Du kommst? Er ist noch nicht erwachsen, oder? Wie groß ist das Baby? Welche Eigenschaften hat es von mir?

Liebe L,
ich werde versuchen, heute Abend im Schach zu gewinnen, um Dir Ehre zu machen. Wenn ich ein Mädchen anschaue, werde ich ihr Gesicht durch Deins ersetzen. Damit ich's nicht vergesse,

werde ich eine Liste von allem anlegen, was ich Salomon und dem Baby beibringen will, wenn ich sie wiedersehe. Ich bin ein Vater, heute, morgen. Ich lebe immer noch, damit Du's weißt.

Wenn Igor erwachte, verbrachte er die Zeit wartend mit seinen Briefen und schrieb noch immer weiter. Meistens schlief er, bis Francesco seine Zelle aufsperrte, da die Sonne jenseits der fensterlosen Wand ihm ja nicht mitteilen konnte, ob es Tag war oder später Tag oder Abend oder schwarze Nacht.

Jetzt aber wachte er von selbst auf und wartete. Jetzt saß er da, an die Gitterstäbe gelehnt, hatte die Lampe eingeschaltet und las die Post, die er in die Welt hinausschicken wollte. Er dachte an mich, seine Frau, und stellte sich vor, wie ich mit einer Decke über den Knien, beide Jungen neben mir, in einem gemütlichen Sessel saß und seine Briefe las. Was ich wohl in der Zwischenzeit tat? Ein paar frische Konserven zum Toast verspeisen? Wartete ich den ganzen Tag, den ganzen nächsten Tag? Und wann würden meine Antworten endlich über die Berge, Berge, Berge bis zu ihm finden?

Wenn Francesco ihn für die Nacht einsperrte, löschte Igor die Lampe. Die Schwärze in seiner Zelle klatschte gegen seine offenen Augen. Er zwinkerte und versuchte Gestalten zu erkennen, aber die Dunkelheit fiel über ihn her. Er schlug nach ihr und traf sie nicht. Er war vollkommen durchtränkt von ihr und rollte sich zusammen und spürte, wie sie über ihn hinwegkroch und ihm Lunge und Ohren und Mund und Augen füllte.

Igor ließ sich wieder und wieder von Francesco zum Postamt begleiten. Kaum hatte er eine kleine Nachricht geschrieben, wollte er sie abschicken. Francesco tat ihm zunächst den Gefallen, unter dem Einfluss seines Schuldgefühls, das ihm ohnehin alles vergällte. Nach ein paar Tagen aber teilte er Igor mit, fortan werde nicht mehr jede Nachricht einzeln geschickt; die Nachrichten würden stattdessen gesammelt, bis die Woche um sei. Und etwas später wiederum teilte er Igor mit, es werde keine weiteren Nachrichten geben, solange keine Antwort eintreffe.

»Was ist das denn für ein Gefängnis?«, schrie Igor.

Francesco schüttelte den Kopf. »Wir können uns das Porto nicht leisten«, antwortete er. »Schließlich ist Krieg, und sehr wahrscheinlich werden wir ihn sogar verlieren. Wir alle müssen Opfer bringen.« Das Eigentliche sprach Francesco nicht aus: Wenn du schwörst, dass du für den Rest deines Lebens mein bester Freund bist, schicke ich deine Post weg, und sollte jeder einzelne General der Streitkräfte davon erfahren.

»Meine Frau ist aber *jetzt* im Begriff, mich zu vergessen!«, sagte Igor.

»Wer könnte dich je vergessen? Carolina nicht. Und ich ganz sicher nicht.«

»Halt mir diese Frau vom Leib«, sagte Igor, »sonst versucht sie womöglich noch mal, mich zu küssen. Können wir schwimmen gehen?«

»Ich dachte, du bestrafst dich?«

»Ich muss schwimmen gehen, damit ich meinen Söhnen das Schwimmen beibringen kann. Ich muss es perfekt beherrschen, um ein Vorbild zu sein. Keine Sorge«, fügte er hinzu, »ich schreib es nicht in einem Brief – das kommt in ein Buch. Wenn ich alles aufschreibe, dann vergesse ich nichts und kann ihnen alles beibringen.«

Igor versuchte die Abläufe beim Schwimmen exakt festzuhalten. Die einzelnen Muskelbewegungen, die er ausführen musste, um sich im Wasser fortzubewegen. Er befühlte die Armunterseiten und seine Flanken und spürte den Bewegungen in den Muskelsträngen nach. Er lauschte seinem Atem, dem Rasseln der Luft in seiner Lunge. Francesco kletterte aus dem Wasser und wärmte sich auf den Felsen, Igor aber schwamm weiter. Er zog die Arme abwechselnd im Bogen durch die Luft nach vorn, was jedes Mal einen Tröpfchenschauer auf ihn niedergehen ließ, und achtete darauf, sich durch regelmäßigen Beinschlag möglichst geradlinig fortzubewegen. Seine Hände waren flache Ruderblätter. Als er zu einem Felsen kam, der aus dem Wasser ragte, kletterte er hinauf und schrie zu Francesco an der Küste hinüber.

»Schreib das auf!«, rief er. »Formt kleine Schalen mit euren Händen!« Er sprang wieder ins Wasser und kam mit wenigen Zügen zurück. »Der Beinschlag nicht bloß mit dem Unterschenkel, sondern mit dem ganzen Bein!« Er schwamm noch ein Stück und tauchte triefend wieder auf. »Denkt euch beide Arme als Rad!« Francesco schrieb Igors Anweisungen nieder, und als Igor schließlich aufgab und ans Ufer kam, war er blau gefroren und zitterte. Er legte sich flach auf den Felsen und sagte: »Danke. Meine Söhne werden großartige Schwimmer sein.« Er schloss die Augen. »Ich schlafe gleich ein. So mach ich das: Ich schließe die Augen. Ich lasse die Zehen sinken, ich lasse die Beine sinken, ich lasse den Rücken sinken.« Francesco vervollständigte die Liste nicht, sondern lag nur da und lauschte der Brandung, die über alle Rundungen und alle scharfen Kanten hinwegrollte.

VI

DAS BUCH DES OBDACHS

Ich sagte zu Salomon: »Darf ich dich tragen?«

»Ich bin schon zu groß«, sagte er bedauernd.

»Nur bis zur nächsten Wegbiegung«, versprach ich. Ich bückte mich und hob ihn auf und trug ihn noch ein Stück über die Wegbiegung hinaus, von der aus sich zu beiden Seiten flache Wiesen in Richtung Unendlichkeit ausstreckten. Meine Kehle war hart und ausgedörrt. Salomon erwähnte weder die Strecke, die wir zurückgelegt hatten, noch den Unterschied zwischen seinem Gewicht und dem eines Säuglings. Er machte sich leicht, wie ich den Kleinen aufgefordert hatte. »Sei ein Baby«, flüsterte er.

»Sei ein Baby«, antwortete ich flüsternd, nicht ihm, sondern mir selbst, weil wir beide noch einmal von vorn anfangen wollten: neu und unwissend.

Im hohen Gras: ein weißes Bauernhaus mit einer Scheune daneben. Kein Tempel, nur eine Scheune. Statt mich heimlich durchs Dickicht daran vorbeizustehlen, ging ich diesmal geradewegs auf das Gehöft zu. Die Himmelsrichtung war Westen – ich verstieß gegen alle Regeln gleichzeitig.

»Aber wir verstecken uns doch«, erinnerte mich Salomon.

»Sollen wir nicht lieber warten, bis es dunkel ist, und uns dann in die Scheune schleichen?«

»Wir gehen rein«, sagte ich. »Heute gehen wir rein.«

Salomons Stimme brach – wie ein Riss quer durch die Mitte –, als er fragte, ob sich dort wohl etwas zu essen fände. Als ich von der Straße abgebogen war, hatte ich gedacht, wir würden zur Scheune gehen, vielleicht ein paar Eier stehlen, im Heu schlafen. Nachdem das Wort »essen« aus Salomons Mund gepurzelt war, sah er mich erschrocken an, wie um sich dafür zu entschuldigen, dass er auf einen Mangel hingewiesen hatte, so als machte ihn die Disziplinlosigkeit zum Verräter an unserer kleinen Armee. Im Bruchteil einer Sekunde verlagerte ich mein Ziel von der Scheune aufs Haus. Vor uns lag ein Weg, der mit parallel gelegten weißen Steinen für menschliche Füße gepflastert war: einladend, aber nicht für uns.

»Aber wenn es gefährlich ist? Wenn sie uns hassen? Soll ich dann weglaufen? Soll ich mich verstecken?«

Am Haus hing ein Türklopfer in Gestalt einer Faust. Ich blendete Salomons Sturzbach der Fragen aus, ergriff die Faust und verlangte Einlass. Ein Mann öffnete die Tür, sah uns und schloss sie gleich wieder bis auf einen kleinen Spalt. »Wer seid ihr?«, fragte er auf Russisch.

»Das ist mein Sohn. Ich bin seine Mutter«, sagte ich, um Logik bemüht. Der Mann musterte Salomon von Kopf bis Fuß. Er kauerte sich nieder und legte Daumen und Zeigefinger um Salomons Oberarm, um ihn zu vermessen.

»Wie kommt's, dass ihr noch lebt?«, fragte er. Ich gab keine Antwort; was hätte ich darauf auch sagen sollen. »Habt ihr euch verlaufen?«, fragte er.

Jedenfalls hatten wir keine Ahnung, wo wir hier gelandet waren, und keine Ahnung, wo wir eigentlich hätten sein wollen. Muss einer, der sich verlaufen hat, ein bestimmtes Ziel im Sinn haben? Auch auf diese Frage konnte ich keine Antwort geben. Der Bauer sah mich an und schien von unserer Hoffnungslosigkeit beeindruckt zu sein, denn er öffnete die Tür zu einer Küche mit einem massigen Tisch und Stühlen, mit an der Wand aufgehängten Töpfen, einem emaillierten Spülbecken und leuchtend orangefarbenen Karotten, die auf Verarbeitung warteten. Da waren Wände, aus Holz, hoch und flach. Und ein Boden, auch er aus Holz, tief und flach. Auf dem Tisch lag ein Stapel zusammengefalteter Kleidungsstücke, alle leuchtend weiß und sauber. Auf dem Herd stand ein großer silbriger Topf, aus dem es dampfte. Der Geruch schmerzte mich bis ins Mark. Bei den Karotten stand eine Frau, eine Hand auf der Hüfte, und betrachtete die erbärmlichen Menschen, die nun in ihr Leben eindrangen.

Salomon drückte sich eng an mich und sagte: »Ein Haus.«

»Das stimmt.« Der Bauer lächelte Salomon herzlich zu.

»Du willst sie reinlassen?«, fragte die Frau.

Ich spürte, wie die Scham ihre Finger um meinen Hals legte und zudrückte. Mir wurde heiß. Ich wollte mich entschuldigen, dass wir sie behelligt hatten, und wieder gehen. Nicht zurück in die zerschlagene Welt diesmal, sondern in irgendeinen Alltag, in Salomons Zukunft, die Stunde für Stunde unspektakulär verlaufen würde. Diese Möglichkeit sollte unbedingt existieren.

»Es tut mir leid, ich möchte Sie nicht in Gefahr bringen. Wir gehen wieder«, sagte ich.

»In Gefahr?«, fragte die Bäuerin mit zusammengekniffenen Augen.

Die wirklichen Geschichten kannte ich nicht, nur die Furcht davor, was in ihnen erzählt werden könnte. Und die verbannten, fadenscheinig gewordenen Erinnerungen. Und das Gebrabbel aus dem Radio. »Wir hätten nicht kommen sollen.«

»Ja«, sagte der Bauer, und seine Miene war eine Mischung aus Grimasse und Grinsen. Er kannte offenbar eine gute Schauergeschichte und ließ vor dem gespannten Publikum erst einmal die Knöchel knacken.

»Das schaffen die nie«, sagte die Bäuerin. »Was die angeblich vorhaben, ist doch unmöglich, das wird niemals Wirklichkeit.« Irgendwo schärfte jemand seinen Dolch. Zog sich lange schwarze Handschuhe an und entrollte eine Landkarte seiner sich ausdehnenden Eroberungen.

»Was haben die denn angeblich vor?«, fragte Salomon.

»Es heißt, es sollen bestimmte Menschen umgebracht werden«, erklärte uns der Bauer. »Ihr. Alle. Zum Zweck der Veredelung.«

Die Bäuerin stieß ihn an, damit er schwieg. »Aber hier seid ihr sicher«, sagte sie, nahm den Deckel von dem großen Topf auf dem Herd und ließ den Geruch den Raum durchziehen. »Vorläufig«, fügte der Bauer hinzu. Ich sah Salomons Augen tränen. Die Bäuerin schöpfte Suppe in Teller. »Setzt euch und esst. Esst, so viel ihr könnt.« Stühle waren unter uns, ein Boden, wir konnten unsere Arme auf die Tischplatte neben die Suppenteller legen. »Spindeldürr«, sagte der Bauer kopfschüttelnd. »Du armer, armer Junge.« Er sah mich strafend an.

Die Suppe war unerträglich warm. Mir wurde fast schwarz vor den Augen. Die Welt verlangsamte sich. Mein Herz war ein Gewimmel von Menschen mit erhobenen Fäusten. Es gab Butter aufs Brot. Salomon schwieg. Er tat nichts anderes, als sich die Nahrung zuzuführen. Er aß und aß und aß, schmatzend und kauend und schmatzend, und der Bauer konnte den Blick nicht von meinem Sohn wenden, der seinen kleinen Körper in letzter Sekunde zu retten versuchte. Die Bäuerin richtete den Blick auf ihr eigenes Essen. Niemand sagte ein Wort.

Und dann drehte sich Salomon zur Seite und erbrach alles, was er gegessen hatte, restlos alles. Auf dem Boden sah die Suppe genauso aus, wie sie in der Schale ausgesehen hatte. Mir kamen die Tränen. Ich kniete mich nieder, und begann das Erbrochene mit meinem Schal aufzuwischen. »Entschuldigung, Entschuldigung«, murmelte ich vor mich hin, »das hat er nicht absichtlich gemacht.«

Salomon war bestürzt. »Das wollte ich nicht«, sagte er. »Ich kann es noch mal essen.«

Die Bäuerin kam um den Tisch herum und sagte: »Nein, hören Sie doch auf damit. Sie müssen das nicht aufheben.« Der Bauer tupfte sich die Mundwinkel ab und legte behutsam den Löffel aus der Hand. Das Abendessen schmeckte ihm nicht mehr.

Ich sagte: »Es tut mir leid. Es tut mir furchtbar leid, Entschuldigung. Wir wollten die gute Suppe nicht vergeuden.« Salomon griff zu seinem Löffel und aß weiter. Gleichzeitig sah er mir zu, wie ich versuchte, die Kartoffelstückchen vom Boden einzusammeln.

»Hören Sie auf«, sagte die Bäuerin noch einmal. »Bitte hören Sie auf. Es gibt doch noch mehr. Bitte.« Ich sank auf dem Boden zusammen und weinte. Es rann nur noch aus mir heraus. Ich war völlig unfähig, meine Tränen zu stoppen.

»Was sollen wir tun?«, flüsterte der Bauer. In der Frage lag eine Geschichte, die nicht gut ausging – die schmutzige Frau, die es aus dem Krieg hierher verschlagen hatte, krank, sterbend, das ganze Haus stank schon nach ihrem verrottenden Körper, ihrer verrottenden Seele.

Die Bäuerin füllte Salomons Teller neu. Sie holte warmes Wasser vom Ofen und wischte den Boden auf, nahm mir den Schal ab. Aus dem Augenwinkel sah ich sie die Haustür öffnen und ihn wegwerfen. Müll.

»Iss«, sagte sie zu dem Jungen. »Probier's noch mal. Dein Körper hat nicht gewusst, was er damit anfangen soll.« Salomon aß diesmal langsam, führte einen Löffel Suppe zum Mund und schlürfte sie durch die Zähne ein. Aus jedem Löffel hörte ich die Wochen heraus, die ich ihn dem Hungertod nahe gebracht hatte. Salomon beobachtete mich, hörte aber nicht zu essen auf.

Ich spürte auch den Blick der Bauersleute auf mir. Ist sie wahnsinnig? Krank? Der Junge ist in Ordnung, ganz ansehnlich sogar, aber was fangen wir mit seiner Mutter an?

Erst nachdem mein Sohn sein zweites Abendessen verspeist hatte und seine Lider schwer wurden, ging der Bauer neben mir in die Hocke, schob beide Arme unter mich und hob mich hoch. Ich hätte es verhindern können, hätte mich versteifen, nach ihm treten können. Ich hätte klarmachen können, dass ich aus eigener Kraft aufstehen konnte. Aber ich ließ zu, dass er mich vom Boden aufhob, ein eingefaltetes Häufchen. Ich war schlaff, blind, ohne Kompass. Meine Lider öffneten sich einen Moment lang, und ich sah in die von Blitzen und Licht erfüllten Augen des Bauern. Sein Blick teilte mir mit, dass ich genau eine Chance hätte, folgende Tatsachen zu leugnen: Du bist schwach und verwirrt. Du bist möglicherweise verrückt. Du bist in Gefahr und brauchst Hilfe und Mitgefühl. Du gehörst einem gefährlichen Volksstamm an. Dein Leben, soweit noch vorhanden, schuldest du meiner Güte. Du tust, was ich dir sage.

Ich leugnete gar nichts. Ich schloss die Augen wieder und ließ den Kopf zurücksinken.

Die Hände des Bauern, die eine unter meiner Schulter, die andere unter meinem Bein, fühlten sich an wie mächtige Pranken – ich spürte jetzt schon die blauen Flecken, die ich bekommen würde. Aber war sein fester Griff daran schuld? Nein, es lag an meinem Gewicht, das sich in diese freundlichen rosafarbenen Handballen und Fingerspitzen presste. Der Bauer trug mich zu einem Lager auf dem Boden, neben dem er eine Kerze anzündete und gleich wieder ausblies. Salomon legte sich neben mich, und die Bäuerin zog ihren Fremden die Wolldecke bis unters Kinn. Vom Boden neben dem Esstisch bis zur anderen Seite des Raums waren es nur ein paar Schritte, kein Vergleich mit den vielen hundert Meilen, die wir gekommen waren. Aber auf diesen letzten Metern war eine Grenze überschritten worden. Der Bauer hatte mich wie seine unschuldige Braut über die Schwelle getragen. Ich lauschte dem Knacken und Zischen des Feuers, bis es verlöschte und die Glut nur noch einen schwachen Lichtschein aussandte, bei dem ich beten konnte.

In der folgenden Zeit lernte Salomon, Holz zu stapeln, Butter zu stampfen und lediglich die Kartoffeln auszugraben, deren Kraut zu welken begonnen hatte. Ich bekam von der Bäuerin Socken zu stopfen. Ihr Gesicht sah aus wie aufgegangener Teig; wenn sie lächelte, zogen sich die Lippen über die Zähne zurück, und wenn ihr das Lächeln verging, schlossen sie sich um die Zähne wie die Schachtel um die Eier. Der Bauer redete nicht gern, jedenfalls nicht mit mir. Er beäugte mich nur und vermaß meinen Sohn, wie ein Bankier, der sich Gedanken über eine Investition machte. Seine Augen waren milchig, sein Bart schütter. »Er ist ja ganz anders, als wir ursprünglich gedacht haben. Ein echter Naturbursche, geborener Landmann«, sagte der Bauer, stolz wie ein Vater. Mir fiel kein Grund zum Jubeln ein, den jemand verstanden hätte, der sein gesamtes Leben auf festem Boden verbracht hatte. Mein Sohn war ein geborener Sternzeichenleger, ein geborener Davonkommer, ein geborener Trauernder.

Ich aß und schlief, und weil sie mich beobachteten, wussten unsere Gastgeber, dass diese Tätigkeiten das Maximum dessen waren, was ich leisten konnte. Mein Sohn kam unterdessen wieder zu Kräften. Seine Beine wurden wieder zu Beinen, umschlossen von einer hoffnungsvollen Muskelhülle. Seine Hände waren kein knöchernes Spinnennetz mehr. Seine Füße. Seine Zehen. Sein Rückgrat – alles war von einer dünnen Schicht neuem Fleisch bedeckt. Ich war nach wie vor schwach und ausgelaugt, mein Körper baute sich nicht wieder so schnell auf. Manchmal starrte ich mich im Spiegel über dem Waschbecken an. »Du bist ich«, sagte ich ins Glas, »hallo.« Ich winkte, die Person winkte zurück. »Fast erinnere ich mich an dich. Weißt du noch, wer ich bin?« Die Frau sprach gleichzeitig, sie wartete mit ihrer Gegenfrage nicht, bis ich mit der meinen fertig war.

»Weißt du noch, wer ich bin?«

»Weißt du noch, wer ich bin?«

»Weißt du noch, wer ich bin?«

Durchs Fenster sah ich meinem Sohn zu, der zusammen mit dem Bauern Gerste einsammelte, drosch, schälte, säte. Sie saßen auf Baumstümpfen und arbeiteten. Sie gingen umher und arbeiteten. Sie kamen herein, legten die Füße auf die Bank und redeten von der getanen Arbeit. Sie schrubbten Kartoffeln, sie brachten Eier herein, fütterten die Hühner. Es gab Frühäpfel, die klein und knollig waren, und Salomon liebte es, hineinzubeißen und zu spüren, wie sich ihm von der Säure der Mund zusammenzog.

Die Wochen vergingen, und meine Eifersucht kochte über. Ich stellte mir vor, wie Salomon und ich allein irgendwo auf einem Feld saßen und einander erzählten, wie es früher gewesen war. Seine Skelettarme, seine Skelettbeine waren einzig für mich da und gerade so viel, wie ich zum Halten, zum Lieben brauchte. Ich hatte an Salomons Tür geklopft. Und mein Sohn hatte nichts weiter getan, als nicht Nein zu sagen. Jetzt, in diesem fremden Haus, fehlte er mir. Es fehlte mir die Zweisamkeit mit ihm.

Die Bäuerin ließ sich von Salomon beim Brotbacken helfen. Sie ließ ihn buttern und kochen. Zwischen den Mahlzeiten gab sie ihm Bonbons zu lutschen und Brot zu essen. Er tat gern, worum er gebeten wurde – es behagte ihm, sich etwas zu verdienen.

Wann immer der Bauer mich erblickte, schlich sich Enttäuschung in seine Augen. Er schien geduldig auf den Tag zu warten, an dem ich still und ergeben wieder verschwinden würde. Ich bewegte mich immer weniger. Der Bauer nahm mich immer weniger zur Kenntnis. Seine Frau gab mir Gemüse zu schneiden, was mich den ganzen Tag in Anspruch nahm. Ich brauchte Stunden, um drei Kartoffeln zu schälen und in kleine Würfel zu schneiden. Die Bäuerin arbeitete flink, warf alles zusammen in den Topf und kochte eine Suppe daraus.

»Wir waren zu dritt«, sagte ich und ließ das Messer auf die Kante des Schneidbretts sinken.

»Ihr Mann?«

»Wenn Sie den mitzählen, waren wir zu viert.«

»Ihr Mann und wer noch?«

»Das Baby. Salomons kleiner Bruder.«

»Ihr Sohn?«

Die Bäuerin trat zu mir und legte mir die Hand auf den

Kopf. Sie strich das Haar zurück, das mir ins Gesicht fiel. »Sind sie ermordet worden, Ihr Mann und Ihr Baby?«

»Mein Sohn ist eingeschlafen und nicht mehr aufgewacht.« Draußen vor dem Fenster: alles andere. Manchmal sah es aus wie zu Hause, die große Leere der Landschaft, das Unbekannte.

»Und Ihr Mann?«

Ich berichtete von Igors Entführung; dass er einfach mitgenommen worden war und niemand wusste, warum oder wozu. Zufällig ausgewählt, wie ein Ei aus dem Korb.

»Und das war's?«

»In derselben Nacht sind wir fortgegangen. Ich weiß nicht, ob unser Dorf niedergebrannt worden ist oder ob es dort noch so ist wie immer. Niemand weiß, wo ich bin. Nicht mal ich weiß, wo ich bin.«

»Das heißt …«, begann die Bäuerin, beendete den Satz aber nicht.

Ein paar Tage später kam der Bauer mit einer Zeitung unter dem Arm aus der Stadt zurück. Bei ihrem Anblick wich alle Luft aus meinem Körper. Dass es Fakten geben könnte, die Wahrheit über meinen Aufenthaltsort und eine Antwort auf die Frage, ob ich jemals in Gefahr gewesen war! Ob es einen Grund dafür gab, dass ich meinen Sohn verloren hatte. Einen Grund, weshalb ich uns alle an den Rand des Verhungerns gebracht hatte. Ob der Winter wiederkommen und die Bäume sich über mich neigen würden, während die Steine sich in meinen Rücken gruben.

Der Bauer schlug die Zeitung nicht auf. Er legte einen Laib Käse auf den Tisch, einen Zopf Knoblauch, ein Stück Fleisch, das in Papier eingeschlagen war; Blut sickerte heraus.

»Sie haben eine Zeitung«, sagte ich.

Der Bauer gab keine Antwort.

»Sie haben in der Stadt eine Zeitung gekauft«, probierte ich es noch einmal.

Der Bauer gab keine Antwort.

»Steht in der Zeitung, wie wir alle sterben werden?«, fragte ich.

Der Bauer sah mich an. Seine Wangen waren gerötet vom Laufen, und der Wind hatte ihm das Haar zerzaust; er strich es glatt. »Nicht, wie ich sterbe«, sagte er schließlich. Einen Moment lang stand Strafe in seinem Blick. Meine Strafe. Die Wahrheit funkelte wie eine Waffe in seinen Händen.

»Sie müssen das nicht lesen, wenn Sie nicht wollen«, sagte die Bäuerin.

»Ich denke, es würde ihr besser gehen, wenn sie Bescheid weiß«, sagte er und schlug die Zeitung auf.

Ich erblickte das Bild eines zerstörten Tempels. Über den Trümmern lag, als Fahne, ein Symbol, das Ähnlichkeit mit einem geknickten Kreuz hatte. Ich stellte mir vor, dass der Bauer diese Zeitung eigens für mich geschrieben hatte. Sobald ich die Theorie einer einstürzenden Welt entwickelte, würde er sie tatsächlich beweisen. Pass auf, was für Gedanken deine Phantasie heraufbeschwört, schienen der Bauer und seine Zeitung zu sagen.

»Möglich, dass es jetzt bald ein Ende hat«, sagte die Bäuerin.

»Ein Ende«, wiederholte ich.

Salomon kam von draußen herein, wo er gerannt war oder sich gewälzt oder etwas gebaut hatte. Er war lebendig und warm und seine Haut vom Wind poliert.

»Alles ist gut«, sagte ich und ließ die Zeitung verschwinden. Er lächelte und nickte.

»Ich weiß«, sagte er, »alles toll.«

Stumm machten wir uns daran, das Abendessen herzurichten. Ich aß ein Stück Brot. Der Bauer wollte von Salomon wissen, was er nachmittags getrieben habe, und Salomon erzählte ihm von dem Haus, das er aus Stöckchen für einen Käfer errichtet hatte. Er erzählte von den Fenstern und der Tür, von den käfergroßen Bäumen, die er ringsum gepflanzt hatte. Von dem weichen Grasbett und dem versteckten Unterstand dahinter. Er wolle auch noch einen Teich anlegen, sagte er, damit der Käfer darin schwimmen könne, sobald es warm genug sei. Würde alles sehr schön, kämen vielleicht noch mehr Käfer, und bald hätte er eine ganze Familie, ein ganzes Dorf zu versorgen.

Im Dunkeln legte Salomon ein Bein über mein Bein. Er boxte mich, ohne es zu wissen oder gar zu wollen. Er schlief jetzt tief und fest; darin ganz der Vater. Er schreckte aus keinem Albtraum mehr auf, nicht aus Hunger oder wegen der Kälte. Salomon war in seiner Bewusstlosigkeit weit weg von mir, sein Schlaf hatte sich als ein dickes, undurchlässiges Netz um ihn herumgezogen. Ich legte ihm eine Hand auf die Wange und flüsterte: »Hallo«, aber er zuckte nicht einmal. Ich kam mir vor wie ein verlöschendes Glühwürmchen. Bald wäre ich zu dunkel, um noch gesehen zu werden; die Nacht und mein kleiner Körper hätten dieselbe Farbe.

Nebenan stellten der Bauer und seine Frau sich vor, sie lägen selbst mit dem Jungen im Bett. Ich war zu einer Nebensache in meinem eigenen Leben verkommen – ich konnte mühelos daraus wegerklärt werden.

»Ihr ist nicht klar, dass sie sich nicht mehr hinter den feindlichen Linien befindet«, flüsterte der Bauer. »Sie glaubt nach wie vor, sie sei in großer Gefahr.«

Die Bäuerin brauchte eine Krücke, auf die sie sich zur Rechtfertigung stützen konnte. »Das könnte sich doch immer noch ändern. Die Deutschen könnten plötzlich die Kontrolle zurückgewinnen, und dann hätte sie recht.«

»Wir könnten ihm einen Namen geben«, flüsterte der Bauer.

»Er könnte nach dir benannt sein«, sagte seine Frau und fand die Idee bezaubernd, ehe ihr das schlechte Gewissen heiß in die Wangen stieg.

»Er könnte unser Sohn sein. Vor einem schrecklichen Schicksal bewahrt. Vor seinem eigenen Leben.«

Die Bäuerin ließ sich von der Geschichte davontragen. Sie ließ zu, dass sich alle Scham in Selbstgerechtigkeit verwandelte. Sie bezeichnete als Rettung, was eigentlich Diebstahl war.

»Wir stellen ihn meinen Eltern vor«, fuhr ihr Mann fort. »Wir taufen ihn. Am liebsten wird er Schweinebraten haben. Später wird er ein eigenes Tier haben wollen. Mindestens wird er sich ein eigenes Küken wünschen, und ich kaufe ihm drei oder vier. Es wird seine Aufgabe sein, morgens die Eier einzusammeln. Er wird sie ganz vorsichtig in den Korb legen und nie eines zerbrechen. Er wird sich um die Hühner kümmern. Ihnen das Heu aufschütten.«

Die Bäuerin lag schon in tiefem Schlaf, sie war der Welt abhandengekommen. Grillen sägten ihr Lied, und die Blätter der Bäume strichen aneinander. Kein Mond stand am Himmel, kein kühles Licht schien. Der Bauer sprach ins undurchdringliche Dunkel hinein.

»Allen Verlockungen wird er standhalten. Er wird wissen, was richtig ist.«

Er hielt sich die ganze Nacht wach und versuchte sich zu erinnern, aufzuzählen, was alles sein würde. »Ich will das nicht vergessen«, sagte er sich, »es gibt so viel zu erinnern. Ich pflege schon jetzt die Erinnerung.«

Als die orangegelben Strahlen des Morgens durchs Fenster fielen, kam der Bauer zu uns herüber. Er hob Salomon auf, trug ihn zu dem Bett, in dem seine Frau noch schnarchte, und legte ihn hinein. »Das ist jetzt dein Zuhause«, flüsterte er dem Jungen zu, der nicht wach wurde. »Jetzt beginnt das Kapitel, in dem wir dich retten.«

Dann legte er sich zu mir. Ich erwachte von seinen Fingern, die meinen Kopf auf die gleiche Weise befummelten, wie es schon seine Frau getan hatte. Seine Finger waren wie Schlangen, die sich durch mein Haar wanden. »Er wird glücklich sein bei uns, wir passen gut auf ihn auf«, sagte der Bauer. Ich hörte die Worte, schlug aber die Augen nicht auf. »Hier ist er sicherer als irgendwo sonst auf der Welt.«

Ich lauschte. Draußen frischte der Wind auf. Er zwängte sich durch alle Ritzen des Hauses und stöhnte wie unter Schmerzen.

»Du kannst mir später von ihm erzählen«, sagte der Bauer. »Bevor du gehst.«

»Wo gehe ich hin?« Ich fühlte, wie ich verlosch.

»Der Bauer kann keine zwei Frauen haben. Du wirst uns alle verraten.«

»Wo gehe ich hin?«, fragte ich noch einmal. Alle Wärme, die ich jemals hervorgebracht hatte, kühlte zu Asche ab.

»Nach Hause vielleicht. Zu einem neuen Zuhause vielleicht. Geld haben wir – mach dir deswegen keine Sorgen. Du kannst den Ausweis meiner Frau nehmen, als wärst du sie. Von jetzt an bist du meine Frau, und sie ist du. Ich kümmere mich um alles.«

»Aber sie bleibt, und ich gehe«, sagte ich.

Der Bauer rechnete die Zahlen noch ein weiteres Mal zusammen und versuchte zu einem anderen Ergebnis zu kommen. Eine Strähne meines Haars verfing sich ziepend in seinem Ehering. »Was denn sonst?«, fragte er. »Du bleibst, und sie geht? Nein. Sicher nicht.«

Das Sonnenlicht drang ins Zimmer ein, ließ die Griffe an den Kommodenschubladen hervorstehen und füllte die Spalten und Risse in den Holzdielen mit Schatten.

»Wo soll ich hin?«, fragte ich.

»Wo willst du hin?«, fragte der Bauer zurück. »Mir ist es egal, wo du hingehst, solange du gehst.« Ich sah in seinen milchigen Augen, dass er es nicht unfreundlich meinte – ich brauchte nichts weiter zu tun, als einen friedlichen, warmen Ort zu nennen, und er würde mir eine Fahrkarte kaufen. Dass Salomon mein Ort sein könnte, bedachte der Bauer nicht. In seiner Miene stand Missmut, eine kindliche Enttäuschung, weil ich so blind für die Logik war, die glasklar vor ihm stand.

»Ich weiß nicht, ob ich ohne ihn leben kann.«

»Ist es nicht besser, ohne ihn zu leben, als ihn sterben zu sehen? So werdet ihr beide leben. Das ist die einzige Möglichkeit.«

»Wo soll ich hin?« Meine Finger bogen und streckten sich. Schlossen sich zur Faust, spreizten sich wieder. Fühlt sich so das Sterben an, fragte ich mich.

»Genug gesagt«, flüsterte mir der Bauer ins Ohr. Das Rasseln in meiner Brust, das nun einsetzte, hatte noch keinen Namen – ein Lachen war es nicht, und meine Augen waren trocken. Es schüttelte mich, aber geräuschlos, wie ein leeres Gefäß. Falls dies der Moment zur heroischen Gegenwehr sein sollte, so war das, was aus meinem Mund kam, lediglich ein armseliges Würgen. Die Schlangenfinger des Bauern wichen aus meinem Haar, und er ließ mich, angewidert von mir, aber mit sich selbst recht zufrieden, allein auf seinem Fußboden zurück.

Hier also sollte Salomon leben und leben und leben. Ich sagte nicht Ja. Aber auch nicht Nein. Die Frage war: Wie lange würde es dauern, bis ich nicht mehr ich war? Die Antwort: wenige Tage. Ich sah zu, wie der Bauer neben meinem Lager verschiedene Dinge zu einem Häufchen schichtete. Jeden Tag war er unterwegs, um sich um die Details meiner Abreise zu kümmern. Seine Frau mied meinen Blick. Sie bediente mich, als wäre ich ein Wolf, der sie beißen könnte, wenn sie die Suppenknochen nicht herausrückte.

Nachts schwoll der Wind an, und sein Heulen erklang. Dieses Kreischen, dieses Wimmern, das war eine Sprache, die ich verstand. Salomon war mein Sohn, aber wie viele Nächte noch? Wenn ich mich von ihm wegdrehte, legte er das Gesicht an meinen Rücken, sodass ich seinen Atem spüren konnte. Ich zog den Kompass hervor und beobachtete die kleine Pfeilspitze, als böte sich hier eine Lösung. Ich schüttelte ihn heftig, aber die Nadel schwang unbeirrt an Ort und Stelle zurück. Draußen fegte der Wind, rüttelte an den Fensterscheiben und warf Schaufeln und Rechen um. Und plötzlich sprang ein Fenster auf, und Schnee wehte herein. Ich drehte mich wieder auf den Rücken und sah riesige weiße Flocken ins Haus wirbeln. Seltsamerweise fror mich nicht, was vermutlich daran lag, dass ich mich vom Warmblüter in eine Schlange verwandelt hatte. Das Gestöber bildete Schneewehen um unser Lager, und ich stand nicht auf, um das Fenster zu schließen – ich hoffte, wir würden unter dem Schnee begraben, unauffindbar. Ausgeweißt. Getilgt. Mochte uns dieser Sturm auf seinem Rücken davontragen.

Am Morgen beruhigte sich der Wind wieder. Als ich mich aufsetzte, stellte ich fest, dass der Schnee der vergangenen Nacht vom Baum gewehte Apfelblüten waren. Rosafarben, leicht gesprenkelt. Sie bildeten einen Wall an Salomons immer noch schlafendem Rücken und hingen in seinem Haar. Er war selbst ganz rosig, wie ein aus Blütenpollen geborenes Baby. Frühlings Kind, strotzend vor neuem Leben, nichts als warme, schöne Tage, die noch vor ihm lagen. Am anderen Ende des Zimmers schloss der Bauer die Schnallen an einem Koffer.

Meine erste Mutter, die Gattin des Kohlbauern, dieser Geist, streckte ihrer verlorenen Tochter die Hand entgegen. Wir gehören zur Sippe der Frauen, deren Liebe sich darin äußert, dass sie ihre Liebsten weggeben. Wir sind die gleiche Mutter. Das Metronom meines Herzens, das den Takt der Person schlug, die ich jeweils zu sein hatte – Tochter, Tochter, Mutter, Mutter –, hatte sich in der Mitte eingependelt und stand still. Vollkommen still. Meine Kinder waren nicht mehr meine Kinder. Im selben Moment, in dem ich meinen Sohn weitergab, nahm meine Mutter mich zurück. Als hätte uns die Verschiedenheit unserer Herzen getrennt – ihres gebrochen, während meines sich noch mühte, ganz zu bleiben. Der Augenblick, in dem die auseinandergetriebenen, durch weite Ozeane getrennten Kontinente der Erde sich erinnerten, dass sie aus dem gleichen Gestein bestanden. Erstarrte Lava, Granit. Und dort, wo zwei Platten wieder aufeinanderprallten, würden sich mit urgewaltiger Kraft Gebirge in die Höhe schieben.

Zu viert standen wir im Sonnenschein und sagten wenig. Die neuen Eltern kauten Salomon noch einmal alles vor: Sein Leben werde gerettet. Die Liebe seiner Mutter werde immer bei ihm sein, und zusätzlich werde er in Zukunft von seiner neuen Mutter geliebt, also Doppelliebe. Er werde in Zukunft einen Vater haben, und auch sein früherer Vater, wo immer der sei, werde ihn ebenfalls lieben. Er könne seinem Glück, diesem Füllhorn des Glücks, kaum entrinnen.

»Und du bist in der Nähe deines Bruders«, fügte die Bäuerin hinzu.

»Mein Bruder ist tot«, sagte Salomon.

»Widersprich deiner Mutter nicht«, sagte der Bauer.

»Das tu ich doch gar nicht«, antwortete Salomon, der mich ansah. »Meine Mutter hat nichts gesagt.«

»Deine andere Mutter. Deine neue Mutter. Widersprich ihr nicht.«

Salomon rückte näher zu mir. »Das ist nur eine Geschichte«, sagte ich. »Ich werde immer deine Mutter sein. Im neuen Kapitel ist Natalja deine Mutter. Es ändert sich nichts, wir nennen es nur anders.«

»Alles ändert sich!«, korrigierte er mich. »Wo ich lebe zum Beispiel.«

»Wo im Übrigen auch dein Bruder lebt«, ergänzte der Bauer.

»Mein Bruder lebt nicht«, sagte Salomon.

»Du würdest ihm trotzdem fehlen, wenn du weggingst«, sagte ich und lächelte das aufrichtigste Lächeln, das ich zustande brachte.

»Du gehst weg«, sagte er. »Geh nicht.«

»Ich gehe, weil ich muss. Es kann keine zwei Ehefrauen geben. Aber für einen Sohn ist Platz.«

Ich fürchtete, er könnte sich auf den Boden werfen und zu schreien anfangen. Er könnte sich an mich klammern und schwören, mich nie mehr loszulassen, solange er lebte. Nichts dergleichen geschah. Er hatte seine Lektion in Sachen Überleben gelernt. Er war erwachsen geworden, so viel begriff ich, denn er blickte mir in die Augen und sagte: »Du musst mir zuliebe auf dich aufpassen.« Ich brachte kein Wort heraus, zeichnete aber anstelle eines Versprechens ein Lächeln in mein Gesicht.

»Und du passt mir zuliebe auf dich auf«, stieß ich schließlich hervor; das Krächzen eines ängstlichen, aber gehorsamen Mädchens.

Der Bauer nickte. Abgemacht, sagte dieses Nicken, alles ist gesagt, alles vereinbart. »Wir haben an alles gedacht«, sagte er laut. »Du hast deine Papiere, und du heißt Natalja. Du hast Kleider zum Wechseln und Geld. Du hast deine Erinnerungen. Wir haben unser Mittag- und Abendessen.«

»Das alles habe ich«, bestätigte ich. »Moment«, sagte ich, zog die Papiere aus der Ledermappe und faltete sie auseinander. »Wie alt bin ich?«

»Zwanzig«, sagte die Bäuerin.

Ich suchte nach dem Geburtsdatum. »Neunzehn-fünfundzwanzig«, sagte ich, »sechster Juni. Zwanzig.« Die Zahl schien nicht hoch genug, um auch nur einen Teil dessen zu fassen, was ich mit mir herumschleppte.

Salomons Augen wurden weich und füllten sich mit Tränen. »Ich geh nicht von dir weg«, sagte er.

»Nein, *ich* gehe ja«, antwortete ich. »Du machst alles richtig.«

»Wo gehst du hin?«, fragte Salomon, der auf einmal begriff, dass er nicht wusste, in welcher Himmelsrichtung er sich seine davongehende Mutter vorstellen sollte. Würde ich in den hohen, schneebedeckten Bergen herumgehen? Würde ich mich im Weizen verkriechen und flach auf den Boden pressen, damit ich leicht zu übersehen wäre? Ich zog den Kompass aus der Tasche und gab ihn Salomon. »In einer dieser Richtungen bin ich immer. Egal, wie groß die Landkarte ist, irgendwo bin ich.«

»Frag sie jetzt nicht, wann sie zurückkommt«, murrte der Bauer, obwohl Salomon keine Anstalten gemacht hatte, das gefährliche Thema anzuschneiden.

»Wie heißen Sie?«, fragte die Bäuerin.

»Natalja Volkov.«

»Gehen Sie, Natalja. Die Welt wartet auf Sie.« Sie tätschelte mir den Kopf.

Ich drückte Salomon heimlich einen Zettel in die Hand. Er nahm ihn ebenso heimlich und behielt ihn in der Hand.

»Du bist mein Schatz«, flüsterte ich ihm ins Ohr.

»Wir sind unsere Schätze«, flüsterte er zurück.

Der Bauer scheuchte mich vor sich her den Weg hinunter. Hinter uns stieg eine Staubwolke auf und stand eine ganze Weile in der Luft. Salomon sah uns nach, bis wir um die Ecke gebogen waren und er uns nur noch hören konnte. Er lauschte angestrengt und versuchte das Geräusch der Schritte seiner über die Erde wandernden Mutter nicht zu verlieren.

»Zeit, ins Haus zu gehen«, sagte die Bäuerin.

»Ich horche ihr noch nach«, antwortete er.

»Du kannst sie nicht mehr hören. Sie ist weg.«

»Ich horche.«

Die Bäuerin blieb neben ihm stehen, bis die Sonne die Farbe des Grases veränderte. Ab und zu stieß sie ihn an. »Jetzt können wir reingehen.«

Mein Sohn aber stand auch dann noch vor dem Haus, als die Nacht alle Farben auslöschte. Am Himmel standen ein dünner Mond, eine ins massive Schwarz geschnitzte Sichel, und drei Sterne, die verschwanden, als Salomon sie zu lange anstarrte.

»Ich sehe euch, Sterne«, sagte er zu ihnen. »Geh doch du schon mal rein«, schlug er der Bäuerin vor.

»Ich lasse dich nicht allein. Ich bin deine Mutter.« Also standen sie beisammen in der Nacht, und die Bäuerin strengte sich sehr an, hörte aber nichts, und Salomon strengte sich ebenfalls an und hörte etwas, die Sterne stachen sich ihren Weg durch die Dunkelheit. Salomon wies seine neue Mutter nicht auf die ihm inzwischen wohlbekannten Sternbilder hin.

Sie gingen einfach nicht hinein. Hundertmal forderte sie ihn auf, und hundertmal rührte er sich nicht von der Stelle.

Der Kompass in Salomons Hand war warm geworden, und der Zettel mit meiner Nachricht wurde weich. *Salomon,* stand darauf, *Milch, Weizen, Baby, Bauer, Zuhause, Sterne, Sterne. Das überstehst Du. Ich weiß es ganz bestimmt. Vergiss nicht, ich bin Deine Mutter.*

»Was hast du da?«, fragte die Bäuerin.

»Eine Nachricht«, sagte er.

»Zum Lesen ist es doch längst zu dunkel.«

»Ich weiß, was drinsteht«, sagte er.

»Ich bin jetzt bereit reinzugehen«, sagte sie und stupste ihn an.

»Weizen, Weizen, Schlamm«, sagte er.

»Was?«

»Sterne, Sterne, Sterne.«

»Ich weiß nicht, wie ich mit dir reden soll.«

»Mutter«, sagte er.

»Das bin ich«, sagte sie flehentlich.

»Mutter, Mutter«, sagte er.

»Ich, ich«, antwortete sie.

»Nein. Nur einmal du.«

In dieser Nacht gingen sie gar nicht ins Haus. Sie gingen

nicht hinein, sondern wärmten sich, indem sie sich auf dem Boden aneinanderkuschelten. Die ganze Zeit hörte mich Salomon gehen. Er hörte mich gegen Kieselsteine treten und die Arme in der Luft schwingen. Er hörte den Koffer an meinem Bein streifen. Sie lauschten beide der atmenden Erde.

DAS BUCH DER SKELETTE

Der Bauer und ich gingen schweigend dahin; selbst unsere Füße flüsterten nur auf dem Boden. Ich ging voraus, und wir waren noch nicht einmal auf dem Weg zum Zug. Der Bauer war verwirrt und zappelig. Die Frau, mit der er so leicht übereingekommen war, die in seinen Armen erschlafft war, verlangte jetzt, dass er ihr folgte. Die Besonderheiten meines Körpers – eine Haarsträhne, die sich in einem Kleiderknopf verfangen hatte, meine müden Füße, das kalte Gesicht – nahm ich kaum zur Kenntnis. In meinem Gehirn schwirrte es wie in einem Bienenstock. Ich wusste nur, dass ich meinen letzten verbliebenen Familienangehörigen verließ und dass ich ihm damit einen Gefallen tat. Das einzige Geschenk, das ich meinem Sohn machen konnte, war mein Abschied.

»Bist du zornig?«, fragte der Bauer unvermittelt.

»Was?«

»Du hast kein Wort gesagt, seitdem wir aufgebrochen sind.«

»Zornig?« Als ob sich dadurch etwas hätte ändern lassen. »Ihnen ist es doch gleich, wie es mir geht.« Das war eine Feststellung. Nichts, das mir leidtat oder das ich gern anders gehabt hätte.

»Aber ich war sehr nett zu dir. Ich war netter, als du es wahrscheinlich verdienst«, sagte der Bauer. Seine Augen waren jetzt klar, und es lag Aufrichtigkeit darin. Ich wandte den Blick ab. Auch seine Stimme klang jetzt höher, es war eine Knabenstimme mit einer Frage, und er war sich nicht sicher, wie er sie stellen sollte. Ich würde seine Frau glücklich machen, sagte er. Ich sei großzügig. Meine Entscheidung sei die einzig vernünftige.

»Mein Sohn muss nicht sterben, weil er mit mir verwandt ist. Das ist ein Geschenk, und Sie und Ihre Frau sind diejenigen, von denen wir dieses Geschenk bekommen haben. Dafür werde ich den Rest meines Lebens dankbar sein. Und ich werde den Rest meines Lebens versuchen, es zu verzeihen.«

Furcht, diese verlässliche Hündin, sie würde nicht mehr von meiner Hand gefüttert werden. Alles Verlierenswerte war verloren, ich hatte nichts mehr.

Es fiel mir nicht schwer, den Weg zurück zu finden, ich erinnerte mich an die Föhrenreihe am Rand des Felds, an die Granitader, den kleinen Hügel und die Senke auf der anderen Seite. Wir gingen in engen Kreisen und suchten nach dem, was noch übrig war. Ich war nicht panisch. Ich wusste, dass mein jüngster Sohn auf meinen Abschiedskuss wartete.

»Ich glaube nicht, dass du bis hier rüberkommen solltest«, rief der Bauer gegen den Wind.

»Mein Sohn ist dort«, sagte ich.

»Es ist kein schöner Anblick.«

Ich kam und stand über dem Häufchen. »Seine Knochen«, sagte ich.

Der Bauer sah die Knochen nicht an. Er sah zerfetzte alte Muskeln, verdorrte, zerkaute Sehnen. Er sah Verwesung. Er sah eine Leiche, an der sich Vögel und Würmer gütlich getan hatten.

Der Bauer sank zu Boden. »Das hätte mein Sohn sein können.«

Ich hob einen langen dünnen Knochen auf. »Er war aber mein Sohn«, sagte ich. Er war mein Baby, mein echter, wahrer Junge, und es war meine allerletzte Gelegenheit, ihn noch einmal zu berühren.

Ich ging zu der Matratze und sprang. Den langen Schenkelknochen in der Hand, sprang ich. »Du bist mein Schatz«, sagte ich zu dem Knochen. Bei jedem Aufprall gab die Matratze ein schmatzendes Geräusch von sich. »Ich erinnere mich ganz genau, wer du bist«, sagte ich.

»Wie kann das passieren? Wie können wir noch weitermachen? Es gibt so viel zu verlieren«, sagte der Bauer. Und tatsächlich wirst du alles verlieren, dachte ich. Im Verlauf des Lebens müssen wir alles das aufgeben, was wir für ein paar strahlende Tage oder Jahre besessen haben. Der nächste Gedanke, der mir kam, traf mich hart: Ich hoffte, dass das Baby mit einem geflickten Herzen gestorben war. Bitte, dachte ich, lass uns gemeinsam zerbrochen sein. In einigen Jahren, wenn Salomons Herz ebenfalls brechen würde und all die schönen Ströme der Hoffnung und Sorge sich Schluchten gegraben hätten, würde er wieder mein Sohn sein. In irgendeinem Meer, unter dem Sternengebrause, weit fort von jedem benennbaren Ort, würden meine Söhne und ich wieder zusammentreffen.

»Wie können wir das Baby jemals hierlassen?«, fragte der Bauer.

»Das ist *mein* Baby, *mein* Sohn«, sagte ich.

»Aber ich liebe ihn jetzt auch. Er ist der Bruder meines Sohns.« Gott, in seiner endlosen Güte, hatte doch noch etwas gefunden, das ich teilen durfte.

Ich blickte zum Himmel. Die Sterne waren zum Vorschein gekommen. Der Mond leistete sich einen trägen Existenzversuch. Diesen Lichtern war die Geschichte meines Lebens, der ganzen Welt eingeschrieben; sie waren das Einzige, das mich nie verlassen hatte. Ich sammelte wieder Kraft; meine Aufgabe als Mutter war noch nicht beendet.

»Sehen Sie diese Sterne dort? Das ist der Hund«, sagte ich. »Salomon hat ihn entdeckt.«

Der Farmer starrte auf die Konstellation der Sterne, auf die ich zeigte, und sah keinen Hund darin. »Was noch?«, fragte er. Seine Erleichterung über meinen freundlichen Ton war unüberhörbar.

»Das dort ist der Wagen. Und hier der Fisch.«

Er studierte den Himmel. »Ich erkenne nichts«, sagte er.

»Es spielt keine Rolle, ob Sie's sehen oder nicht. Es ist da.«

»Ich habe dir deinen Sohn genommen«, sagte er.

»Sie dürfen ihn ausleihen«, antwortete ich.

»Was willst du dafür?«, fragte er.

»Das Versprechen, dass Sie sehr gut zu meinem Sohn sein werden.«

»Ich verspreche es.«

»Gibt es noch etwas, das Sie über das Vatersein wissen müssen?«

Der Bauer dachte nach. »Ich weiß eigentlich gar nichts darüber«, sagte er.

»Wissen Sie, was Sie tun, wenn Salomon krank wird?«

»Nein. Aber wir nennen ihn Johann. Er ist jetzt Christ.«

Für einen Moment stockte mir der Atem. Ein neuer Schmerz: ein Stück gesundes Fleisch, verloren, herausgeschnitten. Sei einfach weiter seine Mutter, sagte ich mir. Mögen meine Arme so lang werden, dass ich ihm von der anderen Seite der Erde die Tränen abwischen kann. »Wenn

Johann, Ihr Sohn, krank wird, ist das Wichtigste ein kühles Tuch. Und er soll viel Wasser trinken. Er wird Ihnen sagen, dass er stirbt, auch wenn es nicht stimmt. Wenn Winter ist, geben Sie ihm einen Schneeball, an dem er lutschen kann. Wenn Sommer ist, legen Sie ihn in den Schatten.«

»Aber wenn er wirklich stirbt?«

»Sie müssen den Unterschied zwischen Wirklichsterben und Nichtsterben lernen.«

»Kann ich noch was tun?«, fragte der Bauer.

Ich lauschte allen Tönen: dem Quietschen der nassen, kranken Matratze, dem Sirren und Summen der Insekten, dem Klappern der Knochen meines Sohnes. Den Geräuschen des Mannes und der Hitze des Mannes, der über die Reste des Babys gebeugt stand.

»Ich habe mein Leben«, sagte ich schließlich. Anscheinend war ich mit einem unsichtbaren Strick daran festgebunden. Sollte ich ihn je entdecken, würde ich ihn durchschneiden und mich davontreiben lassen, nahm ich mir vor.

»Ich könnte dir mehr Leben geben«, sagte er. »Nicht aus Liebe.«

»Ich habe mehr Leben, als ich für mich allein gebrauchen kann«, sagte ich.

Der Bauer streifte mein Kleid hoch. Er fuhr nicht mit der Hand über mich, hatte keine Liebkosung übrig. Er begegnete mir nur mit einem einzigen warmen Körperteil. Ich verschloss die Augen vor der Welt. Nichts wollte in dieser Dunkelheit gesehen werden, alles war froh, sich vor mir zu verstecken. Ich entzog ihm meinen Körper nicht, wandte den Kopf nicht, sagte nichts, das den Lauf der Dinge hätte verändern können. Der Körper des Bauern war ein Körper, und mein Körper war ebenfalls einer, und unter uns lagen die Knochen meines toten Sohns. Der Bauer wand sich hinein. Sein Bart war voller Tau, helle Samenkörner, die auf mein Gesicht fielen. Seine Bewegungen waren schlicht und schmucklos.

Ein Schwarm Raben flog über den Bauern und mich hinweg, aber wir sahen nichts davon; die Raben waren so schwarz wie der Himmel in dieser Nacht. Ich vernahm Fluggeräusche, aber nur kurz, und dann einen Ruf zurück zu den Nachzüglern. *Ja*, antworteten die anderen Raben, *wir sind hier alle zusammen*.

»Für das Baby«, sagte der Bauer, als er wieder abgestiegen war und die verstreuten Knochen unter sich hervorgezogen hatte.

Die Raben flogen weiter. Die Raben flogen über alles dahin, was auf der Erde war, sie hielten nicht an, um zu rasten.

Von hier an war der Weg mir neu. Diesmal dauerte es nur Stunden, der Fußmarsch war keine endlose Wanderschaft, sondern umfasste eine konkrete, messbare Entfernung. Ich versuchte immer wieder, die Schritte zu zählen, ich wusste ja, dass es einen letzten Schritt geben würde, eine Gesamtzahl. Die Gegend, durch die ich ging, war eine perfekte Nachstellung der wirklichen Welt. Dieses Gebüsch sah genauso aus wie echtes Gebüsch. Und an alle Details war gedacht worden – an Vögel unterschiedlicher Färbung und Größe, die abgefallenen Nadeln im Umkreis der Föhren. Nur die Luft stimmte nicht. Sie war dünn und blechern, billig gemacht. Schade, dachte ich, abgesehen davon haben sie es ganz gut hingekriegt.

Am Nachmittag sagte der Bauer: »Tut mir leid.«

»Ja«, antwortete ich.

»*Soll* mir denn leidtun, was ich getan habe?«, fragte der

Bauer und wollte Dankbarkeit von mir bekommen, nicht Zorn.

»Leben ist nicht ersetzbar«, sagte ich. Beweise dafür gab es genug, man brauchte sich nur umzusehen: Da war zum Beispiel der künstliche Hüttensänger, der aus einer Pfütze mit frischem Tauwasser trank – als könnte etwas so Kostbares real sein. Der echte Vogel war kalt und schäbig und hielt sich irgendwo versteckt.

Der Bauer wurde lauter. »Verzeih, dass ich dir nahe gekommen bin. So ist das Leben. Ich habe mein Bestes versucht.«

Ich gab keine Antwort.

»Nein!«, schrie der Bauer unvermittelt. »Sag danke! Sag danke, dass ich deinen Sohn rette! Ich tue *alles* für dich, was mir nur *einfällt*«, knurrte er. »Du hast unser Geld und unseren Pass, und ich habe sogar versucht, dir einen Gefährten zu geben. Ich habe versucht, dir eine Familie zu machen!«

Er drängte mich zwischen die hohen Bäume entlang der Straße.

»Sie haben genug getan«, sagte ich. »Bitte versuchen Sie nicht mehr, mir zu helfen.«

»Wir müssen dankbar für alles sein, was wir einander bieten können«, sagte er und überwältigte mich. Ich boxte ihm in den Rücken und schlug mit den Füßen gegen seine Knöchel. Ich wehrte mich. Ich weiß noch, wie ich mich unter ihm hin und her wand, aber er musste sich nicht besonders anstrengen. Ich war schwach. Ich stellte keine Gefahr für ihn dar. Ich war eine Quelle, weiter nichts, ein Brunnen, aus dem er schöpfen konnte.

Das dürre Gezweig auf dem Boden knackte bei jedem Stoß, das welke Laub zerfiel in tausend Vierecke, und von den Vögeln sah keiner hin. Es war rasch wieder vorbei.

»Sie wissen nicht, was Sie mir antun. Ich liebe Sie nicht.«

Ich hatte nicht genug Material in mir, um ihn zu hassen.

»Du verstehst mich falsch«, sagte er. »Ich habe eine Familie zu Hause. Eine Frau und einen Sohn«, sagte er. »Ich versuche nur, das Richtige zu tun.« Ich hielt die Luft an, bis es in meiner Lunge zu kribbeln begann. Ich stieß ein langes Geheul aus, und am Ende war meine Brust wund und leer. Der Kunstwald ringsum war reiner Kitsch. Das Grün zu grün, der Himmel zu klar, um glaubwürdig zu sein. Nicht an einem Tag wie diesem.

Bald gelangten wir zu einer geschäftig wogenden Stadt. Diese Erfindung war ihrem Schöpfer über den Kopf gewachsen. Man hämmert Holzspäne zu Beinformen zusammen, und am Morgen ist der Körper auf und davon. Mittags fehlen einem die Werkzeuge, und die Straßen sind von Rädern zerschlissen. Der Bauer und ich standen direkt am Straßenrand, während die Autos heiße, dicke graue Rauchwolken ausstießen.

Die Stadt war voller Menschen, sie gingen, rannten, fuhren auf Fahrrädern und in Autos, schrien, trugen Hüte und große Ledertaschen, lasen Zeitung und rauchten und ließen sich die Sonne in die Augen scheinen, während sie warteten, was als Nächstes kam.

»Wo war ich immer?«, fragte ich. Der Bauer legte mir die Hand auf die Schuler.

»Das ist die Welt«, sagte er. »Das ist die reguläre, laute Welt.« Die Autos wirbelten den Staub bis zu den Kindern, die im ersten Stock die Köpfe aus den Fenstern streckten. Die Kinder riefen anderen Kindern auf der Straße etwas zu, und alle krümmten sich vor Gekicher. Die Szene entfaltete sich in Zeitlupe. Eine graue Katze verspeiste eine Leber, und ihre Schnauze wurde dunkelrot davon. Eines der Kinder stolperte über die Katze und fiel in eine Pfütze, die Leber machte einen Satz zur Seite, die Katze protestierte, und die anderen Kinder bekamen heiße Gesichter vor Lachen. Niemand lachte lauter als der Junge in der Pfütze; er kniete und hielt sich den Bauch. Seine Freunde kamen zu ihm, packten ihn an den Ellenbogen und stellten ihn wieder auf die Beine. Die Jungen in dieser Straße hatten eine der Geschichten erlebt, die sie nun wieder und wieder erzählen würden, eine Geschichte, deren Medizin stark genug wäre, um sie für die Dauer vieler Jahre zum Lachen zu bringen. Einer der Jungen kickte die Leber mit einem Fuß zu der Katze zurück, die ihr Festmahl fortsetzte.

»So viele Menschen haben überlebt«, sagte ich.

»Diese Menschen sind anders als deine Leute. Diese hier will niemand umbringen«, sagte der Bauer. Er führte mich langsam durch die Straßen. Das Licht in den Autofenstern zwinkerte uns zu. Auf den Gehsteigen war der Müll platt getreten worden. Ein Hundepaar näherte sich uns, blickte mit blanken, hoffnungsvollen Augen zu uns auf und erwartete Rettung. Der Bauer warf ihnen nichts zu, und ich hatte nichts, was ich ihnen hätte geben können.

»Dein Zug«, sagte der Bauer mit einer Handbewegung.

Die Lokomotive stand rußschwarz und vibrierend auf dem Gleis. Ich betrachtete die vielen gewaltigen Räder, die Türen und Fenster und Ketten. Der Bauer gab mir eine Fahrkarte zur Hafenstadt am Schwarzen Meer. Er nannte mir den Namen des Büros, in dem ich eine Überfahrt auf einem Schiff in die Neue Welt – so nannte er sie – kaufen sollte.

»Ich habe bereits in einer neuen Welt gelebt«, sagte ich. »Ich weiß nicht, ob ich noch eine verkrafte.«

»Keine Ahnung, wovon du redest«, sagte er, »aber das ist ein schönes Land, in dem du friedlich leben kannst. Deine Einreisepapiere liegen alle bereit. Es ist alles arrangiert.« Er sprach rasch, hatte es eilig, mich loszuwerden, damit er frei wäre, der Vater zu sein, der er immer hatte sein wollen. Er sagte, er wisse nicht, was mir draußen in den Feldern oder vorher zugestoßen sei, aber er sei sicher, ich käme bald wieder mit der Welt zurecht. Mit dem Fingernagel schrieb er meinen Namen in seinen schmutzigen Arm: *Natalja.* Ich nickte. *Lebe,* fügte er hinzu. Ich nickte abermals. Auf den anderen Arm schrieb er: *Entschuldigung.* Ich nickte ein drittes Mal. Zur Antwort ritzte ich ihm zwei Wörter ein: *Guter Vater.* Er lächelte. Seine Miene leuchtete auf. Er behauptete seinerseits nicht, dass ich eine gute Mutter geworden sei, und ich war froh darum, denn ich hätte das Kompliment nicht verdient gehabt.

Der Bauer wartete allein auf dem Bahnsteig. Ich sah zwei Frauen aufeinander zueilen und einander entzückt umarmen. Die eine reichte der anderen eine runde Schachtel, die aufsprang, und ich sah, dass ein fliederfarbener Hut darin lag, auf dessen Krempe ein Rotkehlchen saß. Die Hutfrau sah mich an, und ich sah sie an. Wir beobachteten einander, und wahrscheinlich missverstanden wir alles, was wir sahen. Sie hätte den Bauern für meinen Bruder halten können, der wehmütig war, weil wir einander mehrere Jahre nicht mehr sehen würden. Oder wir hätten Liebende sein können, deren Eltern unsere Verbindung verboten hatten. Wir hätten Mutter und Vater sein können, die allerlei heroische und grausame Dinge anstellten, von denen wir glaubten, sie würden das Kind, auf das jeder von uns Anspruch erhob, optimal schützen. Der Zug schrie und begann sich aus dem Bahnhof zu schieben. Jeder einzelne Mensch auf dem Bahnsteig winkte – es gab wirklich keinen Einzigen, der nicht winkte. Sie hatten geübt, und die Vorführung war prächtig. Sogar der Bauer winkte, blickte zu Boden, winkte abermals. Ich bildete mit meinen Händen eine kleine Schale, in die ich hineinweinte; es entstand eine kleine Pfütze, die salzig und warm war; ich leckte sie auf wie eine graue Katze.

Ich schmeckte die Toten, und ich schmeckte die Lebenden.

DAS BUCH DES WEGGESPERRTEN HIMMELS

Als am Horizont ein Kriegsschiff auftauchte, brachte Francesco weiterhin Papier, aber keine Umschläge mehr. Igor fragte: »Gehen wir nicht schwimmen?«

»Wir bleiben hier.«

»Wie lang dauert es, zu mir nach Hause zu reiten, auch mit dem langsamsten, ältesten Klepper?«

»Wir bleiben hier.«

»Ich rede von der Post. Wie lange würde ein Brief längstenfalls unterwegs sein?«

»Von jetzt an verlässt nichts mehr diesen Raum. Du bist ein Kriegsgefangener, und ich bin dein Wärter. Das sind die einzigen Befehle, die ich erhalten habe.«

»Kein Grund, gleich pampig zu werden«, sagte Igor. »Ich hatte lediglich vor, schwimmen zu gehen.«

Francesco versetzte Igor einen Faustschlag ins Gesicht. Es war ein schreckliches, erregendes Gefühl. Danach war seine Faust blutig vor lauter Heldentum. »Niemand hat dich gefragt, was du willst.«

Die Insulaner beobachteten, wie das Kriegsschiff immer näher kam. Francesco, der für die Ankunft übte, tigerte auf und ab. Er würde den gerechten und rechtschaffenen Wärter geben, den Wärter, der mit fester, aber gerechter Hand seinen Pflichten nachkam. Niemand hatte ihm den Befehl erteilt, sein Gefängnis zu leeren.

Igor vertrieb sich das Warten, indem er ungestüm in ein Notizbuch schrieb. Aber nicht, weil er die Seiten später herausreißen und abschicken wollte: Er verfasste einen Leitfaden für seine Söhne, eine Anleitung, wie man leben sollte, von ihm nach bestem Wissen zusammengestellt.

Öffnet die Augen, um aufzuwachen. Es ist möglich, mit geschlossenen Augen wach zu sein, aber dann seht Ihr nicht, was ringsum passiert.

Wenn man Euch Brot gibt, versucht es sofort zu essen. Sofort gegessenes Brot ist besser als später gegessenes Brot.

Wenn Ihr Euch nicht an die Umrisse der Sternbilder erinnert, denkt Euch neue aus. Manchmal muss man sich seinen Himmel selbst machen.

Wenn Ihr Kinder habt, was ich sehr für Euch hoffe, lasst Euch nicht gefangen nehmen, denn dann erlebt Ihr nicht mit, wie sie fünf, sechs, acht Jahre alt werden. Schlaft nicht in der Scheune ein, und lasst Euch nicht in einem Auto fortbringen, auch wenn die Insel, auf die sie Euch verschleppen, warm und schön ist. Wenn Eure Kinder Söhne sind, benennt sie nach Königen. Sind es Töchter, benennt sie nach Müttern.

Sicher wisst Ihr schon alles, was ich weiß. Was kann ich Euch beibringen? Ich weiß, wie man isst, und ich weiß, wie man Schach spielt. Man verschliebt die Figuren in diagonaler Richtung. Einer von uns gewinnt.

Tut immer, was Eure Mutter Euch sagt. Sie hat wahrscheinlich recht. Sie wird wissen, was das Beste ist. Falls wir uns wiedersehen, werde ich versuchen, Euch ebenfalls zu sagen, was das Beste ist. Ich hoffe, wir werden uns vertragen, Eure Mutter und ich. Wir werden es versuchen. Ihr sollt ebenfalls versuchen, Euch mit den Leuten zu vertragen.

Salomon hat einige Gebete gekannt. Kennst Du sie immer noch? Ich weiß, wie sie geklungen haben, aber den Wortlaut weiß ich nicht mehr. Am besten übst Du die Gebete regelmäßig, damit Du sie nicht vergisst. Roll die Wörter im Mund herum. Ich tue dasselbe mit Euren Namen und habe auf diese Weise die ganze Zeit das Gefühl, Ihr seid mir nahe. Eure Namen, Lena, Salomon und Schönes Baby, sind in meinem Mund. Eure Namen fließen mir die Kehle hinunter, wenn ich schlucke. Ich habe Euch überall bei mir.

»Habe ich noch etwas vergessen?«, fragte Igor durch die Gitterstäbe.

»Kochen. Aufräumen. Gehen. Wie man den Tee serviert. Wie man trotz Regen trocken bleibt«, sagte Francesco.

»Erinnere mich später noch einmal daran.«

Lieber Igor, dachte Francesco, mit dir überstehe ich alles.

Nachmittags legte das riesige Kriegsschiff am Kai an, und hundert Männer gingen von Bord.

»Seid ihr für Mussolini oder für die Alliierten?«, bellte der größte der Soldaten in einem Italienisch mit starkem Akzent. Der alte Wirt der Schenke antwortete achselzuckend: »Wir sind für euch, wer immer ihr seid. Wir wollen einfach am Leben bleiben.«

»Gut. Wir brauchen Nachschub.«

Die Soldaten holten sich Lebensmittel aus den Kellern und Medikamente aus den Küchen. Sie holten sich Seilrollen von den Booten und Schuhe aus den Schränken. Sie kamen zum Gefängnis, wo Francesco die Füße auf den Schreibtisch gelegt hatte und maximal souverän wirkte. Igor hockte in einer Ecke seiner Zelle. Drei Soldaten betraten das Gefängnis und fragten wie aus einem Mund: »Das ist alles? Ein einziger Gefangener?« Francesco war von seiner Pflicht gegenüber Igor derart in Anspruch genommen, dass ihm die Defizite seines Gefängnisses vollkommen aus dem Blick geraten waren.

Ein Gebet entschlüpfte Igors Mund. Es war seit seiner Ankunft auf der Insel das erste Gebet, das ihm über die Lippen kam, und die so lang nicht mehr benutzten Worte schmeckten staubig und süß.

Ein Soldat trat an die Gitterstäbe und musterte Igor. »Moment, sind Sie Jude?«, fragte er leise. Igor blickte zu ihm auf. Er wusste keine Antwort auf diese Frage. Einst, in einer anderen Zeit, an einem anderen Ort, war er Jude in einer Welt voller Juden gewesen. »Warum halten Sie den Mann immer noch fest?«, fragte der Soldat und drehte sich zu Francesco um. »Wieso haben Sie ihn nicht längst in die Freiheit entlassen?«

»Wie bitte?«, fragten Francesco und Igor gleichzeitig. Francesco ballte die Faust, aber das half nichts gegen die Furcht, dass ihm alles, was er liebte, entgleiten könnte. Und für den Gefangenen war Freiheit ein bedrohliches Wort. Was fange ich damit an, wohin soll ich gehen?, dachte Igor.

Der Soldat trat gegen die Gitterstäbe, dass sie ratterten. »Italien hat sich auf die Seite der Alliierten gestellt, haben Sie das nicht mitgekriegt?«, fragte er höhnisch. Als er den einfallenden Lichtstrahl durchquerte, konnte Igor den Namen an seiner Uniform lesen: Weinberg. »Lassen Sie den Gefangenen frei!«, schnaubte der Soldat, und Francesco zog den Schlüssel aus der Tasche und sperrte die Gittertür auf.

Igor stand auf, kam zur Türöffnung. Er beobachtete Francescos zitternde Hände, die wie unter Zwang den Schlüssel hin und her drehten.

»Er war gut zu mir. Bitte tun Sie ihm nichts«, sagte Igor.

Weinberg drehte sich zu Francesco um und sagte: »Ich behalte Sie im Auge.« Die Soldaten wandten sich zum Gehen.

»Entschuldigung«, sagte Igor, »wohin soll ich jetzt?«

Der Soldat senkte den Blick zu Boden. »Nach Hause würde ich nicht gehen, wenn ich Sie wäre. Ich würde nicht nach meiner Familie suchen.« Der Soldat blickte durch die offene Tür ins Freie, wo ein strahlender, windstiller Tag war. »Fangen Sie ein neues Leben an. Alles Gute.«

DAS BUCH DER WELT IN BEWEGUNG

Ich blickte hinaus auf das dahinrasende Gras, das neben dem Zug zu verschwommenem Grün verwischte, während die Vorfrühlingsbäume im Hintergrund klar zu erkennen waren. Ich überlegte, wie viele Schritte es wohl brauchte, um diese Strecke, die wir fuhren, zu Fuß zurückzulegen. Wie viele Male ich meine Arme vor- und zurückschwingen würde. Dort draußen könnte ich mehrere Schritte machen, ohne zu stolpern. Ich wäre in der Lage, mir das Terrain einzuprägen und mich blind vorwärtszubewegen. Wie viele Windstöße, wie viel Geraschel im Gras, wie viele kreischende Vögel. Wie viele Käfer, die langsam den Weg überquerten. Die vielen Bienen, die auf der Suche nach süßen Säften umherflogen.

Die Wolken, die manchmal in eine einzige Richtung trieben. Im Inneren des Zugs blieb alles gleich. Wir bewegten uns nicht in einzelnen Schritten voran, sondern in einem einzelnen langen Drängen. So entschlossen, so sicher.

Als der Schaffner kam, um meine Fahrkarte zu kontrollieren, sagte ich: »Ich muss nach Hause.«

»Ich weiß nicht, wo das ist«, sagte er vorsichtig.

»Ich leider auch nicht.«

»Welche Richtung?«

»Ich weiß nicht, wo ich bin.«

»Sie sind in Russland. Wir fahren in südöstlicher Richtung nach Odessa.«

»Ich bin in einem Land?«, fragte ich. Die Vorstellung schien mir undenkbar.

»Ja, wo denn sonst?«

»Das Gras. Die Felder. Die Berge.«

»Wissen Sie, wo Sie hinwollen?«, fragte der Schaffner.

»Ich möchte nach Hause.«

Kopfschüttelnd zwickte er meine Fahrkarte. »Sagen Sie's mir, wenn Ihnen was Besseres einfällt.« Draußen begann es zu regnen. Die Fenster beschlugen. Die Bäume wirkten niedergedrückt und beschämt, wie ich.

Der Zug hatte einen Speisewagen, in dem jeder, der darum bat, Tee bekam. An jedem Tischchen saßen zwei oder drei Männer mit entspannt überkreuzten Füßen. Sie hatten dampfende Becher vor sich und genossen die Reise. Ich hätte sie gern gefragt, wo sie hinfuhren und wo sie herkamen. Was sie hinter sich hatten. Auf welcher Seite sie standen. Sie sahen aus wie Männer, deren Frauen sich in genau diesem Moment auf ihre Ankunft vorbereiteten. Langes Haar aufsteckten, Kleider bügelten, Söhne in saubere Hemden zwängten.

Ich saß allein an einem Tisch und ließ die entspannten Männer sich weiter entspannen. »Entschuldigen Sie«, sagte ich zu dem weiß livrierten Ober und bemühte mich, wie eine andere Frau zu klingen, eine zurechnungsfähige, vernünftige, eine mit nur einem Namen, einer Familie, einer Geschichte. »Wissen Sie vielleicht, wo sich das Dorf Zalischik befindet?«

Er schüttelte verständnislos den Kopf. Warum konnte ich mich keinem Menschen mehr verständlich machen?

»Mein Zuhause«, sagte ich.

Er antwortete: »Wir haben Tee, Kaffee, dazu allerlei Kuchen.«

»Gut«, sagte ich und zückte eine goldene Münze. »Ich nehme das alles, wenn Sie sonst nichts anbieten.« Vielleicht war mein Zuhause einfach verschwunden – ein Begriff, der sich erledigt hatte.

Ich tauchte einen Finger in den Kaffee und führte ihn an die Lippen. »Schmeckt mir Kaffee?«, flüsterte ich meiner fremden Person zu. Auf die gleiche Weise kostete ich den Tee. »Ist Tee besser?« Den Kuchen aß ich rasch: Dass er mir schmeckte, stand fest. Ich lutschte die Zuckerwürfel, die der Ober gebracht hatte. Ich spürte dem milchbraunen Kaffee und dem klaren, reinen Tee nach, wie sie meine Kehle hinabglitten und warm im Magen ankamen. Ich beobachtete die kleinen Wellen, die sich unter dem Rattern des Zuges auf der Oberfläche der Flüssigkeiten bildeten. Die vor mir aufgereihten Gegenstände schienen real und verlässlich; wankelmütig war nur das, was nicht direkt vor mir stand.

Der Ober kam zurück und trug mein leeres Geschirr ab. »Wünschen Sie vielleicht eine Landkarte?«, fragte er. »Ich kann Ihnen eine bringen.«

»Eine Landkarte?«

»Auf Landkarten pflegen alle Orte verzeichnet zu sein.«

»Danke, ja, sehr gern, ja!« Er hatte mich verstanden und ich ihn. Ich hatte große Lust, ihm die Hand zu schütteln, nahm mich aber zusammen. Stattdessen strich ich die Krümel auf dem Tisch zusammen, fegte sie mir in die Hand und aß auch sie. Der Ober breitete unterdessen die Landkarte auf dem Tisch aus.

»Hier sind wir«, sagte er und deutete auf eine in regelmäßigen Abständen mit kleinen Kreuzen markierte Linie. »Das ist die Bahnlinie.« Er folgte ihr mit dem Finger.

»Ist das die ganze Welt?«, fragte ich.

Endlos viele Namen standen auf der Landkarte, Smolensk, Kursk, Stalingrad. Die Namen waren auf die Erde geklebt. Die Gebirge waren gezackte Linien, die Flüsse sich schlängelndes Blau.

»Ist das alles schon immer hier gewesen?«

»Die Namen haben sich verändert. Dinge bewegen sich, da bin ich mir sicher. Aber so, wie Sie mich fragen, würde ich sagen, ja.«

»Auch schon am Anfang der Welt?«

Der Ober sah mich verständnislos an. »Auf der Rückseite ist ein Ortsverzeichnis«, sagte er dann. »Alphabetisch geordnet.« Und da war es, zwischen Zalim und Zalizyki. Im wirklichen Leben war Zalischik eine kleine Halbinsel in der Biegung eines Flusses gewesen. Auf der Landkarte war es nun genauso dargestellt.

»Da komme ich her. Das ist mein Zuhause«, sagte ich aufgeregt, und mein Finger deckte das Dorf ganz zu. Der Fluss wurde zerquetscht. »Zeigen Sie mir noch mal, wo wir jetzt sind? Und wo wir herkommen.«

Der Ober klärte mich auf. »Der Zug hält ganz in der Nähe. Sie kämen zu Fuß hin.« Ich dachte an den Weg, den meine Söhne und ich zurückgelegt hatten. Ich begann mit unserer heimischen Flussbiegung und ließ meine Finger über die dazwischenliegende Strecke laufen. »Das ist wirklich passiert«, sagte ich. Das konnte ich sagen, die Landkarte diente mir als Beweis. Hatte ich gehämmert und genagelt und gezimmert und die Werbetrommel gerührt, um die Welt von vorn beginnen zu lassen und alle bisherigen Fakten auf den Kopf zu stellen? Nein. Ich hatte gesprochen. Eine Geschichte erzählt. Dennoch konnte ich, wenn ich die Landkarte betrachtete – die Linien, die unterschiedlichen Grüntöne, die dünnen Flussverläufe –, nicht eigentlich begreifen, was geschehen war.

Als das lange weiße Licht des Nachmittags müde wurde und als verspritztes Orange auf jeder regennassen Fläche lag, befand ich mich also tatsächlich auf dem Heimweg. In einem warmen Hohlraum in meinem Inneren, mir zu diesem Zeitpunkt noch unbekannt, wuchs ein Zellhaufen vor sich hin. Es war der Beginn einer Person. Noch nichts Empfindungsfähiges. Nichts Konkretes. Nicht einmal *en miniature*. Aber sofern man es in Ruhe ließ, würde das Wesen den Tanz vollführen, der ihm aufgegeben war.

Was ich spürte, waren die Räder des Zugs, der die Schienen aufheizte, und die schwindende Entfernung zwischen meinem Zuhause und mir.

Empfangen wurde ich von unseren Schafen, die tot in einem See trieben, der einmal ihre Weide gewesen war. Die Wolle war schwer vom Wasser. Die Schafsaugen waren leere Höhlen – durch die alles ins Innere hatte vordringen können. Der Geruch heftete sich an meine Schleimhäute und verursachte mir Brechreiz.

Unsere Straßen waren schlammverkrustet und die Pflastersteine herausgerissen, sodass ich kaum laufen konnte. Das waren keine Straßen mehr, sondern eine Geröllhalde. An allen Häusern waren die Scheiben eingeschlagen, die Fenster leere Höhlen wie die Augen der Schafe. Alles war erblindet. War das ein realer Ort?

»Du bist das Haus, in dem meine Kinder zur Welt gekommen sind«, sagte ich zu meiner einstigen morschen Haustür. Als ich daran zog, kam ein Schwall Wasser heraus und verlief sich in alle Richtungen. Ich watete durch den Schlick in das leere Haus. In der Küche fand sich kein einziger Topf mehr, auf den Betten lagen keine Kissen. Keine Bücher. Keine Löffel. Keine Menschen. »Ist niemand da?«, fragte ich das durchweichte Haus. Kein Tisch, kein Schaukelstuhl, kein Schürhaken fürs Herdfeuer. Jemand hatte uns ausquartiert. Das Wasser hatte die wenigen beweglichen Gegenstände, die es noch gab – einen zerbrochenen Stuhl, eine hölzerne Schüssel –, in Boote verwandelt. Die Matratze meiner Söhne war noch da, wie ein totes Tier hing sie über dem Spülbecken. Schimmelgrün.

»Wie lang ist das schon so?«, fragte ich die Geister, die ich nicht sehen konnte. »Wann seid ihr gegangen?«

Falls die Geister antworten wollten, so gelang es ihnen nicht, ihre Münder waren nutzlos. Ich hoffte, sie würden an meinen Kleidern zupfen, mich kalt oder warm anhauchen, mir durchs Haar fahren. Wollten sie mir mitteilen, dass sie so lange gewartet hatten, wie es ging? Dass sie sich meiner Mütter und Väter und Großeltern und Geschwister angenommen hatten? Hatten sie mich in Erinnerung behalten wollen, nachdem ich gegangen war? Inzwischen waren die Geister nichts weiter als leerer Wind. Sie waren schmatzender Schlamm unter meinen Füßen. Sie waren abblätternde Rinde an den Stämmen der umgestürzten Bäume.

Zerschmetterte Steine, Lehmklumpen, verdunstetes Wasser, verwehte Luft.

Ich stand vor der Tür des ersten Hauses, in dem ich aufgezogen worden war. Ich dachte an die Nacht, in der ich versucht hatte heimzukehren und, von allen gewaltigen und komplexen Hindernissen, die sich mir in den Weg hätten stellen können, ausgerechnet von einem Riegel ferngehalten worden war. Diese Erfahrung hätte ich kein zweites Mal ertragen; deshalb ging ich der großen blauen Tür aus dem Weg, hängte meine Kleider an die Zweige eines mit weißen Blüten beladenen Apfelbaums und kletterte durch das leere Fenster. Im Haus stand das Wasser knöcheltief und schlammig. Es lag ein schwerer Modergeruch in den Zimmern. »Ist keiner da? Bin ich zum richtigen Zeitpunkt gegangen? Lebt noch jemand?«, rief ich. Meine Stimme hallte vom Wasser zurück. Ich fühlte mich wie in einer uralten Höhle.

Ich watete zu dem Tisch, an dem meine erste Mutter jeden Tag während meiner ersten elf Lebensjahre Kohl geschnitten hatte. Ich planschte zur anderen Seite des Raums, wo der Kamin ein dunkles Loch war, dann dorthin, wo meine erste Mutter und mein erster Vater geschlafen, mich gezeugt, meine Geschwister gezeugt hatten. Zum ersten Mal, seitdem ich verschachert worden war, stand ich wieder hier. Ich tastete nach einem Kohlkopf, fand aber keinen, förderte nur Hände voll Schlamm zutage. Und eine Murmel und ein schlammbraunes Taschentuch. Ich fuhr mir damit übers Gesicht und wurde noch schmutziger.

Das zweite Haus, in dem ich aufgezogen worden war, hatte sich zur Seite geneigt und dadurch eine Wand verloren. Kein Weiher war darin entstanden – das Haus war ein nacktes

Skelett. »Ist niemand da?«, rief ich. Meine Haut war kalt, aber, nachdem ich mich wieder angekleidet hatte, immerhin trocken; nur meine Haare trieften. »Ist denn überhaupt niemand irgendwo? Irgendwo in der Nähe?« Von den schönen Gegenständen, die Kayla und Hersch auf ihrem Kachelofen ausgestellt hatten, war keiner mehr da. Keine weichen Perserteppiche lagen unter meinen Füßen. Ich wollte etwas sagen, ein Gebet für die beiden sprechen, aber mir wurde klar, dass ich sie eigentlich kaum gekannt hatte. Gesegnet seien Kayla und ihre Begierden. Gesegnet seien Hersch und seine Versuche, sie zu befriedigen. Möge sich irgendwo irgendjemand eurer annehmen.

Ich betrat Häuser, in denen ich nie gewesen war. Das ganze Dorf war in den aufgeweichten Boden eingesunken. Alle Fenster waren zu niedrig, manche Türen so tief versackt, dass sie sich nicht mehr öffnen ließen.

Beim Frisör war es eng und finster, die vier Wände neigten sich einander zu, an einer Wand hing an einem Nagel eine einzelne Schere, die wie frisch poliert glänzte. Den Menschen, die hier gelebt hatten, hatte kein Ort mehr bedeutet als dieser.

Der Dorfplatz draußen war schöner, als ich ihn in Erinnerung hatte. Die Fenster waren, trotz eingeschlagener Scheiben, mit hübschen Malereien eingefasst, die Dächer steil und mit roten Ziegeln gedeckt. Das Haus des Gemüsehändlers war gelb, der Metzger hatte das seine blassblau gestrichen, und das winzige Geschäft des Goldschmieds war rosa mit weißer Bordüre. Das Dorf war mir neu und doch vollkommen vertraut. Es war, als würde ich, ein Mädchen, mir selbst als alter Frau begegnen. Gleicher Körper, gleicher Ort. Außer …

Das Haus der Witwe war ein Friedhof der Einmachgläser.

Ich versetzte ihnen Fußtritte, damit wenigstens irgendetwas auf der Welt mit mir sprach. Sie fielen klirrend durcheinander, verrieten mir aber nichts. Dennoch entdeckte ich etwas: Ich sah einen kleinen gelben Zettel, der mit einem Reißnagel an einer Fußbodendiele befestigt war. Die Tinte war zerlaufen, aber der Text noch lesbar.

Ihr Lieben. Als die Soldaten kamen, wussten wir nicht, was wir tun sollten. Wir haben uns versteckt. Wir haben ein Geschrei gehört, viele Leute, die zum Fluss gelaufen sind, und Schüsse, dann Stille. Wir haben wochenlang gewartet, aber keiner von Euch ist zurückgekommen. Wir werden nicht vergessen, Euch in unsere Geschichte aufzunehmen, die trotz allem ein glückliches Ende hat: Wir wurden von hübschen russischen Riesen aufgelesen. Sollte noch jemand leben, schreibt uns bitte nach Krasnograd.
In Liebe, Regina und Zelda.

Tatsächlich: Meine Schwester war gerettet. Das war fast so gut, als wäre ich selbst gerettet – mein Schatten hatte es geschafft. Frohe Nachrichten waren für mich wie Nahrung. Ich faltete den Zettel zusammen und hielt ihn fest in der Hand. Was würde ich sonst noch finden? »Danke«, sagte ich laut in den Raum hinein zu den Einmachgläsern, die mir zuhörten wie hundert Ohren.

Unser gesamtes Hab und Gut, stellte ich fest, war in die Scheune gewandert. Darin war es so voll, dass ich von Schreibtisch zu Kommode zu Pferdesattel springen musste. Der Raum war ein Schwimmbecken, in dem sich bis obenhin Besitztümer stapelten. Es roch nach Schimmel, morschem Holz, Urin. Ich hob den Blick und sah, unversehrt bis auf eine zerfranste Schusswunde, den Sommerhimmel.

Rings um mich herum schwammen Spielsachen, Fäustlinge, Stiefel und Stuhlbeine. Gestapelte Geschirrtücher, Hämmer, abgetragene Wolljacken, Schachteln mit angelaufenem Schmuck, Nudelhölzer – bis dieses Dorf wieder zum Leben erwachte, wieder Werkzeug brauchte, würde das alles lange hier in der Scheune warten müssen. Das Klavier, das zusammen mit der Fremden ans Ufer der alten Welt geschwemmt worden war, stand nicht mehr aufrecht, sondern kniete mit seinem Zahnlückenlächeln im Wasser.

Ich sah mich nach einer Leiche um, die ich hinaustragen und beerdigen müsste, entdeckte aber keine. Nur mehrere Hühnerskelette fand ich, ordentlich in die leeren Nester auf dem obersten Regal geschichtet. Ich stellte mir die Hühner vor, wie sie mit angelegten Flügeln dort oben gehockt und auf Rettung gewartet hatten.

Ich kletterte auf das Podest, das auf dem Dorfplatz gestanden und den inzwischen verschollenen Kriegshelden aus ferner Vergangenheit getragen hatte, und fuhr mit der Hand über die sternenübersäte Wand. »Salomon wüsste eure Namen«, sagte ich zu den Sternen. Meine Finger ertasteten ein lockeres Mosaiksteinchen; ich zog es ganz heraus und steckte es in meine kleine Tasche. »Das ist der Stern Salomon«, sagte ich. »Egal, wie er früher geheißen hat, jetzt heißt er Salomon.« Da ich mit leeren Händen gekommen war und nicht wusste, was ich brauchen würde, wollte ich mitnehmen, was immer mir angeboten wurde.

Auf einem Bücherstapel fand ich einen alten Sack mit seidenweichen Hühner- und Gänsedaunen – sogar ihr Geruch war weich. Ich knotete den Sack zu und nahm ihn an mich.

Und noch etwas fand ich, an eine schwimmende hölzerne Insel geheftet, einen Brief nämlich, und der war adressiert an *Lena, meine Frau, Zalischik.*

»Macht keine Scherze mit mir«, sagte ich in den Raum und horchte auf eine Antwort. »Noch ein Brief für mich?« Der Raum hallte. Das Wasser tropfte. Ich nahm den Brief mit meinem Namen darauf an mich. Auf der Rückseite des Kuverts stand: Igor, Gefängnis, Sardinien, Italien. Darin fand ich einen Zettel:

Liebe L,
ich lebe noch, hast Du das gewusst? Ich werde allmählich ein sehr, sehr guter Schwimmer. Ich schaffe es innerhalb weniger Sekunden vom großen Felsen bis zum Sandstrand. Außerdem habe ich gelernt, Lasagne zu machen. Weißt Du, was das ist? Mein Freund Francesco hat es mir beigebracht, vielmehr seine Mutter. Wie geht's meinen Söhnen? Bist Du am Leben? Wie ist das Wetter dort, wo Du bist? Weißt Du noch, wie wir in den Apfelbaum geklettert und im Geäst eingeschlafen sind? Hoffentlich lebst Du noch.
Alles Liebe, I

»Dieser Brief ist für mich«, sagte ich und hielt ihn hoch. »Lebe ich noch?«

»Dieser Brief ist für mich!«, schrie ich, so laut ich konnte, so laut, dass es mir in der Kehle wehtat. »Niemand da! Das schöne Baby ist tot! Salomon ist gerettet! Ich bin nach Nordosten gegangen! In der Welt fahren lauter Züge! Bin ich hundert Jahre fort gewesen? Igor ist ein sehr, sehr guter Schwimmer geworden!«

Ich blickte wieder auf den Brief und riss meinen Namen ab – *Liebe L* – und zerfetzte ihn zu feinsten Schneeflocken. »Du hast mich vollkommen allein gelassen!«, schrie ich Igor zu. »Unsere Söhne sind weg, verloren! Was tu ich hier? Warum bin ich nicht tot?« Ich warf den Schnee, den ich aus meinem Namen gemacht hatte, in die Luft. »Was soll ich jetzt tun?«

Ich lauschte, aber es kam keine Antwort. Ich stellte den Daunensack auf einem trockenen Regalbrett ab und signalisierte meine Kapitulation, indem ich mit dem schlammigen Taschentuch und dem Brief winkte. Dann warf ich noch ein paar Hühnerknochen in die Luft wie Konfetti; mit einem Platschen landeten sie im Wasser, eine traurige, verklingende Musik.

Auf die Rückseite des Zettels schrieb ich mit einem Bleistift, den ich unter einem Schreibtisch fand:

Liebe L,
warum lassen alle einander immer allein? Ich weiß noch fast, wer Du bist, aber wer ich bin, weiß ich nicht mehr. Du?
Alles Liebe, L

»Holt mich fort! Ich gehöre euch!«, schrie ich. »Ich bin bereit, hier zu sterben!« Die stummen Augen des Tempels starrten durch mich hindurch, nahmen mich nicht zur Kenntnis, blinzelten mir nicht kameradschaftlich zu, die Bäume draußen winkten nicht mit ihren Ästen.

Es wäre vielleicht eine Erleichterung gewesen, eine Gruppe schwarz gestiefelter Männer aus den Feldern hervorbrechen zu sehen und von ihnen mitgenommen zu werden, aber nichts dergleichen geschah. Niemand nahm mich fest oder schoss mir in die Brust oder zerrte mich an den Füßen hinter sich her. Niemand flüsterte mir ins Ohr oder streifte mein Haar. Niemand bat mich, vorsichtig zu sein, weil ich zum dritten Mal schwanger sei. Niemand aß eine Aprikose und spuckte mir den Kern vor die Füße. In einer von Millionen Menschen bevölkerten Welt war ich vollkommen allein.

Ich sah mich in dem Schwimmbecken um, in das ich geraten war. »Werde ich eine sehr gute Schwimmerin sein wie mein Mann?«, fragte ich meine Umgebung. »Ist es das, was ich herausfinden soll?«

Die Wasseroberfläche war ein Schimmern. Darüber: Luft; Gegenstände, die einmal wichtig gewesen waren; die Sterne; die neue Welt. Darunter: Schlamm, Verwesung; alles vergraben, alles verloren.

Ich reckte die Arme über den Kopf und richtete mich zu voller Höhe auf. Ich stellte mir vor, ich sei eine Kunstspringerin auf einem sehr hohen Brett, und ringsum sei das Meer. Ich stellte mir vor, ich trüge einen Badeanzug und eine Badekappe. Mein Anblick würde das Publikum jubelnd am Ufer zusammenströmen lassen; jeder Mann hätte einen Hut, mit dem er winkte, jede Frau ein Taschentuch, jedes Kind ein Spruchband mit meinem Namen. Ich aber würde nicht ins Wasser springen. Sondern hinabtauchen in eine neue Welt – ein Universum, in dem ich nie gewesen war. Ich *glaubte,* und das war ein Gefühl, das ich völlig vergessen hatte. Ein Geflatter in meiner Brust.

Die Oberfläche der Welt war durchlässig – eine Grenze, die überwunden werden wollte. Ich brauchte sie nur zu durchstoßen.

Meine Arme schwangen nach hinten, meine Zehen stießen mich vom Rand des Sockels ab, und ich flog durch die Luft. Wie ein riesiger Vogel sauste ich dahin, Geräusche und Farben verschwammen zu einem einzigen großen Himmelsbogen.

Der See empfing mich, mit Kleidern und allem. Das Wasser war tief genug. Es nahm meinen Kopf und Bauch – meine Knochen – freundlich auf, alle unsere Gebete waren zu Wasser geworden. Ich sank auf den Grund des Sees hinab und ließ alle Luft aus meiner Lunge strömen. So lang ich konnte, machte ich mich schwer und saß dort unten und lauschte. Es kam mir vor wie der Moment unmittelbar vor meiner Geburt, und ich wollte nichts überstürzen. Ich war unten, drunten, darunter, unterhalb, jenseits. Das Wasser hielt mich eng umschlossen. Es drang mir in die Ohren, die Nase, zwischen Finger und Zehen. Es war fast völlig lautlos: Zu hören war nur das leise Blubbern der letzten Luftblasen, die meiner Nase entwichen und emporstiegen. Nur Wasser, das mir die Ohren versiegelte. Ich öffnete den Mund und ließ schmutziges Wasser hinein. Ich spürte mein Haar sich heben und den Kopf umwehen. Meine ausgestreckten Hände waren kaum zu sehen, gespenstisch. »Ich bin allein unter der Erde«, sagte ich ins Wasser, das meine Worte dämpfte und als Luft nach oben trug.

Ich hörte mein Herz klopfen, wie immer. Als meine Lunge zu stechen begann, hatte ich die Wahl: Wasser atmen oder Luft atmen. Mein Mund war geflutet; das Wasser noch tiefer einzulassen brachte ich nicht über mich. Ich tauchte auf, füllte meine Brust mit Luft.

Das Becken sang, als ich, im Wasser stehend, mein Haar auswrang und zurückgab, was ich genommen hatte.

VII

DAS BUCH DER FERNE, FORT

Auf dem Weg zurück zum Zug hinterließ ich eine Spur von Tropfen, die aus meinem Haar und aus meinen Kleidern fielen. Mein Weg war markiert. Ich zitterte vor Kälte. Ich hatte meine zwei kleinen Taschen – eine mit meinen Papieren, einem Splitter des Sterns Salomon, einem schlammigen Taschentuch, das womöglich meiner ersten Mutter gehört hatte, und einem Brief meines Ehemannes, der weiter unten im Süden den lieben Gott einen guten Mann sein ließ. Ich wollte nicht wütend auf ihn sein, wollte nur die Erleichterung einer Frau empfinden, die erfährt, dass ihr Mann gesund und wohlauf ist, und die verspürte ich ja auch, allerdings mit meinem zerschlagenen Körper und mutterseelenallein in meinem verlassenen Dorf. Hätte ich ihn in dem Moment zurückbeordern können, hätte ich jemanden gehabt, der mit mir zusammen die Meilen zurück zum Zug ging, dann hätte ich ihm seine gemütliche Zeit in der Ferne augenblicklich verziehen.

In der zweiten Tasche steckten Gänsedaunen, die, obwohl fest zusammengedrückt, kaum etwas wogen. Meine Füße hinterließen kleine Tümpel im Morast, und überall auf meinem Weg lagen verkrümmte Wurmleichen. Der Regen hatte sie hervorgelockt und dann im Stich gelassen. Manche waren eingerollt, andere so lang gestreckt und dünn, dass sie wie junge Schlangen aussahen. Wieder andere bildeten Buchstaben – ein S, ein P, ein O. Im Gehen versuchte ich ihre Nachricht an mich zu entziffern, entdeckte aber keinen Sinn, nur willkürliches Geschlängel.

»Ihr braucht mich gar nicht mehr anzusprechen«, sagte ich zu den Würmern. »Ich höre sowieso nicht zu.«

Ich stand unter den gelben Laternen des Bahnsteigs und drückte alles an mich, was ich noch nicht verloren hatte, und um die Glühbirnen flatterten Schwärme von Motten. Sie rammten immer wieder den Kopf gegen das verheißungsvolle Licht.

Allein in der ersten Stunde wurde ich sechsmal aufgefordert, meine Papiere zu zeigen; ich folgte bereitwillig und blickte während der Kontrolle beiläufig aus dem Fenster. Ich dachte: *Sterbe ich hier? Ist dies das Ende?*

»Natalja Volkov«, sagte ich jedes Mal. »Meine Schwester in Odessa ist krank. Ich muss bei ihr sein, wenn sie stirbt.«

»Wie heißt Ihr Mann? Wie heißen Ihre Kinder?«

»Volkov Johann. Kinder habe ich keine.«

Der Zug bremste zischend und hielt. Leute liefen über den Gang, und was sie sagten, verschluckten die Wände. In meinem Abteil saß ich aufrecht auf meinem Sitz, hinter dem Kopf den Sack Federn, auf dem Schoß meine Schätze. Draußen vor dem Fenster: das Meer, schneebedeckte Berge, ein See mit Gänsen.

Ich stellte mir vor, dass ich an diesem Gänsesee aussteigen würde, um die weichsten Daunen einzusammeln. Es wäre ein angenehmes Leben, ich säße dort am Ufer und ließe die Füße ins Wasser baumeln, das zweifellos sauber und kühl wäre, im Schoß eine Gans, der ich behutsam die Daunen vom Bauch zupfte. Und ich sänge ihr vor, der Gans, wenn sie es wollte. Ich würde ihr die Rückenfedern glatt streichen und ihren Schnabel von angetrocknetem Schmutz säubern. Wenn sie später von mir davonwatschelte, wäre sie glücklicher als vorher. Ich würde Daunenkissen herstellen. Aus allen Städten der Umgebung kämen die Leute, um meine Federn zu kaufen. Sie würden die Federn an ihre Verwandten schicken, die weit fort in irgendeiner neuen Welt lebten und sich über die Post freuten. Und die Verwandten würden ihre alten Kissen aufschlitzen und die platt gedrückten alten Daunen durchs Fenster auf die Straße werfen, wo die Leute beschneit würden. Eingeschneit.

Eine alte Frau stemmte meine Abteiltür auf. Sie hatte zwei Taschen und einen Stock, den sie aber nicht als Stütze benutzte, sondern wie eine handliche Waffe einsatzbereit hielt. Ihr Gesicht hatte einen öligen Film. »Red mich nicht an, während ich esse«, sagte sie und packte ein Stück Huhn, ein Stück Brot und eine gebügelte Serviette aus. Ich nickte. Die Welt glitt vorüber. Die Alte erinnerte mich an meine ehemalige Musiklehrerin, die Witwe, und ich fragte mich, was diese Frau mir würde beibringen können, ehe unsere Wege sich wieder trennten. Glücksspiele? Faustkämpfe?

»Was schaust du?«, schnauzte sie. Ich entschuldigte mich und wandte mich ab. Sie kaute mit zunehmend fettverschmiertem Mund. Ihr Haar, stellte ich überrascht fest, war zu einem komplizierten, jugendlich braunen Knoten geschlungen, saß tadellos und glänzte. Der Knoten hätte ohne Weiteres Einlass auf einem noblen Fest erhalten, wäre er nur imstande gewesen, sich von seiner Besitzerin zu lösen. Mir kam der Gedanke, dass diese Frau wahrscheinlich die ganze Zeit vor sich hingelebt hatte. Während ich, Lebensregeln erfindend, in einer Kleinkindwelt gelebt hatte, hatte sie mit den Zähnen Fleisch von Knochen gerissen und sich mit einer gestärkten weißen Serviette das Fett aus dem Gesicht gewischt. Vielleicht war sie einmal schön gewesen. Vielleicht hatte sie Kinder und Enkel. In jedem Fall waren ihre Erinnerungen an die letzten Jahrzehnte gänzlich anders als die meinen.

Ihre Augen bohrten sich in die meinen, als wollte sie mich mit Stumpf und Stiel entwurzeln. »Willst du wissen, was ich denke?« Sie hielt inne, an ihrem Hühnerknochen nagend. »Gott ist ein rückgratloser Weichling. Gesegnet sei er.« Mit diesen Worten schüttelte sie ihre vom Fett fast durchsichtig gewordene Serviette aus und begann damit ihren Stock zu polieren. Ich wusste auf einmal nichts mehr mit meinen Händen anzufangen – in einer Zeitspanne von Sekunden kratzte ich mich an der Wange, krempelte einen Ärmel auf, ballte meine Faust und löste sie wieder. Die Frau starrte mich grimmig an – offensichtlich war ich als Schülerin nicht zu gebrauchen. Dennoch fuhr sie fort: »Dass er existiert, ist klar – schau dich nur um. Nur Gott hat sich eine so geistesgestörte und hinreißende Gegend einfallen lassen können wie diese. Das Problem ist, dass er sich weigert, sich auf ein Ja oder Nein festzulegen, und obendrein sehr leicht zu beeindrucken ist. Wir sagen: Jedermann muss einen ausgefallenen Hut tragen und sonntags beten, worauf er antwortet: Gern, das schauen wir uns an. Wir sagen: Niemand darf Schweinefleisch essen, und er drauf: Gute Idee. Jemand anderes sagt: Jeder *muss* Schweinefleisch essen, und er drauf: Ist mir recht. Wieder jemand sagt: Lasst uns alle Braunhaarigen umbringen, und er: Klar, probiert es nur aus.«

Die Frau hielt ihren Stock vor sich hin und begutachtete seinen Glanz. Das Griffstück war der Kopf eines Hasen, der mit seinen zurückgelegten Ohren aussah, als versuchte er ein Raubtier zu wittern. Ich gab keine Antwort, sondern wartete ab, ob noch etwas kam. »Gott hat einfach eine Vorliebe für gute Geschichten«, knurrte sie, und im nächsten Moment sank ihr der Kopf auf die Brust, und sie schlief ein. Ihr Stock schwankte hin und her.

Sie begann zu schnarchen. Irgendwann fiel ihr der Stock aus der Hand und zu Boden; ich hob ihn auf, um mir den Hasen genauer anzusehen. Unter der Berührung der fremden Hand schien er förmlich zu zittern. »Ich tu dir nichts, und ich will mich auch nicht mit dir anfreunden«, sagte ich und legte der Frau den Stock auf den Schoß. Der Hase rollte hin und her, sah mich an, sah wieder weg.

Bei mir waren noch immer alle, die ich jemals geliebt hatte – das Elend, dass sie so weit von mir entfernt waren, und die Freude, das sie noch lebten, waren wie zwei Waagschalen, deren jede versuchte, die Oberhand über die andere zu gewinnen. Hinter den Bergen stand ein Dorf nicht mehr. Ein sich windender Fluss war voller Blut. Und doch war das Gras so grün, wie Gras nur sein kann, und das Wasser blau und der Himmel makellos, ohne eine Wolke oder Rauchfahne. Jenseits von Gut und Böse, hatte unser Gott offenbar eine Schwäche für Gegensätze.

Wir rumpelten durch pechschwarze Dunkelheit, nur gelegentlich fiel ein Bahnhofslicht in unser Abteil. Die alte Frau erwachte mit einem Schnauben und glättete ihr Haar. Sie kramte in ihrer Manteltasche, und als sie gefunden hatte, was sie suchte, flammte ein Streichholz auf. In dem matten Licht war ihr Gesicht tief zerklüftet und verstört. Mit der freien Hand versuchte sie, ihren Schuh aufzuschnüren. Das Streichholz brannte herunter, der Frau entfuhr ein leiser Aufschrei, sie blies es rasch aus und zündete ein neues an.

»Also?«, fragte ich.

»Also?« Sie kämpfte mit einem Schnürsenkelknoten.

»Was machen wir?« Ich nahm ihr das Streichholz aus der Hand, damit sie sich beidhändig ihren Schuhen widmen konnte.

»Danke«, sagte sie widerstrebend. Sie spreizte die Zehen zu einem Fächer, ließ die Knöchel kreisen. »Bemüh dich, nett zu sein, amüsier dich, wenn's geht. Iss mehr Huhn. Das ist alles. Weiter geht's in die Nacht.«

Am Morgen weckten mich zwei rotbackige junge Soldaten. Die alte Frau war fort. Ob sie wohl von einem Bahnhof abgeholt worden war? Oder war sie einfach in die Nacht verschwunden? Zu welchem Küchentisch oder Friedhof war sie unterwegs gewesen? »Guten Morgen«, sagte ich, während die Soldaten meine Papiere prüften.

Am nächsten Bahnhof hatten wir Zeit, auszusteigen und uns die Beine zu vertreten. Ich erstand ein langes dünnes Brot. Damit trat ich vor das Bahnhofsgebäude, wo ich auf einer Steintreppe stand. Über den Wipfeln der Bäume gegenüber ragten die obersten Stockwerke riesiger Bauten auf, die mit ihren runden oder spitzen Köpfen die Sonne spiegelten. Wie Messerklingen, die den Himmel aufschlitzten, warfen sie das Licht zurück. Ein Polizist trat auf mich zu und wollte meine Papiere sehen. Ich machte es wie immer: beantwortete sämtliche Fragen und versuchte russisch auszusehen. *Sterbe ich hier? Ist hier der Ort, an dem ich sterbe?* Doch der Polizist gab mir stumm meinen Ausweis zurück und zog weiter. Auf den Treppenstufen saßen Vögel, dicke, schwarze Vögel, die Abfall fallen ließen und aufpickten. Ihre Augen waren gelb und scharf. Ich warf ihnen ein Stück von meinem Brot hin, und sie stürzten sich darauf und zerrissen es, hüpften auf mich zu und starrten mich an. Ich salutierte, aber die schwarzen Vögel standen reglos vor meinen Füßen und warteten auf weitere Zuwendung.

Und innen? In mir? Der Zellhaufen war ein winziges Gebilde. Das Gebilde nistete sich warm ein, und das Gebilde warst du. Du hast dich sofort an die Arbeit gemacht und ein Herz ausgeformt. Aber ich wusste noch immer nicht, dass du da warst. Ich saß da, sah die Welt an mir vorbeirasen, und inwendig pochten unsere Herzen in ihrem Käfig vor sich hin.

Du hast dir eine Mundöffnung gemacht, um später fragen zu können: »Was ist das dort, was für ein Baum? Der mit den zitternden Blättern?« Du hast dir Ohren wachsen lassen, damit ich dir sagen konnte: »Das sind Pappeln. In der Nähe muss ein Fluss sein.« Ich aß mein Brot, und es ernährte uns beide.

Wichtig war nicht, dass sich zu beiden Seiten des Zuges niedrige grüne Hügel erstreckten, auf denen becherförmige gelbe Blumen wuchsen. Wichtig war nicht, dass wir über Brücken ratterten, unter denen, beinahe hörbar, Flüsse dahinströmten. Wichtig war nicht, dass wir an Kirchtürmen und Backsteinstädten vorbeikamen, dass in der Ferne ein Gebirge aufragte. Sondern auf die Meilen dahinter kam es an. Jetzt lag ein Fluss zwischen meinem Zuhause und mir. Eine Backsteinstadt und ein Kirchturm. Ein Fahrradfahrer, ein noch nicht blühendes Sonnenblumenfeld. So viele messerscharfe Grashalme und trockene Feldwege und Pfützen und Stämme enthaupteter Bäume lagen zwischen uns. Städte brachen aus den Ebenen hervor und reckten die Hälse, um die wachsende Entfernung zwischen hier – jetzt hier, jetzt hier – und zu Hause zu sehen. Sogar dieses Feld, sogar dieser Bach, sogar diese eingestürzte Wand, die als Schafspferch nicht mehr taugte, lagen zwischen mir und zu Hause. Sogar das Schaf, das über die Trümmer sprang.

Alles war dazwischen. Und doch lag immer auch etwas vor mir.

DAS BUCH DER LIEBEN

Weil der Nachthimmel klar war und die Dunkelheit sie verbarg, schlichen Igor und Francesco hinaus zum nachtdunklen Meer – vorbei an verschlossenen Fenstern, hinter denen die kriegsverschreckten Menschen schliefen. Igor und Francesco zogen sich aus, warfen den letzten Fitzel Zivilisation von sich und tauchten ins kühle Salzwasser. Ein phosphoreszierender Lichthof umgab ihre Körper. Das Geräusch übereinander hinwegrollender Steine auf dem Meeresgrund und das Geräusch des Winds, der über die Oberfläche des Meeres strich. Francesco betrachtete den Lichthof seines Freunds unter ihm, dann die realen, perfekten Sterne über ihm. Jeder einzelne Punkt war klar umrissen und stand allein vor der schwarzen Frage des Himmels. Sie tauchten auf.

»Bin ich wirklich frei?«, fragte Igor.

»Du bist wirklich frei.«

Igor dachte darüber nach, was diese Aussage für ihn bedeutete. Er konnte sich auf die Suche nach seiner Familie machen, die anscheinend jeder für tot hielt. Tot – ein zu gewaltiges Wort. Aber wenn er sich umsah, konnte er sich nicht vorstellen, wo ich in dieser immensen Schwärze sein sollte oder wie wir uns, auch wenn er noch so emsig oder sorgfältig suchte, je zufällig auf einer Straße, einem Platz, unter einem Baum begegnen könnten. Dass einer sich auf die Suche macht, heißt noch lange nicht, dass er den anderen auch findet. Igor überlegte, ob er nicht auch versuchen könnte, Carolina zu lieben, meine Gesichtszüge durch ihre zu ersetzen, neue Erinnerungen über die alten zu schichten. Er könnte wieder ein Vater sein. Er dachte an die Geburten seiner beiden Söhne, an den allerersten Anblick dieser herzzerreißend winzigen Wesen, denen er in die Hand versprochen hatte, sie zu beschützen. Hatte er das zuwege gebracht, hatte er sie beschützt? Wahrscheinlich nicht – und sicher nicht von so weit fort, wie er hier war. Ein weiteres Paar Kinder frühmorgens zu verlassen, während ihr ganzes bitteres Leben knurrend vor der Tür auf sie wartete, hätte er nicht ertragen. Stattdessen könnte er mit Francesco zu dessen Mutter ziehen, und sie könnten sich fett essen – sie könnten so lange essen, bis man sie ins Grab wälzen müsste. Oder er könnte bleiben, wo er war, im eigenen Bett, mit eigenem Dach überm Kopf und eigenem Waschbecken. Mit Gitterstäben, die ihn drinnen und alles andere draußen hielten. Mit persönlichem Leibwächter. Er strampelte im kühlen Wasser und sah seine eigenen Beine im Mondlicht aufleuchten.

»Warten kann man hier so gut wie überall sonst«, sagte Igor. »Ich bin ein hundsmiserabler Vater und ein hundsmiserabler Ehemann, und wahrscheinlich bin ich auch in vielen anderen Dingen hundsmiserabel. Niemand will, dass ich heimkomme. Bisher ist keine Post für mich gekommen, oder?«

»Wartest du auf einen Brief? Auf eine Einladung heimzukommen?«

»Ich glaube schon. Ich weiß nicht, ob noch jemand lebt. Ob mein Haus noch steht.« Igor betrachtete seine Handflächen, die vom Leben allmählich rissig waren. »Ich glaube, ich warte auf die Nachricht, dass die Welt wieder in Ordnung gekommen ist. Dass die Eroberung abgeschlossen ist. Ich würde lieber nicht weggehen, bis ich weiß, dass es dort draußen sicher ist. Oder bis mich jemand so sehr vermisst, dass er mich holen kommt.«

»Du willst in Sicherheit sein. Und geliebt werden.«

»Und zu Hause sein. Ist das zu viel verlangt?«

»Ich kann dir versprechen, dass ich hier bei uns alles tun werde, um dich zu schützen. Ich stelle dich als Mitarbeiter im Gefängnis an. Nachts können wir schwimmen gehen«, sagte Francesco. »Den Tag verschlafen wir. Ich schätze, ein so angenehmes Leben kann dir sonst niemand bieten.«

Igor sah seinen Freund an. »Die ganze Zeit«, sagte er, »habe ich darauf gewartet, dass du mich umbringst. Ich dachte, du wartest nur den rechten Moment ab, bis ich fett genug bin, wie eine Gans. Wie ich's gedreht und gewendet habe, am Ende der Geschichte stand immer mein Tod.«

»Tja, du wirst auf jeden Fall am Ende sterben, wie wir alle, aber erst, wenn ich nichts mehr tun kann, um dich am Leben zu erhalten.«

Igor hörte das Meer heranbranden, sich am Strand brechen und rauschend zurückfluten. Er hörte den Wind in den Bäumen rascheln und weiche dünne Grashalme aus der Erde locken. *Gekämpft wird schon genug*, schien die Welt zu sagen. *Warum bleibst Du nicht, wo Du bist, und schläfst? Iss was Gutes für uns alle. Schreib Deine Träume auf. Achte auf den Morgengeruch des Thymians. Schüttle Dir das Salz aus den Haaren, und sieh, wie es glänzt, wenn es zu Boden fällt.*

Igor sagte: »Ich glaube, meine Aufgabe in der Welt ist, nichts zu tun. Nichts besonders Gutes und nichts besonders Schlechtes. Es ist keine sehr wichtige Aufgabe, und niemand schert sich darum, wie gut ich sie mache, aber mir geht es auch nicht um Anerkennung.«

»Eine Aufgabe ist eine Aufgabe«, sagte Francesco. »Du kennst dein spezielles Talent.«

»Was ist deine?«, fragte Igor.

»Meine Aufgabe ist, mich um dich und meine Mutter zu kümmern. Sie für ihre Suppe zu loben und dafür zu sorgen, dass du alles hast, was du brauchst, um tief und fest zu schlafen.«

»Sollten wir nicht versuchen, ein bisschen mehr zu tun?«

Francesco dachte darüber nach. Er dachte an die Männer überall auf der Welt, die sich gegenseitig mit Bomben bewarfen, Gewehre luden und aufeinander schossen – und jeder glaubte, er tue das Richtige. »Ich denke, der Welt wäre am meisten geholfen, wenn wir *nichts* tun. Wir tun niemandem was zuleide. Vielleicht helfen wir keinem, aber immerhin richten wir auch keinen Schaden an.« Er tauchte unter und strich im Auftauchen sein Haar zurück. »Wäre ich eine Frau und du ein Mann. Oder umgekehrt.« Francesco geriet ins Stottern. »Und wären wir verliebt ineinander und würden heiraten und Kinder kriegen …«

Igor beäugte ihn argwöhnisch. »Ja?«, fragte er abwartend.

»Dann würden unsere Kinder sagen, ohne den Krieg hätte es sie nicht gegeben. Diese Familie wäre nur zustande gekommen, weil andere sich die Köpfe einschlagen. Nichts ist so einfach, wie es aussieht. Manchmal entsteht etwas Gutes aus etwas Schlechtem.«

»Unsere Freundschaft verdanken wir dem Krieg«, sagte Igor. »Das ist auch so, als wären wir eine Familie. In gewisser Weise. Nehme ich an.«

Francesco lächelte breit, nahm Igors Hand und zählte: »Eins … zwei … drei!« Und sie tauchten kopfüber ins mondlichtgesprenkelte Meer. Ringsum explodierte grünes Licht. Sie lachten und strampelten und tauchten. Sie trafen sich auf dem Meeresgrund, wo sie die Augen öffneten; bis auf den bewegten Schimmer ihrer Gesten war alles pechschwarz. Was sich nicht bewegte, war unsichtbar, was sich bewegte, fing das Licht, und darin: eine warme Hand, ein warmes Bein, ein Gefangener, ein Beschützer, dort unten, im Dunkeln.

DAS BUCH DER FERNE, FORT, FORT

Sogar wenn ich umsteigen musste, war ich von Soldaten umringt, und stets rückte ich bereitwillig meine abgegriffenen Papiere heraus und beantwortete sämtliche Fragen. Angst hatte ich nicht. *Werde ich hier sterben?*, dachte ich, während ich die Namen von Eltern nannte, die nicht die meinen waren, und den einer Stadt, in der ich nicht geboren war. *Wo wird es sein? Wo ist der Ort, an dem ich sterben werde?* Und dann passierte es: Ein Soldat packte mich gewaltsam am Arm. Er schüttelte den Kopf und führte mich ab.

Er schob mich vor sich her durch den Bahnhof. Ich nahm jedes Detail meiner Umgebung wahr – vielleicht war sie die letzte, die ich zu sehen bekäme. Im Dachgestühl nisteten Tauben, und ihr Gegurre war ein verwobener Klangteppich. Würste wurden verkauft, Zeitungen, Kuchen in kleinen Schachteln. Männer trugen Hüte und Mäntel, Frauen ebenfalls. Alle sahen zu, wie ich abgeführt wurde. Die Szene hatte etwas von Erleichterung – wie die Antwort auf eine Frage, die so lang war wie mein Fußmarsch zu dem Bauernhaus, so lang wie meine Reise im Zug, so lang wie mein Leben. Wo wird das Ende kommen? Hier.

Du, das Leben in mir, das eifrig beschäftigt war, Zellen herzustellen, für Zehennägel und Haarsträhnen, das Fundament einer langen schimmernden Mähne, du konntest die Soldaten und ihre Stiefel nicht sehen. Konntest nicht sehen, wie viele Tote hinter ihren Augen standen – so viele, dass es sich nicht mehr lohnte, sich jeden Einzelnen zu merken. Allein die Aufzählung ihrer Namen hätte die Soldaten sämtliche noch verbliebenen Nächte ihres Lebens gekostet.

An einem Verkaufsstand in der Bahnhofshalle blieben die Soldaten stehen; einer kaufte ein Brot, das er mir in einer Papiertüte reichte. Meine Augen waren Fragen. *Du,* sagte er. *Brot.* Er umschlang mit den Fingern mein Handgelenk. Die übrigen Worte gingen in meinem Erschrecken unter, aber das Wort *Brot* schlug immer wieder auf, klirrend wie eine fallende Münze. Ich nickte. *Brot. Für dich.*

Der Soldat drückte mir die Tüte in die Hand, brachte mich zu meinem Zug zurück, verabschiedete sich mit einem knappen Nicken und ging. Vom Fenster aus hielt ich noch Ausschau nach ihm, konnte ihn in der Menge aber nicht mehr entdecken; nur meine Haut spürte noch seine Finger um mein Handgelenk. *Hier sterbe ich nicht, oder?,* fragte ich das Brot, das mir sein weiches weißes Herz offenbarte.

»Ich reise in die Neue Welt«, sagte ich zu dem Schiffsagenten am Hafenkai. Er schürzte die Oberlippe und musterte mich aus schmalen Augen.

»Amerika?«, sagte er.

»So heißt die neue Welt?«, fragte ich, mehr für mich. »Hat sie schon immer so geheißen?«

Der Agent ging nicht auf mich ein. »Sind Sie allein?«, fragte er und schrieb bereits meinen Namen auf die Fahrkarte. Ich wusste nicht, dass ich log, als ich Ja sagte.

Drinnen begann sich deine Gehörstruktur weiter auszubilden. Das erst nur einzelne Rohr verzweigte sich zu einem ganzen Netz von Gängen. Deine Arme und Beine stülpten sich aus. Noch keine Knochen. Kein Zuwachs am Rückgrat. Nichts Hartes, vorerst nur weiche Teile. Deine Adern wuchsen an die anderen Adern heran und öffneten ihre Münder, um einander zu küssen.

Ich war einer Kabine zugewiesen, in der sich bereits zahlreiche Russinnen und deren Kinder einrichteten. Haar wurde gekämmt, Kleidungsstücke wurden in Regalen verstaut, Achselhöhlen mit Wasser bespritzt. Alle redeten so geschwind, dass ich kaum unterscheiden konnte, welche Wörter aus welchem Mund kamen.

»Maxim ist der reizendste Dreckskerl«, sagte eine junge Frau, während sie versuchte, eine Nadel in ihrem blonden Haar zu befestigen.

»Dabei hast du noch Glück. Mein Mann weiß nicht mal mehr meinen Namen.«

»Mutter, ich will«, sagte ein kleiner Junge.

»Was denn, Wowoschka?«

»Finde mir einen Amerikaner mit Geld und gerader Nase, und ich wasche ihm für alle Zeiten die Wäsche«, sagte ein halbwüchsiges Mädchen lachend.

»Ein Bonbon. Und wo ist mein Teddybär?«, jammerte der kleine Junge.

Plötzlich wurden sie auf mich aufmerksam, und mit einem Schlag war es still.

»Na, Hasenfuß«, sagte eine Frau zu mir. »Haben sie dich bei uns untergebracht? Hast du deine persönliche Schwimmweste mitgebracht?« Mir wurde bewusst, dass ich meine zwei kleinen Taschen fest an die Brust gedrückt hatte. Ich fühlte mich schmutzig und verachtenswert; jämmerlich, einsam, verloren. Niemandem bedeutete ich etwas, ich lebte, und es gab keinen Grund dafür. Ich wollte unsichtbar sein, Luft oder Wasser – alles, nur nicht ein Mensch mit Leib und Seele.

»Ein Irrtum«, sagte ich und ging rasch davon. Ich hatte das Gefühl, verrückt zu werden – als wäre ich in das Gewusel eines Ameisenhaufens geraten. Jede Koje entlang des Korridors war besetzt mit Männern oder Frauen; rennende Kinder stießen in vollem Lauf zusammen und lachten schrill. »Wo sind meine Pantoffeln?«, kreischte eine Frau.

»Glaubst du vielleicht, *ich* weiß, wo du diese widerlichen alten Dinger hingetan hast?«, schnauzte ihr Mann.

»Superheld!«, schrie ein kleiner Junge und flog mir mit ausgebreiteten Armen vor die Füße. Die Luft war kalt, und gleichzeitig herrschte eine seltsame Schwüle. Ich hastete die Eisentreppe hinauf, wo mir der Wind, ein salziger Wind, in die Haare fuhr. Ich atmete tief ein. Ringsum war alles entweder grau oder blau. Im Freien war es kalt, und innerlich war mir ebenfalls kalt. Und müde war ich.

Auf einer Bank in der Nähe saß ein Mann mit einem schwarzen Hut und hielt einen Radioapparat auf dem Schoß. Als er mich sah, huschte ein Ausdruck über sein Gesicht, der wie ein Wiedererkennen war. Als hätte er darauf gewartet, dass ich hier durch die Tür trat. Seine Augen waren voll Trauer. Er streckte mir die Hand entgegen, und es war die Hand eines Bettlers, der mittellos und hungrig ist. »Setzen Sie sich, bitte. Ich kann nicht allein zuhören«, sagte er auf Englisch. Englisch, dachte ich. Dieselbe Sprache, in der das Radio sendete. Diese Sprache, die alle Erinnerungen wieder hervorzerrte. Er wollte nicht wissen, wer ich war – unsere Namen, diese Fakten, spielten in diesem Moment keine Rolle. Das Summen in meinem Körper ließ nach, die Frauen und Kinder unten im Schiffsbauch verstummten. Ich setzte mich neben ihn, meine beiden Taschen auf dem Schoß. Unsere Schultern berührten sich. Die Stimme des Radiosprechers erfüllte meine Ohren.

> *Hier, auf gut einem Morgen Land, lagen Tote und Sterbende. Wer tot war und wer lebte, konnte man allenfalls an einem Zucken des Körpers erkennen oder an dem krampfartigen Seufzen eines lebendigen Skeletts, das zu schwach war, um sich zu bewegen. Lebende lagen mit dem Kopf auf Toten, und rundherum zog die grässliche, gespenstische Prozession ausgemergelter Menschen, die kein Ziel mehr und keine Hoffnung im Leben hatten. Eine Privatsphäre gab es nicht, und die Männer und Frauen verlangten auch nicht mehr danach. Frauen standen und hockten nackt im Staub und versuchten sich zu waschen und sich die Läuse vom Körper zu fangen. Kinder waren hier zur Welt gekommen, winzige, verhutzelte Wesen, nicht lebensfähig. Eine Mutter, die wahnsinnig geworden war, schrie den britischen Wachposten um Milch für ihr Kind an. Er wickelte das Bündel auf und sah, dass das Baby seit Tagen tot war.*

Ich schwebte über mir. Versuchte in meinen Körper zurückzufinden. Meine Füße standen auf den genagelten Holzplanken, und darunter waren die Kabinen, in denen sich die Menschen schlafen legten, wo sie träumten, aufstanden, um zur Toilette zu gehen und einen Schluck Wasser zu trinken, weil ihr Mund ausgedörrt war. Mädchen waren in Jungen verliebt, Jungen waren gemein zu den Mädchen, kleine Kinder wollten Spielsachen. Mich überkam das Gefühl steinerner Einsamkeit, es schien mir beinahe unfassbar, dass ich leibhaftig anwesend war.

»Es ist vorbei«, sagte der Mann mit dem schwarzen Hut. »Hitler ist tot. Die KZs werden befreit.«

»Ich weiß nicht, was diese Begriffe bedeuten«, gab ich zu. Er musterte mich, den eindeutigen Zustand meines Verfalls, der Verzweiflung.

»Hier sind Sie in Sicherheit«, sagte er. »Mehr brauchen Sie nicht zu wissen. Sie haben überlebt.«

Er schlug eine Zeitung auf, ich sah das Bild eines Mannes mit kleinem viereckigen Schnurrbart, und darüber stand: HITLER TOT. DER DIKTATOR UND SEINE VERLOBTE BEGEHEN SELBSTMORD. »Um Mitternacht hat er seine Geliebte geheiratet, und am nächsten Nachmittag waren sie schon tot. Da, lesen Sie.« Ich schloss die Hand um Salomons Stern in meiner Tasche. *Ich werde doch nicht dort sterben?*, fragte ich. *Sterbe ich auf dem Meer?* Du hattest noch keine Knochen, begannst aber in mir zu schaukeln und zu wogen, bis ich aufspringen und mich über die Reling beugen musste. Die Gischt verschluckte das Erbrochene. Ich sah nicht einmal, was ich von mir gegeben hatte.

Der Mann mit dem schwarzen Hut kam zu mir und bot mir seine Hand und sein Taschentuch. »Wollen Sie sich nicht setzen?«, fragte er; sein Tonfall war flach, ohne Melodie.

»Muss ich jetzt sterben?«, fragte ich ihn.

»Sie sind seekrank«, sagte er. »Ganz normal.«

»Ist die Welt jetzt, wo wir alle tot sind, ein besserer Ort?«

Er tätschelte mir die Wangen mit dem kleinen weißen Tuch. »Niemand hier ist tot. Sie haben überlebt.«

»Ich hatte vier Eltern. Ich dachte, das reicht für alle Zeiten.« Ich begann in das Taschentuch zu weinen, ich weinte, bis das Tuch nass war. Das Schluchzen zerriss mir die Kehle. Meine Füße waren schwach von all den Verlusten – so wie meine Knie, meine Ohrläppchen, meine Fingernägel. Mein Haar und meine trockene, zum Reißen gespannte Haut weinten. Die kleinen Knochen in meinen Händen weinten. In meinem Bauch tobte ein Sturm. Dir wurde bestimmt schwindelig davon, wie es dich so hin und her spülte, aber dein junges Herz stockte kein einziges Mal. *Wir leben*, sagtest du, *wir leben, wir leben, wir leben, wir leben.*

Der Mann legte unbeholfen die Hand an seinen Hut, als wollte er auch ihn tätscheln. »Das wird schon«, sagte er. »Wir sind auf dem Heimweg.«

»Kennen Sie mich?«, fragte ich.

»Jetzt kenne ich Sie.« Der Mann mit dem schwarzen Hut lächelte. »Ist mir ein Vergnügen. Ich heiße Edward.«

»Sind Sie einer von uns?« Ich hatte wirklich das Gefühl, ihn zu kennen, als gehörte er schon immer zu mir. Und warum auch nicht. Rings um uns diese endlose Weite, und Gott hatte keine gute Erklärung für das angeboten, was geschehen war. Ich lebte, hatte Hände, einen Mund – um diese Geschichte zu erzählen. Ich stellte mir vor, wie die Dorfbewohner die Flucht ergriffen, in den Fluss sprangen, von den liebenden Armen des Wassers aufgenommen, ins Meer davongetragen, verwandelt wurden. »Und aus den Menschen«, begann ich, »wurden Planken, Nägel, Passagiere. Im Bauch der Schiffe wurden sie zu Feuer, stark genug, um diese ganze schwimmende Stadt auf die andere Seite der Welt zu tragen. Sie wurden der ganze, unbesiegbare Ozean.«

Edward hatte keine Angst vor mir und meiner Herkunft. Irgendwie schien er das alles ganz logisch zu finden. In seinen klaren Augen sah ich einen Platz, an dem ich ausruhen konnte, eine kleine Ecke, in der ich sicher war. Ja, du bist einer von uns, dachte ich. Natürlich. Das Schiff wiegte sich auf dem Meer, dem Meer, das alle Blautöne für sich beanspruchte, dem Meer, das sich überschlug und seine Gischt über den Bug des Schiffes spritzte und weiß und dick wieder zurücknahm.

Die Bewegung des Meeres fühlte sich genauso an wie die Bewegung in meinem Inneren. Alles schwamm und trieb. »Wer bist du?«, fragte ich in meine Mitte.

Ich blickte zur Küste zurück und prägte mir ein, wie der Rückweg aussah. Mir den Anblick des Wassers einzuprägen war nicht schwer – es war so flach, so tief, so endlos, so gleich. Im Vergleich dazu wirkte das Land klein und harmlos – eine schwimmende Miniaturinsel.

Edward und ich blieben während der ganzen Reise zusammen, aber soweit ich mich erinnere, sprachen wir kaum. Wir teilten das Essen miteinander und gaben auf die Habseligkeiten des anderen acht, wenn einer von uns aufstehen und eine Runde drehen wollte. Wir machten uns ein Lager an Deck und schliefen unter einem wolkenverhangenen Himmel. »Gute Nacht, neue Freundin«, sagte Edward jeden Abend. Ich weiß nicht, ob ich friedlich oder unruhig schlief, ob ich schnarchte oder weinte. Morgens hatte Edward schon Tee für mich gekocht, und wir nahmen unsere Plätze auf der Bank wieder ein, vor uns das weite, friedliche Meer – es verbarg seine Schätze und sein Elend; wir bekamen nur seine sich brechenden Wellen zu sehen, nur die Oberfläche. Voraus: das Meer, noch eines. Der gewaltige, großartige Ozean. Wochenlang war unsere ganze Welt blau.

DAS BUCH DER ERKLÄRUNGEN UND ABSCHLÜSSE

Ich lag zusammengerollt auf dem salzgesprenkelten Deck, den Kopf auf meinem Federsack, und träumte von der Hochzeit des Diktators.

Es gab keine Ballons, keine Girlanden, keine Flaggen entlang der Straße und keine Prozession chromblitzender Wagen. Der Diktator trug seinen grünen Anzug, natürlich, wie immer. Seine Braut trug ein grünes Kleid und grüne Schuhe, einen grünen Hut. Hatte sie ihr Kostüm telefonisch in einem Laden in ihrer Geburtsstadt bestellt? Und dazugesagt, dass es für ihre Hochzeit sei? Hatte sie mit ausgestrecktem rechtem Arm gegrüßt, obwohl die Person am anderen Ende der Leitung sie gar nicht sehen konnte?

Im Augenblick der Trauung lastete die Erde schwer auf der Welt dort unten. Ameisen und Ameisenlöcher. Würmer und Wurmlöcher. Eichhörnchen, Kaninchen, Schlangen, Spinnen und die grünen Rücken der Käfer. Das Regenwasser gab sein Bestes, um in ihre Höhlen hinabzudringen und sie alle zu ertränken.

In seiner eigenen Höhle hatte sich der Diktator eine Wohnung einrichten lassen. Dort gab es pastellfarbene Telefone und Betten mit Bettzeug aus frischen Gänsefedern. Feucht vom Grundwasser, hingen die Gobelins aus seinem früheren Wohnzimmer an der Wand. Ameisen krochen die seidenen Kettfäden entlang.

»Du warst mir die ganze Zeit treu«, sagte er zu seiner Braut. »Dafür bekommst du jetzt endlich deinen Lohn.«

»Ich bin dir immer gefolgt.«

»Ganz genau.«

Von allen Seiten, tief und flach, hörten der Diktator und seine Braut die in Deckung gegangenen Vierbeiner, die ihre nackten Neugeborenen versorgten und sauber leckten.

Es waren noch zwei Männer im Raum, Offiziere. Der eine fungierte als Zeuge, der andere als Standesbeamter. Der Diktator kannte sie beide noch nicht lange. Sie waren erst herbeigerufen worden, als das Land kleiner wurde und es nur unterirdisch noch genießbare Luft gab.

»Alles läuft bestens«, logen die Männer. »Das ist sicher. Und wie sollte es auch anders laufen.«

Der Diktator strich sein Bärtchen glatt. Seine Gefährtin betrachtete den abgetretenen Holzboden. Sie beklagte sich nicht, das sei doch keine Hochzeit – ihre Mutter sei nicht da, ihre Schwester habe kein neues Kleid, ihr Vater schenke ihr kein neues silbernes Gemüsemesser.

»Wir sollen jetzt heiraten«, sagte sie. »Ich bin dir immer gefolgt.«

»Die Dame hat recht«, sagte der Diktator. »Sagen Sie uns, was wir tun sollen.«

»Stellen Sie sich nebeneinander. Stellen Sie sich so, dass Sie einander berühren«, wies der Trauoffizier sie an.

Sie stellten sich Schulter an Schulter auf, doch der Diktator rückte wieder einen Schritt ab, weil plötzlich zu sehen war, dass sie ihn ein Stück überragte.

»Freunde«, begann der Standesbeamte, »wir sind heute hier zusammengekommen, um im Angesicht von allem Reinen der Trauung dieses Mannes und dieser Frau beizuwohnen.«

Unter den Füßen der unzähligen Lebewesen bröckelte an den Wänden ein wenig Putz herab. Es bildeten sich Staubhäufchen. Die Hundertschaften rückten näher.

»Die Erde ist jetzt sauberer, als sie zuvor gewesen ist. Die

Welt ist neu und besser. Wir schreiten gesäubert voran«, fuhr der Standesbeamte fort.

Hundertfüßler, Tausendfüßler und Riesenameisen verschlangen den sandigen Untergrund. Ihre Beine zerstichelten den Weg.

»Wollen Sie diese Frau bis zum Tag Ihres Todes als Ihre Ehefrau annehmen?«

»Ja, das will ich.«

»Und wollen Sie diesen Mann annehmen?«

»Ja.«

»Für den Rest Ihres Lebens.«

»Für den Rest meines Lebens.«

In den Wänden wuselten die Leiber aller Lebewesen, die darin wohnten.

»Ich erkläre Sie hiermit zu Mann und Frau«, sagte der Standesbeamte. »Küssen Sie einander.«

Der Diktator beugte sich vor und schrammte mit den Lippen über die Wange seiner frischgebackenen Gattin. »Ist es das, was du wolltest?«, fragte er. »Bist du zufrieden?«

»Liebst du mich?«

»Du bist ein reines Wesen.«

Aus Kristallflöten wurde Champagner getrunken. Die aufsteigende Kohlensäure stach den Feiernden bei jedem Schluck ins Gesicht. Bis man miteinander angestoßen hatte, war der Boden übersät von Insekten. Die vier Menschen traten so viele tot, wie sie konnten, doch aus der übervollen Erde krabbelte rasch Nachschub herbei.

Die frischgebackene Gattin lag die ganze Nacht nackt da und wartete. Ihre Haut war kalt. Er schmiegte sich nicht an sie. Er versohlte sie nicht. Er küsste sie nicht mit offenem, nassem Mund. Er brach nicht auf ihr zusammen und flüsterte ihr ein paar Worte ins Ohr. Er schlief die ganze Nacht durch, obwohl die Insekten vom Boden die Bettpfosten hinaufkrabbelten und die zwei großen Körper unter den Decken entdeckten. Die Gattin des Diktators wurde von winzigen Füßchen beschritten, die auf ihrer blassen Haut kribbelten, aber sie schrie nicht, denn sie wollte ihren Ehemann nicht wecken.

Und morgens, als die beiden Offiziere wiederkamen und die Nachricht brachten, dass der Feind näher rücke, dass ihr Territorium sehr schmal geworden sei, da reichte der Diktator seiner Frau eine schreckliche, schöne Pille und nahm sich auch selbst eine. »Danke sehr«, sagte er zu dem Offizier. »Wir ziehen uns auf unser Zimmer zurück.«

»Prost«, sagte die Gattin, immer noch hoffnungsfroh, und stieß seine Pille mit der ihren an.

»Draufbeißen, dann schlucken«, sagte er.

Aber als das Gift sich über ihre Zungen gebreitet und noch nicht seine tödliche Wirkung entfaltet hatte, zog der Diktator eine Waffe aus dem Gürtel, hielt sie sich an den Kopf und drückte ab, um seiner frischgebackenen Gattin Gelegenheit zu geben, ihn sterben zu sehen. Sie fiel über ihn und sah sein Blut zu einem Fluss zusammenlaufen, in dem die Insekten schwammen. In der Zeit, die sie zum Sterben brauchte, hatte der Fluss die Wand erreicht und begann dort einzudringen; die Wand war rötlich getränkt. Die Tiere darin freuten sich.

Die Offiziere wickelten die zwei Leichen in ein Tuch und trugen sie hinaus in die sich drehende Welt, in der die Frühlingstulpen ihre wächsernen Blätter abwarfen, eines nach dem anderen. Der Diktator und seine frischgebackene Gattin wurden in ein Loch geworfen, wo sie im Tod unzertrennlich, ununterscheidbar wurden – Knochen waren Knochen, Eingeweide glitschig und prall –, und die winzigsten Geschöpfe begannen zu schlemmen.

DAS BUCH DER FERNE, NÄHER, NÄHER

Die Häuser waren Riesen, die Bäume ganz klein. Unser Schiff glitt in seine brackige Landebucht, die Geister schlangen sich um muschelumwachsene Pfähle, moosigen Beton und aufgeweichtes Holz am Kai. Sie stiegen an Land und putzten sich ab.

Sie wischten sich das Salz aus den Augen und schüttelten ihr Haar aus.

Entlang dem Pier standen Männer in Beige; sie fingen die Seile und schrien sich Befehle zu. Vor mir lag eine riesige, wuselnde Stadt. Es roch nach fauligem Holz. Edward und ich versuchten uns an den Händen zu halten, während ringsum die Leute wie wiehernde Pferde den Landungssteg hinunterdrängten. Im Gewühl der Leiber glitten unsere Finger jedoch wie in Zeitlupe auseinander, Zentimeter für Zentimeter. Ich wurde halb zerdrückt und musste den Kopf zum Himmel recken, um überhaupt noch Luft zu bekommen. Wäre ich in dem Moment gestorben, hätte die Menge mich unaufhaltsam mitgerissen, ganz ohne böse Absicht.

Ich verließ das Schiff mit nichts als einer Sehnsucht nach Wärme und ein paar Bruchstücken meines alten Zuhauses. Am Fuß des Landungsstegs wurden wir zu Warteschlangen geordnet. Ein Mann setzte mich auf einen Metallhocker und steckte mir etwas in die Ohren, ohne zuvor um Erlaubnis zu fragen. In meiner Brust pochte die alte Angst. »Name?«, fragte der Mann in meiner Sprache.

Natalja, wollte ich sagen, schüttelte aber den Kopf. »Bin ich hier in Sicherheit?«

Mit stolzgeschwellter Brust antwortete er: »Selbstverständlich!« Ich wollte mein neues Leben mit meinem eigenen, guten Namen beginnen. Mit diesem ersten Stich begann ich zwei neue Welten aneinanderzuheften.

»Lena«, sagte ich, und es war, als drückte ich einem alten Freund die Hand.

Von diesem Moment an war er freundlich und behutsam. Ich hatte ihm die Rolle meines Retters angeboten und diesem Land, dessen Name sich in meinem Mund immer noch fremd anfühlte, die Chance, mich zu retten.

Ich betrachtete die mit Brillantine scharf gescheitelten Haare des Mannes, in denen sich das gleißende Licht der Deckenlampen spiegelte. Neben mir saßen vollkommen verdreckt die anderen Ankömmlinge vom Schiff, und vor ihnen standen andere pomadisierte Männer in grauen Flanellhosen und grauen Hemden. Ihre Gürtelschnallen bildeten eine Reihe, die wie eine Kette aussah. Dann streckte mein Retter die Zunge heraus, und ich tat es ihm nach. In unser aller Münder wurden Thermometer gesteckt, um bei sämtlichen Ankömmlingen die Temperatur zu messen; das Ergebnis wurde anschließend von den reinlichen jungen Männern in die Verzeichnisse eingetragen. Mein Retter gab mir den Sack mit meinen Gänsedaunen zurück und wies mich zu einer Reihe von Ausgängen, vor denen alles wartete.

»Willkommen zu Hause«, sagte er.

»Ich weiß nicht, wo ich hinsoll. Niemand hat mir gesagt, was ich tun soll, wenn ich bis hierhin gekommen bin.«

Er reichte mir einen kleinen Stadtplan. »Das findet sich. Sie haben hübsche amerikanische Augen.« Und damit schaltete er seine Taschenlampe ein, um einer anderen verirrten Seele in die Ohren zu leuchten, als suche er dort, am unwahrscheinlichsten Ort, nach dem, wonach wir alle suchten.

Manche Straßen rochen nach Blumen, denn das war es, was hier verkauft wurde, andere hingegen rochen nach verwesendem Fleisch, wofür es keinen ersichtlichen Grund gab. Der Stadtplan sagte mir nichts, egal, wie ich ihn drehte und wendete. Ich steckte ihn ein und ging los. Die Straßen waren kopfsteingepflastert, die Gehsteige voller strebsamer Fußgänger. Menschen, Menschen – wie ein Schwarm, eine Plage. Hierhin haben sich also die ganzen Geister geflüchtet, dachte ich. Jeder, der je gelebt hat – hier ist der Ort, an dem wir nach Gottes Ratschluss aufbewahrt werden.

»Entschuldigung, Schätzelchen«, sagte ein Mann hinter einem Verkaufstisch voller Orangen.

»Geben Sie mir sechs davon«, gurrte eine Frau in einem blauen Kleid.

»Selbstverständlich! Sie bekommen sechs von allem, was Sie wollen!«, antwortete er. »Auch ein Dutzend!«

Die Frauen trugen Röcke, die ihre Beine frei ließen, und viele Männer trugen kleine Koffer. Es war fraglos Frühling: Die Bäume waren voller Blüten, die Leute hatten ihre Mäntel über den Arm gelegt, hielten bei jeder Gelegenheit die Gesichter in die Sonne und waren dankbar, dass die Erde sich wieder drehte. Ich wurde angerempelt und gestoßen, mein Federsack wurde mir fast aus der Hand geschlagen.

»Das würde ich dir gern zeigen«, sagte eine tiefe Stimme.

Eine höhere Stimme kicherte. »Marty ist fünfmal hübscher!«

»Darauf kannst du wetten!«, maulte ein Kind zu einem anderen.

»Hey, Lady, Zeitung gefällig?«, schrie ein Junge. Auf einer Holzkonstruktion über mir donnerte ohrenbetäubend ein Zug dahin und ließ die Erde erbeben, ich duckte mich und hielt mir die Arme über den Kopf, aber die Leute gingen weiter, als wäre nichts geschehen. Eine Hand legte sich auf meine Schulter, und als ich mich umsah, erblickte ich Edward, der sich an die Hutkrempe tippte. Die Sonne, die durch die Schienen der Hochbahn fiel, zeichnete Streifen auf sein Gesicht. Ich griff rasch nach ihm, um ihn mir nicht wieder entwischen zu lassen. »Sie!«, stammelte ich und hätte am liebsten unsere Arme ineinander verschränkt.

»Kommen Sie mit«, sagte er. »Wir bringen Sie heim.«

»Das sagen sie hier alle – heim, zu Hause, nach Hause ...«

»Darum geht es letztendlich doch immer, oder?« Edward führte mich durch eine Menschenmenge, die am Straßenrand auf eine Lücke im Verkehr wartete, er führte mich vorbei an Löchern in der Straße, aus denen es roch, als sei dort unten etwas Schreckliches verendet, zu einem hohen Ziegelhaus, das sich in nichts von den übrigen in dieser Straße unterschied. Warum ausgerechnet dieses Haus?, wollte ich fragen. Der Mann klopfte an die Tür, und ich hörte das Rauschen von Flügeln. Als ich aufblickte, sah ich einen Schwarm Tauben, die sich vom Dach stürzten; im Gegenlicht schimmerten ihre Federn blau.

Eine Frau öffnete die Tür und ließ uns herein, ohne Fragen zu stellen. Die Wohnung enthielt nichts als Betten, ordentlich gemacht und geglättet. Zwei Mädchen und ein Junge spielten Murmeln; das Ziel war eine umgestülpte Tasse. Mir wurde auf einmal schwindlig, und ich hatte das Gefühl, ich sähe mir selbst zu, am zweiten Tag der Welt, bevor alles anders geworden war. »Wer sind die Kinder?«, fragte ich.

»Tralala«, sangen alle Geister. »Keiner da außer uns allen.«

Die Frau beantwortete meine Frage ohne Sorge: »Das sind die Kinder von Rosa und Isaac Stoneberg. Rachel, Frida und Abe. Steht auf und begrüßt unseren Gast.«

»Wir sollen aber nicht mit Fremden reden«, sagte das Mädchen namens Frida.

Die Frau lachte. »Das ist keine Fremde. Na ja, in gewisser Weise schon, aber sie ist *unsere* Fremde.« Sie unterbrach ihre philosophische Betrachtung und sagte: »Wie auch immer, das ist Lena. Sie wird jetzt hier wohnen.«

Ich traute meinen Ohren nicht. Ich war die Fremde, und hier war mein Zuhause. Sie hatten auf mich gewartet. Auf dem Herd kochte Fleisch, und mir wurde ein Glas Tee in die Hand gedrückt.

»Edward sagt, Sie sind nach Russland geflohen? Was für ein Glück, dass Sie rausgekommen sind. Sich in Sicherheit gebracht haben.«

»War ich in Sicherheit?«

»Hinter den sowjetischen Linien, meine ich.«

»Da waren wir in Sicherheit?« Mein Blickfeld verengte sich. »Heißt das … Salomon … ich hätte ihn behalten können?«

»Drei Punkte!«, krähte eines der Mädchen.

»Krieg ist so kompliziert«, sagte die Frau.

»Es kostet fünf Dollar im Monat«, sagte Edward; mit seinen freundlichen Augen aber sagte er viel mehr. »Können Sie nähen? Es gibt Arbeit in der Nähe.«

»Ich glaube, ich bin schwanger«, sagte ich. Der Mann und die Frau flüsterten miteinander, und ich versuchte nicht hinzuhören. Das Teeglas in meiner Hand war eigentlich zu heiß, um es zu halten; ich hielt es trotzdem.

»Das gilt nicht«, sagte der Junge. »Ich darf noch mal.«

»Kommt nicht infrage!«, protestierte das eine Mädchen.

»Abe, Abe, kriegt kein … Auf Abe reimt sich ja nichts!« Das andere Mädchen lachte.

»Sie können sich eine Weile freinehmen, wenn das Baby

auf der Welt ist, und umsonst hierbleiben«, sagte die Frau. Ihre Stimme und der blasse Schimmer ihres Halses, die hinters Ohr gestrichenen braunen Locken, das alles war mir merkwürdig vertraut. Hier, dachte ich, hier fließt wieder Blut durch unsere Adern, hier nehmen unsere Körper die Arbeit wieder auf, erwärmt die Haut sich wieder unter der Berührung einer Hand. Das Kapitel, das wir für das Ende gehalten haben? Im nächsten Moment kommt das Mädchen aus dem Wald und betritt ein Tal, in dem alles lebt, fieberhaft vor sich hinlebt, und die Erde quillt über vor Blüten, und der Tag hat nichts Kaltes, und der Wind treibt einen Schwall Apfelblüten vor sich her – die Blütenblätter, die jeder Frühling mit sich bringt, immer wieder gleich, identisch –, und das Nächste, was der Baum uns schenkt, sind rote Früchte mit weißem Fleisch und Samenkörnern in Sternform.

Sterne, tatsächlich, dachte ich, weil ich ganz umringt war von weißen Blitzen, die vom Himmel dieses Zimmers hinabrieselten. Die Teetasse fiel mir aus der Hand, und ihr Klirren vernahm ich nur als gedämpftes Rauschen. »Abseits«, sagte der Junge. Und als Nächstes erwachte ich auf dem Boden, und Edward fächelte mir mit seinem schwarzen Hut Luft zu, die Frau flüsterte, und mein Schoß war feucht. »Das Baby«, stieß ich hervor, die Hand auf dem feuchten Fleck, und hörte meine eigene Stimme viel zu laut.

»Keine Sorge, Sie haben nur Ihren Tee verschüttet«, sagte die Frau. »Haben Sie sich verbrannt?«

Sie richteten mich nicht auf, fragten nicht nach meinem Namen, brachten mich nicht eilends zu einem Arzt. Vielleicht weil sie die Geschichten kannten, die mit jedem weiteren Schiff voller Menschen aus der alten Welt kamen, vielleicht weil sie viel zu deutlich in Erinnerung hatten, wie tief erschöpft sie selbst gewesen waren: Der Mann und die Frau legten sich wortlos rechts und links von mir nieder. Wir starrten an die Sprünge in der Decke, wir ignorierten die drei Kinder, die wissen wollten, was mit uns los sei; wir weinten.

DAS BUCH DES ANFANGS, NOCH EINMAL

Es waren nur Frauen im Raum – bei Geburten wurden die Männer und Kinder in die Straßenschluchten hinausgeschickt, wo die Häuser steile Mauern waren und man sich sogar im Freien vorkam wie zwischen vier Wänden.

Auf dem Boden, unter meinem Kopf, lag der Sack Federn, den ich aus dem Tempel hierhergerettet hatte. Ich lag ausgestreckt auf einem Laken und wurde zu beiden Seiten von vielen warmen Händen betreut. Die Frauen hatten Tücher, die sie in heißes Wasser tauchten, Eiswürfel, die sie mir zum Lutschen gaben, Stofffetzen, auf die ich beißen konnte.

Ich jaulte, dass der Raum erbebte und die kleinen Trauerkerzen vom Tisch fielen. Sie brannten nicht und stellten keine Gefahr dar, wenn sie über den Boden rollten und irgendwo, an einem Schuh oder Stuhlbein, zur Ruhe kamen. So viele Kerzen, wie wir gebraucht hätten, um alle Toten zu betrauern, konnten wir uns nicht leisten. Stattdessen versammelten wir uns jeden Abend, ehe wir zu Bett gingen, um die fünf vorhandenen Glasbehälter und entzündeten eine weitere Kerze; die dann mit den Reginas, Aarons, Adams und Esthers niederbrannte. Die Namen stiegen als Rauch über uns auf und schwebten im Raum. Ich hatte diese Gebete nicht mehr gehört, seitdem Salomon sie über die in papierdünnen Streifen abgeschälte Birkenrinde gesprochen hatte.

Die nicht brennenden Kerzen rollten auf dem Boden herum, und ich jaulte. Die Frauen legten mir feuchte Tücher auf, trockneten mich ab, legten mir abermals feuchte Tücher auf. Ein Fenster wurde geöffnet, und die Winterkälte peitschte herein, bis unsere Haut steif war. Auf der Straße unten ließen ein paar Jungen ihre Stimmen hin und her fliegen wie Schneebälle und riefen einander lachend beim Namen. Drinnen beteten wir still. Meine neue Familie befühlte meinen Bauch. »Schönes Baby, schönes Baby«, sagten sie, »komm doch heraus in die Welt. Heute ist der richtige Tag, um geboren zu werden. Schönes amerikanisches Baby.«

»Erinnert ihr euch an die Zeit, als die ganze Welt neu war?«, fragte ich.

»Diese Zeit ist jetzt«, sagten die Frauen. »Keine Zeit wie diese.«

»Bringt mir das Gebet bei«, bat ich. »Sagt mir, welche Worte ich sagen muss.«

Gemeinsam sprachen wir die Worte, Silbe für Silbe. »Baruch«, sagten wir, »a-ta«, sagten wir, »A-do-nai«, sagten wir.

»Was heißt das?«, fragte ich.

»Gelobt seist Du, Ewiger, unser Gott, Herr der Welt, der Du uns am Leben erhalten und bewahrt und uns den heutigen Tag hast erleben lassen.«

»Ist das so?«, fragte ich.

»Natürlich. Das sind die Worte, die wir sprechen«, antworteten sie.

»Aber war es Gott, der mich am Leben erhalten hat? War

es nicht der Bauer? Der Kartoffelacker? Der feindliche Soldat, der mir Brot gegeben hat? Ich selbst?«

»Gott ist auch in uns allen. Alles ist Gott. Man kann nicht Gott sagen, ohne zugleich Alles zu sagen.«

Ich fing wieder zu jaulen an, und jemand schloss das Fenster. Eine Frau massierte mir die Füße mit Öl, eine andere die Hände mit Milch. Jemand fütterte mich löffelweise mit Sauerkraut.

»Mögest Du dieses Kind, Deine Dienerin, mit so viel Milch ernähren, wie sie braucht, und uns darauf aufmerksam machen, wann es Zeit ist, sie zu stillen, und mögest Du uns einen leichten Schlaf bescheren, auf dass unsere Ohren sie sofort hören, wenn sie schreit«, sagten die Frauen.

»Mögest Du mich niemals auffordern, dieses Baby wegzugeben«, flehte ich zwischen zwei Wehen. Und wieder: »Mögest Du mich niemals auffordern, dieses Baby wegzugeben.«

In das kalte Zimmer kam dieses glitschige Mädchen. Du hast mit deinen Fäusten gefuchtelt und so viel Lärm gemacht, wie du nur konntest. Du hast ausgesehen wie gebacken, geschmort, gekocht, in Wirklichkeit aber warst du gesund und sehr lebendig.

Zwei jüngere Frauen brachten mir eine Schüssel Wasser, damit ich dich waschen konnte. Die älteren Frauen legten alle gemeinsam die Hand auf eine scharfe Schere und schnitten die Schnur durch, die uns beide verband. Du wurdest gesäubert und getrocknet. Ich ebenfalls. Jemand hob die Laken vom Boden auf und knüllte sie zusammen. Die Frauen, die unten beim Gemüsehändler arbeiteten, hackten ein Loch in die gefrorene Erde des Blumenkastens vor dem Fenster und begruben dort die Plazenta.

Erst als ich dich an die Brust legte, warst du still, und ich weinte. Ich hatte nicht das Gefühl, dieses Geschöpf geboren zu haben; vielmehr war es, als seist du vom Himmel herab in dieses Zimmer gefallen, und meine gesamte Reise hierher, jede Krümmung des Wegs durch Wald und Feld, jeder Blick zum sonnenverbrannten Himmel hinauf, jeder Schlaf, jeder Fehler – als sei das alles exakt berechnet worden, damit ich hier in diesem Zimmer, in dieser Stadt wäre, wenn du, runzeliges rosarotes Mädchen, vom Himmel fallen würdest. Und alle Fragen danach, was verloren und was wiedergefunden sei, die aufeinanderfolgenden Anfänge und Enden, mein mir wie ein Schatten folgender Zweifel, all diese Dinge schwiegen jetzt. »Hier bist du also«, sagte ich. »Möge ich stets genug für dich haben. Mögest du wach sein, ehe du schläfst. Mögen die Felder dich niemals einfangen. Mögen die Toten nicht die Hände nach dir ausstrecken. Mögen die Sterne Sterne sein.«

Ich rief den beiden jungen Frauen zu, die mit dem Pflanzen beschäftigt waren: »Bringt mir ein bisschen Erde herüber.« Ich nahm sie aus ihren zu kleinen Schalen geformten Händen entgegen und rieb meine und deine Stirn damit ein. Ich gab dir sofort einen Namen, selbstverständlich und ohne ein Zögern: Chaya, das hieß *Leben* in einer Sprache, die vielleicht keine Rolle mehr spielte.

»Bedeutet die Erde irgendwas?«, fragten die Frauen.

»Sie könnte Schutz bedeuten«, sagte ich. »Wir haben uns das zumindest so vorgestellt.«

Niemand fragte mich je, wer der Vater des Kindes sei. In Ermangelung eines Namens sagten sie, wenn wir die Kerzen anzündeten: der Vater von Lenas Baby, Chayas Vater, der Vater von *Leben*. Es hätte Jahre gebraucht, um alles aufzuzählen, was verloren war – viel einfacher war es, das zu beschreiben, was geblieben war.

Um die Geburt des Babys zu feiern, kam Edward mit Dutzenden neuer Trauerkerzen herüber.

»Sieh an, was Sie gefunden haben«, sagte er zu mir, einen Finger im Griff deiner winzigen Hand.

»Sieh an, was mich gefunden hat«, korrigierte ich ihn. Die Dochte fingen Feuer, die Flammen tanzten. Es war ein besonderes Vergnügen, dass wir einmal richtig trauern, dass wir beim Licht zahlreicher Feuer die Gebete sprechen konnten. Alle diese neuen Menschen um mich herum waren mir inzwischen sehr vertraut. Sie sagten: »Aus der Wüste sind wir gekommen. Durch das geteilte Meer sind wir gegangen. Über die Meere, über die Berge sind wir gegangen. Vom Regen und von den Flüssen wurden wir getragen.« So kam es, dass ich in einer neuen Stadt, einem neuen Land, in einer neuen Welt im Kreis meiner Familie war.

Unter einer Decke der Gesänge bist du eingeschlafen. Jedes Mal, wenn ich nachgesehen habe, warst du am Leben, das erste Mal und das nächste Mal wieder. Und wieder warst du am Leben. Und immer noch warst du am Leben. Edward sagte Gute Nacht und fragte, ob ich das nächste Mal, wenn er käme, Huhn oder Rind wolle. »Sie sind ein guter Freund«, sagte ich.

»Und Sie sind eine gute Fremde«, antwortete er.

Im Licht der Toten, als der Rest des Hauses längst schlief, schrieb ich meine Briefe. Es gab genügend Kerzen, um echte Wärme zu erzeugen, und ich schob beim Schreiben meine Ärmel hinauf.

Auf den Stern Salomon schrieb ich in winzigen, sorgfältigen Buchstaben:

Lieber Igor,
ich lebe. Ich glaube, Du lebst vielleicht ebenfalls. Vor langer Zeit war ich mal Deine Frau. Weißt Du noch, wie wir zum Grund des Flusses getaucht sind und das Ungeheuer uns zum Tee eingeladen hat? Weißt Du noch, wie wir graue Perücken aufgesetzt und getan haben, als wären wir alt? Weißt Du noch, wie wir Kinder waren und dann verheiratet und dann miteinander Eltern wurden?

Ich habe eine Tochter, und wenn Du ihr Vater sein wolltest, wäre ich froh. Sie ist erst seit Kurzem auf der Welt. Sie lebt. Salomon ist jetzt jemand anderes. Das schöne Baby hat nicht überlebt. Es tut mir sehr leid, Igor. Nachdem sie Dich mitgenommen haben, wurde alles in der Welt anders, und ich weiß nicht, was ich zuerst erzählen soll. Ich bin hier. Was gäbe es anderes zu sagen, als dass ich hier bin.

Alles Liebe, Lena

Auf einen kleinen Zettel schrieb ich:

Lieber S,
ich lebe. Du hast eine Schwester. Du wirst immer mein Sohn sein. Dein Bruder wird immer mein Sohn sein. Der Bauer und die Bäuerin sind ebenfalls Deine Eltern. Ich lebe. Deine Schwester ist eine Amerikanerin. Ich weiß nicht, ob ich Dich gerettet oder ob ich Dich vernichtet habe. Es ist mir alles ein Rätsel, aber ich erinnere mich jedenfalls gut an Dich. Ich wünschte, ich könnte meine Arme um Deinen Kopf schlingen und Dein Haar riechen. Wenn es Dir gut geht, dann hat sich alles gelohnt.

Alles Liebe, Lena, Mutter

Auf einen anderen:

Liebe Regina,
möge Dein Leben riesig sein. Möge es Dir nie gelingen, seine Größe ganz zu fassen.
Alles Liebe, Deine Schwester

Dann faltete ich das Taschentuch aus dem Haus meiner ersten Eltern auseinander, das gründlich gewaschen und sorgfältig gebügelt worden war, und schrieb darauf:

Ihr Lieben,
ich denke, Ihr könntet hier bei mir sein. Ich denke, wir könnten wieder zusammen sein. Ich habe ein Baby, eine Tochter. Sie ist auf merkwürdige Weise zu mir gekommen, aber sie ist schön. Am Ende von so viel Tod: Leben.
Alles Liebe, Lena

Auf strahlend weißem Papier begann ich mit einem Brief an dich – die Geschichte der Welt, bevor du existiert hast.

Liebe Chaya,
mit Dir auf dem Schoß sitze ich hier am Fenster. An der Scheibe blühen Eisblumen. Wenn ich das Ohr nahe genug an das Glas halte, kann ich ein Knacken hören. Die Blumen wachsen. Den ganzen Vormittag hat es geschneit; jetzt nicht mehr. Du bist erst seit ein paar Tagen auf der Welt, aber Deine Geschichte, unsere Geschichte, hat vor langer Zeit begonnen. Ich kenne sie, unsere Geschichte, ich weiß nicht nur das, was ich mit eigenen Augen gesehen habe, sondern auch alles andere. Dieses Wissen steckt mir in den Knochen, im Herzen. Eines Tages werden Deine Kinder Dich fragen, wie alles war, und Du wirst ihnen eine neue Version

erzählen; so wird die Geschichte fortgeführt. Die Wahrheit liegt nicht in den Fakten. Die Wahrheit liegt im Erzählen …

Heute Nacht hast Du zu weinen angefangen und wolltest nicht mehr aufhören. Ich habe Dich an meine Brust gedrückt und gesummt, aber Du hast geweint, bis Dein Gesicht rot und aufgedunsen war. Ich habe ebenfalls geweint. Ich wusste, warum Du weinen musstest – die Welt so dunkel bei Nacht und nur das kühle Mondlicht, damit man überhaupt etwas sehen kann. Wir haben beide eine halbe Stunde lang geweint, und in dieser Zeit sind keine neuen Sterne am Himmel aufgetaucht. Doch dann, als hätte unserem Kummer die Stunde geschlagen, bist Du jäh verstummt und hast sofort zu lächeln angefangen. Du hast an den Knöpfen meiner Bluse gezogen, als wären sie süße Brombeeren. Du hast an Deinen Knöcheln genuckelt. Deine Welt ist Dir mit aller Fülle wieder entgegengetreten, und Du hast Dich nach Herzenslust daran erfreuen können. Für mich war das erstaunlich – dass die Entfernung zwischen Traurigkeit und Freude so gering sein kann.

Jetzt schläfst Du in Deinem Körbchen. Du trägst eine Mütze, die so grau ist wie der heutige Himmel. Du könntest von allem Möglichen träumen, von einfach allem.

Mutter

Ich steckte ein paar Federn in die Umschläge. Auf einem stand die genaue Adresse, die der Bauer mir gegeben hatte. Auf einem anderen der Name meines Dorfes und der Name des Landes. Auf dem dritten stand nur: *Igor, Gefängnis, Sardinien, Italien.* Auf den vierten schrieb ich: *Krasnograd.* Schöne Schwester, schöne Stadt. Auf den fünften Umschlag schrieb ich gar nichts. Ich drückte lediglich das Papier an die Brust.

Salomon war doppelt so groß wie früher und hieß, wie sein Vater, Johann. Er hackte so viel Holz, dass es zwei Familien warm hielt. Er wusch sich das Gesicht mit fast kochendem Wasser und rannte hin und her über die Felder, bis er einen Pfad hineingetreten hatte. Er gab seinen Eltern einen Gutenacht- und einen Gutenmorgenkuss. Als der Brief kam, las er ihn und sagte: »Ich erinnere mich an alles.«

Johann öffnete die Schublade mit den Überresten seines Bruders, die ihm sein Vater mitgebracht hatte, als er ohne mich vom Bahnhof zurückgekommen war, und sagte: »Wenn du schwörst, mich zu lieben, lasse ich dir die Erinnerung an dein früheres Leben.«

Mit Draht und Nägeln baute Johann seinen Bruder wieder zusammen. Er geriet ein bisschen kurz, und ein paar kleine Knochen waren noch übrig, mit denen er nichts anzufangen wusste, weshalb er sie in einen Beutel steckte, den er dem Skelett ums Handgelenk band. Weil der Schädel des Babys nicht mehr aufgetaucht war, befestigte Johann einen kleinen Vogelschädel, den er eines Morgens auf dem Küchenfußboden entdeckt hatte, an der Halswirbelsäule. Im Licht des Vormittags hing das Gerippe an seinen Fäden. Der Schnabel gelb, die Knochen strahlend weiß. Wenn es bewegt wurde, klapperte und rasselte es.

Johann ließ es tanzen. Er ließ es springen.

Er suchte den Zettel heraus, den ich ihm beim Abschied in die Hand gedrückt hatte, den Zettel, den er in der hohlen Hand aufbewahrt hatte, bis das Papier warm und weich geworden war, den Zettel, den er so oft gelesen hatte, dass ihm jedes Wort wie ein Teil seines Körpers vorkam.

Salomon, stand darauf, *Milch, Weizen, Baby, Bauer, Zuhause, Sterne, Sterne. Das überstehst Du. Ich weiß es ganz bestimmt. Vergiss nicht, ich bin Deine Mutter*. Johann fügte ein paar Wörter hinzu. *Mir geht es gut. Ich lebe. Ich erinnere mich nicht an die Gebete, aber ich bete sie dennoch. Mutter, Mutter. Salomon.*

Er steckte den Zettel zu den übrig gebliebenen Knochen in den Beutel. »Schönes Baby«, sagte Johann. »Du hast eine amerikanische Schwester. Ich habe mehrere Eltern. Ich kann eine Zahl mit einer anderen multiplizieren. Ich habe dir viele Geschichten zu erzählen.«

Er ging zum Bauern und sagte: »Ich habe eine neue Schwester in Amerika.«

»Eben geboren?«

»Eben geboren.«

Der Bauer zählte im Geist die Monate zurück. »Ich habe eine neue Tochter in Amerika.« Er grinste.

»Ach so?«, fragte Johann verunsichert.

»Lebt sie?«

»Sie lebt.«

»Guter Vater«, sagte der Bauer.

Johann und sein Vater gingen hinaus, um Holz zu schlagen. Draußen waren Pfützen vom letzten Regen, die ihnen die Stiefel mit Schlamm verkrusteten. Draußen lag ein bisschen alter Schnee, der von so dichtem Gestrüpp beschattet wurde, dass noch kein Sonnenstrahl darauf gefallen war. Die Bäume waren von Laub ganz unbelastet, sie waren nur glatte nackte Äste und Zweige, keine wächsernen Blätter hingen einem in den Augen. Die Felder waren abgeerntet, sodass man ein Gefühl für die Entfernungen bekam. Alles existierte, sogar die fernsten Orte. Der Blick reichte in endlose Ferne.

Der pflichtbewusste Postbote kam zu der dornenreichen Stelle, an der ihn die Fremde immer erwartet hatte. Ihr Baumstumpf war leer, im lehmigen Boden waren keine Stiefelspuren zu erkennen. Das Dornengestrüpp war gerodet worden, und eine Straße führte auf die Landzunge. Dies war eine Linie, die der Postbote in vielen Jahren nicht überschritten hatte, eine Grenze, die zwei Elemente voneinander getrennt gehalten hatte. Welches Gebrodel, welche Explosion mochte ihre Vereinigung jetzt auslösen? Neugier rumorte in seiner Brust, und die Pflicht erlaubte ihm, ihr nachzugeben, ohne sich seine Beweggründe eingestehen zu müssen.

Aber es stellte sich eine gewisse Enttäuschung ein, als der Postbote die Häuser betrachtete – schlichte Bauten aus Holz und Stein, die sich zu einem Dorf ordneten, und er begriff, dass er etwas Fremdartigeres erwartet hatte. Höhlen, Baumhäuser, ein Zwergendorf. Diese Siedlung kam ihm nicht vor wie ein Geheimnis, das man aufwendig bewahren musste – sie sah nicht anders aus als alle Ortschaften, in die er die Post brachte, nur ein wenig eingesunken. Und wie bei vielen anderen Dörfern war auch hier das Ende gekommen. Der Postbote sah Türen schief in den Angeln hängen, sah zerbrochene Fensterscheiben. In einem Haus spähte er durch die leere Fensterhöhle in einen leeren Raum. Verlassen, geräumt. Der Modergeruch, der herauswehte, würgte ihn, und derselbe Anblick, derselbe Geruch erwartete ihn in den anderen Häusern. Als wäre das Geheimnis, mit dem sich die Bevölkerung dieses Dorfes umgeben hatte, ihre Fähigkeit zu verschwinden. Augen zu, Kinn auf die Brust und weg. Alles, was sie je berührt, jede Spur, die ihre Füße im Gehen, ihre Körper im Schlaf hinterlassen hatten, war getilgt. Vielleicht, dachte er, waren die Leute hier die ganze Zeit über Geister gewesen.

Der Postbote ließ das Kuvert mit dem gefalteten Taschentuch auf die Schwelle des Krautpflückerhauses fallen, obwohl es, streng genommen, keine Schwelle mehr gab und auch keine Tür. Niemand wohnte mehr hier, der auf eine Klinke hätte drücken und Tageslicht hereinlassen können.

Das Haus war ein gestrandetes Schiffswrack. Die Wände waren zerfressen. Der Brief lag, wo er abgeworfen worden war, und wartete auf Schlamm und Schimmel. Er wartete darauf, grün und braun zu werden. Er wartete darauf, von den Geistern in die Erde hinabgezogen zu werden.

Der Brief in Reginas Händen zitterte wie ihr ganzer Körper. »Lena lebt!«, krächzte sie, und die Erinnerung an die letzten Tage im Dorf brach mit einem Schlag über sie herein.

Als das Geschrei eingesetzt hatte, als Türen eingetreten worden waren, hatten die zwei Frauen sich wortlos verständigt und rasch ihre Laternen ausgeblasen. Sie waren in das schmale Bett gekrochen, hatten einander umschlungen und sich die Decke über die Köpfe gezogen, unter der es wollig und heiß roch. Regina begriff, dass ihre Familie, wenn – falls – sie je wieder unter der Decke hervorsähe, nicht mehr da sein würde. Sie begriff, dass ihr künftiges Gewerbe nun feststand: Sie gehörte fortan zu dieser eichengliedrigen Frau, dieser Senfkönigin, auf Gedeih und Verderb. Sie begriff ferner, dass es Teile von ihr gab, die ihre Eltern waren, Moische, ich. Nicht Ähnlichkeiten oder Verwandtschaften: sondern Bestandteile. All die Materie, die im Lauf eines Lebens ausgetauscht wird, steckte in ihr fest.

Die Witwe hatte Angst und umklammerte Reginas Hand. Sie blieben, wo sie waren, während draußen das Gebrüll anschwoll und verebbte, dann Getrampel zu hören war, Schüsse und Schreie und schließlich: Stille, endlose, lähmende Stille. Die ganze Nacht und immer weiter.

Regina und die Witwe bewohnten das Bett wie zwei Schiffbrüchige eine abgelegene Insel und wagten sich nur heraus, um ein neues Glas zu öffnen und einen neuen Laib anzuschneiden. Tagelang lebten sie von ihrer eingelagerten

Produktion, und von der Essigsäure warfen ihre Zungen bald Blasen und Falten. Mit der Zeit waren sie überzeugt, dass sie so den Rest ihres Lebens verbringen müssten, unmerklich alternd, bis sie eines Tages stürben, und ihre Erinnerungen wären ein einziger ununterbrochener Tag des Wartens.

Eines Nachmittags aber trat ein russisches Riesenpaar ihre Tür ein. Das Licht fiel auf zwei Frauen inmitten leerer, mit den Fingern ausgelöffelter Senfgläser. Die Russen waren begeistert. Ursprünglich hatten sie das Dorf befreien wollen, doch wie sich gezeigt hatte, war es dafür zu spät – bis zu diesem Zeitpunkt waren sie der Meinung gewesen, es gebe niemanden mehr, der sich retten ließ. Regina und die Witwe allerdings konnten nicht ahnen, dass dies nicht ihr Ende war, sondern ihre Rettung. Sie duckten sich, zogen die Köpfe ein. Die Russen waren Bären, Hünen, Kolosse – gewaltiger als alle Männer, von denen sie jemals geträumt hatten –, und sie hatten Hunger. Das allerletzte Senfglas wurde von ihren riesigen Fingern und entzückten Mündern geleert. »Köstlicher Senf«, beteuerten die Russen immer wieder. »Sagenhaft. Wir wollten euch retten, aber ihr habt uns gerettet.«

»Ihr braucht ein Bad«, sagte der eine Riese. Sie luden sich die Frauen so mühelos auf die Schultern, als trügen sie Kleinkinder. Am Flussufer behielten Regina und die Witwe ihre Unterwäsche an, während die Männer mithilfe eines alten Emaillekrugs Wasser über die Haare der Frauen gossen und sie mit den Fingern kämmten. Das kühle Nass kam ihnen vor wie ein neues Leben. Als würden sie neu geboren.

»Hübsche Mädchen«, sagten die Russen, offensichtlich überrascht von dem Anblick, der unter dem Schmutz zum Vorschein kam. »Gehen wir heim?«, fragten sie.

»Heim?«, gab Regina zurück.

»Wenn wir euch retten sollen, müsst ihr mitkommen.«

Trocken und in sauberen Kleidern, packten Regina und die Witwe einen Beutel Münzen ein und sahen sich im Haus um, was sie noch brauchen könnten. Löffel, Decken, zerlumpte Klamotten? Sie hatten keine Ahnung, wohin es ging, welche Art Leben sie erwartete. Sie ließen alles zurück. Die Witwe hatte ihre einzige Freundin bei sich und ihr Senfrezept, das sie auswendig wusste. Sie räusperte sich und war sich nicht sicher, ob sie noch wusste, wie das Sprechen funktionierte. »Bitte nennt mich Zelda«, sagte sie zu Regina und den zwei Riesen.

»Zelda?«, krächzte Regina.

»So heiße ich.«

Regina kritzelte noch rasch die Nachricht, die ihre Vergangenheit und Zukunft aneinanderheften würde. »Wo gehen wir hin?«, fragte sie.

»Krasnograd«, antwortete der eine Russe. »Das bedeutet ›Schöne Stadt‹, aber das wird erst dann stimmen, wenn ihr dort seid.«

In Krasnograd, meinen Brief in der Hand, betrat Regina ihr Haus, wo ihr hünenhafter Ehemann am Tisch saß und einen Riesenteller Kartoffeln verspeiste. Sie küsste ihn auf die Wange. »Meine Schwester lebt«, sagte sie, und zwei Tränen rannen ihr übers Gesicht. Sie brannte darauf zurückzuschreiben, mir zu erzählen, dass ihr Leben gewaltig war. In jeder Hinsicht riesengroß.

Auf der Insel trug Francesco das eben eingetroffene Päckchen auf der Handfläche wie einen verletzten Vogel vom Postamt zum Gefängnis. Er wusste, dass darin entweder eine Einladung nach Hause war oder die Nachricht, dass es kein Zuhause mehr gab. Er beobachtete Igor, der mit überfließenden Augen meine Worte las. »Es gibt sie wirklich«, sagte Igor.

»Willst du zu ihr?«, fragte Francesco, und der Atem stockte ihm, während er darauf wartete, entzweigerissen zu werden.

Igor zögerte, sah seinen Freund an, sein Bett, blickte aus dem Fenster. »Denk an die Jahre, die es gedauert hat, um nur *einen Brief* zu schicken und eine Antwort zu bekommen. Muss ich dich daran erinnern, dass ich als Gefangener weit weg in einem fremden Land lebe? Ich bin nicht Herr über mein Schicksal.«

»Wer weiß, ob die Entfernung überhaupt überwindbar wäre? Der Gang von deinem Bett zum Meer ist doch schon weit genug?«

»Du sagst es«, antwortete Igor. Francesco ging zum Waschbecken und spritzte sich kaltes Wasser ins Gesicht, um seine Erleichterung zu kaschieren. Igors Frau war gerettet und Francesco ebenfalls.

»Ihr könntet euch schreiben«, schlug er vor.

»Ja, eine Briefgattin wäre wohl möglich. Eine Papierehefrau.«

Trotz allem, was er über die Zeitspanne zwischen Zeugung und Geburt einerseits und die Dauer von Igors hiesigem Aufenthalt andererseits wusste, fragte Francesco nicht, was Igor von der Vorstellung hielt, eine neue Tochter zu haben. Er gönnte seinem Freund alle Silberfäden der Freude, wo immer die zu finden waren. Und vielleicht konnten in Igors Traum, in seinem Tag-Wach-Traum, Kinder kommen und gehen, wie es ihnen gefiel, und immer wäre jemand da, der sie liebte. Vielleicht wäre es auch Francesco erlaubt, diese Tochter zu lieben. So, wie er den Mann liebte, der ihr Vater war und nicht war.

Im Sonnenlicht, das durch das eine wunderbare Fenster fiel, schliefen sie ein. Gitterstäbe unterbrachen das Licht und warfen Schattenstreifen über ihre Gesichter, ihr Blut aber war heiß und munter. Die Geschichte des warmen Tages war ein einziger Krawall von Singvögeln. In Igors Traum kam ein gewaltiger Fisch vor, der ihn durch schlingpflanzendurchwachsene Tiefen trug, in denen er zahlreiche dralle, gesunde Kinderhändchen erblickte. Davon wollte er später, beim Schwimmen, Francesco erzählen, und Francesco würde ihm mit den Fingerspitzen die Beine streifen. Vorläufig war das Leben geduldig und ließ Igor und Francesco friedlich und warm den Nachmittag verschlafen, und der Stern Salomon lag matt erloschen zwischen ihnen.

Und die Schafe draußen kratzten sich an rauen Baumrinden den Rücken. Die echten Sterne verblassten hinter dem gefräßigen Licht der Sonne. Niemand kam an die Tür, niemand riss die zwei Schläfer aus ihren Träumen.

Der Krieg war weit weg.

Das Volk rief nicht.

Das Meer kroch nicht den Strand herauf und verlangte, dass man in ihm schwamm.

Der Tag erwärmte sich und kühlte wieder ab und goss sein Licht über dem Wasser aus, das auch dann in prächtigem Orange loderte, wenn niemand hinsah.

In dem Zimmer auf der anderen Seite der Welt zündeten wir sämtliche Trauerkerzen an. Wir flüsterten die Namen, flüsterten ganze Dörfer, ganze Gebirge, ganze Flüsse und Seen. Wir betrachteten dich, unser neues Baby, dieses zum ersten Mal wache Leben. Unsere Hände fanden andere Hände und hielten sie fest, unsere Blicke trafen andere Blicke, unsere Beine berührten einander, als wir auf dem Holzboden beteten.

»Willkommen in der Welt«, sagten wir zu dem Baby.

»Willkommen in der nagelneuen Welt«, sagten wir zueinander.

Wir beten darum, dass die Väter das Gemüse zu einem guten Preis verkaufen. Wir beten darum, dass der Riss in der Tür die Kälte nicht einlässt. Wir beten darum, dass der Schnee zu Wasser zertaut. Wir beten darum, dass unsere Füße sich nicht in verwurzelte Bäume verwandeln. Wir beten darum, dass die Federn ihre Weichheit behalten. Wir beten darum, dass die Verirrten von verlässlichen Händen zurückgeholt werden. Wir beten darum, dass der Morgen voller Vogelsang ist. Wir beten um alles, was Du für uns vorgesehen hast und, wenn möglich, um noch mehr. Wir beten für das Leben dieses Babys, dieser Tochter, auf dass es gut und lang sei und mit der Zeit immer besser werde. Wir beten darum, dass wir das Kind nie weggeben müssen.

Leuchten seien am Gewölb des Himmels, zwischen dem Tag und der Nacht zu scheiden; dass sie werden zu Zeichen, so für Gezeiten, so für Tage und Jahre.

Jedes Ende sei zwei Anfänge.

DANK

Riesigen Dank schulde ich meiner Lektorin Sarah McGrath für die unschätzbare Fürsorge, mit der sie diesem Buch zur Entstehung verholfen hat. Und dem ganzen Team im Verlag Riverhead, besonders Geoff Kloske, Stephanie Sorensen, Kate Stark und Sarah Stein. Danke auch Sarah Bowlin, die vom allerersten Augenblick an überzeugt war. Dieses Buch wurde von sehr vielen nicht nur tüchtigen, sondern wahrhaft brillanten Händen mitgetragen.

Großen Dank auch PJ Mark, meinem Agenten, für die Sorgfalt, Aufmerksamkeit, Begeisterung und Freundschaft, von denen jeder Schriftsteller träumt. Danke auch Stephanie Koven und Becky Sweren.

Danke meinen bewundernswerten Lehrern, vor allem jenen, denen ich die ersten wackeligen Seiten dieser Geschichte zu lesen gab. Sie waren sehr freundlich und ermutigend, obwohl der erste Entwurf, da bin ich mir sicher, noch kaum Hand und Fuß hatte. Ehrlich, ich weiß nicht, ob es diesen Roman gäbe, wären sie nicht gewesen!

Von meinen Kollegen im Workshop an der University of California, Irvine, habe ich zehntausendfach gelernt. Besonderen Dank an Margaux Sanchez, die zahlreiche Versionen dieses Buchs gelesen hat und mir jedes Mal weiter- und wieder heraushalf, wenn ich mich in eine Sackgasse verirrt hatte.

Ich danke den Zeitschriften und ihren Redakteuren, die an meine Arbeit glaubten, ganz besonders *One Story*, die meine allererste Geschichte herausbrachte, was für mich ein Wendepunkt war.

Danke dem International Center for Writing and Translation an der UC Irvine und Glenn Schaeffer für ihre Unterstützung während jener kritischen Phase, in der mein Manuskript von einem Beinahezustand zu einem echten Buch befördert wurde. Danke auch der Squaw Valley Community of Writers, dem Tin House Summer Writers Workshop und der Ragdale Foundation.

Ungemein inspirierend war *A Treasury of Jewish Folklore* von Nathan Ausubel (wahrscheinlich ein ferner Verwandter). Manche Geschichten darin sind so phantastisch, dass ich sie so gut wie unverändert erhalten wollte.

Vor langer Zeit lebten Teile meiner Familie in einem Dorf namens Zalischik an der Krümmung eines Flusses in den Karpaten. Das reale Zalischik und das Dorf in diesem Buch sind nicht deckungsgleich, so wie auch manche historische Fakten und Teile der jüdischen Religion für diesen Roman kurzerhand neu erfunden wurden.

Meine Eltern haben mein Schreiben immer uneingeschränkt unterstützt. Ihr Glaube ist überwältigend. Und sie sind nicht die Einzigen – im selben Maß gilt dies auch für meine Schwester, meine Großeltern, Tanten, Onkel, Cousinen und Cousins, meine Stiefmutter, dazu die Familie meines Mannes und meine wunderbaren, wunderbaren Freunde – ich kann mein Glück nicht fassen.

Und schließlich meinem Mann Teo, der mir alles ist. Einfach alles.

PIPER
Birgit Vanderbeke
Der Sommer der Wildschweine
Roman

»Ein Meister der alltags-philosophischen Exkurse.«

Der Spiegel über Heinrich Steinfest

* Cover- und Preisänderungen vorbehalten

Heinrich Steinfest

Der Allesforscher

Roman

Piper, 400 Seiten

€ 19,99 [D], € 20,60 [A], sFr 28,90*

ISBN 978-3-492-05408-9

Sixten Brauns vollkommen normales Managerleben implodiert, als in Taiwan ein Wal explodiert und Sixten von irgendeinem Teil des Wal-Innenlebens k.o. geschlagen wird. Kaum aus dem Krankenhaus entlassen, stürzt er mit dem nächstbesten Flugzeug ab – und überlebt abermals. Doch nicht ohne zwischendurch die große Liebe erlebt zu haben. Und so kommt er Jahre später – Sixten hat sich längst vom Manager zum Bademeister gewandelt – zu einem Kind, das auf gar keinen Fall sein eigenes sein kann, es dann aber plötzlich doch ist ...

PIPER

Leseproben, E-Books und mehr unter www.piper.de